BASTEI
LÜBBE

Von José Calvo Poyato sind bei Bastei Lübbe Taschenbücher lieferbar

15 299 Das Geheimnis der Schwarzen Bibel
15 566 Im Zeichen des schwarzen Todes

Über den Autor:
José Calvo Poyato, 1951 in Córdoba geboren, studierte Geschichte und Geografie und promovierte an der Universität von Granada. Nach langjähriger Lehr- und Forschungstätigkeit widmet er sich heute auch der Politik, ist Abgeordneter der Provinz Córdoba und Pressesprecher im andalusischen Parlament. Er veröffentlichte bereits eine beträchtliche Anzahl historischer Sachbücher und Romane, für die er diverse Auszeichnungen erhielt. Den bisher größten Erfolg seiner schriftstellerischen Karriere erzielte er mit dem Roman *Das Geheimnis der Schwarzen Bibel*, von dem in Spanien über 100.000 Exemplare verkauft wurden.

José Calvo Poyato

SCHACH DER KÖNIGIN

Roman

Aus dem Spanischen von
Kirsten Brandt

BASTEI LÜBBE

BASTEI LÜBBE TASCHENBUCH
Band 15 733

1. Auflage: Dezember 2007

Bastei Lübbe Taschenbücher ist ein Imprint der Verlagsgruppe Lübbe

Deutsche Erstveröffentlichung
Titel der spanischen Originalausgabe: *Jaque a la Reina*

Textredaktion: Anette Kühnel, Overath
Titelillustration: akg-images/Erich Lessing
Umschlaggestaltung: Bianca Sebastian
Satz: Urban SatzKonzept, Düsseldorf
Druck und Verarbeitung: Ebner & Spiegel, Ulm
Printed in Germany
ISBN 978-3-404-15733-4

Sie finden uns im Internet unter
www.luebbe.de

Der Preis dieses Bandes versteht sich einschließlich
der gesetzlichen Mehrwertsteuer.

All denen, die im Strudel der Macht
für ein Ideal kämpften.

1

Bisher hatte sich das Wetter von seiner hässlichsten Seite gezeigt. Die regnerischen Tage mit plötzlichen heftigen Temperaturwechseln verstörten die Einwohner Madrids im Jahre 1668, in dem die Katholische Monarchie unter der Regentschaft von Doña Mariana de Austria stürmische Zeiten durchlebte.

Doña Mariana war aufgrund der testamentarischen Verfügung ihres verstorbenen Gatten, König Felipe IV., zur Regentin ernannt worden und übte dieses Amt im Namen ihres Sohnes aus, des kleinen Carlos, der eines Tages als Carlos II. den Thron besteigen sollte. Aber der siebenjährige Knabe kränkelte von Geburt an und war von schwächlicher Konstitution. Böse Zungen am Hof behaupteten, er sei bei der letzten fleischlichen Vereinigung des sinnenfreudigen Königs mit der Königin gezeugt worden. Im Allgemeinen ging man davon aus, dass er die Pubertät nicht überleben und niemals König werden würde.

Am Vorabend des 18. Mai hatte es heftig geschneit. Der für die Jahreszeit ungewöhnliche Schneesturm wurde von vielen als böses Omen gedeutet. Ganz Madrid war in eine weiße Decke gehüllt gewesen, aber der nächste Morgen war sonnig, und die weiße Pracht schmolz schnell dahin und lief an den Hängen und Böschungen hinab.

Auf der Plaza Santa Catalina bewarfen sich eine Schar Kinder und ein paar Erwachsene unter Lachen und Scherzen mit Schneebällen; nur manchmal, wenn einer von ihnen hart getroffen wurde, ertönte ein halblauter Schmerzensruf.

In einen schwarzen Umhang gehüllt, den Hut tief ins Gesicht gezogen, eilte ein Mann festen Schrittes am munteren Treiben der Schneeballschlacht vorbei. Seine vermummte Gestalt zeichnete sich dunkel gegen den Schnee ab; fast schien es, als wolle er sich vor indiskreten Blicken schützen. Er war aus einer Schänke, dem Mesón del Moro, herausgetreten und überquerte nun im Laufschritt den Platz in Richtung Calle de la Fuente.

Je weiter er ging, desto zögerlicher wurde sein Schritt. Zunächst ging er langsamer, als sei er plötzlich erschöpft, dann sah er sich gezwungen stehen zu bleiben. Sein Atem ging heftig und stoßweise, als sei er krank. Das Gesicht des Mannes, soweit man es erkennen konnte, war verzerrt, gerötet und mit kleinen Schweißperlen bedeckt, seine Augen ließen erahnen, dass ihn ein stechender, mühsam unterdrückter Schmerz quälte. Einen Augenblick lang wurde ihm schwindelig, sein Blick verschleierte sich, und er musste sich an einem Fenstergitter festhalten, um nicht umzusinken. An diesen unzulänglichen Halt geklammert, versuchte er sich zusammenzureißen. Er ließ den Zipfel seines Umhangs fallen, zog ein Taschentuch hervor und wischte sich den Schweiß vom Gesicht, dann atmete er tief die frische Morgenluft ein. Seine Gesichtszüge entspannten sich ein wenig. Aber plötzlich ließ ihn ein erneuter heftiger Schmerz zusammenfahren. Seine Hand umkrallte das Gitter, als wolle sie es zerquetschen. Mit einer raschen Bewegung warf er den Umhang zurück und riss sich den Hut vom Kopf, sodass nun sein Gesicht zu sehen war.

Er war etwa vierzig Jahre alt, groß und plump. Ein Kranz aus dünnem schwarzen Haar, dessen Spitzen, wie es die Mode vorschrieb, nach innen gerollt waren, konnte seine fortschreitende Kahlköpfigkeit kaum verbergen. Auch das feine Kinnbärtchen und der schmale, gestutzte Schnurrbart mit den beinahe senkrecht aufstrebenden, gezwirbelten Enden entsprachen dem Geschmack der Zeit. Sein Gesicht war rundlich, die Haut hell und rosig. Seine Kleidung war abgetragen, aber von guter Qualität.

Die Luft, die in seine Lungen strömte und die er auf seinem nun frei liegenden Gesicht spürte, schien seine Schmerzen etwas zu lindern. Er richtete sich auf und setzte mit unsicheren schwankenden Schritten seinen Weg fort. Doch sah er nun ganz anders aus als die Gestalt, die gerade eben noch entschlossenen Schrittes das Mesón del Moro verlassen hatte. Er war noch keine hundert Schritt weit gekommen, als er wieder von Krämpfen geschüttelt wurde und stehen bleiben musste, um sich zu erholen. Die Erschöpfung, die sich auf seiner Miene abzeichnete, hatte nichts mehr mit der Haltung zu tun, die er eben noch bemüht war zu bewahren. Er schien nun weniger um den Anblick besorgt, den er bot, in dem Augenblick, als er sich am Fenster festgehalten hatte, obwohl er jetzt viel erbärmlicher aussah. Nicht nur, dass er in kurzen Abständen immer wieder von Krämpfen heimgesucht wurde, er bekam inzwischen auch keine Luft mehr. Ungeniert riss er sich den Hemdkragen und die oberen Knöpfe seines Wamses auf und versuchte gleichzeitig vergebens, sich mit einer Hand Luft zuzufächeln. Als es ihm ein wenig besser zu gehen schien, nahm er seinen Weg wieder auf. Er versuchte, zügiger auszuschreiten, um so rasch wie möglich an sein Ziel zu gelangen. Unter großen Mühen erreichte er schließlich die Herberge La Estrella auf der kleinen Plaza de los Herradores gegenüber dem Kloster der Klarissinnen, nahe bei der Plaza Mayor. Als er den Flur durchquerte, war sein Gesicht totenbleich. Innerhalb weniger Minuten war seine Adlernase spitz geworden, und unter den tief in den Höhlen liegenden Augen zeichneten sich dunkle Ringe ab; sein Blick war glasig und verschwommen und kündete vom nahen Tod. Mit einer Kraft, die man ihm bei seinem angegriffenen Aussehen nicht zugetraut hätte, schrie er aus vollem Halse: »Zu Hilfe! Zu Hilfe! Man hat mich vergiftet!«

Er stieß die Tür zu der geräumigen Schankstube auf, wankte auf einen der Tische zu und stützte sich, keuchend und vornübergebeugt, auf die Tischplatte. Es würgte ihn, und er krümmte sich zusammen. Während die wenigen Gäste die Szene mit unverhohlener Neugier betrachteten, eilten ihm die drei Mägde, die die Kundschaft bedienten, zu Hilfe.

»Was ist los mit Euch, Señor de Saint-Aunais?«

»Ist Euch nicht wohl? Was ist geschehen?«

Der Mann, der Saint-Aunais gerufen wurde, hatte nicht die Kraft zu antworten. Ein anhaltender Würgereiz quälte ihn, ohne dass es ihm freilich gelungen wäre, das befreiende Erbrechen herbeizuführen. Sein Blick ging ins Leere, und er presste in dem vergeblichen Versuch, die Koliken zu unterdrücken, beide Hände auf den Leib. Um ihn herum bildete sich ein Kreis neugieriger Zuschauer, die ihn hilflos ansahen und einander zuraunten, der Mann habe gesagt, er sei vergiftet worden.

Als der Gastwirt eintrat, ein schmerbäuchiger Mann, dessen auffälligstes Merkmal seine dichten, zusammengewachsenen, schwarzen Augenbrauen unter einer spiegelnden Glatze waren, hatten die Mägde schon einen Strohsack aus rauem gestreiften Segeltuch herbeigeschleppt und den Kranken darauf gebettet. Als der Wirt sah, wer da lag, rief er überrascht aus: »Señor Marquis! Was ist los? Schnell, schnell, holt einen Arzt!«

Eine der Mägde zupfte ihr Mieder zurecht, strich sich den Rock glatt und fuhr sich über das zu einem Knoten aufgesteckte Haar. Dann lief sie eilig davon, um den Befehl ihres Herrn auszuführen.

Die meisten Anwesenden blickten auf den Wirt, der sich fürsorglich über den Kranken beugte und dessen Hand in die seine nahm.

Der Marquis de Saint-Aunais öffnete halb die Augen, holte tief Luft und bat den Wirt mit stockender Stimme: »Antón ... Antón ... ein wenig Wasser, um der Liebe Gottes willen ... Etwas ... etwas verbrennt mich von innen heraus ... etwas versengt mir die Eingeweide!«

Bevor der Wirt etwas sagen konnte, lief schon eine der Mägde zum Wandbord hinüber und goss aus einem bauchigen Krug fast einen ganzen Liter Wasser in einen irdenen Becher. Dem Marquis gelang es unter Mühen, zwei oder drei Schlucke zu trinken, die nicht nur seine Kehle erfrischten, sondern auch seine Hemdbrust benetzten, da ihm das Trinken schwerfiel. Er nahm all seine Kräfte zusammen und drückte dem Wirt die Hand.

»Antón, hör mir gut zu. Mir bleibt nicht mehr viel Zeit ...«

»Heilige Mutter Gottes, so sagt mir doch, Señor, was Euch widerfahren ist. Was ist mit Euch?«

»Unterbrich mich nicht, ich sagte doch, mir bleibt nicht viel Zeit, die darf ich nicht vergeuden«, stöhnte der Mann.

Der Wirt öffnete den Mund, um etwas zu erwidern, aber der Blick des Sterbenden hielt ihn davon ab.

»Ich brauche keinen dieser Quacksalber, die ohnehin nichts mehr für mich tun können. Schickt nach einem Priester, damit ich meine vielen schweren Sünden und Verfehlungen beichten kann. Aber vorher hör mir aufmerksam zu, denn ich sterbe keines natürlichen Todes, sondern an einem Gift, das man mir kürzlich verabreicht hat.«

Der Gastwirt riss die Augen auf.

»Man hat Euch vergiftet? Wer? Wo? Wie?«

»Unterbrich mich nicht, Antón, ich sagte doch, ich habe wenig ... aaah ...« Ein neuerlicher Krampf schüttelte ihn, er krümmte sich und fuhr erschöpft fort: »Hör zu, was ich dir zu sagen habe, und unterbrich mich nicht noch einmal. Aber vorher solltest du den Priester rufen.«

Antón schrie der Magd, die das Wasser gebracht hatte, zu: »Lauf schnell und hol Pater Diego!«

»Den ... den Jesuiten?«, stammelte das Mädchen.

»Wen denn sonst, verdammt noch mal? Sieh zu, dass du fortkommst, die Sache scheint dringend zu sein!«

»Jetzt hör genau zu, was ich dir erzähle.« Der Marquis schien sich ein wenig gefasst zu haben.

Der Gastwirt blickte auf die Gaffer, nicht weniger als ein Dutzend, die sich um ihn und Saint-Aunais geschart hatten. Dieser bemühte sich, so laut zu sprechen, dass jeder ihn hören konnte: »Was ich Antón zu berichten habe, ist kein Geheimnis, Ihr alle sollt es hören und wissen, dass es die reine Wahrheit ist, die Wahrheit, die Euch ein Mann erzählt, der weiß, dass seine Minuten gezählt sind. Ich schwöre es bei diesem Kreuz!« Er kreuzte die Finger, hob sie an die Lippen und küsste sie, dann fuhr er fort: »Heute morgen gegen acht war ich auf dem Weg zum Mesón del Moro an der Plaza de Santa Catalina, um jemanden zu treffen, der mir gestern Nachmittag hatte ausrichten lassen, er wünsche mich zu sprechen. Er wolle mich in einen Plan einweihen, der mich interessieren könnte ...«

Der Sterbende unterbrach sich, trank mühsam einen Schluck Wasser und erzählte dann weiter: »Er hatte mir nicht sagen wollen, um was es ging, sodass meine Neugier geweckt war. Als ich am verabredeten Ort eintraf, musste ich lange warten, bis der erschien, der mich gerufen hatte.«

Saint-Aunais' Atemzüge wurden immer schwächer, er nahm noch einen Schluck, um seine Kehle zu befeuchten und sich ein wenig Linderung zu verschaffen.

»Er brachte einen Mann mit, den ich kannte, einen aragonesischen Adligen namens Malladas. Die beiden zeigten sich mir gegenüber sehr leutselig und baten ergebenst um Entschuldigung für die Verspätung, noch bevor ich mich über die lange Wartezeit beschweren konnte. Sie sagten, der Schnee sei schuld, er habe das Durchkommen mancherorts fast unmöglich gemacht. Zur Entschädigung lud Malladas mich zu einem üppigen Frühstück ein. Er rief nach dem Schankwirt und bestellte, ohne uns zu fragen, gebratenen Speck, Schinken und Trinkschokolade. Ich erinnere mich noch, wie er sagte, schön dickflüssig müsse sie sein ...« Wieder zwang die Erschöpfung den Marquis innezuhalten, und ein stechender Schmerz ließ ihn wiederum zusammenfahren und hinderte ihn daran, den Bericht fortzusetzen, mit dem er alle Anwesenden in seinen Bann geschlagen hatte.

»Während das Essen zubereitet wurde«, hob der Marquis wieder an, als der Krampf vorüber war, »erläuterte mir Malladas den Plan, für den sie mich zum Komplizen und Mittäter gewinnen wollten. Er forderte meine entschlossene Unterstützung und schilderte mir ausführlich seine persönliche Sicht der augenblicklichen politischen Lage bei Hofe. Seiner Ansicht nach rühren all die Übel, unter denen die Monarchie leidet, aus der Unfähigkeit des Günstlings der Königin her, den Herausforderungen unserer Zeit zu trotzen.« Der Marquis atmete stockend. Einzig der Wunsch, das Geschehene zu berichten, verlieh ihm die Kraft fortzufahren.

»Er versicherte mir, allein der Sturz des Günstlings könne diesen unerträglichen Zustand beenden, und wenn alles so weitergehe wie bisher, und sei es auch nur für kurze Zeit, werde der Schaden noch größer werden. Ich entgegnete ihm, die Entmachtung Pater Everardos liege allein im Ermessen der Königin, und soweit ich gehört hätte, sei Doña Mariana nicht bereit, auf die Dienste des Jesuiten zu verzichten. Hierin stimmte Malladas mir zu und enthüllte mir daraufhin den entscheidenden Teil seines Plans zur Beendigung der misslichen Lage.«

»Worin bestand der Plan?« Die Frage kam aus dem Kreis der Gaffer, die der Zustand des Marquis sehr viel weniger zu interessieren schien als das, was er zu berichten hatte.

Die Antwort auf diese Frage, von der Menge neugierig erwartet, ließ auf sich warten, da Saint-Aunais erneut von Schmerzen gepeinigt wurde. Er stöhnte auf und presste beide Hände in den Magen.

»Ich war in zahlreiche höfische Intrigen verwickelt, ja, ich kann versichern, dass es in den letzten Jahren nicht eine größere Intrige gegeben hat, an der ich nicht teilgehabt hätte, mal auf Seiten der einen, mal auf Seiten der anderen. So ist das Leben nun einmal!«, rief er aus, wie um sein Dasein als Ränkeschmied zu rechtfertigen, der sich stets auf die Seite des Meistbietenden geschlagen hatte. »Ich war aktiv an Verschwörungen beteiligt«, fuhr er fort, »die in der Hitze des politischen Kampfes angezettelt wurden, der im Schatten der Macht unablässig tobt. Aber niemals – und das schwöre ich beim Heil meiner Seele, die bald vor ihrem Schöpfer stehen wird –, niemals habe ich meine Hände mit Blut befleckt. Und nun schlug Malladas mir völlig unverblümt vor, mich an einem Mord zu beteiligen! Er wollte, dass ich ein Verbrechen begehe!«

Auf den Gesichtern der Umstehenden malten sich die verschiedensten Reaktionen ab: Verblüffung bei den Einfältigeren, die nicht wussten, welch verschlungene Pfade die Angelegenheiten bei Hofe oft nahmen, Entsetzen bei den anderen.

»Wer soll denn ermordet werden?«, fragte der Wirt, der den Kopf des Sterbenden stützte.

»Der Plan sah vor, Pater Nithard zu töten ...«

In diesem Augenblick stürzten wie auf ein Stichwort sowohl Pater Diego als auch der herbeigerufene Arzt herein. Ihre Ankunft verursachte einige Unruhe, in die sich die Ausrufe derer mischten, die erfahren hatten, wer das Opfer von Malladas' Plänen werden sollte. Saint-Aunais wand sich erneut unter den brennenden Schmerzen und würgte vernehmlich. Aus seinem Mundwinkel rann ein dünner Faden Blut.

Der Arzt tastete den Patienten nach möglichen Verletzungen ab. Als er nichts fand, zog er eine sorgenvolle Miene und fragte den Kranken, ob er ihm erklären könne, wo der Schmerz herrühre, der ihn quälte.

Dieser antwortete ohne zu zögern: »Doktor, Ihr könnt wenig für mich tun. Lasst den Pater zu mir, damit er mir die Beichte abnimmt, denn ich bin vergiftet worden. Das Gift wurde mir in einer Tasse Schokolade verabreicht. Meine Mörder haben den Augenblick genutzt, in dem ich Wasser lassen musste, nachdem ich mich geweigert hatte, mich an einem Plan zur Ermordung des Günstlings der Königin zu beteiligen.«

»Pater Nithard soll ermordet werden?«, mischte sich Pater Diego, ein Ordensbruder des Günstlings, mit zitternder Stimme ein.

»So ist es.« Saint-Aunais' Stimme war nur noch ein Flüstern. »Und da ich mich geweigert habe ... mich an einem so ruchlosen Unternehmen zu beteiligen ... zahle ich mit ... mit meinem eigenen Leben.«

Wieder würgte der Sterbende und erbrach dann einen Schwall Blut, der seine Hemdbrust rot färbte. Der Priester sah den Arzt fragend an, und dessen Blick sagte alles. Er war machtlos. Der Pater bat die Umstehenden zurückzutreten, um die Beichte jenes Unglücklichen zu hören, der sein Leben aushauchte, sofern das noch möglich war.

In betretenem Schweigen, das nur hier und da von Gemurmel unterbrochen wurde, wichen alle Anwesenden einschließlich des Wirts diskret ein paar Schritte zurück. Aus dieser Entfernung wohnten sie dem Ende des Marquis de Saint-Aunais bei, eines erprobten Intriganten, der seit Jahren in den erbitterten Kämpfen am spanischen Hof seine Dienste an den Meistbietenden verkauft hatte und dem nun der Jesuit Diego de Sotomayor die Beichte abnahm und Trost spendete.

Sein Tod hätte kein außerordentliches Aufsehen erregt, wären da nicht die Begleitumstände gewesen. Wenige Stunden später brodelte in Madrid die Gerüchteküche, und jedermann sprach nur über eines: den Plan zur Ermordung Pater Nithards, des jesuitischen Beichtvaters von Doña Mariana de Austria, dem die Königin so sehr vertraute, dass sie ihn nicht nur zu ihrem Günstling, sondern zum Großinquisitor ernannt hatte.

2

So rasch es seine langen Beine und seine Jugend – er war noch keine dreißig – zuließen, eilte Diego de Sotomayor erregt und schwitzend durch die Straßen Madrids. Noch immer erfüllte es ihn mit Entsetzen, was ihm der Marquis de Saint-Aunais auf dem Totenbett anvertraut hatte. Der Priester widerstand der Versuchung zu rennen, obwohl er in diesem Moment nichts lieber getan hätte. Wenn er es nicht tat, so nur deshalb, weil seine Würde von ihm verlangte, sich zu bezähmen und die Form zu wahren. Es hätte einen Skandal verursacht, einen Jesuitenpater mit gerafftem Rock rennen zu sehen wie einen der Gassenjungen, die die Straßen und Plätze dieser Stadt bevölkerten, die von den Kämpfen zwischen zwei verfeindeten Lagern aufgerieben wurde: den sogenannten Nithardisten, den Anhängern des Günstlings der Königin, und den Donjuanisten, den Gefolgsleuten von Don Juan José de Austria, dem Bastard des verstorbenen Königs, den dieser mit einer Komödiantin namens La Calderona gezeugt hatte.

Seine Schritte führten Sotomayor zum Obersten Gerichtshof, dem Sitz des Sanctum Officium. Zum ersten Mal in seinem Leben war es ihm lästig, dass er unterwegs von einigen jungen Stutzern und Nichtstuern und ein paar alten Betschwestern aufgehalten wurde, die auf ihn zutraten, um ihm ehrerbietig die Hand zu küssen, was er ihnen hastig und widerstrebend gewährte. Er wusste, dass angesichts der Neuigkeiten, die er zu überbringen hatte, jede Minute zählte. Als er in die Straße einbog, die ihn zur Plaza de la Encarnación führte, wo der Gerichtshof lag, fiel sein Blick auf ein gedrucktes Pamphlet, das offensichtlich gerade erst angeklebt worden war, denn das Papier war noch feucht von der Mischung aus Kleister und Gummi Arabicum, mit der es an der Mauer befestigt war. Trotz seiner Eile hielt er inne, um es zu lesen. Je weiter er las, starr vor Anspannung und Beherrschung, desto mehr geriet er außer sich. Das Pamphlet enthielt eine jener Attacken der Parteigänger von Don Juan gegen Pater Everardo:

AN DIE KÖNIGIN DOÑA MARIANA DE AUSTRIA, UNSERE HERRIN, der Gott ein langes Leben schenken möge.

Hiermit tun wir Eurer Majestät kund und zu wissen, dass die Machenschaften Pater Everardos ein solches Ausmaß an Willkür erreicht haben, wie es für eine Person seines Standes unvorstellbar ist. Sein Hass gegen alle, die seinen Bestrebungen trotzen, durch welche diese Monarchie überhaupt erst in die schwierige Lage geraten ist, in der sie sich befindet, entlädt sich in Enteignungen, Verhaftungen und anderen unwürdigen Strafen. Dieser Jesuit trachtet mit allen ihm zur Verfügung stehenden Mitteln danach, diejenigen zu vernichten oder von diesem beklagenswerten Hof zu vertreiben, die nicht gewillt sind, seinen bösen Absichten und seinem tollen Treiben zu folgen. Die guten und getreuen Gefolgsleute Eurer Majestät liegen in Ketten, nur weil sie die Wahrheit sagen. Wer es wagt, sich seinen Entscheidungen zu widersetzen, die, wie alles, was er tut, von Geiz und Habsucht geprägt sind, wird mit Worten und Taten bestraft. Sein Herz hängt so sehr an seinem Geldbeutel, dass es keine Angelegenheit gibt, möge sie noch so wichtig sein und noch so dringend einer Lösung bedürfen, die nicht durch Geldgier bestimmt wäre, die alle seine Taten auszeichnet.

Während die vortrefflichsten Vasallen Eurer Majestät unter dieser Knechtschaft stöhnen, in der sie verleumdet und ihre Güter beschlagnahmt werden, bereichern sich Euer Beichtvater und seine Freunde auf Kosten der unglücklichen, ausgebluteten Monarchie, die einst das Vorbild aller Höfe war und jetzt tiefer darniederliegt, als menschliche Vernunft zu ermessen vermag.

Eure Majestät müssen diesen Ausschweifungen, die uns gegenwärtig peinigen und bedrohen, Einhalt gebieten und Maßnahmen ergreifen, um einen Zustand zu beenden, der, wenn nicht bald eine Lösung gefunden wird, die Ausblutung und das Ende der Heiligen Monarchie selbst bedeuten wird, über die zu wachen und die zu bewahren Euch Euer verstorbener Gatte und unser Herr, König Felipe IV. – möge Er in Frieden ruhen – aufgetragen hat.

In der Stadt und am Hofe zu Madrid, Freitag,
am 18. Tag des Monats Mai Anno Domini 1668

In jähem Zorn riss Diego de Sotomayor mit einem Ruck dieses beleidigende Pamphlet herunter, das die Feinde seines Ordensbruders aufgehängt hatten: eine weitere Verleumdung des Königlichen Beichtvaters durch die Neider, die ihm die hohe Stellung nicht gönnten, in die ihn Ihre Majestät erhoben hatte. Einer Gruppe Schaulustiger, die den Jesuiten aufmerksam beobachtet hatte, war diese rüde Geste nicht entgangen, und sie begannen ihn auszupfeifen und Beleidigungen gegen ihn, Nithard und die Gesellschaft Jesu auszustoßen.

»Hinweg mit den Pfaffen!«

»Hinweg mit dem Beichtvater!«

»Hinweg mit allen Jesuiten! Sie sollen verschwinden!«

»Es lebe unser Herr Don Juan!«

Diego de Sotomayor verzog verächtlich das Gesicht, zerknüllte das Papier zu einer Kugel und schleuderte es wütend der Menge entgegen. Diese spontane Gebärde veranlasste die Schmährufer, handgreiflich zu werden. Einer von ihnen bückte sich, hob einen faustgroßen Kiesel auf und schleuderte ihn gegen den Jesuiten. Dieser konnte ihm ausweichen, doch der Steinwurf wirkte wie ein Angriffssignal auf die Meute, die sich auf den Jünger des Ignatius von Loyola stürzte. Jetzt vergaß der Priester Würde und Anstand, raffte die Soutane und nahm die Beine in die Hand. Er lief ohne anzuhalten, bis er den Ort erreicht hatte, an dem er sich sicher wähnte und der ihm tatsächlich Zuflucht gewährte, den Sitz des Sanctum Officium. Zu seinem Glück lag der Palast, in dem die Heilige Inquisition untergebracht war, nicht weit entfernt, sodass es der erzürnten Menge nicht gelang, ihn einzuholen. Als Diego de Sotomayor die Schwelle des Gerichtsgebäudes überquerte, hatten seine Verfolger sich ihm bis auf zwanzig Schritte genähert, und die Beleidigungen, mit denen sie ihn bedachten, gellten in seinen Ohren. Doch die Hetzjagd blieb erfolglos, denn als die Horde sah, dass er das Gebäude betrat, kehrte sie schneller um, als sie gekommen war. Die Furcht, die das gefürchtete Tribunal allen einflößte, war so groß, dass niemand, der bei Verstand war, es wagte, eine Begegnung mit seinen Angehörigen zu riskieren.

Sie waren mit ihrem Angriff auf ein Mitglied der mächtigen Gesellschaft Jesu schon weit genug gegangen.

Der Friede und die Stille, die in den Kreuzgängen, Höfen, Galerien und Sälen des mächtigen Palastes herrschten, den Diego de Sotomayor soeben betreten hatte, wurden durch seine Ankunft empfindlich gestört. Sein verzerrtes Gesicht, seine ungeordnete Kleidung und die Aufregung, in der er sich befand, bildeten einen scharfen Kontrast zu der Ruhe der hier versammelten Gruppen von Ordensbrüdern und anderen Mitgliedern der Inquisition. Den wenigsten Anwesenden, die eher hier waren, um zu sehen und gesehen zu werden, als um sich mit tiefgründigen theologischen Fragestellungen auseinanderzusetzen, entging die stürmische Ankunft des Jesuiten.

»Pater, Ihr seht schlecht aus! Was ist Euch?«

»Ist Euch nicht wohl?«

»Können wir Euch behilflich sein?«

Es dauerte einige Sekunden, bis der so Befragte wieder Atem geschöpft hatte. Unterdessen war ein Jesuit so geistesgegenwärtig, nach Wasser zu laufen, um dem erhitzten Neuankömmling Kühlung zu verschaffen. Die anderen warteten, neugierig darauf zu erfahren, was ihn in diesem erbärmlichen Zustand hierher verschlagen hatte, denn er bot in der Tat einen jämmerlichen Anblick, der seiner Würde und seinem Rang keineswegs angemessen war.

»Pater Everardo soll ermordet werden!«

Diese unvermittelt hervorgestoßenen Worte sorgten für große Aufregung. Zunächst vernahm man erstaunte Ausrufe, dann brach allgemeiner Tumult aus. Alles schrie, redete und fragte durcheinander.

Einer der Anwesenden, ein hagerer Mensch mit einem

geradezu unnatürlich langen Gesicht, trat auf den Jesuiten zu. Er war weltlich und vollkommen schwarz gekleidet. Ohne ein Wort zu sagen, packte er Sotomayor grob am Arm. Seine Hand war kaum mehr als Haut und Knochen und endete in langen, schmalen, sehnigen Fingern. Er sah aus wie eine Krähe, die ihre Beute in den Klauen hält.

»Habt Ihr Beweise für das, was Ihr gerade gesagt habt?«

Die Stimme des Mannes war tief und ernst: eine Stimme, die einem das Gefühl verlieh, eine willenlose Marionette in seinen Händen zu sein.

»Die habe ich. Ich kann beweisen, was ich soeben gesagt habe.«

»Wenn das so ist, folgt mir.«

Der Tonfall des merkwürdig aussehenden Mannes, der sich nicht einmal die Mühe gemacht hatte sich vorzustellen, war angriffslustig und herrisch. Er hatte weder eine Bitte noch eine Aufforderung ausgesprochen, sondern einen Befehl. Diego de Sotomayor widersetzte sich.

»Wer seid Ihr, mir zu befehlen, was ich zu tun habe?«

Sein Gegenüber bedachte ihn nur mit einem scharfen durchdringenden Blick. Der andere schien ihn mit seinen Blicken zu durchbohren, doch seine Stimme klang sanft, fast ölig, als er sagte: »Entschuldigt mein Auftreten, aber das, was Ihr sagt, ist so … schwerwiegend … Ich heiße Pedro de Arista, und ich bin Inquisitionsassessor. Hättet Ihr wohl die Güte, mich zu begleiten, Pater … Pater …?«

»Mein Name ist Diego de Sotomayor, ich gehöre der Gesellschaft Jesu an, lebe im Colegio Imperial und bin für die Gemeinde von San Ginés zuständig.«

»Nun gut, Pater Sotomayor, das, was Ihr da vorgebracht habt, ist sehr ernst, und überdies sagtet Ihr, Ihr hättet Beweise … Wenn Ihr daher so freundlich wäret, mir zu folgen?«

In diesem Augenblick kam derjenige zurück, der Wasser holen gegangen war. Der Pater trank mit betonter Zurückhaltung ein paar Schlucke und dankte für die Aufmerksamkeit. Dann ordnete er seine Kleidung und folgte dem Hageren. Alle Anwesenden machten ihnen leise murmelnd Platz.

Der Jesuitenpater und sein Führer durchquerten einen Kreuzgang, in dessen Innenhof ein paar mächtige Zypressen aufragten, und stiegen eine breite, blassrosa Marmortreppe hinauf. An den Wänden hingen monumentale Gemälde mit Darstellungen früherer Großinquisitoren, der höchsten Vertreter der Institution, die das Gebäude beherbergte. So gelangten sie ins obere Stockwerk, dessen Parkettboden unter dem Gewicht der beiden Männer knarrte, und betraten rasch und entschlossen das Vorzimmer zu dem Arbeitskabinett, in dem der Großinquisitor seine Besucher empfing. Der Inquisitionsassessor ging voran.

Auf dem Korridor hatten die beiden Männer kein einziges Wort gewechselt. Im Vorzimmer angekommen, in dem mehrere Personen friedlich miteinander plauderten, während sie darauf warteten, vorgelassen zu werden, fragte Sotomayor den Assessor: »Ist Pater Everardo denn hier?«

Pedro de Arista war der Tonfall, in dem der junge Mann von einer Persönlichkeit wie Nithard sprach, offensichtlich zu vertraulich.

»Wenn Ihr Seine Eminenz den Großinquisitor meint, so lautet die Antwort ja. Ich hoffe außerdem, dass Seine Eminenz« – er betonte dieses Wort besonders – »uns sogleich empfangen wird. Habt die Güte, hier zu warten. Es wird nur einen Augenblick dauern.«

Die Wartenden grüßten den Inquisitionsassessor ehrerbietig. Dieser ließ sich nicht dazu herab, die Grüße zu erwidern, sondern wandte sich an einen klein gewachsenen Menschen, der der Türsteher zu sein schien und ihn mit einer tiefen Verbeugung empfing. Sotomayor schloss aus dem Gebaren des Mannes, von dem er nicht mehr wusste, als dieser ihm gesagt hatte, und aus dem Verhalten der anderen ihm gegenüber, dass es sich um eine hochrangige Persönlichkeit des Sanctum Officium handeln musste. Diego de Sotomayor war erst vor einem Monat in Madrid angekommen und noch neu bei Hofe.

Der Türsteher lauschte aufmerksam auf das, was Arista ihm ins Ohr flüsterte, und nickte zustimmend. Gleich darauf betrat er das Kabinett.

Um sich die Wartezeit zu vertreiben, zog Arista aus einer Tasche seines Wamses einen Beutel aus feinem Saffianleder, nahm eine Zigarette und eine Zunderbüchse heraus, die er mit einem Geschick handhabte, das auf ausgiebige Übung schließen ließ. Sekunden später war er in dichte Rauchwolken gehüllt, als hätte jemand ein Weihrauchgefäß geschwenkt, und ein herber, leicht unangenehmer Geruch verbreitete sich im Vorzimmer. Einige der Anwesenden husteten ostentativ, und der eine oder andere bekreuzigte sich sogar hastig. Don Pedro ging, von alledem scheinbar unberührt, zu dem wartenden Sotomayor hinüber.

»Diese Sitte des Tabakrauchens, die aus der Neuen Welt zu uns herübergekommen ist, ist eine der besten, die uns die Entdeckung dieser Länder gebracht hat. Wohl behaupten einige, es sei ein widerliches, ekelerregendes Laster, das der Gesundheit schade, und ein teuflisches Laster, aber das ist dummes Geschwätz. Die Wahrheit ist, dass es in Momenten der Aufregung Geist und Nerven beruhigt und heiter stimmt.«

Es war das erste Mal, dass die Worte des Mannes in Sotomayors Ohren nicht nach einem Befehl oder einer unterschwelligen Drohung klangen, sondern nach einer schlichten Bemerkung über ein Thema, das in aller Munde war und seit einiger Zeit im Königreich für Diskussionsstoff und sogar Streit sorgte. Zahlreiche Schriften waren für und wider diese seltsame, den Indianern abgesehene Gewohnheit verfasst worden, die sich immer mehr durchsetzte. Obwohl die Kirche sich noch nicht offiziell dazu geäußert hatte, gab es viele Prälaten, die Maßregeln zu dieser neumodischen Sitte erlassen hatten. In einigen Diözesen war das Rauchen innerhalb der Kirchen verboten – wegen des Qualms und des Gestanks, den es verbreitete, und weil es bei vielen der Gläubigen, die der Liturgie beiwohnten, Hustenreiz und Übelkeit hervorrief. Manch ein Pfarrer war noch weiter gegangen und hatte, wie von Arista angedeutet, das Laster als Teufelszeug verdammt, da es dem Reich des Bösen zuzurechnen war, wie unzweifelhaft daraus ersichtlich wurde, dass einem der Rauch aus Mund und Nase drang. Auf der anderen Seite gab es eine beträchtliche Anzahl von Klerikern, die selbst dem Tabakgenuss frönten.

Tatsache war, dass das Thema Anlass zu hitzigen Debatten gab und trotz der bereits erwähnten Verurteilung die Zahl der Anhänger des Tabakrauchens immer größer wurde. Er wurde auf die verschiedenste Weise genossen: So gab es diejenigen, die wie Pedro de Arista den Rauch durch den Mund einzogen und durch Mund und Nase gleichermaßen wieder ausstießen. Andere ließen den Rauch entweder durch den Mund oder die Nase entweichen. Dann gab es die, die durch die Nase inhalierten – so machten es die Indianer – und den Rauch durch Nase oder Mund ausbliesen.

Ferner war die Sitte verbreitet, die Tabakblätter, aus denen

Zigarren gerollt wurden, zu kauen; sie war besonders bei den Seeleuten beliebt, da sie dem Gebot der Vorsicht und den strengen Anordnungen der Kapitäne zur Vermeidung von Feuer an Bord entsprach. Einige kauten den Tabak auch deshalb, weil auf diese Weise Rauch und Glut umgangen werden konnten, Luzifers ureigener Domäne, die darauf verwies, dass der Teufel seine Hand im Spiel hatte.

Der Inquisitionsassessor und der Jesuit hatten gerade ihr Gespräch über den Tabak begonnen, als der Türsteher auf Don Pedro zutrat und ihm etwas zuflüsterte, was Sotomayor, da er in der Nähe stand, dennoch verstehen konnte.

»Seine Eminenz empfängt Euch sofort, Don Pedro. Folgt mir bitte.«

Sie verließen das Vorzimmer und betraten ein kleines Kabinett, das in sanftem Halbdunkel lag, da außer von der Tür kein Tageslicht hineindrang. Es war von einer Öllampe erhellt, auf der mehrere Dochte schwammen. Die Einrichtung des Zimmers war ausgesprochen karg. Auffallend war eine große, schlichte Kommode, auf der ein Kruzifix mit einem elfenbeinernen, besonders schön geschnitzten Christus stand.

»Wartet hier, Seine Eminenz wird gleich da sein.«

Es waren erst ein paar Minuten vergangen, als durch eine kleine Innentür Everardo Nithard eintrat, der Beichtvater und Günstling der Königin Doña Mariana de Austria, Mitglied des Regierungsrats und Großinquisitor. Er war hochgewachsen und hatte einen mürrischen Gesichtsdausdruck, den seine Anhänger auf seine asketische Lebenshaltung zurückführten. Ein schwarzes Birett bedeckte seinen Kopf. Auf den ersten Blick wirkte er eher wie jemand, der sich mit theologischen und geistlichen Fragen auseinandersetzte als mit weltlichen Angelegenheiten. Seine spitz zulaufenden Augenbrauen und die dünnen Lippen, nicht mehr als ein schmaler Strich in seinem Gesicht, ließen auf seinen entschlossenen, starken Charakter und auf einen unbezähmbaren Willen schließen. Er trug, wie es der Mode entsprach, Schnurr- und Kinnbart, aber das schien seine einzige Konzession an die weltlichen Dinge, die bei Hofe üblich waren, wo er eine wichtige Rolle spielte. Die Königin setzte ihr ganzes Vertrauen auf den Mann, der ihr Gewissen und ihr geistliches Leben beherrschte, seit sie als fünfzehnjähriges Mädchen nach Spanien gekommen war, um ihren Onkel zu heiraten, König Felipe IV., der dreimal so alt war wie sie.

Der Großinquisitor bot Don Pedro mit lässiger Höflichkeit die Hand zum Kuss. Er schien leicht verwundert, einen Jesuitenpater zu empfangen, den er nicht kannte, aber da Nithard Situationen wie diese bei Hofe häufig widerfuhren, sagte er leichthin:

»Euer Gesicht kommt mir vage bekannt vor, Pater ...«

»Ich bin Pater Diego de Sotomayor und erst vor einigen Tagen hier angekommen ...«

Nithard ließ ihn nicht ausreden, sondern streckte ihm seine Hand entgegen, die der junge Priester ehrerbietig küsste.

»Wohlan, Don Pedro, was habt Ihr mir so Dringliches mitzuteilen, dass es nicht warten kann?«

»Pater Diego de Sotomayor sagt, er habe glaubwürdige Beweise für einen Plan zur Ermordung Eurer Eminenz.«

Bei diesen Worten erbebte Nithard leicht. Es verging ein Moment, bevor er seine Besucher mit höfischer Geste bat, in zwei Armsesseln Platz zu nehmen:

»Setzt Euch, werte Herren, denn die Angelegenheit, die Euch hierher führt, erfordert einiges Nachdenken. Darf ich Euch eine Erfrischung anbieten? Zimtwasser? Aromatisierte Milch? Kräutertee?«

Ohne ihre Antwort abzuwarten, läutete Nithard ein silbernes Glöckchen, das auf einem Beistelltisch stand. Es war offensichtlich, dass er derjenige war, der einer Stärkung bedurfte. Sofort erschien ein beflissener Diener.

»Was nehmt Ihr, werte Herren?«, fragte Nithard erneut.

»Frisches Wasser, wenn möglich«, antwortete Arista.

»Ich auch«, schloss sich Sotomayor an.

»Also Wasser für alle«, sagte Nithard.

Als der Diener den Raum verlassen hatte, setzte der Günstling der Königin erneut an.

»Wir wollen sehen, was Ihr mir über diese außergewöhnliche Neuigkeit zu berichten habt. Wie Ihr verstehen werdet, werte Herren, bin ich sehr daran interessiert, alles zu erfahren, was Ihr über diese Angelegenheit wisst, wenn möglich, in allen Einzelheiten.«

Arista sah zu Sotomayor hinüber und bedeutete ihm wortlos zu sprechen. Der junge Jesuit begann, ein wenig unsicher zu erzählen, was ihm an diesem Morgen widerfahren war.

»Nun, Eure Eminenz, heute Morgen wurde ich in die Herberge La Estrella gerufen, um einem Sterbenden beizustehen, der die Beichte ablegen wollte. Es war der Marquis de Saint-Aunais …«

»Saint-Aunais, sagt Ihr?«, fragte Nithard und schien sein Gedächtnis anzustrengen.

»So ist es, Eure Eminenz. Er behauptete, er sei vergiftet worden, und wollte beichten. Dann erzählte er, das Gift sei ihm im Mesón del Moro von zwei Männern, mit denen er sich dort getroffen hatte, in einen Becher Schokolade getan worden. Er sagte, man habe ihn vergiftet, weil er sich geweigert habe, sich an einem Plan zur Ermordung Eurer Eminenz zu beteiligen …«

Nithard rutschte unruhig in seinem Sessel hin und her. In diesem Augenblick trat der Diener mit einem Tablett ein, auf dem ein Krug und drei fein geschliffene Kristallgläser standen. Er füllte sie mit Wasser und fragte: »Wünschen Eure Eminenz noch etwas?«

»Nein, du kannst gehen. Schließ die Tür hinter dir.«

Der Diener zog sich lautlos zurück, während Nithard selbst seinen Gästen die Gläser reichte.

»Don Diego, fahrt fort, wenn Ihr wollt.«

»Wie ich Eurer Eminenz schon sagte, hatten diese Individuen laut Saint-Aunais einen Plan zu Eurer Ermordung ausgeheckt. Das hat mir der Unglückliche in seiner Todesstunde gebeichtet.«

»Kennt Ihr die Namen der Männer, die Saint-Aunais nach seiner Aussage das Gift verabreicht haben?«, fragte der Großinquisitor.

»Er nannte mir nur einen Namen. Anscheinend kannte er den anderen nicht.«

»Und wer war der Mann, den er kannte?«

»Es handelt sich um einen aragonesischen Adeligen namens Malladas, Eure Eminenz.«

»Malladas!«

Fast schrie Nithard diesen Namen; er war unwillkürlich aufgesprungen. Auch Arista und Sotomayor hatten sich erhoben. Letzterer fragte überrascht: »Kennen Eure Eminenz ihn etwa?«

»Natürlich kenne ich ihn. Und genau darum erscheint es mir seltsam, dass er es gewesen sein soll.«

Nithard durchmaß den kleinen Raum unruhig von einem Ende zum anderen und murmelte vor sich hin: »Das ist unmöglich, das kann nicht sein.«

Arista fragte ihn: »Glauben Eure Eminenz vielleicht, dass es sich um nichts weiter handelt als um einen Schwindel Saint-Aunais'?«

Nithard zögerte mit der Antwort, und Sotomayor wurde nervös.

»Saint-Aunais war ein Intrigant, möge der Herr seiner Seele gnädig sein, und hatte nie Skrupel, das Lager zu wechseln. Mal stand er auf Seiten Don Juans, mal auf unserer Seite, je nachdem, wie dick der Beutel mit Dukaten war, den man ihm in die Hände legte. Wenn es seinen Interessen diente, spielte er sogar ein doppeltes Spiel. Ich kann Euch versichern, dass ihm nicht zu trauen ist!«

»Aber Herr, er lag im Sterben!«, warf Pater Sotomayor mit zitternder Stimme ein.

»Man merkt, dass Ihr noch sehr jung seid, mein lieber Don Diego, und dass Ihr nicht wisst, wem Ihr in seiner Todesstunde beigestanden habt. Saint-Aunais hätte seine Seele selbst dem Teufel verkauft.«

Als er das vernahm, bekreuzigte sich der junge Priester rasch.

»Eure Eminenz werden vielleicht mit mir darin übereinstimmen, dass ein Mensch im Angesicht des Todes die Wahrheit zu sagen pflegt. Und außerdem: Was hätte dem Sterbenden eine Lüge genützt?«

»Es könnte sich um die Rache eines Betrügers handeln, wie der Marquis einer war. Ihr hättet diesen Mann erleben müssen ...« Nithard hielt einen Augenblick inne, seine Augen leuchteten auf, als sei ihm eine Idee gekommen. »Seid Ihr übrigens sicher, Don Diego, dass der Marquis wirklich tot ist?«

Der Jesuit sackte in sich zusammen, als er die Frage vernahm, aber nach einem Moment des Zögerns sagte er entschlossen: »Ich kann Eurer Eminenz schwören, dass er eine Leiche war, als ich die Herberge verließ. Und dass ich ihm kurz zuvor die Beichte abgenommen und die Letzte Ölung verabreicht hatte.«

»Hat er während der Beichte von dem Plan zu meiner Ermordung und Malladas' Beteiligung daran gesprochen?«, fragte Nithard beunruhigt.

Pater Sotomayor lief puterrot an.

»Nicht um alles Gold der Welt werde ich preisgeben, was mir unter dem Siegel des Beichtgeheimnisses anvertraut wurde. Doch wisst, dass er, bevor er beichtete, allen Anwesenden erzählte, Malladas habe ihn mit der Frühstücksschokolade vergiftet, weil er sich geweigert habe, sich an Eurer Ermordung zu beteiligen. Das Einzige, was ich Euch sagen kann, ist, dass er in der Beichte noch einmal bekräftigte, was er kurz zuvor enthüllt hatte.«

Arista, der unermüdlich weiterrauchte und den kleinen Raum, in dem die Begegnung stattfand, mit Qualm füllte, fragte den Großinquisitor erneut: »Woher kennen Eure Eminenz diesen Malladas?«

Nithard sah Don Pedro streng an, als wolle er ihn für seine Neugier rügen.

Dieser deutete den Blick richtig und sagte entschuldigend: »Meine Frage über eine mögliche Bekanntschaft Eurer Eminenz mit Malladas diente nur dazu herauszufinden, was Saint-Aunais gebeichtet haben könnte.«

»Nichts anderes habe ich hinter Eurer Frage vermutet, mein lieber Don Pedro«, erwiderte Nithard spöttisch. Dann wandte er sich wieder an seinen jungen Ordensbruder.

»Ich weiß nicht, geschätzter Bruder, wie ich Euch für Eure

Sorge um meine Person und Eure Unterstützung in dieser heiklen Angelegenheit danken soll. Auch Euch« – sagte er, an Arista gewandt – »gebührt mein aufrichtigster Dank für Eure Schnelligkeit und Entschlossenheit. Da Saint-Aunais tot ist, halte ich es für das Wichtigste, Malladas aufzutreiben, und dabei sollten wir keine Sekunde verlieren. Ich werde alles Nötige zu seiner Befragung veranlassen.«

Damit betrachtete er die Audienz als beendet.

»Ihr dürft Euch nun zurückziehen.«

Arista neigte zum Abschied leicht den Kopf, aber Sotomayor stotterte beschämt: »Es gibt da noch etwas, was Eure Eminenz wissen sollte, aber es ist etwas, was ich nur ... nur Eurer Eminenz enthüllen darf ... ohne ... ohne Zeugen ...«

Nithard half ihm aus der Verlegenheit.

»Don Pedro, hättet Ihr die Liebenswürdigkeit, uns einen Augenblick allein zu lassen?«

»Selbstverständlich, Eminenz.« Arista konnte seinen Zorn kaum verhehlen, aber er hatte keine Wahl. Wütend ging er hinaus, dichte Rauschschwaden hinter sich zurücklassend.

Als die beiden Ordensbrüder allein waren, atmete Nithard, der in Gegenwart des Inquisitionsassessors steif gewirkt hatte, auf. Sotomayor verstand, dass Aristas Präsenz dem Günstling der Königin nicht behagte. Auch er mochte die Art des Mannes nicht.

Nithard bat ihn, wieder Platz zu nehmen, und bedeutete ihm, er sei bereit, sich anzuhören, was der andere ihm Vertrauliches zu berichten hatte. Sotomayor zögerte einen Moment und sagte dann leise, als fürchte er sich selbst vor dem, was er sagte: »Da ist noch etwas ...«

Der Günstling, der den Zweifel in seinem Blick erkannte, ermunterte ihn mit sanfter Stimme: »Beruhigt Euch, Bruder

Diego, und wenn Ihr glaubt, ich sollte wissen, was Ihr mir zu sagen habt, so sprecht frei heraus.«

»Nun, Eure Eminenz ... es ist ... was ich Euch zu sagen habe, hatte Saint-Aunais nicht für fremde Ohren bestimmt, anders als das, was er über seine Vergiftung durch Malladas berichtet hat. Er hat es nur mir gesagt ... und ...«

»Und?« Nithard versuchte, ihm auf die Sprünge zu helfen.

»Und ich weiß nicht, ob das, was er mir enthüllt hat, unter das Beichtgeheimnis fällt. Ich weiß es einfach nicht ...«

Der Jesuit verbarg sein Gesicht in den Händen.

»So beruhigt Euch doch, Diego.« Nithard erhob sich, und als er seinem jungen Ordensbruder leicht die Hand auf die Schulter legte, bemerkte er, wie angespannt dieser war. Er nahm das Glas, aus dem der Jesuit getrunken hatte, und reichte es ihm.

»Ein Schluck wird Euch guttun.«

Das Wasser schien Sotomayor, der unter der Anspannung all dessen stand, was ihm an diesem Morgen widerfahren war, ein wenig zu beruhigen. Nithard sprach eindringlich auf ihn ein, als habe er einen Schüler vor sich, dem er eine akademische Fragestellung vermitteln müsse.

»Es ist nur natürlich, mein Freund, dass Ihr befangen seid, weil Ihr fürchtet, das Beichtgeheimnis zu verletzen. Aber eben dieser Zweifel ist die beste Garantie dafür, dass Ihr ruhigen Gewissens sein könnt. Denn wo Zweifel sind, hilft nur die Reflexion. Erlaubt Ihr mir, Euch bei dieser Aufgabe behilflich zu sein?«

Sotomayor nickte.

»Handelt es sich bei der fraglichen Angelegenheit um eine Sünde oder Verfehlung seitens Eures Beichtkindes, die er Euch anvertraut hat, damit sie ihm vergeben werde?«

»Nein, Eminenz, es handelt sich weder um eine Sünde noch um eine Verfehlung.«

»Das heißt also, dass das, worum es geht, nach kanonischer Auffassung nicht *stricto sensu* Gegenstand der Beichte ist.«

»So ist es, Eminenz.«

»In diesem Fall, mein lieber Don Diego, haben wir es demnach mit einer Sache zu tun, die weder der Reue noch der Buße bedarf.«

»Das ist richtig, Eminenz.«

»Und so unterliegt die vertrauliche Information, die Ihr nur mit dem Marquis de Saint-Aunais zu teilen scheint, auch nicht dem Beichtgeheimnis.«

»Eure Beweisführung ist unwiderlegbar, Eminenz, aber dieses Geheimnis wurde mir während der Beichte anvertraut.«

»Ebenso hätte er Euch einen Witz oder eine Zote erzählen können!« Nithard wurde allmählich ungehalten.

»Aber es war weder das eine noch das andere, Eminenz.«

»Eben deshalb, mein lieber Freund« – der Inquisitor versuchte sich wieder zu beruhigen – »messt Ihr der Sache ein Gewicht bei, das es nicht hat. Denn sagt mir, wenn es eine Lappalie wäre, würden Euch dann diese Zweifel plagen?«

»Sicher nicht, Eminenz.«

»Dann denkt einmal darüber nach. Auch sollte Euch, nachdem Ihr Eure Zweifel hinsichtlich des Beichtgeheimnisses überwunden habt« – für Nithard schien diese Frage erledigt – »vor Augen führen, welchen Schaden Ihr vermeiden könnt, indem Ihr Euer Wissen preisgebt. Dies ist eine moralische Frage, die Ihr wohl bedenken solltet. Ich will damit sagen, mein lieber Freund« – Nithard ließ all seine höfische Erfahrung spielen – »dass die Folgen Eurer Entscheidung über die Enthüllung dieses Geheimnisses schwer auf Eurem Gewissen lasten könnten. Und zu guter Letzt: Hat Euch der Sterbende gesagt, das, was er Euch außerhalb der Beichte anvertraute – denn es handelte sich ja weder um eine Sünde noch um eine Verfehlung –, müsse geheim bleiben?«

»Nein, Eminenz, der Marquis hat mich nicht gebeten, das, was er mir sagte, für mich zu behalten. Mehr noch, ich habe das unbestimmte Gefühl, dass er sich wünschte, es möge bekannt werden!«

»Grundgütiger Gott! Warum erzählt Ihr es mir dann nicht einfach?«

Sotomayor versuchte sich zu rechtfertigen.

»Ich glaube, Eminenz, Ihr habt vollkommen recht. Aber Ihr werdet verstehen, dass ich unter den gegebenen Umständen wünsche, mein Gewissen auch nicht durch den Schatten eines Zweifels belastet zu sehen. Nach Euren Überlegungen ist dieser Zweifel ausgeräumt; außerdem wird das Wissen um dieses Geheimnis nicht nur für Eure Person, sondern auch für die politischen Angelegenheiten bei Hofe von außerordentlichem Nutzen sein.«

»Ich höre.«

»Malladas, Eminenz, war nur ein Werkzeug in diesem Planspiel, ein Bauer. Ich werde Euch verraten, wer hinter dem Plan zu Eurer Ermordung steckt.«

Nithards Augen blitzten auf:

»Wer ist es?«

»Es ist … es ist Juan José de Austria. Er steckt hinter dem Ganzen.«

Auf Nithards Gesicht zeichnete sich ein Lächeln ab.

»Ich danke Euch unendlich für diese Information. Ihr könnt Euch jetzt zurückziehen. Haltet Euch jedoch stets zu meiner Verfügung, falls ich Eure Aussage brauchen sollte.« Er stand auf und streckte dem jungen Priester die Hand entgegen. Dieser küsste sie erneut und verließ lautlos den Raum.

3

Am Nachmittag desselben Tages, an dem Nithard von dem geplanten Anschlag auf sein Leben erfahren hatte, machte sich eine Gruppe von Häschern, angeführt von einem königlichen Richter, auf die Suche nach José de Malladas. Er stand unter dem schwerwiegenden Verdacht, die Ermordung einer hochgestellten Persönlichkeit geplant zu haben.

Die Entscheidung, ihn zu verhaften und in den königlichen Kerker zu werfen, war wenige Stunden zuvor in einer eilig einberufenen Sitzung des Kronrats unter dem Vorsitz von Mariana de Austria gefallen, einer Institution, die nach dem Letzten Willen Felipes IV. eingerichtet worden war, um die Königin in den Regierungsgeschäften zu unterstützen. In dieser Sitzung hatte Nithard berichtet, was er wusste, hatte aber verschwiegen, woher er es wusste. Tatsächlich hatten die Ratsmitglieder bereits von den Ereignissen in der Herberge La Estrella erfahren, denn die Nachricht vom Tode des Marquis de Saint-Aunais und seinen Begleitumstände hatten sich in Madrid verbreitet wie ein Lauffeuer.

Zwar waren den hier Versammelten die unterschiedlichsten Versionen der Geschichte zu Ohren gekommen, in einem jedoch stimmten alle überein: Der Marquis hatte vor seinem Tod lauthals verkündet, ein gewisser Malladas habe ihn vergiftet, weil er sich geweigert habe, sich an einem Plan zur Ermordung Pater Everardos zu beteiligen. Nun wurde unter den Ratsmitgliedern debattiert, inwieweit man den Behauptungen eines Intriganten wie Saint-Aunais Glauben schenken durfte, der sich im Laufe seines abenteuerlichen Lebens häufig genug als wenig vertrauenswürdig erwiesen hatte.

»Ich weigere mich, auch nur ein Wort von dem zu glauben, was ein Gauner wie Saint-Aunais von sich gibt«, ließ sich Don Cristóbal Crespí de Valldaura vernehmen, »denn jedermann bei Hofe weiß, dass er log, wenn er nur den Mund auftat.«

»Dennoch werdet Ihr mit mir übereinstimmen, Don Cristóbal, dass es merkwürdig wäre, wenn er noch im Todeskampf gelogen hätte«, gab der Graf von Peñaranda zu bedenken.

»Ja, aber bei einem Kerl wie Saint-Aunais muss man auf alles gefasst sein, sogar darauf, dass er selbst in dem Augenblick lügt und betrügt, in dem sich jeder gute Christ darauf vorbereitet, vor den Obersten Richter zu treten«, mischte sich der Erzbischof von Toledo ins Gespräch.

Zur allgemeinen Überraschung schloss sich Nithard, der gut mit dem Toten bekannt gewesen war, dieser Ansicht an.

»Wer den Marquis kannte, weiß, dass auf seine Behauptungen wenig zu geben ist, selbst in Umständen wie denen, in denen sein schreckliches Bekenntnis zustande kam.«

Die Meinungen über die Glaubwürdigkeit des Marquis gingen weit auseinander, und nach zwei Stunden hatte sich die Lage im Kronrat dermaßen zugespitzt, dass eine Einigung unmöglich schien. Schließlich beendete die Königin den Streit.

»Wieder einmal tut der Beichtvater in seiner Bescheidenheit so, als seien die Pläne seiner Feinde, die auch die Unseren sind, nicht weiter von Belang. Wir alle wissen, dass der verstorbene Saint-Aunais ein wenig vertrauenswürdiger Mann war, aber es stimmt auch, dass die Schwere seiner Behauptung

Uns ungeachtet aller Bedenken zwingt, Maßnahmen zu ergreifen, die Licht in diese heikle Angelegenheit bringen sollen. Immerhin geht es um einen möglichen Giftmord sowie – was noch schwerer wiegt – um die mögliche Existenz eines Plans zur Ermordung Unseres Beichtvaters. Daher ist es Unser Wunsch und Wille, dass dieser Malladas festgenommen und zu dieser Angelegenheit verhört werden möge.«

Mit dieser kategorischen Meinungsäußerung der Königin war die Debatte beendet.

Seine Suche nach Malladas führte den Richter und die ihm unterstellten Büttel zur Pforte von San Martín, wo Malladas lebte. Er hatte in Erfahrung gebracht, dass der aragonesische Edelmann bereits seit einigen Jahren in Madrid lebte und mit politischen Angelegenheiten beschäftigt war. Seine Frau, ein hübsches, kokettes Geschöpf, sagte dem Richter auf dessen Frage, wo ihr Mann zu finden sei, er sei frühmorgens abgereist und noch nicht zurück. Als der Richter sie fragte, ob ihr Mann gewöhnlich um eine bestimmte Uhrzeit nach Hause zurückkehre, erwiderte sie, nein, manchmal bleibe er sogar über Nacht fort.

Der Richter wunderte sich, dass Malladas' Gattin sich nicht weiter dafür zu interessieren schien, dass ihr Mann von Amts wegen gesucht wurde und man sie nach seinem Verbleib fragte. Ruhig und völlig unberührt beschränkte sie sich darauf, die Fragen zu beantworten, die man ihr stellte. Noch verwunderter war er, als sie begann, ihm gewisse zweideutige Ansinnen zu unterbreiten, die der Richter, ein ernster, strenger Mann, barsch zurückwies.

Nach der Befragung der Frau, die wenig genug ergeben hatte, ordnete der Richter an, das Haus zu überwachen, falls der Kerl zurückkommen sollte, was er allerdings bezweifelte.

Es war anzunehmen, dass auch dem aragonesischen Edelmann Saint-Aunais' letzte Worte zu Ohren gekommen waren und er das Weite gesucht hatte. Don Pedro de Salcedo – so hieß der Richter – war ein frommer Mann und ein treuer Anhänger der Kirche und als solcher der festen Überzeugung, dass ein Sterbender nicht lügen konnte und der Marquis folglich die Wahrheit gesagt hatte. Dennoch befahl er, die Überwachung so diskret wie möglich durchzuführen. Man konnte nie wissen.

Die Büttel, die das Haus im Auge behielten, beobachteten, zunächst ungläubig, dann erheitert, wie nacheinander zwei Männer zum Haus kamen. Auf ein offensichtlich zuvor vereinbartes Klopfzeichen öffnete ihnen Malladas' Gattin höchstpersönlich die Tür. Nach einiger Zeit kamen die beiden rosig und lächelnd wieder hervor, was den Beobachtern Anlass zu mancherlei Vermutungen gab.

Es war schon später Nachmittag, und die Sonne näherte sich dem Horizont, aber der Gesuchte hatte sich noch nicht blicken lassen. Die Soldaten, die bereits seit drei Stunden auf ihrem Posten standen, wurden allmählich müde, und Don Pedro de Salcedo, den das Betragen von Malladas' Gattin empörte, überlegte schon, seine Männer abzuziehen, denn in etwa einer halben Stunde würde es zum Gebet läuten. In diesem Augenblick kam der Mann, der die Aufgabe hatte, ihn zu benachrichtigen, sobald der Gesuchte sich blicken lasse, keuchend angelaufen: »Don Pedro, Don Pedro! Malladas ist auf dem Weg hierher! Er ist allein und offensichtlich arglos!«

Der Richter rieb sich die Hände und rief aus, den Blick zum Himmel erhoben: »Anscheinend war unser Warten nicht vergebens!«

Dann wandte er sich an den Mann, der ihm die Nachricht überbracht hatte: »Alles geht wie vereinbart!«

Der Mann lief eilig davon, um die anderen zu benachrichtigen. Als Malladas fünf Minuten später an die Tür seines Hauses klopfte, sah er sich von einem halben Dutzend Häschern umringt. Don Pedro de Salcedo rief ihm beherrscht, aber gebieterisch zu: »Im Namen Ihrer Majestät, Ihr seid verhaftet, Señor de Malladas!«

Der Aragonese machte Anstalten, sich zur Wehr zu setzen. Seine Hand zuckte zum Schwert, aber noch bevor er das Heft umfassen konnte, berührten zwei Klingen seine Kehle.

»Darf man erfahren, was das soll? Wer wagt es, mich zu verhaften, und warum?«

Der Richter trat auf ihn zu und entwaffnete ihn eigenhändig. Er öffnete die Schnalle des Wehrgehenks, in dem das Schwert steckte, und übergab es einem der Soldaten: »Ihr seid angeklagt, den Marquis de Saint-Aunais vergiftet zu haben!«

»Das ist nicht wahr!«, fuhr Malladas auf. »Es gibt keinen einzigen Beweis für die Richtigkeit Eurer Worte!«

»Saint-Aunais ist tot. Auf dem Totenbett hat er versichert, Ihr hättet ihn vergiftet.«

»Verdammter Lügner!«, schrie der Aragonese.

Am selben Nachmittag fand im Haus von Don Bernardo Patiño ein Treffen statt, das im Zusammenhang mit den skandalösen Enthüllungen des Marquis stand. Don Bernardo war ein alter Mann, vornehm und gütig, ein Ritter des Johanniterordens, der bei Hofe als Sekretär und Vertrauensmann von Don Juan José de Austria tätig war. Er war stets schwarz gekleidet und trug das Ordenskreuz auf der Brust. Seine unverbrüchliche Treue zu Don Juan lag nicht nur darin begründet, dass dieser Großmeister seines Ordens war, sondern auch in der persönlichen Wertschätzung, die er für den Prinzen hegte. Wie viele andere seiner Zeitgenossen war er davon überzeugt, dass einzig Don Juan die schwierigen Probleme lösen konnte, denen sich die Monarchie ausgesetzt sah.

Nach dem Mittagessen und einer halbstündigen Siesta, die Don Bernardo ebenso heilig war wie der tägliche Gang zur Messe in der Klosterkirche der Augustinermönche, hatte er Don Pedro de Arista empfangen, der ihm am Morgen die Nachricht hatte zukommen lassen, dass er ihm etwas äußerst Wichtiges mitzuteilen habe. Der Inquisitionsassessor war Teil seines dicht gewobenen Netzes aus Spitzeln und Zuträgern.

Patiño empfing Arista freundlich: »Mein lieber Pedro, es ist mir immer ein Vergnügen, Euch zu sehen. Bitte setzt Euch doch.«

Don Bernardo deutete auf einen der beiden lederbezogenen Sessel.

Arista nahm Platz und sagte dann ernst und nachdrücklich: »Hört genau zu, was ich Euch zu berichten habe. Sicher sind Euch einige Gerüchte zu Ohren gekommen, aber ich weiß etwas, was Ihr unbedingt erfahren müsst.«

»Ich nehme an, Ihr meint die Gerüchte über die Behauptungen des Marquis de Saint-Aunais, es gäbe einen Plan zur Ermordung des Günstlings der Königin.«

»Genau darum geht es. Ich weiß nicht, wie viel Wahrheit in dieser Geschichte steckt, aber Nithard ist bereits bestens informiert. Heute Morgen kam ein Jesuit namens Diego de Sotomayor ins Sanctum Officium. Er hatte Saint-Aunais in seiner Todesstunde beigestanden, und da ich annahm, er könne Informationen aus erster Hand haben und diese dem Inquisitor mitteilen wollen, habe ich beschlossen, ihn selbst zu Nithard zu führen.«

Don Bernardo nickte einige Male zustimmend: »Daran habt Ihr gutgetan.«

»Das Erste, was ich Euch mitzuteilen habe«, fuhr Arista fort, der sich durch Patiños Worte bestätigt fühlte, »ist, dass der Inquisitor sich während des gesamten Gesprächs sehr misstrauisch allem gegenüber zeigte, was den Toten betraf. Er überlegte sogar, ob Saint-Aunais selbst an der Schwelle des Todes fähig sei zu lügen und eine Intrige anzuzetteln.«

»Das wundert mich nicht«, unterbrach ihn Don Bernardo. »Saint-Aunais war nicht zu trauen. Er hat Nithard – und auch uns! – verschiedentlich betrogen.«

Arista berichtete weiter: »Als der Jesuit ihm sagte, der Tote habe versichert, dass Malladas ihm das tödliche Gift verabreicht habe, stieß Nithard unwillkürlich einen Ausruf der Überraschung aus.«

»Auch das wundert mich nicht«, unterbrach Don Bernardo ihn erneut, »es war Nithard, der Malladas nach Madrid geholt und ihm eine recht einträgliche Arbeit als Steuereintreiber verschafft hat. Im Gegenzug dafür sollte Malladas für ihn als Spitzel und Gehilfe tätig sein. Ich weiß aus sicherer Quelle, dass Nithard ihm diese Tätigkeit großzügig entlohnte, wenn die erzielten Ergebnisse seinen Interessen dienten. Doch Malladas verprasste all sein Geld, und weder die Einkünfte aus seiner Arbeit noch die zusätzlichen Einnahmen aus seiner Spitzeltätigkeit waren ihm genug. Er hat sich an gute Kleidung, edlen Schmuck, elegante Karossen, das Spiel und die Frauen gewöhnt. Seine Ehe ist eine reine Farce, und seine Frau, die ebenso verschwenderisch ist wie er, bringt Geld herein, indem sie ihren Körper verkauft. Das kommt Malladas nicht ungelegen, denn für ein paar Dukaten ist er zu allem fähig, selbst dazu, anderen Männern seine eigene Frau anzubieten.«

»Ein willentlich gehörnter Ehemann!«, rief Arista aus.

Patiño nickte zustimmend und fuhr fort: »Dessen ungeachtet brauchte er immer mehr Geld, geriet immer stärker in Bedrängnis. Schließlich behielt er einen Teil der Steuern, die er für Seine Majestät eintrieb, für sich. Daraufhin wurde gegen ihn ein Prozess eingeleitet, der noch nicht abgeschlossen ist. Er ist nur deshalb noch nicht verurteilt worden, weil damit auch der Name seines Beschützers Nithard in den Schmutz gezogen würde. Dieser hat daraufhin beschlossen, ihm die Arbeit zu entziehen und ihn aus seiner Nähe zu verbannen. Heute lebt Malladas von der Unzucht seiner Frau, die diese in seinem eigenen Haus treibt. Um ihr die Arbeit zu erleichtern, verlässt der Halunke in den frühen Morgenstunden das Haus und kehrt erst am Spätnachmittag zurück. Allerdings wurde mir berichtet, dass sich der Günstling und Malladas in den letzten Wochen wieder nähergekommen sind, da Letzterer wertvolle Informationen lieferte, und für Nithard mit seiner Verbannung dieser Quell versiegt war.«

Arista war nicht erstaunt über das, was Patiño zu erzählen wusste, auch wenn ihn einige Einzelheiten aufhorchen ließen. Er nahm seinen Bericht wieder auf: »Das, was Ihr mir soeben erzählt habt, erklärt vielleicht, warum Nithard so überrascht war zu erfahren, dass es Malladas gewesen war, der den Marquis für die Planung seiner Ermordung gewinnen wollte. Aber da ist noch etwas, was Ihr wissen solltet: Pater Sotomayor bat Nithard um ein Gespräch unter vier Augen, um ihm etwas Wichtiges im Zusammenhang mit dieser Geschichte mitzuteilen.«

»Wisst Ihr, was?«

»Ja, das weiß ich, obwohl der Inquisitor mich aufforderte, den Raum zu verlassen, in dem das Gespräch stattfand.«

Don Bernardo runzelte die Brauen: »Ich weiß um Eure Verbindungen innerhalb des dichten Netzes, das die Inquisition unterhält, und deshalb erstaunt es mich nicht, dass Ihr wisst, wie man an geheime Informationen herankommt, aber ...«

»Es ist alles eine Frage von Freundschaften, Beziehungen und ... Geld.«

»Haben denn in der Inquisition selbst die Wände Ohren?«, fragte Patiño sarkastisch.

»Ihr wisst zweifellos, welche Möglichkeiten einem eine prall gefüllte Börse erschließt, oder täusche ich mich?«

»Keineswegs, Don Pedro, keineswegs.«

Patiño erhob sich mühsam und ging zu einem reich geschnitzten Sekretär hinüber. Er holte einen mit Münzen gefüllten Lederbeutel aus einer der Schubladen und gab ihn Arista mit einer beredten Geste. Dieser stand auf und nahm ihn mit einem beflissenen Lächeln entgegen.

»Also: Was haben die Wände des Sanctum Officium gehört?«

»Der junge Jesuit, den heftige Gewissenszweifel plagten, berichtete dem Inquisitor schließlich, dass hinter dem ganzen Plan Don Juan stecke.«

Unwirsch rief Don Bernardo aus: »Seid Ihr Euch dessen sicher?«

»Völlig sicher.«

»Wie konnte der Jesuit so etwas behaupten?«, fragte Patiño und fuhr sich durch den Bart.

»Saint-Aunais hatte es ihm gesagt.«

»Natürlich hat Saint-Aunais es ihm gesagt! Wie sollte es anders sein! Aber wisst Ihr, ob der Marquis dies gesagt hat, weil er es von Malladas erfahren hatte?«

»Das kann ich nur vermuten, Don Bernardo. Aber es

scheint, als hätte der Marquis keine andere Informationsquelle gehabt als diesen aragonesischen *Hidalgo!*«

Patiño dankte Arista für die Informationen und bat ihn, ihn über alles auf dem Laufenden zu halten, was diese Angelegenheit betraf. Kurz bevor er ging, bemerkte Arista noch wie nebenbei: »Heute Nachmittag ist der Kronrat zusammengetreten und hat beschlossen, Malladas festsetzen zu lassen.«

Patiños Augen funkelten vor Zorn.

»Um Gottes Willen, Arista, warum habt Ihr das nicht früher gesagt!«

Don Pedros Selbstsicherheit war mit einem Schlag dahin. Er erbleichte, und seine Hände zitterten.

»Ihr müsst mir verzeihen, Don Bernardo. Ich wusste nicht ...«

Patiño schenkte seiner Entschuldigung keine Beachtung.

»Geht durch die Hintertür hinaus, Don Pedro, und zwar schnell! Ihr solltet klug genug sein, auf den ersten Blick die Spreu vom Weizen trennen zu können, und in diesem Fall ist der Weizen die Nachricht von der drohenden Verhaftung Malladas'! Hoffen wir, dass es noch nicht zu spät ist!«

Don Pedro de Arista verließ den Raum; er wusste, dass es in diesem Augenblick das Beste war, sich unsichtbar zu machen. Im Hinausgehen hörte er, wie Don Bernardo seine Männer zusammenrief und ihnen Befehle erteilte: »Schnell, schnell, Antón! Du musst eine Eilbotschaft überbringen! Andrés, komm sofort hierher! Andrééés! Wo steckt dieser Nichtsnutz denn schon wieder?«

4

Im Hafen von La Coruña herrschte vollkommene Ruhe. Dort lag seit Tagen ein Teil der Flotte des Marquis de Villafiel vor Anker, der andere Teil lag in Vigo. Die Reise der Flotte von der Bucht von Cádiz bis nach Galicien war schleppend verlaufen, unerträglich langsam nach Ansicht des Hofs, zumal die Schiffe in La Coruña nur kurz vor Anker gehen sollten – gerade lang genug, damit sich Don Juan José de Austria einschiffen konnte. Dann sollte es weitergehen nach Flandern, dem eigentlichen Ziel der Reise, wo Don Juan die Regierung über die Region übernehmen sollte, um die wieder einmal ein blutiger Krieg geführt wurde, diesmal gegen das mächtige Frankreich Ludwigs XIV.

Für die Königin war die Nachricht, die Villafiel ihr gleich nach seiner Ankunft in La Coruña hatte zukommen lassen, wie ein Schlag ins Gesicht gewesen. Einige seiner Schiffe, so schrieb der Marquis, seien in so schlechtem Zustand, dass ohne Reparaturarbeiten an eine Fahrt durch die stürmischen Gewässer der Nordsee nicht zu denken sei. Etliche Schiffsrümpfe mussten geflickt und ein Großteil der Flotte musste kalfatert werden. Diese Arbeiten würden mindestens drei Wochen in Anspruch nehmen, und erst dann könne man aufbrechen. Dabei wünschte sich Doña Mariana de Austria nichts sehnlicher, als den Mann fern der Iberischen Halbinsel zu wissen, den sie als ihren größten Feind betrachtete: den illegitimen Sohn ihres verstorbenen Gatten.

Als die Witwe Felipes IV. den Kronrat über die Botschaft Villafiels unterrichtete, waren die meisten Ratsmitglieder der Ansicht, der Admiral der Flotte habe sich mit Don Juan verbündet, um dessen Abreise nach Flandern so lange wie möglich hinauszuzögern. Nichts lag dem Prinzen ferner als diese Reise, denn sein größtes Bestreben war, bei Hofe eine entscheidende Stellung einzunehmen.

Es wurde ein ungemütlicher Nachmittag in La Coruña. Die sanfte Meeresbrise war zu einem kräftigen Westwind geworden, das Meer warf immer höhere Wellen, die sich mit Macht an den Felsen des Strandes von Riazor brachen und über die Hafenmole schwappten. Die Fischer taten ihr Möglichstes, um ihre kleinen Boote in Sicherheit zu bringen, und wer noch auf See war, beeilte sich, den schützenden Hafen zu erreichen. Die Fischer waren mit dem Meer vertraut und wussten, was sie in den nächsten Stunden erwartete; sie sahen, dass sich ein Unwetter zusammenbraute, das sich vielleicht sogar zu einer *Galerna*, einem jener gefürchteten Nordweststürme, auswachsen konnte, wenn der Heilige Jakobus und die Heilige Jungfrau nicht eingriffen. Gewaltige Wolken verdüsterten den Himmel, und noch vor Einbruch der Nacht begann es zu regnen. Der Seewind trieb den Regen schräg vor sich her.

An diesem Abend erreichte ein vom königlichen Hofe kommender Bote den Palast von Oteiro, in dem Don Juan José de Austria untergebracht war, solange die zur Einschiffung notwendigen Vorbereitungen noch nicht abgeschlossen waren. Der Bote schwitzte und keuchte, und das edle Ross, das ihn von der letzten Wechselstation in Monforte de Lemos hergetragen hatte, troff vor Nässe, mehr vom Schweiß als vom Regen, den es kaum abbekommen hatte. Es hatte Schaum vor dem Maul, und seine Augen waren von dem Gewaltritt gerötet, den sein Reiter ihm abverlangt hatte. Der Bote hatte keine Mühen gescheut, seine Nachricht noch an diesem Tag zu überbringen – dem fünften seit seinem Aufbruch aus Madrid –, denn für diesen Fall waren ihm acht Dukaten zusätzlich zu seinem üblichen Lohn versprochen worden. Auch ihm war die Anstrengung anzusehen, er war am Ende seiner Kräfte.

Auf den Lärm, den seine Ankunft verursachte, waren mehrere Lakaien zusammengelaufen, und die Soldaten, die den Palast und seine Umgebung bewachten, ließen ihn nicht einen Moment lang aus den Augen. In diesen Zeiten herrschte überall Misstrauen. Keiner traute dem anderen, und die politischen Turbulenzen hatten bewirkt, dass jedermann, der in diesen Kreisen verkehrte, alle erdenklichen Vorsichtsmaßnahmen traf, um so weit als möglich sein Leben zu schützen.

»Ich bringe eine Botschaft von Don Bernardo Patiño für Seine Hoheit, Señor Don Juan!«, rief der erschöpfte Bote.

Ein prächtig gekleideter Infanteriehauptmann – er trug ein gefüttertes Wams, ein Lederkoller, Stulpenstiefel, die ihm bis zum Oberschenkel reichten, und einen breitkrempigen Hut mit einem bunten Federbusch – geleitete ihn zu Don Juan José, der vor einem Kamin, in dem dicke Buchenscheite brannten, angeregt mit anderen Edelleuten plauderte.

Don Juan José de Austria war ein Mann um die vierzig, in den besten Jahren, etwas kleiner als mittelgroß und von kräftiger Gestalt. Sein blauschwarzes, leicht gewelltes Haar fiel ihm bis auf die Schultern. Er hatte kantige, aber angenehme Gesichtszüge und ein vorspringendes Kinn, das allerdings nicht so ausgeprägt war wie bei seinen Verwandten väterlicherseits üblich. Er trug einen modischen Schnurr- und Spitzbart, und der Blick seiner großen schwarzen Augen war tief und durchdringend. Sein von Natur aus eher blasses Gesicht war von den vielen Tagen, die er an der Spitze seiner Armee im Felde verbracht hatte, wettergegerbt. Er war schlicht gekleidet: schwarzes Wams, schwarze Kniehosen und schwarze Strümpfe. Sein einziger Schmuck war eine dicke Goldkette mit rechteckigen Gliedern, an denen das Goldene Vlies hing, und an seiner Brust das Abzeichen des Johanniterordens, dessen Großmeister er war. Obwohl er nur selten bei Hofe lebte, waren seine Manieren die eines Höflings. Seine Bewegungen und Gesten zeugten von Tatkraft, Hartnäckigkeit und einer schier grenzenlosen Willensstärke.

Als er hörte, ein Bote sei gekommen, wurde er sichtlich unruhig, wie immer, wenn ihn Nachrichten vom königlichen Hofe erreichten.

»Entschuldigt mich«, sagte er zu der kleinen Runde.

Während diese das unterbrochene Gespräch fortsetzte, befahl Don Juan, es dem Boten an nichts fehlen zu lassen, und zog sich in eine Zimmerecke zurück, wo er eine Öllampe anzündete und begierig las, was auf dem zusammengefalteten Blatt Papier stand, dessen Siegel er erbrochen hatte.

Madrid, am dreiundzwanzigsten Tag des Monats Mai Anno Domini 1668:

Ich hoffe und bete, dass meine Zeilen Euch bei bester Gesundheit antreffen. Wir befinden uns leidlich wohl, und alles wäre zum Besten bestellt, wenn es unserem Herrgott gefallen würde, meine Gemahlin Doña Baltasara von dem leichten Husten zu befreien, der sie plagt. Ansonsten

lässt die Gesundheit meiner Lieben nichts zu wünschen übrig.
Ganz anders steht es leider um die politische Lage bei Hofe, wo das größte Chaos herrscht und die wildesten Gerüchte kursieren. Das Auffälligste ist und bleibt die schlechte Regierung. Niemand trifft irgendeine Entscheidung, dabei gibt es genügend Angelegenheiten, die dringend nach einer solchen verlangen. Alle verhalten sich wie die Kinder und folgen darin dem Beispiel dessen, der in der Tat eines ist, nämlich unserem Herrn und König, während dies erwachsenen Männern wie den Mitgliedern des Minister- und Kronrats ausgesprochen schlecht ansteht.
Was Eure Reise nach Flandern betrifft, sind die abenteuerlichsten Gerüchte im Umlauf, aber die allgemeine Meinung der Menschen ist, dass Eure Hoheit an diesem Hofe eher gebraucht werden als im fernen Norden. Mir ist eine jener unzähligen Pasquillen zu Händen gelangt – man sagt, es seien an die fünfhundert von ihnen im Umlauf, aber das erscheint mir übertrieben –, die man in allen Winkeln Madrids findet und in denen aufgrund Eurer großen Erfahrung Eure Anwesenheit an der Seite der Königin verlangt wird. Ich lege Euch ein solches Pasquill zu Eurer Kenntnisnahme bei …
Größtes Aufsehen hat das Gerücht erregt, der Marquis de Saint-Aunais sei von Don José de Malladas vergiftet worden, einem aragonesischen Edelmann und Rittmeister, der Eure Hoheit auf dem Portugal-Feldzug begleitet hat. Weiter heißt es, das Gift sei Saint-Aunais in einer Tasse Schokolade verabreicht worden, als er sich weigerte, sich

an einem Plan zu beteiligen, den eben dieser Malladas ihm antrug und der die Ermordung des ehrwürdigen Beichtvaters vorsah. Die Nachricht hat außergewöhnliches Aufsehen erregt, zumal der Marquis sie in seinem Todeskampf in alle Welt hinausposaunt hat, was der Geschichte große Glaubwürdigkeit verleiht. An diesem Hofe zirkulieren Gerüchte aller Art.

Malladas ist von einem Richter festgesetzt und dem Rat von Kastilien vorgeführt worden, aber es heißt, er solle heute schon wieder auf freien Fuß gesetzt werden, da außer der Aussage Saint-Aunais', der aufgrund seiner Machenschaften als wenig vertrauenswürdig gilt, keine weiteren Beweise gegen ihn vorliegen.

Das ist alles, was ich Eurer Hoheit über die Ereignisse bei Hofe zu berichten weiß. Wie immer stehe ich zu Eurer Verfügung, wann immer Ihr dies wünscht, und bleibe Euer untertänigster Diener,

Don Bernardo Patiño

P.S.: Das Gerücht von heute Morgen, demzufolge Malladas aus Mangel an Beweisen gegen seine Person, sowohl was die Vergiftung Saint-Aunais' als auch den angeblichen Plan zur Ermordung Pater Everardos betrifft, freigelassen wird, hat sich bestätigt. Vor etwas mehr als einer Stunde ist er auf freien Fuß gesetzt worden.

Don Bernardo Patiño

Don Juan vergewisserte sich, dass diesem Blatt das Flugblatt beigefügt war, das seine Parteigänger in Madrid in Umlauf gebracht hatten und in dem seine Anwesenheit bei Hofe gefordert wurde, sowie dass man ihn nicht nach Flandern entsenden möge. Doch es lag eine weitere Botschaft bei, eine jener verschlüsselten Botschaften, die ihm sein Sekretär zu schicken pflegte, um ihm vertrauliche Nachrichten zu übermitteln, die für ihn persönlich bestimmt waren.

»Bitte entschuldigt mich noch einen Augenblick, ich bin gleich wieder bei Euch.«

Don Juan ging hinaus, schloss sich in seiner Kammer ein und machte sich daran, die Botschaft zu entziffern. Er holte den Code hervor, der in der Figur des schwarzen Königs eines Schachspiels versteckt war, das er immer bei sich hatte, da er ein leidenschaftlicher Schachspieler war. Aufgrund langjähriger Übung hatte er die kurze Botschaft rasch entschlüsselt.

Von A. habe ich erfahren, dass N. von der Beteiligung JJ.s in der uns betreffenden Angelegenheit unterrichtet ist. Es ist möglich, dass der Rittmeister etwas ausgeplaudert hat. Die Nachricht ist verbürgt. Habt acht auf das, was euch daraus erwachsen könnte. Vom Pasquill sind, wie vereinbart, fünfhundert Kopien im Umlauf.

Don Juans Miene hatte sich verdüstert. Mechanisch hielt er das Papier an eine Kerze und verbrannte es, bis nur noch ein Zipfel übrig war, den er in der Hand hielt.

»Also weiß Nithard von meiner Beteiligung am Plan«,

dachte er, während er die Treppe hinunterging. »Ich muss dringend etwas unternehmen.«

Wieder bei seinen Kameraden angelangt, schickte er nach Hauptmann Gonzalo de Santa Cruz, einem Mann, dem er bedingungslos vertraute. Seit dem Tag der Niederlage im Kampf gegen die Portugiesen in Estremoz vor fast fünf Jahren verband die beiden Männer eine Art Blutsbrüderschaft. An jenem verhängnisvollen Tag hatte Don Juan dem Hauptmann das Leben gerettet, und dieser hatte seinem General nach nur wenigen Stunden den gleichen Dienst erweisen können, als ein portugiesischer Musketier aus weniger als zehn Schritt Entfernung auf ihn gezielt hatte. Mit einem einzigen Hieb hatte Santa Cruz dem Portugiesen den Kopf abgeschlagen. An diesem Tag schworen sich die beiden Männer ewige Freundschaft. Dennoch: der Charakter des Hauptmanns, der die Winkelzüge der Politik nicht verstand, hatte zur Folge, dass Don Juan ihm die heikelsten Angelegenheiten vorenthielt, die der Kampf um die Macht häufig mit sich brachte, weil er genau wusste, dass sein Freund gewisse Praktiken strikt ablehnen würde.

»Gonzalo, lass den Boten ausruhen, morgen muss er zurück an den Hof reiten. Sorg dafür, dass ihm das beste Pferd zur Verfügung gestellt wird, das wir haben. Wir dürfen keine Zeit verlieren!«

»Ihr könnt euch darauf verlassen. Wann muss er aufbrechen?«

»Im Morgengrauen.«

Gonzalo de Santa Cruz war der zweite Sohn des Grafen de la Cámara, eines der vornehmsten Adelsgeschlechter von La Rioja. Da er der Zweitgeborene war, hatte er – durch das Erbrecht, nach dem nur der Erstgeborene das Familienvermögen erbte, um dessen Aufsplitterung zu verhindern – einzig und allein den Platz eines Ritters im Orden von Calatrava und die Einkünfte aus einem Gut in einem Dörfchen am Ufer des Oja geerbt, auf dem exzellenter Wein gedieh. Das Gut hatte seine Mutter als Mitgift in die Ehe gebracht, und es hätte ihm ein gutes Auskommen, wenn auch nicht gerade ein luxuriöses Leben erlaubt. Und doch hatte er sich nach seinem Studium an der Universität von Alcalá de Henares mit zweiundzwanzig Jahren bei der Legion des Heeres verdingt, das in den Niederlanden gegen die Franzosen focht. Vier Jahre lang hatte er dort unter der Fahne von Don Juan José de Austria gekämpft. Er war bei der Verteidigung von Valenciennes und der Einnahme von Arrás dabei. Er schlug sich tapfer im Gestade von Dünkirchen, wo er in die Gefangenschaft der Franzosen geriet. Nach Friedensschluss wurde er freigelassen und kehrte auf die Iberische Halbinsel zurück. Durch seine Verdienste in Flandern war er zum Hauptmann ernannt worden, und als solcher war er Teil des Heeres, das sich zu Beginn der sechziger Jahre bildete, um in Portugal zu kämpfen und die lusitanischen Rebellen in den Schoß der spanischen Monarchie zurückzuführen, den sie nach dem Aufstand verlassen hatten, den der Fürst von Braganza 1640 angezettelt hatte. Santa Cruz wurde mit der Führung einer Kompanie von Musketieren betraut. In den verschiedenen Kampagnen Don Juans kämpfte er auf portugiesischem Boden. Am Tag der Niederlage von Estremoz, an dem er nahezu übernatürliche Tapferkeit bewies, wurde er neunundzwanzig Jahre alt. Seit jenem Tag war sein Schicksal mit dem Don Juans verknüpft.

Er war jetzt vierunddreißig Jahre alt, mittelgroß und stattlich anzusehen. Schon seit seiner Jugend war sein Haar grau, und er hatte es nie lang wachsen lassen. Sooft es die Umstände ihm erlaubten, rasierte er sich glatt. Der Blick seiner blauen

Augen war ruhig und tief. Über die rechte Seite seines Kiefers verlief eine feine Narbe, die seinen Zügen jedoch nichts von ihrer Schönheit nahm. Sie war die Erinnerung an einen Zwischenfall zu seinen Studienzeiten in Alcalá de Henares, als er sich in einem Komödientheater zwei Schurken in den Weg stellte, die eine Dame belästigt hatten, die sich in seiner Begleitung befand und mit der ihn eine flüchtige Romanze verband. Einen der Bösewichter beförderte er ins Jenseits, den anderen verletzte er schwer.

Er galt als umsichtiger Mann, aber es war auch allgemein bekannt, dass Hauptmann Santa Cruz, war seine Geduld einmal erschöpft, seinen Jähzorn kaum zu zügeln vermochte. Er war ein ausgezeichneter Fechter, tat aber alles, was in seiner Macht stand, um zu vermeiden, den Degen ziehen zu müssen. Beim Fechten befand er sich in einer unschätzbaren Überlegenheit: Er war Linkshänder.

Er hatte viele vorteilhafte Heiratsangebote erhalten, unter anderem von einer Fürstin aus uraltem Adel, der Alleinerbin eines bedeutenden Vermögens in Kastilien. Aber bisher schien den Hauptmann die Ehe weniger zu interessieren als der Wein, die Aufregungen und Abenteuer an der Seite seines Herrn Don Juan. Nur einmal, vor ein paar Jahren, hatte auch ihn Amors Pfeil getroffen. Es war im letzten Winter gewesen, den er in Flandern verbracht hatte. Anfang März hatte er für vier Tage Urlaub genommen und war nach Brüssel gereist. Es war am Spätnachmittag seines letzten Tages in dieser Stadt, als Santa Cruz, der soeben aus einer der Bierschänken an der Grande Place trat, einem Lokal namens Chaloupe d'Or, eine elegante junge Dame vorbeigehen sah, mit dunkler Haut, leicht kupferfarbenem Haar und vor allem großen schwarzen Augen mit einem klaren Blick, der ihn verwirrte. Völlig verzaubert hatte er nur Augen für diese wundersame Erscheinung gehabt, die ihm wie ein Wesen aus einer anderen Welt erschien. Magnetisch von dieser Frau angezogen, stieß er mit einem Bediensteten des Lokals zusammen, der ein Tablett voller gefüllter Bierkrüge trug. Diener, Krüge und Hauptmann stürzten krachend und unter dem schallenden Gelächter von Gonzalos Waffengefährten zu Boden. Es gab einen kleinen Aufruhr, hitzige Worte und Plänkeleien wurden gewechselt, aber es kam nicht zu Handgreiflichkeiten. Zur Belustigung seiner Kameraden suchte Gonzalo überall nach jener Schönen, fragte, folgte jeder Spur, doch vergebens. Sie war ebenso plötzlich verschwunden, wie sie in sein Blickfeld geraten war. Am nächsten Tag verließ er Brüssel und ging zurück an die Front, um sich dem Befehl seines Herrn zu unterstellen und seine Kompanie auf die Aufgaben vorzubereiten, die sie in wenigen Tagen erwarteten.

Obwohl seither acht Jahre vergangen waren, war das Bild jener Schönen und ihrer Augen, die ihn verzaubert hatten, unauslöschlich in sein Gedächtnis eingebrannt. Er hatte nichts über diese Frau, die ihm einzigartig erschien, in Erfahrung bringen können. Wenn er in seinen schlaflosen Nächten nicht las, eine Angewohnheit aus seinen Studententagen, dachte er an sie und ließ seiner Phantasie freien Lauf.

Unter den Parteigängern Don Juans hieß es, dass Santa Cruz wahrscheinlich der Einzige war, der Seiner Hoheit unverblümt die Wahrheit sagen durfte. Natürlich spielte die tausendfach erprobte Freundschaft zwischen den beiden Männern eine Rolle, doch sollte die Treue, so meinte Santa Cruz, der Ehrlichkeit nicht feindlich entgegenstehen, sondern sollte ihr untrennbarer Gefährte sein. Auch war bekannt, dass einige der Maßnahmen, die Don Juan in seinem politischen Kampf gegen die

Königin ergriffen hatte, vom Hauptmann nicht gerne gesehen worden waren und dass dieser versucht hatte, sie ihm auszureden. Diese ohne Umschweife vorgetragenen Unstimmigkeiten hielten Gonzalo jedoch keineswegs davon ab, seinem Freund zur Seite zu stehen, wann immer es nötig war. Ihre Meinungsverschiedenheiten taten der Überzeugung des Hauptmanns, dass Don Juan der Einzige war, der in der Lage war, die Monarchie vor dem Abgrund zu retten, in den sie zu stürzen drohte, keinen Abbruch. Aber trotz dieser Gewissheit hätte er niemals die Methoden angewandt, deren sich Don Juan bediente, um die Zügel der Regierung in die Hand zu bekommen. Für Gonzalo gab es keine Rechtfertigung für Erpressung und Mord. Don Juan, der wusste, wie sein Freund dachte, verschwieg ihm einige seiner Vorgehensweisen. Er wusste nicht, wie sein Freund reagieren würde, wenn er davon erführe.

Nun war Hauptmann Santa Cruz in La Coruña, weil Don Juan ihn gebeten hatte, ihn auf dieser Reise zu begleiten, die ihm von Doña Mariana de Austria aufgezwungen worden war.

Wenn er nicht im Felde war – so nannte er die Aktionen, an denen er an der Seite Seiner Hoheit teilnahm –, lebte er in Madrid in seinem Haus an der Plaza de la Cebada. Es war ein bescheidenes Domizil, aber hübsch eingerichtet und den Bedürfnissen eines Edelmannes seines Standes angepasst, der unverheiratet blieb. Bei ihm lebte eine Tante mütterlicherseits, die ihm den Haushalt führte und mit der ihn nicht nur die Blutsbande, sondern auch eine Wesensähnlichkeit und gemeinsame Vorlieben verbanden. Doña Casilda Laínez – so hieß die Tante – konnte Latein und liebte das Theater und Unterhaltungsliteratur. Sie wusste einiges über Pflanzen und Kräuter, war eine ausgezeichnete Hauswirtschafterin und eine noch bessere Köchin.

Hauptmann Santa Cruz las viel und gerne, ging häufig ins Theater und traf sich regelmäßig mit seinen ehemaligen Kameraden aus der Legion von Flandern in einem Gasthaus in der Calle Toledo, um sehnsuchtsvoll der Freuden und Leiden vergangener Tage zu gedenken.

Nachdem er seine Gäste verabschiedet hatte, schloss sich Don Juan in seinem Schlafgemach ein und schrieb einen langen verschlüsselten Brief an Patiño. Er bat ihn, ihn über alles, was Malladas betraf, auf dem Laufenden zu halten, auch wenn er ihm jeden Tag einen Boten schicken müsse. Das Wichtigste war aber die Mitteilung, dass er fest entschlossen war, sich nicht nach Flandern einzuschiffen. Er würde so lange wie möglich in La Coruña ausharren und immer wieder neue Ausreden erfinden, bis er sah, wie sich die Dinge bei Hofe entwickelten.

Während er schrieb, beschloss er, seinen Freund Gonzalo de Santa Cruz damit zu beauftragen, die Nachricht zu überbringen, denn die Entscheidung, die er soeben getroffen hatte, und der Plan, der ihm im Kopf herumspukte, erforderten einen Mann mit Gonzalos Qualitäten in Madrid, wo die Ereignisse sich in den nächsten Wochen unweigerlich überstürzen würden. Und da er nicht vorhatte, sich nach Flandern einzuschiffen, würde er ihm bei Hofe nützlicher sein als untätig im Hafen von La Coruña.

Mitternacht war schon vorüber, als er seinen Brief beendete. Er rief Santa Cruz zu sich, der noch wach war, und teilte ihm mit, er müsse sich im Morgengrauen auf den Weg nach Madrid machen. Er sagte ihm, er könne nur ihm allein die Botschaft an Patiño anvertrauen. Außerdem müsse er zahllose andere Angelegenheiten im Zusammenhang mit dem Plan erledigen, den er in die Tat umsetzen wollte und der seine Rückkehr an den Hof und seine Beteiligung an der Regierungspolitik zum Ziel hatte. Dazu musste man die nötigen Mittel und geeignete Männer auftreiben. Des Weiteren sollte eine Kampagne organisiert werden, um Madrid mit Pasquillen, Pamphleten und Flugblättern zu überschwemmen, in denen Don Juans Anwesenheit in der Hauptstadt gefordert und gegen Nithards Vorgehen protestiert wurde.

Den größten Teil dieser Aufträge erwähnte Don Juan dem Hauptmann gegenüber erst gar nicht; stattdessen beauftragte er ihn damit, eine Reihe von einflussreichen Personen aufzusuchen. Don Juan zählte ihm die Adeligen auf, bei denen er vorsichtig vorfühlen sollte, wie sie sich verhalten würden, falls Don Juan von der Königin verlangte, Nithard von ihrer Seite zu verbannen. Er gab ihm konkrete Anweisungen für diese Sondierungsgespräche, die für jeden Einzelnen anders aussahen. Der Sohn Philipps IV. wusste, dass die Männer, deren Unterstützung er benötigte, um sein Ziel zu erreichen, ganz verschieden waren und auch völlig unterschiedliche politische Auffassungen hegten, ja häufig entgegengesetzte Ansichten vertraten. Die Aufgabe, mit der er seinen Freund betraute, war also äußerst heikel, denn auf den ersten Blick schien es so gut wie unmöglich, diese Menschen für ein gemeinsames Projekt zusammenzubringen.

»Du weißt ja, Gonzalo«, warnte ihn Don Juan, »dass viele von ihnen einander schon seit undenklichen Zeiten hassen, seit so langer Zeit, dass sie den Ursprung ihres Hasses schon vergessen haben, was sie aber nicht daran hindert, mit stets neuer Wut aufeinander loszugehen.«

»Ich glaube, dass, so wie die Dinge stehen, auf diesem Wege

nichts zu erreichen ist.« Gonzalo wirkte mutlos. »Einige von ihnen reden nicht einmal miteinander. Sie fordern sich gegenseitig zum Duell, sie haben Ehrenschulden und würden ihren Feind nur allzu gern bei der ersten sich bietenden Gelegenheit töten. Ich bezweifle, dass meine Mission von Erfolg gekrönt sein wird.«

»Ich weiß, dass die ganze Angelegenheit so schwierig ist und so viel Diskretion erfordert, dass nur jemand wie du sie erfolgreich beenden kann.« Don Juan setzte ein sardonisches Lächeln auf.

Wie immer, wenn man Unmögliches von ihm verlangte, fügte sich der Hauptmann schließlich im Gehorsam.

»Ich werde tun, was in meiner Macht steht.«

»Merk dir die Namen, Gonzalo: Infantado, Medinacelli, Leganés, Sessa, Arcos, Lemos, Pastrana und Alba.«

»Ich werde keinen von ihnen vergessen.«

»Was das Geld betrifft, so wird Patiño dir alles geben, was du benötigst. Über die Beträge der Wechselbriefe, die ich dir ausgehändigt habe, wirst du mit Don Juan de Azpeitia verhandeln müssen, dem Bankier in der Calle del Nuncio.«

Ein wenig bedrückt schwenkte Gonzalo die unterzeichneten Wechsel über mehr als achttausend Dukaten, die Don Juan ihm gegeben hatte.

»Ich werde sie so gut wie möglich verwenden, aber Ihr wisst ja ... Ich kann mit Geld nicht gut haushalten.«

»Dafür kannst du etwas anderes, Wichtigeres. Du bist ehrlich und treu, zwei Eigenschaften, die in diesen schweren Zeiten, in denen wir leben, bei einem Menschen allein schwer zu finden sind, mein lieber Freund.«

Die beiden Männer umarmten sich.

»Pass gut auf dich auf, Gonzalo! Ich brauche dich noch.«

»Gebt auch auf Euch acht, Eure Hoheit. Ihr seid derjenige, der noch gebraucht wird, um den unglückseligen Kurs dieser Monarchie zu ändern.«

Der Hauptmann wollte sich schon zum Schlafen zurückziehen, bevor er sich bei Tagesanbruch auf den Weg machte, als Don Juan ihm nachrief: »Der Bote, der gestern angekommen ist, wird dich begleiten. Es ist immer gut, auf einer so langen Reise Gesellschaft zu haben.«

Gonzalo ahnte nicht, dass dieser Bote, ein Vertrauensmann Don Patiños, eine zusätzliche Nachricht an diesen überbringen sollte, dessen Inhalt Hauptmann Santa Cruz unter keinen Umständen erfahren durfte. Don Juan hatte seinem Freund die Nachricht vorgelesen, die der Bote gebracht hatte, und ihm so zu verstehen gegeben, dass er vor ihm keine Geheimnisse hatte, aber er wollte vermeiden, dass dieser erfuhr, dass sein Plan Dinge vorsah, die dieser aufrechte Mann rundheraus abgelehnt hätte.

5

Nach tagelanger, anstrengender Reise erreichten Hauptmann Gonzalo de Santa Cruz und sein Begleiter schließlich um die Mittagsstunde Madrid. Es war Donnerstag, der einunddreißigste Mai, und in Madrid wurde wie überall im Land das Fronleichnamsfest begangen. Die beiden ritten über die Straße von Alcobendas durch das Tor von Fuencarral in die Stadt ein. Sie ließen das Novizenhaus der Jesuiten rechter Hand liegen und durchquerten die Calle de los Convalescientes, die von vielen schon Calle de San Bernardo genannt wurde. Auf der kleinen Plaza de Santo Domingo trennten sich ihre Wege. Der Bote ritt durch die Pforte von San Martín zur Red de San Luis, und der Hauptmann ritt zum Juego de Pelota, überquerte die Caños del Peral und ritt die Calle del Arenal hinauf bis zur Plaza de Salenque, an der Don Bernardo Patiños Haus lag.

Dem Hauptmann waren die Anstrengungen der letzten Tage anzusehen, in denen er beinahe unablässig im Sattel gesessen, wenig geschlafen und schlecht gegessen hatte. Seine Kleidung war schmutzigbraun vom Staub. Ein Diener führte ihn in Don Bernardos Arbeitszimmer. Er musste nur wenige Minuten warten, dann erschien Don Juans Sekretär. Don Patiños Leibesfülle war von Kopf bis Fuß in einen weiten schwarzen Talar gehüllt, sein Kopf war von einer eng anliegenden Kappe bedeckt.

Er empfing Gonzalo sichtlich erfreut.

»Mein lieber Freund, ich hatte nicht zu hoffen gewagt, Euch so schnell hier zu sehen! Sagt an: Wie geht es Seiner Hoheit? Welche glückliche Fügung bringt Euch hierher?«

Santa Cruz streifte seinen schweren Lederhandschuh ab und streckte Patiño lächelnd die Hand entgegen.

»Ich bin soeben in Madrid eingetroffen. In den fünf Tagen, die ich von La Coruña bis hierher gebraucht habe, bin ich kaum aus dem Sattel gekommen. Ich versichere Euch, mein guter Don Bernardo, dass meine Knochen Zeugnis von dieser Reise ablegen. Ich bin wie zerschlagen!«

»Verzeiht meine Unhöflichkeit, Don Gonzalo! Ich bin untröstlich! Setzt Euch, so setzt Euch doch, macht es Euch bequem!«

Er ging zur Tür und rief hinaus: »Marta! Marta, komm schnell! Wo dieses faule Stück wohl wieder stecken mag?«

Das Dienstmädchen eilte herbei. »Ihr habt gerufen, Don Bernardo?«

»Wünscht Ihr eine Erfrischung, Hauptmann? Ein Sorbet? Met? Gezuckertes Zitronenwasser? Irgendetwas anderes?«

»Ich wäre Euch dankbar für ein Glas frisches Wasser. Meine Kehle ist so staubig wie meine Kleidung.«

»Du hast es gehört, du Faulenzerin! Beeil dich!«

»Seine Hoheit erfreut sich bester Gesundheit«, hub der Hauptmann an, »und wartet ... nun, er wartet darauf, dass etwas geschieht, was eine Entscheidung hinsichtlich seiner Zukunft herbeiführen könnte, versteht Ihr mich?«

»Vollkommen, mein lieber Freund.«

Santa Cruz kam zur Sache: »Ich bin hier, weil Seine Hoheit mich mit verschiedenen Aufgaben betraut hat. Unter anderem soll ich Euch diese Zeilen überbringen.«

Mit diesen Worten händigte der Hauptmann Don Bernardo den Brief aus, der ihm anvertraut worden war, und dieser legte ihn auf ein Tischchen, das neben seinem Sessel stand.

Patiño unterrichtete Gonzalo kurz über die neuesten Ereignisse in Madrid. Die wichtigste Neuigkeit war, dass José de Malladas auf freien Fuß gesetzt worden war, da die Anschuldigungen, die Saint-Aunais auf dem Totenbett gegen ihn erhoben hatte, nicht hatten bewiesen werden können. Die ganze Geschichte hatte sehr viel Staub aufgewirbelt und hitzige Debatten darüber ausgelöst, inwieweit man den Aussagen eines Sterbenden Glauben schenken könne. Selbst von den Kirchenkanzeln herab waren die unterschiedlichsten Meinungen zu hören gewesen. Ganz Madrid sprach dieser Tage kaum von etwas anderem, obwohl dem Herzog von Pastrana der Vorsitz des Kronrats entzogen und der Herzog selbst verbannt worden war, weil er im Verdacht stand, ein Parteigänger Don Juans zu sein.

»Wer steht denn jetzt dem Kronrat vor, und wo ist Pastrana geblieben?«, erkundigte sich Santa Cruz neugierig.

»Neuer Vorsitzender ist Don Diego Sarmiento de Valladares, Bischof von Plasencia und überzeugter Anhänger Nithards, der auf diese Weise den Rat kontrolliert. Was den Herzog betrifft: Der hat sich in seinen Heimatort zurückgezogen, wo wir ihn jederzeit finden können, wenn wir ihn zu sprechen wünschen. Pastrana liegt nur etwas mehr als zehn Meilen vom Hof entfernt; weiter darf sich der Herzog nach seiner Verbannung Madrid nicht nähern.«

Nun wollte der Hauptmann wissen, wie es um Nithard stand: »Wisst Ihr, wie der Beichtvater die Nachricht von seiner geplanten Ermordung aufgenommen hat?«

»Er gibt zwar vor, den Behauptungen Saint-Aunais' wenig Glauben zu schenken, aber ich vermute, das ist nur zum

Schein, denn offensichtlich ist er doch beunruhigt. Er tut keinen Schritt ohne eine vielköpfige Eskorte und ist stets von Personen seines Vertrauens umgeben, die ihn Tag und Nacht bewachen. Die ganze Stadt weiß um den Tumult, den er vor ein paar Tagen verursacht hat, indem er um Hilfe rufend aus seinem Zimmer stürzte, weil er sich einbildete, man wolle ihn ermorden.«

»Was ist geschehen?«

»Nun, er hatte einen Veteranen aus Flandern, der ihn um den Ehrensold ersuchen wollte, zu einer Audienz empfangen. Als der Soldat sich an die Brust griff, um die Papiere hervorzuziehen, die seine Verdienste bezeugen sollten, meinte Nithard nichts anderes, als dass dieser eine Mordwaffe zücken wolle, und so floh er zur Überraschung des Soldaten aus seinem Kabinett und schrie um Hilfe. Der arme Veteran hatte einige Unannehmlichkeiten zu erdulden, bis sich alles aufgeklärt hatte. Abgesehen davon, dass die ganze Angelegenheit grotesk ist, zeigt sie, wie groß Nithards Furcht ist.«

»Ich sehe schon, die Lage ist äußerst angespannt.«

In diesem Augenblick schlug die Uhr über dem Eingang des Hauses zweimal. Die majestätischen Glockenschläge schienen Bernardo nervös zu machen. Ohne weitere Erklärungen erhob er sich und gab damit zu verstehen, dass er das Gespräch als beendet betrachtete. »Verzeiht einem alten Schwachkopf, Gonzalo, der Euch nach den Strapazen der Reise, die Euch ins Gesicht geschrieben stehen, so lange aufgehalten hat. Sicher habt Ihr keinen sehnlicheren Wunsch, als nach Hause zu gehen, ein Bad zu nehmen und auszuruhen.«

Da Patiño stand, erhob sich auch der Hauptmann: »Macht Euch keine Sorgen, ein gutes Essen und ein gutes Bett werden schnell Abhilfe schaffen. Ich danke Euch für Euer Interesse.«

»Mögt Ihr recht haben, mein lieber Freund. Auch ich muss Euch für die Zeilen danken, die Ihr mir so rasch habt zukommen lassen.« Noch während er sprach, ging Don Bernardo auf die Tür zu, wo er den Hauptmann ohne große Umschweife verabschiedete. Dieser machte sich, ein wenig verstimmt über Don Bernardos Verhalten, auf den Weg zur Plaza de la Cebada, an der sein Haus lag.

Zu Hause angekommen, wurde er von seiner Tante Casilda überschwänglich empfangen. Sie befahl einem Dienstmädchen, unverzüglich eine Wanne mit warmem Wasser zu füllen und saubere Wäsche bereitzulegen. Sancho, der Knecht und Bote, sollte sich um das Pferd des Hauptmanns kümmern, und sie selbst eilte in die Küche, um ihrem Neffen ein Begrüßungsmahl zu bereiten.

Während Don Gonzalo sich zu Hause von den Strapazen der Reise erholte, empfing Don Bernardo Patiño einen Besucher, der sich glücklicherweise gerade so viel verspätet hatte, dass er nicht mit Santa Cruz zusammentraf. Don Bernardo kannte den Hauptmann gut genug, um zu wissen, dass dieser seinem Unwillen Luft gemacht und unbequeme Fragen gestellt hätte. Seine Hoheit hatte ihn bereits vorgewarnt.

Der redliche Gonzalo verstand nicht, dass die Auseinandersetzungen bei Hofe und die politischen Ränke Vorgehensweisen erforderten, für die man manche Tugenden, die ihm heilig waren, über Bord werfen musste. Schon mehrere Male war er mit Don Juan heftig aneinandergeraten, weil dieser zur Durchsetzung seiner Ziele Handlungen verübt oder in Auftrag gegeben hatte, die dem Hauptmann unehrenhaft erschienen. Bisher waren es jedoch stets Kleinigkeiten gewesen, die

Anlass zu diesen Streitigkeiten gegeben hatten. Wenn er nun aber gewisse Dinge erführe ...

Der Mann, der kurz nach halb drei Don Bernardos Haus betrat, war kein anderer als José de Malladas. Don Bernardo hatte ihn rufen lassen, weil sie Wichtiges zu besprechen hatten. Malladas kam zu spät, weil ein paar gedungene Schläger im Auftrag seiner Gläubiger gedroht hatten, ihm sämtliche Knochen zu brechen, wenn er nicht innerhalb einer Woche die zweihundert Dukaten zahle, die er ihnen schuldig war. Er hatte sie abgeschüttelt, aber es hatte ihn einige Mühe gekostet.

Marta, das Dienstmädchen, führte ihn in dasselbe Kabinett, in dem Don Bernardo den Hauptmann empfangen hatte. Patiño ließ ihn eine geraume Weile warten, um ihn seinen Unmut über die Verspätung spüren zu lassen, obwohl sie ihm höchst gelegen gekommen war, und als er kam, behandelte er ihn wie einen Dienstboten.

»Ihr solltet wissen, mein Herr, dass ich nicht den ganzen Tag Zeit habe, mich mit Euch zu treffen. Außerdem handelt es sich, wie ich Euch bereits heute Morgen habe wissen lassen, um eine höchst wichtige Angelegenheit für uns beide.«

Malladas entschuldigte sich, so gut er konnte: »Es tut mir leid, Eure Zeit vergeudet zu haben, die, wie ich weiß, kostbar ist, doch hatte ich eine unangenehme Begegnung. Ich bitte Euch vielmals um Verzeihung.«

Patiño wollte es nicht übertreiben, zumal die Verspätung das Beste war, was ihm hatte passieren können.

»Nun, lasst uns keinen weiteren Augenblick verlieren, die Zeit und die Umstände drängen, obwohl man vielleicht eher sagen sollte, sie drängen Euch. Ihr wisst besser als jeder andere, dass sich die Lage hier in Madrid von Tag zu Tag zuspitzt.«

»Ich glaube nicht, dass sie heute schwieriger ist, als sie gestern war«, protestierte Malladas zaghaft.

»Ihr irrt. Nehmt Platz« – bisher hatte Patiño ihm keinen Stuhl angeboten – »und hört mir aufmerksam zu. Als ich heute Morgen nach der Messe aus der Kirche San Felipe am Augustinerkloster kam, trat ein Mann auf mich zu, der im Windfang auf mich gewartet hatte und den ich nicht kannte. Er sagte, er habe eine dringende Nachricht von jemandem, der mein volles Vertrauen genießt und dessen Namen ich Euch aus Sicherheitsgründen nicht nennen werde. ›In diesem Falle erwarte ich Euch in einer halben Stunde in meinem Hause‹, entgegnete ich ihm.«

Von der üblen Laune, mit der Patiño den Aragonesen empfangen hatte, war nichts mehr zu spüren.

»Ihm war anzusehen, dass ihm diese Verzögerung nicht behagte, aber er sagte nichts und nickte nur zustimmend. ›In einer halben Stunde werde ich da sein‹, erwiderte er kurz und verschwand in Richtung Puerta del Sol. Was er mir mitgeteilt hat, betrifft uns alle, besonders aber Euch. Euer Leben ist in Gefahr.«

Diese Worte beunruhigten Malladas sichtlich, wenn er auch versuchte, sie herunterzuspielen: »Ich glaube nicht, dass meine Lage schlimmer ist als vor einigen Tagen, als ich verhaftet wurde. Sie konnten mir nichts nachweisen, und da Saint-Aunais als nicht vertrauenswürdig galt, fiel seine Aussage kaum ins Gewicht.«

Don Bernardo, dem diese Unterbrechung nicht gefiel, sah sein Gegenüber fest an: »Ich glaube, Ihr seid zu zuversichtlich. Ich wünsche Euch gewiss nichts Schlechtes, aber ich fürchte, Eure Sorglosigkeit wird uns alle in Schwierigkeiten und Gefahr bringen. Hört mir gut zu und unterbrecht mich nicht. Aus Gründen, die wir noch nicht kennen, haben Nithards Anhänger erfahren, dass Ihr Euch dem Günstling der Königin nach Eurem Bruch nicht etwa erneut genähert habt, um wieder ihm und allem, wofür er steht, zu dienen, sondern dass diese Annäherung einem Plan folgt, dessen Nutznießer letztlich Don Juan ist. Um es deutlich zu sagen: Sie wissen, dass Ihr ein Spitzel im Dienste Seiner Hoheit seid!«

»Wenn sie das vermuten«, unterbrach Malladas ihn erneut, »warum habt Ihr mich dann zu Euch kommen lassen? Wenn es so ist, wie Ihr sagt, werde ich wahrscheinlich überwacht, und die Tatsache, dass ich hierherkomme, würde den Verdacht nur bestätigen.«

Patiño verzog unwillig das Gesicht, entgegnete aber ruhig: »Mein lieber Freund, das sind unzweifelhaft kluge Überlegungen. Sie haben nur einen Schönheitsfehler: Nithards Leute hegen nicht den geringsten Zweifel daran, auf welcher Seite Ihr steht. Deshalb ist es gleichgültig, ob sie Euch in mein Haus haben gehen sehen. Ihr macht den Fehler zu glauben, sie würden Euch nur verdächtigen. Mein Informant sagte mir, sie seien Euch auf den Fersen, um Euch erneut zu verhaften. Es fehlt ihnen nur noch der Vorwand.«

»Nun, den habt Ihr ihnen hiermit geliefert, indem Ihr mich in Euer Haus habt rufen lassen!« Malladas wurde wütend.

»Ihr irrt Euch abermals.« Don Bernardo stand auf. »Die Neuigkeiten, die ich Euch zu berichten habe, dienen Eurer Rettung! Es sei denn, Euer Starrsinn hindert Euch daran, Euch retten zu lassen!«

»Ihr hättet mir das, was Ihr mir zu sagen habt, auch in einem Brief mitteilen können«, erwiderte Malladas aufgebracht.

»Glaubt Ihr im Ernst, das hätte etwas genützt? Ihr glaubt mir ja nicht einmal, wenn ich es Euch persönlich sage! Außerdem könnte uns ein Brief, fiele er in die Hände unserer Gegner, noch größere Probleme bereiten, als wir jetzt schon haben!« Jetzt war auch Don Bernardo wütend. »Hört mir zu, und ich sage Euch zum zweiten Mal: Unterbrecht mich nicht, bis ich geendet habe!«

Patiño versuchte, sich zu beruhigen.

»Saint-Aunais' Tod hat in den Reihen der Nithardisten Unruhe ausgelöst. Zum Glück galt der Marquis als wenig vertrauenswürdig, andernfalls ... Wie auch immer, sie haben Verdacht geschöpft. Sie haben ihre Wachsamkeit verdoppelt und Maßnahmen zum Schutz des Beichtvaters und selbst der Königin getroffen, die sich bedroht fühlt. Viele von ihnen sind überzeugt, dass der Marquis die Wahrheit sagte, als er von Eurem Vorschlag bei Eurem Treffen in der Schänke berichtete. Ihr seid davongekommen, weil der Vorsitzende des Kronrats, der Herzog von Pastrana, all seinen Einfluss geltend gemacht hat, damit Ihr auf freien Fuß gesetzt würdet, sollten sich keine Beweise für die gegen Euch erhobenen Vorwürfe finden. Dennoch werden Euch diejenigen, die glauben, dass Ihr in die Angelegenheit verwickelt seid, nicht aus den Augen lassen. Solltet Ihr vorhin nur vermutet haben, dass Ihr überwacht werdet, so kann ich Euch hiermit bestätigen, dass Ihr recht hattet mit dieser Vermutung. Sie werden die erstbeste Gelegenheit nutzen, Euch zu verhaften.«

»Sie werden mich wieder freilassen müssen! Sie haben keine Beweise!«

Patiño sah ihn streng an: »Lasst mich ausreden! Sie werden Euch nicht freilassen, weil Pastrana nicht länger an der Spitze des Kronrats steht. Vor einigen Tagen hat ihn Don Diego Sarmiento de Valladares abgelöst, ein Anhänger Nithards, der überdies die Gruppe derer anführte, die keinen Zweifel daran hegen, dass Ihr für den Tod Saint-Aunais' und für den Plan zu Nithards Ermordung verantwortlich seid. Und da dies so ist – und ich versichere Euch, dass die Spannung bei Hofe in den nächsten Tagen noch steigen wird –, gebe ich Euch einen Rat, ja, in gewisser Weise einen Befehl, denn für uns steht alles auf dem Spiel: Ihr müsst Madrid so schnell wie möglich verlassen. Wenn nicht gleich heute, so morgen früh bei Tagesanbruch. Ihr reist in Eure aragonesische Heimat. Dafür gibt es zwei gewichtige Gründe: Erstens wird – sollte es Probleme geben – die Gerichtsbarkeit Aragoniens auf Eurer Seite stehen, und zweitens müsst Ihr dort etwas für uns erledigen.«

Ohne Malladas' Zustimmung abzuwarten, ging Don Bernardo zu einem Schrank hinüber, zog eine Schublade auf und nahm aus einer Schatulle eine Hand voll Goldmünzen. Er zählte fünfzig von ihnen ab – deren Wert zweihundert Dukaten entsprach – und tat sie in einen Beutel. Dann nahm er ein Papier zur Hand, das schon gefaltet bereitlag, schwenkte es hin und her und sagte zu dem Aragonesen: »Hier steht, was Ihr in Saragossa zu tun habt. Es ist eine Kleinigkeit, die Euch wenig Zeit und noch weniger Mühen kosten wird. Nehmt diese Dukaten für Eure Ausgaben.«

Er steckte das Papier in den Beutel zu den Goldmünzen und übergab diesen Malladas, der ihn schweigend entgegennahm und in sein Wams steckte, womit er seine Zustimmung zu Patiños Vorschlag bekundete. Die Dukaten schienen alle seine Zweifel zerstreut zu haben.

Don Bernardo fragte: »Werdet Ihr heute oder morgen aufbrechen?«

»Morgen, denn vor meiner Abreise habe ich noch etwas zu erledigen.«

»Seid vorsichtig. Zwar müsst Ihr zuerst nach Saragossa reiten, doch habt Ihr erst einmal den Auftrag ausgeführt, den Ihr auf diesem Papier findet, steht es Euch frei zu gehen, wohin ihr wollt.«

Als Malladas Don Bernardos Haus verließ, war es früher Nachmittag. Es war frühlingshaft warm, eine angenehme Brise wehte, und der Himmel war makellos blau. Er sah seine Lage keineswegs so düster, wie Don Bernardo sie gezeichnet hatte. Ein Blick über den Platz überzeugte ihn, dass er – wenn überhaupt – nicht sehr streng überwacht wurde. Ein halbes Dutzend Gassenjungen spielte Bockspringen. Eine Gruppe von Frauen, die an einem reich verzierten Brunnen in der Mitte des Platzes ihre Krüge füllten, stritt sich lauthals mit einem Wasserverkäufer herum, der offensichtlich versucht hatte, seinen dickbauchigen Krug als Erster zu füllen, indem er ein nicht existierendes Vorrecht geltend machen wollte. Zunächst stellte er sich den Frauen tapfer entgegen, aber als diese ihn mit Hohn und Spott überzogen, trat er den Rückzug an. Am anderen Ende des Platzes war ein Stellmachermeister mit zwei Gesellen damit beschäftigt, die Räder eines Karrens zu richten. Sie hatten ihre liebe Mühe, das Bandeisen auf eines der Räder zu ziehen. Nein, hier überwachte ihn ganz bestimmt niemand.

Dennoch, dachte Malladas, wäre es vielleicht nicht das Schlechteste, für eine Weile zu verschwinden, bis sich der Sturm gelegt hatte. Es sah ganz danach aus, als würden die Spannungen in den nächsten Tagen noch steigen. Zwar kannte er die Gründe nicht, aber Don Bernardo, einer der bestinformierten Männer bei Hofe, hatte keinerlei Zweifel daran gelassen und ihm darüber hinaus zu verstehen gegeben, dass er im Notfall nicht mit der Unterstützung der Donjuanisten rechnen könne, da der Herzog von Pastrana nicht länger Vorsitzender des

Kronrats war. Mit zweihundert Golddukaten in der Tasche, einem kleinen Vermögen, würde er viele Monate sorgenfrei leben können, vielleicht sogar ein Jahr lang, wenn er gut damit haushielt. Seine Frau würde in Madrid bleiben und ihm somit nicht auf der Tasche liegen. Diese Schlampe verstand es, für sich selbst zu sorgen. Er wusste nicht genau, warum er Patiño gesagt hatte, er werde Madrid nicht vor dem nächsten Tag verlassen; in Wirklichkeit hatte er nichts weiter zu tun und keinerlei Verpflichtungen. Er würde in einem der Gasthäuser an der Calle de Carretas eine Mahlzeit zu sich nehmen und dann nach Hause gehen, um das Nötigste zu packen und seiner Frau mitzuteilen, dass er unerwartet verreisen müsse. Er würde ihr sagen, dass es sich um einen wichtigen Auftrag in der Extremadura handelte. Zuvor aber würde er noch durch die Calle de Alcalá und über den Prado de los Recoletos und San Jeronimo spazieren, denn dort fuhren, wie an jedem Frühlingsnachmittag, Kutschen und Karossen vor, und herausgeputzte Damen und galante Herren gaben sich ein Stelldichein. Ganz Madrid kam dort zusammen.

In diese heiteren Gedanken versunken, merkte José de Malladas nicht, dass ihm, als er in die Calle del Arenal einbog und auf die Puerta del Sol zuging, in einiger Entfernung zwei Männer folgten, die wie Müßiggänger wirkten und in der Menge untertauchten, die sich auf den Platz zubewegte, auf dem einige der wichtigsten Straßen Madrids zusammenliefen.

Noch am selben Nachmittag erreichte Don Bernardo Patiño, als er sich gerade anschickte, zur Abendmesse zu gehen – er hatte die strikte Gewohnheit, täglich zweimal die Messe zu besuchen, wobei er morgens für die Seelen im Fegefeuer und abends für seine eigenen Anliegen betete –, eine Nachricht von Don Juan, überbracht von demselben Boten, den er nach La Coruña geschickt hatte. Sofort war ihm klar, dass es sich um eine Angelegenheit handeln musste, die Seine Hoheit vor Santa Cruz geheim halten wollte. Deshalb wusste er auch, noch bevor er den Umschlag öffnete, dass er wieder eine Schandtat würde in die Wege leiten müssen.

Patiño gab sich dem Boten gegenüber ganz ungezwungen. Dieser war ein erfahrener Mann, dem er voll und ganz vertrauen konnte und der sich wie viele andere Bürger Madrids der Sache Don Juans verschrieben hatte. Er verlor kein Wort über die seltsame Tatsache, dass man die Nachricht, die der Bote ihm überbrachte, nicht dem Hauptmann anvertraut hatte, der ihn ja ebenfalls besucht hatte, und äußerte sich lobend über Santa Cruz, als der Bote dessen Ausdauer und meisterliche Reitkunst hervorhob und die Tugenden lobte, die er auf der fünftägigen Reise auf der königlichen Straße zwischen La Coruña und Madrid an den Tag gelegt hatte.

»Wie ein Bote, Don Bernardo! Als wäre er einer von uns!«

»Vergesst nicht, dass Don Gonzalo Soldat ist, an die Härten seines Berufes gewöhnt, auch wenn er schon seit einiger Zeit nicht mehr im Feld steht.«

Er entlohnte den Boten großzügig für seine Dienste und verabschiedete ihn freundlich. Kaum hatte der Bote das Haus verlassen, schloss Don Bernardo sich in seinem Kabinett ein und öffnete die Nachricht, die Seine Hoheit dem Hauptmann Santa Cruz nicht hatte anvertrauen wollen.

Der Text war kurz und enthielt nur ein Dutzend verschlüsselter Zeilen. Er suchte den Schlüssel, den er zwischen Deckel und Vorsatz von Cäsars *De Bello Gallico* aufbewahrte, und entschlüsselte die Nachricht mühelos. Als er sie gelesen hatte, dachte er lange nach. Er war beunruhigt, weil ihm nicht viel

Zeit blieb, den Plan umzusetzen, zu dem ihn diese Zeilen verpflichteten. Nach langem Grübeln schien ihm ein Gedanke zu kommen, denn er rief aus: »Bei den Wunden Christi, vielleicht ist es noch nicht zu spät!«

Nun würde er doch nicht die Festtagsmesse besuchen können. Stattdessen machte er sich mit einem Eifer ans Werk, den man ihm in seinem Alter nicht zugetraut hätte. Er befahl dreien seiner Dienstboten, so rasch wie möglich Riquelme ausfindig zu machen und zu ihm zu bringen. Dann rief er nach Marta und wies sie an, seine Enkelin Inés zu holen. Die Kleine war gerade sechs Jahre alt geworden, und Don Bernardo selbst hatte die Aufgabe übernommen, ihr Lesen und Schreiben beizubringen. Sie beherrschte die Buchstaben schon so weit, dass ihr Großvater sie vor ein paar Wochen mit einer neuen Aufgabe betraut hatte. Nun schrieb sie täglich einen Text ab, um flüssig schreiben zu lernen. Dieses Mal kopierte sie nicht etwa eine Seite aus einem Buch, sondern einen Brief, den ihr Großvater ihr zuvor in sauberer Schrift vorgeschrieben hatte. Es kostete die Kleine noch einige Mühe, die Buchstaben aneinanderzureihen, und sie verstand kaum, was sie da schrieb, aber als sie ihre Arbeit beendet hatte, war ihr Großvater so zufrieden, dass er ihr vier Kupfermünzen gab, damit sie sich Honigkuchen kaufen konnte.

Die Bemühungen seiner Diener waren erfolgreich, denn schon eine Stunde später stand Riquelme vor ihm. Wie Don Bernardo vermutet hatte, hatten sie ihn in einer Spelunke beim Kartenspiel angetroffen. Er verlor keine Zeit mit Begrüßungsfloskeln und Erklärungen, sondern erteilte ihm genaue Anweisungen für den Auftrag, den er erledigen sollte. Er wiederholte alles dreimal, damit Riquelme auch nicht die kleinste Kleinigkeit vergaß, und betonte, wie wichtig das Ganze sei.

Für Riquelme waren das Wichtigste jedoch die fünf Dukaten, die er ihm für diese – scheinbar einfache – Arbeit versprach, sollte er ihm noch am selben Abend ausrichten können, dass sie erledigt war.

Riquelme wollte schon hinausgehen, als Patiño ihn erinnerte: »Du weißt, du musst sicherstellen, dass er diesen Brief noch heute bekommt, aber du darfst ihn nicht persönlich überbringen. Wenn du meine Anweisungen genauestens befolgst, wirst du keine Schwierigkeiten haben. Du findest ihn in der Klosterkirche des Ordens des heiligen Hieronymus.«

»Die Aufgabe wird erledigt, Don Bernardo. Und haltet die fünf Dukaten bereit!«

6

Ein erquickender Schlaf und Doña Casildas Aufmerksamkeiten verhalfen dem Hauptmann Santa Cruz rasch zu neuen Kräften, und so begab er sich schon früh am nächsten Morgen in die Calle del Nuncio, um Don Juan de Azpeitia seine Aufwartung zu machen. Am Tag zuvor hatte er einen Diener geschickt, um seinen Besuch anzukündigen, und Azpeitia hatte ihm ausrichten lassen, er sei gerne bereit, ihn zu empfangen, allerdings müsse es frühmorgens sein, da ihn dringende Geschäfte nach Sevilla riefen. Der Hauptmann legte Azpeitia die Wechsel vor, die Don Juan ihm anvertraut hatte, und erklärte, vorläufig brauche er nur einen Teil des Geldes. Er bat den Bankier um zweitausend Dukaten.

Der einzig strittige Punkt, für den sich schließlich jedoch auch noch eine salomonische Lösung fand, betraf die Währung, in der der Hauptmann diesen Betrag erhalten sollte. Der Bankier hätte ihm gerne einen Großteil des Geldes in Kupfermünzen ausgezahlt, Gonzalo hingegen bestand auf Golddukaten oder – sollten diese nicht da sein – auf silbernen Acht-Reales-Stücken. Zuletzt einigte man sich darauf, ein Drittel in Goldmünzen auszuzahlen, ein weiteres Drittel in Silber und das letzte in schnöden Kupfermünzen.

Es hatte noch nicht neun geschlagen, als Gonzalo die Calle del Nuncio verließ, die Plaza de Puerta Cerrada überquerte und die Cava de San Miguel hinaufging bis zur Werkstatt von Meister Grijalbo, dem bekanntesten Waffenschmied Madrids und, abgesehen von seinen auf dem ganzen Erdkreis berühmten Kollegen aus Toledo, vielleicht sogar des ganzen Königreichs. Der Hauptmann und der Schmied waren alte Bekannte. Gonzalo kam wegen der Glocke seines alten Degens, von dem er sich aus vielerlei Gründen nicht trennen mochte, obwohl die Klinge im Laufe der Jahre gefährlich dünn geworden war. Nun war sie locker und musste befestigt werden. Gonzalo wollte die Gelegenheit nutzen, um den Stahl, der ihm so oft das Leben gerettet hatte, noch einmal schleifen zu lassen.

Schon oft war dem Hauptmann geraten worden, sich einen neuen Degen zuzulegen, doch davon wollte er nichts hören. *Ferol* – so hatte er seinen Degen getauft – war zu einem Teil seiner selbst geworden. Ihm war bewusst, dass der Augenblick kommen würde, in dem sein alter Freund ihm den Dienst versagen würde. An diesem Tag, einem schlimmen Tag, würde er die Klinge erneuern lassen, aber er würde den Griff, die Glocke und das Degenkreuz behalten, damit der Geist der Waffe erhalten blieb.

Der Hauptmann und Meister Grijalbo plauderten eine Weile freundschaftlich – Gonzalo genoss es immer, aus dem Munde des erfahrenen Waffenschmieds eine der vielen Geschichten zu hören, die dieser im Laufe seines Berufslebens gesammelt hatte –, dann ließ der Hauptmann seinen Degen zurück, nachdem er sich mit Grijalbo über den Preis geeinigt und mit ihm ausgehandelt hatte, dass er noch am selben Nachmittag nach dem Degen würde schicken können. Als Meister Grijalbo ihn am Ausgang der Werkstatt verabschieden wollte, ließ ein unerwarteter Anblick sein Herz und seinen Atem stocken. Sein Blick war auf eine Dame gefallen, die in diesem Augenblick in Gesellschaft einer Anstandsdame an der Schmiede vorüberging.

Gonzalo de Santa Cruz traute seinen Augen nicht. Seine Verwirrung war so groß, dass Meister Grijalbo es bemerkte und den Hauptmann verwundert fragte: »Was ist mit Euch, Don Gonzalo? Ist Euch nicht wohl? Ihr seid so bleich, als hättet Ihr einen Geist gesehen!«

»Genau das ist der Fall.«

Gonzalo sah der Dame hinterher, die gemächlich die Straße entlangspazierte. Nun schlug ihm das Herz bis zum Halse. Sie war es! Ganz gewiss war sie es. Es konnte auf dieser Welt kein zweites Paar Augen geben wie die Augen der Frau, von der er seit Jahren geträumt hatte. Es bestand kein Zweifel. Der Blick dieser Augen hatte sich ihm an jenem Nachmittag in Brüssel vor der Chaloupe d'Or in Herz und Seele eingebrannt.

»Um der Liebe Christi willen, Meister! Wisst Ihr vielleicht, wer diese Dame ist?«

Auf dem Gesicht des alten Schwertmachers zeichnete sich ein schelmisches Lächeln ab.

»Ich sehe schon, Hauptmann, was der Grund für Eure Verwirrung ist!«

»Wenn Ihr etwas wisst, Grijalbo, so sprecht doch, sprecht!«

»Diese Dame, die Euch so den Kopf verdreht zu haben scheint, ist Doña Elena de Zúñiga.«

Plötzlich hatte die Frau seiner Träume Gestalt angenommen. Das Traumbild so vieler Jahre hatte einen Namen – und er hatte ihn soeben erfahren! Er wusste, wie sie hieß!

»Elena de Zúñiga! Das ist sie! Das muss sie sein!«, rief der Hauptmann aus.

»Kennt Ihr Doña Elena?«, fragte Meister Grijalbo augenzwinkernd.

»Nein! Ja! Eigentlich nicht und dann doch wieder.« Gonzalo war vollkommen durcheinander.

Wieder lächelte der Schwertmacher spitzbübisch.

»Kennt Ihr Doña Elena nun, oder kennt Ihr sie nicht?«

Langsam, aber unaufhaltsam entfernte sich die Dame mit ihrer Begleiterin die Straße hinunter. Um nichts in der Welt wollte Gonzalo noch einmal die Fährte dieser Frau verlieren, nach der er im Geiste seit Jahren gesucht hatte, aber er war sich nicht sicher, was er in diesem Augenblick tun sollte.

»Wollt Ihr Näheres über sie erfahren?«

»Alles, was Ihr mir berichten könnt!«, rief Gonzalo beinahe flehentlich.

»Nun so wisset, dass sie am Ende dieser Straße wohnt.«

»In dieser Straße?«, fragte Gonzalo überrascht und neugierig.

»In der Tat, in dem Haus auf der rechten Straßenseite an der Ecke zur Plaza de Puerta Cerrada.«

»Das ist das Haus von Zúñiga, dem Heereslieferanten.«

»Ganz richtig, Don Gonzalo, das Haus von Don Guillén de Zúñiga«, erwiderte Grijalbo.

»Ich kenne ihn nicht persönlich, aber ich habe schon von ihm gehört.«

»Dann wisst Ihr sicher auch, dass Don Guillén der Vater dieser Dame ist, die einen so tiefen Eindruck auf Euch gemacht hat.«

Die Tatsache, dass er nun wusste, wer sie war und wo sie wohnte, schien den Hauptmann zu beruhigen, denn nun hatte er die Möglichkeit, sie wiederzusehen. Es war wie Balsam für seine Seele, die erbebte bei der bloßen Vorstellung, das, was ihm in Brüssel widerfahren war, könne sich wiederholen.

Als Meister Grijalbo sah, dass der Hauptmann allmählich ruhiger wurde, fragte er ihn, nicht ohne einen gewissen

Spott, ob er noch etwas mehr über die Dame erfahren wolle, die ihn so tief beeindruckt hatte, und als Gonzalo bejahte, schlug der Schwertmacher vor: »Wollt Ihr mir, während wir reden, bei einer Tasse schöner heißer, dickflüssiger Schokolade und einem dieser wahrhaft himmlischen Zuckerbrote Gesellschaft leisten, die die Augustinerinnen backen?«

Der Hauptmann nahm die Einladung freudig an, weniger wegen der in Aussicht gestellten Mahlzeit – obwohl das Zuckerbrot der Augustinerinnen von Recoletas weit über Madrid hinaus bekannt war –, sondern vielmehr wegen der Auskünfte, die ihm der Schwertmacher versprochen hatte. Sie gingen durch die Werkstatt, in der zwischen verbeulten Eisenstangen und offensichtlich untauglichem Gerümpel alte Schwertklingen, Säbel, Florette, Dolche, Messer und weitere Hieb- und Stichwaffen lagen, die zerbrochen, schartig oder stumpf waren, dazu verrostete und abgenutzte Schwerthefte, Degenglocken und -kreuze in allen Größen und Formen. Auch gab es die unterschiedlichsten Wehrgehenke und Ledergürtel in verschiedenen Längen und Breiten, die an Nägeln an der rußgeschwärzten Wand hingen. Neben der im vorderen Teil der Werkstatt gelegenen Esse war ein Kohlehaufen aufgeschüttet. Es gab auch einen Blasebalg, der mit dem Fuß zu bedienen war, und mehrere Handblasebälge, vier verschieden große Ambosse, Hämmer und andere für die Schwertmacherei erforderliche Werkzeuge und Gerätschaften.

So unaufgeräumt die Werkstatt war, so sauber und ordentlich war der Hinterraum, Meister Grijalbos Privatgelass. Es gab einen großen, soliden Tisch, mehrere Stühle und einen gemauerten Ofen, in dem Kohlen glühten. In einem Wandschrank mit bleiverglasten Türen bewahrte der Schwertmacher Vorräte und Kochgeschirr auf. Hier bereitete Meister

Grijalbo das Frühstück, das er dem Hauptmann versprochen hatte.

»Was wollt Ihr über Doña Elena de Zúñiga erfahren, Don Gonzalo?«

»Alles, was Ihr zu berichten wisst!!«

»Nun, dann beginnen wir am besten beim Anfang, auch wenn es nicht viel ist, was ich weiß. Wie ich Euch bereits gesagt habe, ist ihr Vater Don Guillén de Zúñiga, der viele Jahre lang Heereslieferant unseres Königs war, bis er bei einem Feldzug in Flandern sein gesamtes Vermögen verlor. Es war derjenige, in dem der Fürst von Condé und Don Juan José de Austria gegeneinander fochten und wir die Franche-Comté an die Franzosen verloren. Die Krone sah sich außerstande, die Verträge einzuhalten, die sie mit Don Guillén geschlossen hatte. Damals, vor sieben oder acht Jahren, erzählte man sich, Doña Elenas Vater habe mehr als eine Million Dukaten verloren, einige behaupteten sogar, es seien knapp zwei gewesen. Stellt Euch vor, Don Gonzalo, fast zwei Millionen Dukaten! Inmitten dieses Unglücks starb Don Guilléns Gattin. All das, was ich Euch berichte, ereignete sich irgendwo in Flandern. Und da ein Unglück selten allein kommt, verlor Don Guillén auf der Heimreise nach Spanien, wohin er arm und verwitwet zurückkehrte, auch noch seine beiden Söhne. Ihm blieb nur Elena, seine Erstgeborene.«

Grijalbo hielt einen Augenblick inne, schlürfte geräuschvoll Schokolade aus seiner Tasse und forderte den Hauptmann freundlich auf, ebenfalls zu trinken und sich über das Zuckerbrot herzumachen, das vor ihm lag. Obwohl Don Gonzalo wenig Appetit hatte, folgte er der Einladung. Er lobte Schokolade wie Zuckerbrot, wirklich dankbar aber war er für das, was er dann aus dem Munde des Waffenschmieds vernahm.

»Wenn Ihr Don Guillén sehen könntet, würdet Ihr ihn für viel älter halten, als er ist. Natürlich ist er kein junger Mann mehr, aber er sieht aus wie ein Greis und ist doch erst gut fünfzig Jahre alt. Ich bin etwa im gleichen Alter wie er und wirke neben ihm wie ein Jüngling. Er hat einfach zu viel erdulden und erleiden müssen. Ich glaube, das Einzige, was ihn am Leben hält, ist Doña Elena, sein Trost und seine ganze Freude. Als er sein Vermögen verlor, musste er alle seine Güter veräußern, um seine Verbindlichkeiten bezahlen und seine Gläubiger zufriedenstellen zu können. Heute bewohnt er nur noch einen Flügel des Palasts, in dem er früher lebte, einen der schönsten Paläste der Stadt.«

»Tatsächlich erinnere ich mich, bei meiner Rückkehr aus Flandern von einigen spektakulären Fällen von Bankrott gehört zu haben«, bemerkte der Hauptmann. »Unter anderem waren einige portugiesische Bankiers betroffen, die die Krone seit den Tagen finanziert hatten, in denen der Graf von Olivares Günstling des Königs war.«

»Was Ihr sagt, ist richtig, das war die Zeit, in der auch Zúñiga Bankrott erlitt. Es gelang ihm jedoch bei allen Schwierigkeiten, seinen guten Namen zu retten. Er hat alle Gläubiger befriedigt, und auch wenn sein Leben sich seither gänzlich gewandelt hat, ist ihm doch ein anständiges Auskommen geblieben. Seither führen Vater und Tochter ein einfaches, aber einigermaßen angenehmes Leben, wenn es auch nicht mit ihrem vorherigen Lebenswandel vergleichbar ist. Don Guillén geht nur aus dem Haus, um seinen religiösen Pflichten nachzukommen, was er pünktlich und gewissenhaft tut. Doña Elena hingegen sucht täglich die Kirche von San Miguel auf und geht in Begleitung der Dame, die Ihr heute an ihrer Seite gesehen habt, regelmäßig zum Markt auf der Plaza del Conde de Barajas.«

Der Schwertmacher verstummte und betrachtete seine ausgestreckte rechte Hand. Die Nägel waren rissig und hatten schwarze Ränder.

»Doña Elena gibt Almosen, soweit ihre Mittel es ihr erlauben, und hat stets ein offenes Ohr für die Sorgen und Nöte anderer. Aber sie ist auch eine Frau mit … mit seltsamen Angewohnheiten.«

»Was wollt Ihr damit sagen?«, fragte Gonzalo neugierig.

»Nun, sie beschäftigt sich mit Dingen, die sich für eine Dame nicht geziemen«, murmelte der Schwertmacher, als sei dieses Geständnis nicht für fremde Ohren bestimmt.

Ein wenig unwillig wiederholte Santa Cruz seine Frage: »Was meint Ihr damit?«

»Seht Ihr, Señor, es ist etwas Merkwürdiges, etwas Ungewöhnliches.« Der Meister, der bisher so redselig gewesen war, wand sich; er schien irgendein Laster Doña Elenas, von der er bisher in bewunderndem Tonfall gesprochen hatte, verheimlichen zu wollen.

»Wollt Ihr mir endlich verraten, wovon Ihr sprecht? Ich beschwöre Euch, spannt mich nicht länger auf die Folter!«

»Nicht, dass ich es verurteilte, aber Ihr wisst ja, wie gewisse Leute reden, wie sie sich das Maul zerreißen, wenn jemand etwas Ungewöhnliches tut. Als Mann von Welt könnt Ihr Euch sicher denken, was ich meine …«

»Um Gottes willen, Grijalbo, ich habe keine Ahnung, worauf Ihr anspielt! Ihr treibt mich noch zum Wahnsinn!«

»Nichts läge mir ferner, als Euch zu verärgern!«

»Nun, dann sagt mir verdammt noch mal endlich, was Doña Elena de Zúñiga Seltsames treibt!«

»Doña Elena malt! Sie ist Malerin!«, flüsterte Grijalbo, als habe er ein grässliches Geheimnis enthüllt.

Einen Augenblick lang war der Hauptmann verblüfft, dann brach er in schallendes Gelächter aus. Der Waffenschmied verstand den Grund für Don Gonzalos Heiterkeit nicht, stimmte aber in sein Gelächter ein. Nach einer Weile rief Santa Cruz aus: »Meiner Treu, Grijalbo, das ist wahrlich ein seltsam Ding und eine schwere Sünde wider Gott, dass eine Frau den Pinsel schwingt wie ein Mann!«

Der Meister, der eben noch gelächelt hatte, wurde schlagartig ernst, ja ärgerlich.

»Ihr macht Euch doch nicht etwa über mich lustig?«

»Das würde ich mir Euch gegenüber niemals erlauben. Aber ich muss gestehen, dass es mich erstaunt, welchen Tonfall und welches Gebaren Ihr bei dieser Mitteilung an den Tag legt. Was ist denn schon dabei? Was soll daran Sünde sein, dass eine Frau malt, wenn ihr der Sinn danach steht?«

»Ihr sprecht mir aus der Seele, Don Gonzalo! Was ist schon dabei? Soll Doña Elena doch malen, wenn sie will. Aber ...«

»Es gibt ein Aber?«

»Seht Ihr, Pater Anselmo, der Gemeindepfarrer von San Miguel, ist anderer Ansicht. Er sagt, eine Frau, die ein Handwerk oder eine Tätigkeit ausübt, die Gott der Herr dem Manne vorbehalten hat, beleidigt die Dreifaltigkeit. Tätigkeiten wie zum Beispiel die Malerei, die Bildhauerei, das Schreiben von Theaterstücken oder Romanen. So hat Pater Anselmo schon mehrmals von der Kanzel herab gepredigt, an den Feiertagen während der Hauptmesse, wenn zahlreiche Gläubige in der Kirche versammelt sind. Mit seinen Predigten hat er eine Atmosphäre geschaffen, die den guten Ruf Doña Elenas beschädigt. Und auch wenn es viele Nachbarn gibt, die des Paters Ansichten nicht teilen, hat sich die Stimmung in letzter Zeit um einiges verschlechtert.«

Bei diesen Worten verdüsterte sich die Miene des Hauptmanns. Traurig und resigniert rief er aus: »Wie viel müssen wir noch lernen, und wie lange wird es dauern, bis sich so etwas in unserem Heimatland nicht mehr ereignet? Wir verlieren den Anschluss an die neuen Zeiten, Freund Grijalbo, und das wird uns noch teurer zu stehen kommen als unsere militärischen Niederlagen!«

»Ich verstehe nicht ganz, was Ihr meint.«

»Es ist nichts, Grijalbo, nur meine Hirngespinste. Ihr seid ein guter Schmied und ein braver Mann. Heute Nachmittag lasse ich Ferol abholen. Ich hoffe, dann habt Ihr ihn so gut in Ordnung gebracht, wie nur Ihr es versteht.«

»Ihr könnt Euch auf mich verlassen.«

Der Hauptmann erhob sich von dem klobigen Schemel, auf dem er gesessen hatte, und ging hinaus. An der Türschwelle wandte er sich noch einmal um und äußerte seine Verbundenheit: »Ihr wisst nicht, zu welch großem Dank ich Euch für das verpflichtet bin, was Ihr mir erzählt habt. Gott sei mit Euch.«

»Und mit Euch, Hauptmann. Eure Gesellschaft war mir ein Vergnügen.«

Als Gonzalo die Cava de San Miguel entlangschritt, war sein Herz ganz weit vor Freude. Was so lange nur ein Traumbild gewesen war, hatte an diesem Frühlingsmorgen Gestalt angenommen. Der Tag war friedlich und von einem Licht durchflutet, das alles in hellen Farben erglühen ließ. Oder lag es an dem Glücksgefühl, dass ihm alles so strahlend erschien?

Er musste lächeln, als er daran dachte, wie schwer sich Grijalbo mit dem Geständnis getan hatte, dass Elena de Zúñiga malte. Was sie wohl malen mochte? Was könnte ihren Blick fesseln, um von ihr auf Leinwand gebannt zu werden? Was mochten ihre Vorlieben sein? All diese Fragen machten ihm eines deutlich: Er war in eine Frau verliebt, von der er nicht das Geringste wusste. Jahrelang hatte er ein Fantasiegeschöpf geliebt, geboren aus dem maßlosen Entzücken, das ein glühender Blick und ein Paar wahrhaft zauberischer Augen an einem lange zurückliegenden Nachmittag in einer reizlosen Stadt in ihm hervorgerufen hatten. Nun fürchtete er, die Wirklichkeit könne dem Traumbild nicht standhalten, das seine vom Reiz des Unbekannten überbordende Fantasie geschaffen hatte.

Als er an dem Haus vorbeikam, in dem seine Angebetete wohnte, die nun zu seiner großen Überraschung zu einem Wesen aus Fleisch und Blut geworden war, betrachtete er die Türen, Fenster und Balkone. Es war ein schlichtes Haus. Die aufgeklappten Fensterflügel ließen die herabgelassenen Jalousien sehen, hinter denen sich das Leben in diesen Mauern vor neugierigen Blicken wie den seinen verbarg. Hier lebte die Frau, die er liebte. Hier schlug ihr Herz, hier spielte sich ihr Alltag ab.

Auf dem Weg nach Hause beschloss er, in Erfahrung zu bringen, wann in der Kirche von San Miguel die Messe gelesen wurde. Die Messe wäre der einfachste Weg, Doña Elena wiederzusehen, da sie, wie er vom Waffenschmied erfahren hatte, täglich zur Kirche ging.

Als er sein Haus betrat, war er bester Laune. Geradezu übermütig rief er: »Tante! Tante Casilda! Wo steckst du?«

Aus dem oberen Stockwerk gab die Tante zur Antwort: »Gelobt sei Jesus Christus! Endlich bist du da!«

Gonzalo erstaunten diese Worte sehr, und noch erstaunter war er, als die Tante eilig die Treppe hinuntergelaufen kam.

»Was ist los?«, fragte er beunruhigt.

»Das fragst du mich? Weißt du es denn nicht?«

»Nein, ich weiß von nichts. Was ist geschehen?«

Atemlos stieß Doña Casilda hervor: »Ich dachte, du hättest es schon gehört, denn was wirklich geschehen ist, weiß ich auch nicht. Aber es muss etwas Schreckliches sein, den Botschaften nach zu urteilen, die Don Bernardo Patiño dir versucht hat zu schicken.«

»Was weißt du?« Gonzalo war ernst geworden.

»Nun, kurz nachdem du dich auf den Weg zu Azpeitia gemacht hast ... haben sie dich dort nicht angetroffen?«

»Nein, niemand war dort«, entgegnete der Hauptmann.

»Nun, jedenfalls sind sie hergekommen und haben gefragt, ob du zu Hause seiest, weil anscheinend etwas Schreckliches geschehen ist.«

»Was denn, um der Liebe Christi willen?« Allmählich verlor Gonzalo die Geduld.

»Ich habe dir doch schon gesagt: Ich weiß es nicht. Das Einzige, was ich dir sagen kann, ist, dass etwa alle halbe Stunde ein Bote Don Bernardos nach dir gefragt hat.«

»Und sie haben dir nicht gesagt, was er will?«

»Nein. Gar nichts haben sie mir gesagt.«

In diesem Augenblick hämmerte jemand an die Tür. Wer auch immer es war, er hatte es eilig, eingelassen zu werden.

»Ich komme schon! Was sind denn das für Manieren!« Gonzalo ging selbst zur Tür.

»Sicher ist es eine weitere Nachricht von Don Bernardo«, sagte Tante Casilda.

Und so war es. Ein Diener Patiños, der sich für sein rüdes Verhalten entschuldigte, teilte dem Hauptmann mit, Don Bernardo wünsche ihn dringend zu sprechen.

»Was ist denn geschehen, dass dein Herr es so eilig hat?«

»Ich kann Euch nicht sagen, was geschehen ist, Hauptmann, aber er ist sehr beunruhigt, ja außer sich. Seit zwanzig Jahren bin ich nun in seinen Diensten, aber so wie heute habe ich ihn noch nie erlebt.«

»Und du weißt nicht, was ihn so aufregt?«

»Ich weiß es nicht, Herr, aber ich kann es mir denken.«

»Darf man erfahren, was es ist?«

Bei dieser Frage sah der Diener Gonzalo erstaunt an.

»Wie? Wisst Ihr denn nicht, was geschehen ist? Alle Welt weiß es schon, und die Leute reden über nichts anderes.«

»So sprich doch endlich, um Himmels willen! Ich weiß nichts von dem, was alle Welt schon zu wissen scheint.«

»Sie haben Don José de Malladas hingerichtet.«

»Malladas wurde hingerichtet, sagst du?

»So ist es.«

»Aber wie ist das möglich? Ich habe davon gehört, dass er die Ermordung des Beichtvaters geplant haben soll, dass er verhaftet, aber dann wieder auf freien Fuß gesetzt wurde, weil man ihm nichts nachweisen konnte. Das alles hat mir Don Patiño selbst erzählt.«

»So ist es, Herr. Anscheinend wurde er gestern Nachmittag festgenommen, in den königlichen Kerker gebracht und dort mit der Garrotte hingerichtet.«

»Ohne Prozess und ohne Urteil?«

»Es scheint fast so, Herr.«

7

»Was Ihr berichtet habt, ist nicht möglich«, sagte Gonzalo nun schon zum wiederholten Mal zu Don Bernardo. »Nicht ohne Prozess.«

»Und doch ist es so, auch wenn es Euch schwerfällt, es zu glauben. Malladas wurde gestern Abend auf Befehl des Vorsitzenden des Kronrats, Don Diego Sarmiento de Valladares, vom königlichen Richter Don Pedro Salcedo festgenommen.«

»Und was lag gegen ihn vor, was eine Festnahme rechtfertigen würde?«, fragte der Hauptmann.

»Ich kann nur vermuten, dass die Aussagen des Marquis de Saint-Aunais etwas damit zu tun haben.«

»Diese Anschuldigungen konnten doch in keiner Weise bewiesen werden, und Malladas wurde auf freien Fuß gesetzt!«

»Wie ich Euch bereits sagte, Gonzalo, handelt es sich um reine Mutmaßungen, und ich weiß nichts Genaueres. Möglicherweise steht seine Hinrichtung auch mit dem zweifelhaften Gebaren in Verbindung, das Malladas beim Eintreiben gewisser Pachtzinsen an den Tag legte.«

»Auch das ist kein Grund, jemanden hinzurichten oder auch nur festzunehmen, es sei denn, es lägen Beweise für die Anschuldigungen vor. Das ist unerhört, Don Bernardo! Derartiges ist nur unter den jetzigen Umständen möglich!«

»Eine Regierung, die Untertanen Ihrer Majestät ohne

Anklage und Prozess tötet, ist fraglos untragbar. So handeln nur Tyrannen. Bis gestern bestand die Tyrannei des Jesuiten in Gefängnisstrafen oder Verbannungen gegen die, die seine Pläne durchkreuzten, von heute an kann man sich seines Lebens nicht mehr sicher sein, wenn man sich Everardos Absichten widersetzt.«

Santa Cruz nickte zustimmend und fragte Don Bernardo dann, wie er von der Ermordung erfahren habe.

»Heute kam ich frühmorgens aus der Klosterkirche San Felipe, als am Ausgang eine Frau auf mich zutrat, die derart vermummt war, dass man kaum ihre Augen erkennen konnte. Ohne ein Wort drückte sie mir einen Zettel in die Hand, machte kehrt und eilte davon. Lest selbst.«

Don Bernardo reichte dem Hauptmann einen Bogen groben Papiers, auf das folgende Nachricht gekritzelt war:

Gestern Nachmittag wurde Don José Malladas vom Richter Pedro Salcedo festgenommen und in den Kerker geworfen. Die Anweisung für seine Festnahme kam von Don Diego Sarmiento de Valladares. Im Gefängnis tötete man ihn mit der Garrotte. Bevor der Scharfrichter ihn ermordete, wurde der Pfarrer der Kirche Santa Cruz verständigt, damit er Malladas die letzte Beichte abnehme. Hierauf wurde er mit der Garrotte hingerichtet.

»Haben sich die Königin und der Kronrat zu diesem gewissenlosen Tun geäußert?«, fragte der Hauptmann und gab Don Bernardo das Papier zurück.

»Ich vermute, die Königin ist über alles im Bilde, und was

den Kronrat betrifft, so wurde ich vor Kurzem darüber unterrichtet, er sei eiligst einberufen worden und tage zu dieser Stunde. Grund dafür sei Malladas' Tod.«

Die Miene des Hauptmannes verdüsterte sich.

Es war nicht zu fassen, dass im Namen des Königs, eines Kindes, das weder herrschte noch regierte, derartige Schandtaten verübt wurden. Gonzalo dachte an all die Entbehrungen, die er auf dem Schlachtfeld auf sich genommen hatte, um für seine Ideale und eine Monarchie zu kämpfen, die nichts mit den derzeitigen Geschehnissen am Hof von Madrid gemein hatten, wo Menschen im Namen dieses Königs und dieser Monarchie eingekerkert und ermordet wurden. Er vermochte kaum zu glauben, dass sich im Herzen der Katholischen Monarchie derart entsetzliche Dinge zutrugen. Zwar hatte er schon gewusst, dass ein Fremder wie Nithard, dessen größtes und einziges Verdienst es war, der Königin seit vielen Jahren die Beichte abzunehmen, kaum geeignet war, die Regierungsgeschäfte zu führen, nun aber war er davon überzeugt, dass rasches Eingreifen vonnöten war, um diesen Zuständen ein Ende zu bereiten. Er konnte jedoch nicht zulassen, dass man dabei ähnlich verfuhr wie die Gefolgsleute des Günstlings.

»Don Bernardo, ich denke, wir müssen unverzüglich handeln.«

»Aus diesem Grund habe ich so sehr auf ein Treffen gedrängt.«

»Ich bin bereit, mich umgehend auf den Weg zu machen und Seine Hoheit über die Vorgänge in Kenntnis zu setzen. Und ich versichere Euch, dass meine Zweifel hinsichtlich der Entscheidung Seiner Hoheit, den Befehl zur Einschiffung nach Flandern zu missachten, unberechtigt waren. Don Juan darf sich unter keinen Umständen noch weiter vom Hof entfernen. Auch muss ich Euch sagen, dass ich zum ersten Mal in meinem Leben dem militärischen Prinzip untreu werde, dass Befehle zu befolgen sind, ohne sie zu hinterfragen. Ich glaube jedoch, dass der Schaden für die unglückliche Monarchie, die zu verteidigen ich geschworen habe, unter den derzeitigen Umständen noch größer wäre, würde ich die mir gegebenen Befehle befolgen.«

»Ich bin der Ansicht, Eure Anwesenheit bei Hofe ist im Moment sehr viel wichtiger als die Reise. Jemand anderes kann Don Juan die Nachricht überbringen. Wir verfügen über genügend Vertrauensleute für diese Aufgabe, das verspreche ich Euch. Ihr aber sollt die Mission erfüllen, mit der Seine Hoheit Euch betraut hat. Ich weiß, ihr Gelingen liegt nicht allein in Eurer Hand, doch mag dies der richtige Augenblick sein, die Gespräche, die Ihr zu führen habt, erfolgreich abzuschließen.«

Gonzalo musste Patiño recht geben, und so machte er sich auf den Weg, fest entschlossen, seine Mission zu erfüllen, und nicht ohne ein letztes Mal sein Entsetzen über den Mord an Malladas geäußert zu haben. Kaum war er zur Türe hinaus, läutete Don Bernardo, der in Gegenwart des Hauptmannes hatte an sich halten müssen, um sich seine Zufriedenheit über die Entwicklung der Ereignisse nicht anmerken zu lassen, ein Glöckchen. Kurz darauf geleitete ein Diener zwei Männer in das Kabinett.

Die beiden waren etwa dreißig Jahre alt und ihrer Kleidung und ihren verschlagenen Mienen nach zu schließen zwielichtige Gestalten. Einer von ihnen war Riquelme. Gleich danach trat ein dritter Mann ein, dessen Aussehen sich gänzlich von den beiden unterschied: Er war elegant gekleidet, ganz in

Schwarz bis auf eine altmodische Halskrause, die aus seinem Kragen hervorblitzte. Er war so klein und zart, dass er fast kümmerlich wirkte, und legte ein geschliffenes, leicht manieriertes Auftreten an den Tag.

Ohne Zeit mit Formalitäten zu verlieren, befahl Don Bernardo den beiden, die wie Gauner aussahen, in gebieterischem Tonfall: »Macht euch sofort daran, allerorts zu verbreiten, was ich euch aufgetragen habe, bevor Hauptmann Santa Cruz kam. Ich denke, es ist alles klar. Weißt du, was ihr zu tun habt, Riquelme?«

»Euer Gnaden können beruhigt sein. Wir werden überall die Geschichte vom schrecklichen Tod dieses Menschen verbreiten und dass die Schuld daran den Jesuiten sowie, wenn auch in geringerem Maße, die Königin trifft.«

»Ich sehe, ihr habt verstanden. Jetzt bleibt nur noch, die Nachricht in jeden Winkel der Stadt zu tragen. Und denkt dran: Niemand hat euch aufgetragen, diese Informationen zu verbreiten. Macht schnell, wir dürfen keine Zeit verlieren!«

Obwohl Patiños Worte den Männern unmissverständlich bedeuteten, sich auf den Weg zu machen, rührten sie sich nicht vom Fleck. Don Bernardo funkelte sie wütend an: »Darf man erfahren, was los ist?«

Riquelme, anscheinend der Wortführer des Gespanns, setzte stotternd an: »Euer Gnaden ... Euer Gnaden haben etwas vergessen.«

»Wo habe ich nur meinen Kopf!« Mit diesen Worten nahm Don Bernardo einen Lederbeutel aus einer Schublade und übergab ihn Riquelme.

»Hier habt ihr die vereinbarten zwanzig Dukaten. Wenn ich heute Abend zur Messe gehe, möchte ich von nichts anderem reden hören als von Malladas' Ermordung und den

Schuldigen an dieser schrecklichen Tat! Und vergesst nicht, mich über alles auf dem Laufenden zu halten, was ihr aufschnappt, sei es in euren Augen auch noch so unbedeutend!«

Wie zahlreiche andere Müßiggänger und Halunken, die sich in Madrid herumtrieben, gehörte Riquelme dem dichten Informantennetz Don Bernardos an, das sich über die ganze Stadt erstreckte.

»Ihr könnte Euch auf uns verlassen, Don Bernardo«, versicherte Riquelme und nahm den Geldbeutel an sich.

Don Bernardo rief einen der Diener herbei.

»Lass sie durch die Gartenpforte hinaus und vergewissere dich, dass die Luft rein ist.«

Die beiden Gauner verneigten sich und verließen das Kabinett.

Als sie allein zurückgeblieben waren, wandte sich Don Bernardo an den elegant gekleideten Mann: »Meister Marcos, hört mir aufmerksam zu. Übermorgen bei Tagesanbruch soll es keinen Fleck, keinen Winkel, keine Ecke in Madrid geben, an der nicht das Papier mit dem Text angebracht ist, den ich Euch vorgeben werde. Ihr habt bis morgen bei Sonnenuntergang Zeit, die Zettel zu drucken. Zu dieser Stunde werde ich Euch Vertrauensleute schicken, die sich der Flugblätter annehmen werden. Ihr führt die Arbeit mit verschwiegenen Leuten an den Druckmaschinen im Keller durch.«

»Euer Gnaden, Ihr könnt wie immer auf unsere tadellose Arbeit und unsere Diskretion zählen«, entgegnete Marcos Azacana, der einer der Madrider Druckermeister war.

»So soll es sein. Vor allem Letzteres liegt auch in Eurem Interesse, denn es geht um … beinahe hätte ich gesagt, um Eure Freiheit, doch so, wie die Dinge stehen, geht es um Euer Leben. Setzt Euch, nehmt Feder und Papier und schreibt eigenhändig auf, was ich Euch diktiere. Ich möchte Fehler, Unklarheiten und Verzögerungen vermeiden, nur weil Ihr nicht imstande seid, meine Handschrift zu entziffern!«

»Was sagt Ihr da! An Eurer Handschrift ist doch nichts auszusetzen!« Bei diesen schmeichlerischen Worten musste Don Bernardo unwillkürlich lächeln.

Meister Azacana setzte sich an das Schreibpult, schärfte mit einem Federmesser zwei Federkiele, stellte den Löschsand bereit, öffnete das Tintenfass und strich das Papier glatt, das vor ihm lag.

Die Niedertracht Pater Everardos und seiner Anhänger hat unbeschreibliche Ausmaße angenommen. In abscheulicher Art und Weise wurde an einem Untertan Ihrer Majestät, nämlich an Don José de Malladas Azofrín, ein hinterhältiges Verbrechen verübt, indem er in der vergangenen Nacht, der zweiten dieses Monats, im Königlichen Gefängnis dieser Stadt mit der Garrotte, der spanischen Würgschraube, erdrosselt wurde, als wäre er ein überführter und geständiger Mörder, obwohl ihm nichts zur Last gelegt werden konnte. Das Gesetz, das uns von unseren Vätern überliefert wurde, wurde von denen gebrochen und mit Füßen getreten, die es als Fremde gewiss nicht als das Ihrige ansehen und seinen Wert nicht zu schätzen wissen.

Die feige Ermordung eines Edelmannes ohne Prozess und Verurteilung, allein aus der Laune eines Tyrannen heraus, beleidigt und erniedrigt unser ganzes Volk. Die Schande befleckt uns alle, die wir solche Geschehnisse ungestraft und ungesühnt hinnehmen. Auch trifft die Schmach uns alle, wenn die genannten kriminellen Machenschaften im Namen unseres Herrn und Königs stattfinden.

Es besteht kein Zweifel: Die Zeit ist gekommen, einen Zustand zu beenden, der unter anderem den Niedergang der Monarchie bewirkt hat. Mit diesem unfassbaren Verbrechen hat die Stunde für das Ende der Günstlingswirtschaft geschlagen, die von einem Fremden ausgeübt wird, der unsere Gesetze, Bräuche und Traditionen nicht versteht und auch nicht davor zurückscheut, sie zu missachten und zu verhöhnen. Für die Königin, die Gott schützen möge, ist der Moment gekommen, das Land von dieser in liturgische Gewänder gehüllten Plage zu befreien, die die Monarchie in den tiefsten aller Abgründe stürzt und zugleich trügerischerweise im Namen unseres Königs zu handeln vorgibt. Für die redlichen Untertanen ist es an der Zeit, den Platz einzunehmen, der ihnen aufgrund ihres Blutes und ihrer Verdienste um die Monarchie zusteht, und dieser ihren einstigen Glanz und ihre Kraft zurückzugeben, die heute unwiederbringlich verloren scheinen.

So verlangt es das elementarste Prinzip der Gerechtigkeit, denn andernfalls:

Das Reich, das liegt in Banden,
der König um den Thron gebracht,
die Königin wird zuschanden,
beendet sie nicht des Günstlings Macht.

»Ich wusste gar nichts von Eurem poetischen Talent, Don Bernardo«, bemerkte Meister Azacana.

»Ein solches besitze ich auch nicht, mein Freund, aber es ist kein schlechter Abschluss für eine Flugschrift. Nun geht ans Werk und erfüllt Eure Pflicht.«

Patiño nahm erneut einen Lederbeutel zur Hand und übergab ihn dem Drucker.

»Hier habt Ihr hundert Dukaten, das sollte mehr als genug sein für Papier, Tinte und die Arbeit.«

Der Drucker schüttelte vornehm und betont sorgfältig den Sand, den er zum Trocknen auf die Tinte gestreut hatte, herunter, faltete das Papier und steckte es vorsichtig in seine Brusttasche. Don Bernardo geleitete ihn zum Ausgang und gab ihm noch einen Rat mit auf den Weg: »Vergesst nicht, Azacana, äußerst diskret und vorsichtig zu Werke zu gehen. Morgen zur vereinbarten Zeit wird die Arbeit abgeholt.«

»Ihr habt mein Wort«, sagte der Drucker mit wichtiger Miene.

»Gebt acht beim Hinausgehen«, wies Don Bernardo ihn an, »und nehmt den üblichen Ausgang. Wir müssen mit der gleichen Diskretion und Verschwiegenheit vorgehen wie immer. Man wird Euch bis zur Straße begleiten.«

Der Ausgang, von dem Patiño gesprochen hatte, lag an der Rückseite des Gebäudes, das an sein Wohnhaus grenzte. Vor einigen Monaten hatte er es gekauft und eine Verbindung durchbrechen lassen. Patiño benutzte dieses Haus, um die von Nithard angeheuerten Spitzel in die Irre zu führen, die jeden seiner Schritte verfolgten und alle seine Besucher zu kontrollieren suchten.

In der Dämmerung erreichte ein Reiter die Herberge an der Plaza Mayor von Riaza. Viele Stunden zuvor hatte er Madrid durch die Puerta de Fuencarral verlassen, sich auf den Weg nach La Coruña gemacht und seinem Pferd das Äußerste abverlangt. Nun wollte er sich eine Ruhepause gönnen, bevor er im Morgengrauen des folgenden Tages seinen Weg in Richtung Galicien fortsetzte.

Unterdessen sprach man in ganz Madrid über nichts anderes als über Malladas' schmachvollen Tod. Auf der überfüllten Promenade des Retiroparks, auf dem Paseo de Recoletos und der Calle de Alcalá, den Orten, an denen die Männer und Frauen von Madrid mit Vorliebe auf und ab flanierten und die lauen Frühlingsabende genossen, gab es kein anderes Gesprächsthema.

Man hörte Kommentare aller Art. Zwar hatte sich der Tote nicht gerade großer Beliebtheit erfreut – er hatte die Liebeleien seiner leichtlebigen Ehefrau geduldet, und manch einer behauptete sogar, dieser Schuft habe sie ermutigt, sich zu verkaufen, um einem sorglosen Leben frönen zu können –, aber dennoch gaben die Umstände seines Todes für alle Anlass zur Empörung. Aus einigen Grüppchen verlautete, man dürfe Derartiges nicht dulden. Niemand dürfe ohne Prozess und Verurteilung durch ein ordentliches Gericht mit der Garrotte erdrosselt werden. Viele erklärten offen, eine dermaßen schmachvolle Hinrichtung beflecke Ehre und Ruf der Nation.

Auch auf den Stufen der Augustinerkirche San Felipe besprach die Menge den Vorfall, der die ganze Stadt in Aufruhr versetzt hatte.

»Mir wurde im Vertrauen mitgeteilt, der Scharfrichter habe diesen armen Kerl erdrosselt, ohne ihm die Möglichkeit zu geben, in der Beichte sein Gewissen zu erleichtern«, berichtete ein Herr, der Kleidung nach zu schließen ein Edelmann, leise.

»Wollt Ihr damit sagen, dass ihm nicht einmal der Trost der Beichte zuteil wurde?«, fragte ein Zuhörer mit düsterer Miene.

»So ist es, Don Rodrigo. So wurde es mir zumindest berichtet.«

»Soweit ich weiß«, warf ein anderer ein, »wurde vor der Hinrichtung der Pfarrer der Kirche Santa Cruz herbeigeholt, um ihm die Beichte abzunehmen. Ich habe aber gehört, der Ärmste habe fürchterliche Qualen gelitten, weil der Scharfrichter, den sie aus dem Bett geholt hatten und der ob der außergewöhnlichen Situation nervös war, sich bei der Hinrichtung ungeschickt angestellt hat.«

»Auch ich habe vom Ungeschick des Scharfrichters gehört. Doch das Schlimmste an der Sache ist, dass man ihm die Beichte versagt hat.«

»Wie es scheint, durfte er sehr wohl beichten.«

»Ich bezweifle, dass ihm geistlicher Beistand zuteil wurde«, meinte der, der als Erster behauptet hatte, man habe Malladas nicht erlaubt zu beichten, »die Person, die mir das anvertraut hat, ist zuverlässig und gut informiert.«

»Soll das heißen, Ihr zweifelt an meinen Worten?«, fuhr derjenige auf, der behauptet hatte, der Pfarrer der Kirche Santa Cruz habe Malladas die Sterbesakramente gespendet.

»Ich bezweifle nicht, dass Ihr glaubt, recht zu haben. Dennoch bleibe ich bei dem, was ich gesagt habe.«

Diese Antwort schien den anderen zu erzürnen, und beide tasteten, wenn auch möglichst unauffällig, nach den Griffen ihrer Schwerter. Die Geste blieb von den Anwesenden nicht unbemerkt, auch nicht von Don Bernardo Patiño, der sich unter die Menge gemischt und bis zu diesem Zeitpunkt geschwiegen hatte. Nun aber entschied er, der Streit dürfe nicht in Handgreiflichkeiten ausarten.

»Meine Herren, zwar ist die Frage, in der Ihr uneinig seid, durchaus nicht unbedeutend« – er sprach mit der Autorität eines Mannes, der weiß, was er sagt – »doch ist sie in dieser Angelegenheit nicht der entscheidende Punkt. Malladas hätte keine Beichte benötigt, wäre er nicht in solch schmählicher Art und Weise erdrosselt worden. Lasst Euch gesagt sein, dass dies der Kern des Problems ist und dass hierin offenbar wird, wie tief unsere Monarchie gesunken ist. Zwischen uns sollte es nicht zu Streitigkeiten kommen«, er blickte die beiden Gegner an, »bloß weil wir uneins sind über etwas, über das wir gar nicht debattieren müssten, hätte nicht jemand den Befehl zum Mord gegeben, denn eine Hinrichtung kann man das kaum nennen. Das bedeutet, dass unsere Lage mehr als ungewiss ist, wohingegen die Schuldigen an diesen Untaten straffrei bleiben. Jeder Einzelne von uns könnte heute Nacht, morgen, übermorgen oder an jedem beliebigen Tag Opfer einer solchen Missetat werden, die umso schwerer wiegt, als die Regierung selbst sie zu verantworten hat.«

Bei Don Bernardos Worten nickten alle Anwesenden zustimmend. Dieser war sich bewusst, dass er genug geredet hatte. Jedermann wusste, dass er der Sekretär Don Juans de Austria war und für welche Seite sein Herz in den politischen Auseinandersetzungen schlug, die bei Hofe ausgetragen wurden. Es war besser, nicht noch mehr Öl ins Feuer zu gießen.

»Wie dem auch sei«, sagte er darum niedergeschlagen, »gebe Gott der Herr und die Heilige Mutter Gottes, dass wir wenigstens gebeichtet haben, sollte einen von uns das gleiche Schicksal ereilen wie Malladas. Ich wünsche Euch einen angenehmen Abend und Gottes Segen.«

Mit diesen Worten wandte er sich um und machte sich gemessenen Schrittes auf den Weg nach Hause. Keiner der Anwesenden, die bekümmert zurückgeblieben waren, bemerkte das triumphierende Lächeln auf seinen Lippen.

Hauptmann Gonzalo de Santa Cruz hatte keinen Augenblick gerastet, seit er am Morgen Don Bernardos Haus verlassen hatte. Der Gang der Ereignisse erforderte eine zügige Ausführung der ihm von Don Juan übertragenen Aufgaben, und er konnte sich nicht erlauben, bei den anstehenden Besuchen allzu protokollarisch vorzugehen. Das Wichtigste war nun, die Haltung der Granden in Erfahrung zu bringen, zu denen er Kontakt aufnehmen sollte.

Dennoch wollte er rechtzeitig zur Abendmesse in der Pfarrkirche San Miguel sein. Der Tafel am Eingang der Kirche hatte er entnommen, dass es zwei Messen gab, eine um halb sieben und die zweite eine Stunde später. Er hoffte, mit ein wenig Glück Doña Elena bei einer der Messen anzutreffen.

Gleich nachdem er Patiños Haus verlassen hatte, kehrte er nach Hause zurück und verfasste ein Schreiben, in dem er darum bat, noch vor Mittag im Palast des Marquis de Leganés empfangen zu werden, der in der Nähe der Plaza de la Cebada lag. Nachmittags um vier wollte er, wenn möglich, den Herzog de Lemos aufsuchen, und eine Stunde später den Herzog de Sessa, der ganz in der Nähe lebte, vorausgesetzt natürlich, dass die Adeligen bereit waren, ihn zu empfangen. In den drei Briefen gleichen Inhalts, die er seinem Knecht Sancho übergab, bat er zwar lediglich um eine Audienz, er hatte Sancho jedoch aufgetragen, mündlich auszurichten, es gehe um Seine Hoheit, Don Juan José de Austria.

Nachdem Sancho vom Marquis de Leganés mit der guten Nachricht zurückgekehrt war, Don Gonzalo werde zur gewünschten Zeit empfangen, übergab ihm der Hauptmann die Briefe für Lemos und Sessa.

Das Zusammentreffen mit Leganés war kurz, aber herzlich. Der Marquis erkundigte sich nach dem Befinden Seiner Hoheit und fragte, ob Don Juan tatsächlich vorhabe, die Reise nach Flandern anzutreten, da am Hofe diesbezüglich die unterschiedlichsten Meinungen und Gerüchte kursierten. Bald kamen sie auf Malladas' Tod zu sprechen, und Leganés bekundete seine Abscheu angesichts einer solchen Tat. Don Gonzalo glaubte, den Aussagen des Granden entnehmen zu können, dass dieser ein Ende der Zustände herbeisehnte, die den Aufstieg Nithards ermöglicht hatten, doch gelang es ihm nicht, Leganés eine klare Zusage abzuringen, dass er bereit sei, Don Juan bei seinen Bemühungen um den Sturz des Günstlings zu unterstützen. Leganés schien eine tiefe Abneigung gegen den Beichtvater zu hegen, war aber nicht bereit, sich an einer Sache zu beteiligen, die den Wünschen der Königin zuwiderlief. Er drückte sich äußerst vorsichtig, ja rätselhaft aus und erkundigte sich eindringlich nach dem Rückhalt, auf den Don Juan bei einer so heiklen Angelegenheit zählen konnte, Santa Cruz gab jedoch so wenig Informationen wie möglich preis. Als die beiden Gesprächspartner merkten, dass ihr Gespräch in eine Sackgasse geraten war, beschlossen sie, die Unterredung zu beenden.

Gonzalo zog aus diesem ersten Gespräch den Schluss, dass der Marquis sich einem Versuch, Nithard aus dem Weg zu räumen, nicht widersetzen würde, jedoch kaum zur Mithilfe bereit wäre. Er war einer von denen, die nicht Partei ergreifen wollten und sich erst zuletzt auf die Seite der Sieger schlagen würden. Er würde also, je nachdem, wie der Konflikt ausging, auf der Seite Don Juans oder der Königin stehen, denn der Machtkampf wurde zwischen den beiden ausgefochten, und der Günstling war nur das Unterpfand. Gonzalo war enttäuscht, weil er nicht begreifen konnte, wieso ein so bedeutender Mann wie Leganés nicht in der Lage war, eine Entscheidung zu treffen, und um den heißen Brei herumredete, weil ihm in Wirklichkeit seine eigenen Interessen mehr am Herzen lagen als das Wohl des Reiches.

Zu Hause angekommen, erfuhr er, dass Sancho von den Herzögen von Lemos und Sessa Zusagen zu seiner Bitte um ein Gespräch erhalten hatte. Möglicherweise stand die Bereitschaft der Granden in Verbindung mit den jüngsten Ereignissen. Die positive Nachricht heiterte ihn ein wenig auf. Er beschloss, drei weitere Briefe zu schreiben, um den Herzögen von Alba, Medinaceli und Arcos für den folgenden Tag seinen Besuch anzukündigen.

Beim Mittagessen berichtete er seiner Tante Casilda, der er schon mehrmals von seiner Begegnung mit der Frau seiner Träume an jenem lange zurückliegenden Nachmittag erzählt hatte, was ihm am Morgen widerfahren war. Als Gonzalo ihr sagte, dass es sich um Doña Elena de Zúñiga handelte, rief Doña Casilda unwillkürlich aus: »Meine Güte, Gonzalo, ausgerechnet Doña Elena de Zúñiga! Sie gehört zu den Zúñigas aus der Cava de San Miguel!«

Gonzalo starrte seine Tante an: »Du kennst Doña Elena de Zúñiga? Kennst du ihre Familie?«

»Nun, ›kennen‹ wäre vielleicht zu viel gesagt.« Nach der Vorspeise, bei der sie kräftig zugelangt hatten, servierte Doña Casilda nun einen kräftigen Fleischeintopf als Hauptgericht. »Ich kenne sie nicht. Aber ich weiß, wer sie sind. Anständige Leute und gute Christenmenschen, ihr ganzes Leben lang!«

»Erzähl mir alles, was du weißt, Tante, alles über sie und ihre Familie«, bat der Hauptmann.

»Ich glaube, ihr Vater war Heereslieferant, aber er hat sein ganzes Vermögen durch Zahlungsrückstände und den Verfall der Währung verloren. Mir ist zu Ohren gekommen, sie seien in Flandern gewesen, um unsere Söldner zu beliefern, und dort habe sein Unglück angefangen. Ich glaube, zur gleichen Zeit, zu der Don Guillén sein Vermögen verlor, starben auch seine Ehefrau, Doña Elenas Mutter, sowie ihre zwei Brüder.«

»Was weißt du über Doña Elena?«, fragte Gonzalo.

»Zunächst muss ich sagen, dass dein Geschmack gar nicht so übel ist. Wer hätte das gedacht!« In Doña Casildas Augen blitzte der Schalk. »Bei der Heiligen Jungfrau Maria, sie ist eine der schönsten Frauen, die ich kenne! Allerdings solltest du wissen, dass sie als hochmütig gilt. Es heißt in der Nachbarschaft, sie habe bisher alle Heiratsanträge ausgeschlagen. Lass dir also gesagt sein: Sie ist schwer zu erobern! Doch ich weiß ja, dass du zu den größten Heldentaten fähig bist!«

»Mach dich nicht über mich lustig. Niemals, selbst in meinen schlimmsten Träumen nicht, war ich so nervös wie heute Morgen.«

»Wie es scheint, hat sie sich nach dem großen Unglück, das die Familie getroffen hat, entschieden, sich ausschließlich um ihren Vater zu kümmern. Auch weiß ich, dass sie malt. Viele missbilligen das, übt sie diese Kunst doch als Frau aus ...«

Doña Casilda hielt einen Augenblick lang inne, ihr schien ein Gedanke gekommen zu sein: »Erstaunlich ... Es ist wirklich erstaunlich, dass du sie in all den Jahren nicht ein einziges Mal gesehen hast.«

Gonzalo fand es eher erstaunlich zu hören, was seine Tante alles über Elena wusste. Er nickte zustimmend.

»Das ist wahr, denn es ist acht Jahre her, seit ich sie zuletzt gesehen habe, und obgleich ich lange Zeit fern vom Hofe verbracht habe, habe ich auch lange hier gelebt.«

In mütterlich-tadelndem Ton gab Doña Casilda ihrem Neffen die Schuld an seinen amourösen Misserfolgen: »Wärst du ein besserer Christ, hättest du nicht so lange warten müssen, davon bin ich überzeugt.«

»Gewiss war meine Buße viel schlimmer als die Sünden, die ich hätte begehen können«, erwiderte Don Gonzalo spöttisch.

»Was gedenkst du zu tun?«

»Fürs Erste werde ich heute beiden Abendmessen in der Pfarrei San Miguel beiwohnen.«

Aus Doña Casildas Kichern wurde deutlich, was ihr durch den Kopf ging, ohne dass sie ein Wort sagen musste.

Die Begegnung zwischen Hauptmann Santa Cruz und dem Herzog de Lemos verlief ähnlich wie der Besuch beim Herzog de Leganés am Morgen: Lemos zeigte sich unentschlossen und wenig bereit, sich an einem Abenteuer gegen die herrschende Macht zu beteiligen, und ließ sich wortgewandt – es war allgemein bekannt, dass Lemos gut im Reden, aber schlecht im Handeln war – über die Missstände aus, unter denen man zu leiden hatte, und über die Unfähigkeit eines Fremden, der mit den Worten des Herzogs »langweilig, versiert in Latein und Theologie, jedoch ein Laie auf dem Gebiet der Politik und der Regierungsgeschäfte« war. In Gonzalos Augen bot der Herzog ein klägliches Bild. Der Gipfel der Erbärmlichkeit war erreicht, als Lemos sich nicht entblödete, sich für den Fall, dass Nithards Sturz gelingen sollte, selbst als die geeignetste Person für das schwierige Amt der Regierungsgeschäfte erbötig machte.

Nach diesem Besuch war Gonzalo derart niedergeschlagen, dass er zu dem Treffen mit dem Herzog de Sessa am liebsten nicht erschienen wäre. Doch sein Pflichtbewusstsein und die Tatsache, dass er verabredet war, führten ihn zum Haus dieses glanzvollen andalusischen Adeligen, der Fernández de Córdoba hieß, wenngleich er einen italienischen Titel trug. Gonzalo versuchte, sich mit dem Gedanken aufzumuntern, dass er am Nachmittag vielleicht die Frau seiner Träume treffen würde, die Frau, die an diesem Morgen unverhofft Gestalt angenommen hatte, sollte die Vorsehung oder das Schicksal – darüber war sich Hauptmann Santa Cruz nicht ganz im Klaren – nicht anders entscheiden.

Don Gonzalo wurde vom Herzog ausnehmend freundlich empfangen und in einen behaglichen Salon geführt, der geschmackvoll, wenn auch etwas überladen eingerichtet war. Ins Auge stachen ein prachtvoller Spiegel mit geschwungenem, goldenem Rahmen, wie es der Mode entsprach, und ein fein gearbeitetes Ölgemälde der Gottesmutter mit Krone in einem dreieckigen Umschlagtuch auf einer Trage; zu ihren Füßen war zu lesen »Heilige Maria vom Berge«. Auffällig war auch eine umfangreiche Sammlung von Schwertern in allen Formen und Größen, umgeben von zweiundzwanzig Flaggen – Santa Cruz hatte genügend Zeit, sie zu zählen –, auf denen die Farben Grün und Weiß dominierten.

Die Sympathiebekundungen und die herzliche Aufnahme fanden ein jähes Ende, als der Hauptmann den Herzog nach seiner Haltung im Falle einer möglichen Operation zu Nithards Sturz befragte.

»Was Don Juan mir durch Euch anträgt, kommt – nennen wir es ruhig beim Namen – einem Staatsstreich gleich. Es würde bedeuten, den Absichten Ihrer Majestät zuwiderzuhandeln, welche auf Wunsch des verstorbenen Königs legitimiert« – er betonte dieses Wort ganz besonders – »ist, so zu handeln.«

Der Hauptmann versuchte, den Worten des Herzogs, nach denen das Vorhaben Don Juans, der für ihn ein Bastard war und blieb, Hochverrat bedeutete, die Schärfe zu nehmen.

»Ich glaube, Exzellenz, nichts läge Don Juan ferner, als so zu handeln, wie Ihr ihm unterstellt. Er möchte lediglich Eure Meinung zur gegenwärtigen Lage der Monarchie in Erfahrung bringen.«

»Nun, Don Juan weiß so gut wie ich, dass sich die Monarchie tatsächlich in keiner guten Verfassung befindet. Schon seit geraumer Zeit enden die militärischen Konflikte gegen fremde Mächte in schlimmen und demütigenden Niederlagen, wie Ihr selbst wohl am besten wisst.« In Gonzalos Ohren klangen diese letzten Worte wie Hohn. »Auch durch den Westfälischen Frieden und den Pyrenäenfrieden, durch die unsere Schwäche in internationalen Angelegenheiten offenkundig wurde, wurde das Ansehen der Monarchie schwer beschädigt, ganz zu schweigen von den Ereignissen in Flandern und den blamablen Niederlagen gegen die Portugiesen. Auch gegenüber den Katalanen hat sich die Monarchie zum Narren gemacht. Ihnen gelten ihre Sonderrechte mehr als die Loyalität zu Ihrer Majestät, davon weiß Don Juan ein Lied zu singen.« Erneut hatten seine Worte einen scharfen, spöttischen Unterton. »Was die Lage im Inneren betrifft, nehme ich an, Ihr kennt den erbärmlichen Zustand der Landgüter, das Problem der Landflucht, die fürchterliche Lage des Gewerbes und des Handels, wo viele Tätigkeiten beinahe völlig zum Erliegen gekommen sind.« Der Vortrag des Herzogs begann Gonzalo zu ermüden. »Und was soll ich über die Währung sagen? Die schwachsinnigen Maßnahmen, die über Jahre hinweg aufrechterhalten wurden, haben das Königreich völlig heruntergewirtschaftet und ins Verderben gestürzt. Mein Herr, wir stehen vor dem Ergebnis jahrelanger Versäumnisse und schwerer Fehler, die über lange Zeit hinweg begangen wurden …«

Santa Cruz, der ahnte, worauf das Ganze hinauslaufen würde, versuchte, den Monolog zu beenden: »Eure Diagnose des Kranken stimmt mit der Seiner Hoheit überein, und eben darum …«

Dem Herzog missfiel die Unterbrechung zutiefst, und er sagte schneidend: »Wenn Ihr mir gestattet, würde ich meine Darlegung gerne zu Ende führen.«

Der Hauptmann errötete sichtbar, teils aus Scham und teils aus Zorn, der in seinem Inneren zu brodeln begann. Er erkühnte sich aber, gleichermaßen spöttisch zu erwidern: »Wie könnte ich es wagen, Eure Exzellenz daran zu hindern, Eure Darlegung zu Ende zu führen.«

Sessa parierte den Seitenhieb und funkelte Gonzalo wütend an: »Ich kann keinesfalls dulden, Hauptmann, dass Don Juan aus seinem ungezügelten Ehrgeiz heraus, der ihn zerfrisst, die Königin oder den Großinquisitor für alle Übel der Monarchie verantwortlich macht. Die Wurzeln dieser Übel liegen weit zurück, sie resultieren aus Missgeschicken und Fehlern, an denen Don Juan in der Vergangenheit keineswegs unbeteiligt war.«

Obwohl er wusste, dass der Herzog dabei war, die Beherrschung zu verlieren, unterbrach ihn Gonzalo erneut: »Hättet Ihr wohl die Güte, mir zu erklären, welchen Anteil Seine Hoheit an diesen Fehlern und Missgeschicken hatte?«

Der Herzog ballte die Fäuste, unfähig, seinen Ärger länger zu verbergen.

»Mit dem größten Vergnügen: Wäre in Italien nicht Graf Oñate gewesen, so hätten wir durch Don Juans Schuld das Königreich von Neapel verloren. Seine Leistung bestand einzig darin, Frauen zu verführen, zum Beispiel die Tochter des Malers Ribera. In Katalonien gewährte er den Rebellen die Privilegien, die sie schon hatten, bevor sie sich gegen unseren Herrn und König erhoben. Ihr wisst, was er in den Dünen von Dünkirchen aus Unfähigkeit und Torheit angerichtet hat, als er sich gegen den Prinz von Condé stellte und den Verlust der einzigen Truppen in Kauf nahm, die unsere Vorherrschaft über dieses Gebiet hätten sichern können. Und was soll ich Euch über Portugal berichten, was Ihr nicht bereits wisst! Seine Feigheit in Estremoz machte alle Hoffnungen zunichte, dieses Reich wieder unter unsere Herrschaft zu bringen. Er bereitete König Felipe, den manche für seinen Vater halten – was ich nicht glaube –, so großen Kummer, dass dieser vor der Zeit starb. Nun frage ich Euch: Wie kann ein Bastard mit solchen Referenzen sich anmaßen, sich gegen jemanden wie Doña Mariana zu erheben, die in verdienstvoller Weise die Herrschaft ausübt, wenn er überdies persönlich die Schuld an vielen unserer Missstände trägt, gegen die er wettert! So sehr Ihr auch in den Geschichtsbüchern blättern mögt, werdet Ihr doch niemanden finden, der so schamlos ist wie Don Juan, der in diesem Augenblick einmal mehr seine unübersehbare Feigheit unter Beweis stellt, indem er sich dem Befehl verweigert, sich nach Flandern einzuschiffen. Andererseits ist das, wenn ich es recht bedenke, vielleicht besser so, denn so bleiben uns diese Gebiete erhalten, die sonst unweigerlich verloren wären. Damit Ihr es wisst: Am besten wäre er in Consuegra aufgehoben, eingesperrt in seiner Burg! Soll er sich doch um die Angelegenheiten des Johanniterordens kümmern! Habe ich damit Eure Neugier befriedigt?«

Nachdem er all das hatte anhören müssen, war es Santa Cruz unbegreiflich, wieso Seine Hoheit den Herzog de Sessa auf die Liste der Granden gesetzt hatte, die er aufsuchen sollte. Er hatte die ungeheuerliche Anhäufung von Unwahrheiten und Lügen, die der Herzog innerhalb kürzester Zeit von sich gegeben hatte, schweigend ertragen, doch nun, da klar war, dass Sessa niemals für die Pläne Don Juans würde gewonnen werden können, sah er keinen Anlass mehr, sich zurückzuhalten.

»Mit Verwunderung nehme ich zur Kenntnis« – trotz der Anspannung klang seine Stimme freundlich – »dass Ihr mit einer wahrhaft faszinierenden Version der Taten Seiner Hoheit aufwarten könnt. Nicht nur konnte Don Juan den Verlust Siziliens und Neapels verhindern, es ist ihm überdies gelungen, nach zwölf Jahren der Rebellion das Fürstentum Katalonien innerhalb weniger Monate unter den Gehorsam unseres Herrn und Königs zu zwingen. Ganz zu schweigen von seinen Bemühungen während der Kriege in Flandern und Portugal, wo er ohne Männer und ohne Geld wahrhafte Wunder an Tapferkeit vollbrachte und Entbehrungen, Leiden und Gefahren mit seinen Leuten teilte. Das, mein Herr, kann ich bezeugen und beschwören, ganz im Gegensatz zu Euch, der Ihr nicht dabei wart. Euer Leben spielt sich damals wie heute zwischen Palastwänden ab, in Gesellschaft der scharfen Zungen, die an diesem Hof den Ton angeben. Ihr seid niemals ein Risiko eingegangen, habt Euch nie in Gefahr begeben oder an einer Mission teilgenommen, die diesen Namen auch verdient!«

»Wie könnt Ihr es wagen, mich in meinem eigenen Haus so zu beleidigen?«, Sessas Augen sprühten Feuer.

Der Hauptmann fuhr fort, als hätte er nichts gehört: »Nutzlose, böse Menschen wie Ihr haben diese Monarchie in den Abgrund getrieben. Leute wie Ihr, die nur zu übler Nachrede, zum Kritisieren und Verleumden taugen, aber unfähig sind, sich einzusetzen, um die erbärmliche Lage zu beenden ...«

»Hierher! Hierher!«, brüllte der Herzog aus voller Kehle nach seinen Bediensteten. Er wagte es nicht, den Salon zu verlassen, da der Hauptmann zwischen ihm und der Tür stand und weitersprach: »Leute wie Ihr werfen das Geld, das andere im Schweiße ihres Angesichts verdient haben, zum Fenster hinaus. Niemals hat man Euch auf einem Schlachtfeld gesehen, niemals als Anführer einer Truppe, niemals an einem Ort, an dem Euer Leben auch nur im Mindesten in Gefahr geraten könnte. Ihr, Herzog, setzt Euch nicht ein, das Einzige, was Ihr könnt, ist, die zu kritisieren, die Risiken eingehen und Verantwortung übernehmen, und Euch über sie das Maul zu zerreißen. Vor allem das!«

In diesem Augenblick erschienen vier Dienstboten.

»Ergreift ihn und schafft ihn mir aus den Augen! Raus aus meinem Haus!«, brüllte Sessa.

Drei weitere Diener stürzten herbei. Nun waren nach Meinung des Herzogs genügend seiner Männer anwesend, damit er sich sicher fühlen konnte.

»Gerbt diesem Lumpen das Fell und werft ihn hinaus!« Mit bebendem Finger zeigte er auf Gonzalo, der einige Schritte zurückgewichen war und sich Hilfe suchend mit dem Rücken zur Wand gestellt hatte. Die Lage war schwierig, und er griff mit der linken Hand nach dem Schwert an seiner rechten Seite, aber es war nicht da. Ferol befand sich bei Meister Grijalbo! Er wich zur Seite, achtete darauf, nicht zu stolpern, und sein Blick fiel auf die Waffensammlung, die sich in seiner Reichweite befand. Mit einer raschen Bewegung ergriff er eines der Schwerter. Dadurch nahm die Situation eine entscheidende Wendung, denn keiner der Diener, die dem Ruf ihres Herrn gefolgt waren, war bewaffnet. Als guter Soldat, der er war, rechnete der Hauptmann sich seine Chancen aus. Er wusste, dass ihn in dieser Lage nur Schnelligkeit würde retten können.

»Zurück! Geht zur Seite! Zurück! Wer eine verdächtige Bewegung macht, den spieße ich auf!«, sagte er in angriffslustigem Tonfall und mit drohender Haltung.

»Hände hoch! Schön hoch damit!«

Von der Schwertspitze bedroht, rückten die sieben Diener und der Herzog, der sich hinter ihnen verbarg, zur Seite und gaben den Ausgang frei. Obwohl niemand sich rührte, schwang Santa Cruz das Schwert durch die Luft und schrie: »Noch eine Dummheit, und du bist ein toter Mann!«

Niemand wusste, wen er meinte, doch alle fühlten sich angesprochen. Santa Cruz nutzte den Augenblick des Zögerns unter den Dienern, schlüpfte aus dem Salon, warf die Tür zu und versperrte sie mit dem Schlüssel, der im Schloss steckte. Durch das mehrere Zoll breite Eichenholz drangen gedämpft die Rufe der Eingeschlossenen. Er schleuderte das Schwert von sich und rief, während er rasch auf die Straße lief: »Man hat den Herzog eingeschlossen! Man hat den Herzog eingeschlossen!«

Als er das Tor zur Vorhalle hinter sich zuzog, hörte er, dass der ganze Herzogspalast in Aufruhr war. Die Schreie, das Chaos und das Hin und Her eiliger Schritte waren bis auf die Straße zu hören.

Gonzalo de Santa Cruz wusste, dass er sich einen Feind gemacht hatte und sich hüten musste, weil dieser Rache schwören würde. Er beschloss, auf dem Weg zur Kirche von

San Miguel die Werkstatt von Meister Grijalbo aufzusuchen und seinen Degen abzuholen, der bereits fertig sein sollte. Mit ihm am Gürtel würde er sich bedeutend sicherer fühlen. Wie erhofft hatte der Waffenschmied den Auftrag schon ausgeführt, sodass der Hauptmann seinen altgedienten Degen umgürten konnte, den geschätzten Ferol, mit dem er schon so vieles erlebt hatte. Er verlor kostbare Minuten, als Grijalbo ihn in ein Gespräch verwickelte, auf das er eingehen musste, um nicht unhöflich oder undankbar zu erscheinen, nachdem der Meister am Morgen so entgegenkommend gewesen war.

Endlich konnte er sich auf den Weg zur Pfarrkirche von San Miguel machen. Während er rasch ausschritt, da die Zeit knapp geworden war, versuchte er, das gerade Erlebte aus seiner Erinnerung zu bannen. Sollte Elena de Zúñiga an der Messe teilnehmen, wollte er sich um nichts in der Welt diesen Moment verderben lassen, den er seit dem Morgen herbeigesehnt und so viele Jahre erträumt hatte.

8

Als Gonzalo die Pfarrkirche von San Miguel betrat, hatte die erste der beiden Abendmessen bereits begonnen. Das Gotteshaus war halb voll. Einige Aristokraten waren mit Schwertern und Ritterkreuzen verschiedener militärischer Orden geschmückt und befanden sich auf der Evangelienseite. Sie lärmten ungebührlich, redeten laut und liefen ungeniert umher. Sie schienen sich nur wenig um die Messe zu scheren, die ein Priester wenig hingebungsvoll zelebrierte, unterstützt von einem Küster sowie einer Schar Ministranten. Die Jungen eilten rastlos hin und her, holten Kerzen, Räuchergefäße, Weihrauchbehälter und andere Utensilien für das Hochamt und brachten sie wieder fort. Ab und an versetzte der Küster einem der Lausebengel, der allzu viel Unfug trieb, eine Kopfnuss, und wenn er sie zu fassen bekam und sie nicht geschickt auswichen, setzte es ungeachtet der Heiligkeit des Ortes eine schallende Ohrfeige.

Ein weiteres Grüppchen Männer – es waren drei bis vier Dutzend, etwa so viele wie die Edelleute – bevölkerte die Epistelseite. Ihrer einfachen Kleidung war anzusehen, dass sie den niederen Ständen angehörten. Sie benahmen sich nicht besser als die Männer auf der Evangelienseite, im Gegenteil, sie unterhielten sich noch lauter und ungezwungener. Einige machten sich nicht einmal die Mühe, ihr lautes Lachen, das irgendeine Bemerkung oder ein anderes Ereignis hervorrief, zu dämpfen.

Die Frauen saßen im Mittelschiff, das schöner und breiter war als die Seitenschiffe. Sie waren zahlreicher vertreten als die Männer, mehr als hundert. In den vorderen Reihen, die dem Chor am nächsten lagen, saßen die Damen der höheren Gesellschaft, wie aus ihrer Aufmachung und Kleidung unschwer ersichtlich war. Fast alle trugen eng geschnürte Mieder und Reifröcke, auch wenn der eine oder andere weniger weit ausgestellte Rock nach der neuesten Mode zu sehen war. Alle waren in Begleitung einer Anstandsdame oder Zofe. Sie verfolgten die Heilige Messe von Betgestühlen aus, die ihnen gehörten und von der Zofe jedes Mal mitgebracht und wieder nach Hause getragen wurden. Allerdings wurden sie immer häufiger auch in der Kirche gelassen und dort ausschließlich von der Besitzerin benutzt. Die Damen saßen oder knieten, je nach Vorliebe, und einige beteten eifrig den Rosenkranz und bewegten die Perlen im Rhythmus der gemurmelten Vaterunser, Ave-Marias, Glorias und Fürbitten. Andere schienen in die Lektüre kleiner Mess- oder Gebetbücher vertieft, wobei so manche wahrscheinlich nicht einmal des Lesens mächtig war, was daran erkennbar war, dass sie ihre Bücher verkehrt herum hielten.

Immer wieder wandten einige der Betenden den Kopf, ohne in ihrem Gemurmel innezuhalten, und sahen eindringlich, aber verstohlen zu jemandem im Evangelienschiff hinüber. Die Lesenden taten es ihnen gleich und hoben ihre Blicke von den Büchern, um diskret in die gleiche Richtung zu sehen. Die Blicke waren zwar flüchtig, doch war ihnen ihr heimliches Verlangen anzumerken.

Hinter den Damen auf ihren Betstühlen saß eine deutlich größere Zahl Frauen auf dem Boden oder auf kleinen Kissen. Auch hier wurde nicht minder laut geredet und gelacht, und die Frauen liefen durcheinander oder tauschten ihre Plätze, um irgendetwas miteinander zu besprechen. Den Priester schien das geringe Interesse der Gemeinde nicht weiter zu stören.

Kaum hatte Gonzalo die Kirche betreten und mit raschem Blick die Lage im Inneren erfasst, begann er recht unverhohlen nach Elena de Zúñiga Ausschau zu halten. Im gleichen Augenblick zog einer der Ministranten an einer Kette, und im Turm schlug eine Glocke an, dröhnend, aber nicht unharmonisch. Das Glockenrad schwang erstaunlich schnell hin und her, weil der Ministrant unaufhörlich heftig an der Kette zog. Man hätte meinen können, dass er es genoss und Spaß daran hatte. Das Glockengeläute ging so lange, bis der Küster ihm einen drohenden Blick zuwarf. Es wirkte wie ein Ordnungsruf auf die Pfarrgemeinde, denn die Grüppchen zerstreuten sich, das Gemurmel verstummte, und andächtige Stille bemächtigte sich der Schiffe und Gewölbe des Gotteshauses. Dann ertönte eine andere Glocke, und alle sanken auf die Knie. Der Höhepunkt der Messe, die Wandlung, war gekommen. Klar und deutlich waren die Worte des Priesters zu vernehmen: *Hoc est corpus meum quod pro vobis tradetur.* Dabei hielt er eine runde, weiße Hostie in die Höhe, und während er den Kelch erhob, sprach er die abschließende Formel: *Hic est enim calix sanguinis mei, novi et aeterni testamenti, qui pro vobis et pro multis effundetur in remissionem pecatorum.*

Das heftiger werdende Gebimmel, das die gesamte Wandlung begleitet hatte, war für den Ministranten das Zeichen, seinem Drang freien Lauf zu lassen und wieder an der Kette des Glockenturms zu ziehen, woraufhin die große Glocke erneut ertönte und den Gläubigen bedeutete, dass der Augenblick der Stille und Zurückhaltung und die Andacht, die während des feierlichen Moments geherrscht hatte, zu Ende waren und sie ihre Unterhaltung, die Lektüre und die Gebete wieder aufnehmen konnten. Gonzalo wandte seine ganze Aufmerksamkeit den Betstühlen beim Chor zu. Ohne große Rücksicht auf die Heiligkeit des Ortes suchte er die Kirche ab, bis er feststellen musste, dass Elena Zúñiga nicht anwesend war. Er war ein wenig enttäuscht, hoffte jedoch, sie möglicherweise bei der zweiten Messe anzutreffen. Er beschloss, geduldig zu warten und sich in einen dämmerigen Winkel zwischen dem Eingang und einem unbesetzten Beichtstuhl zurückzuziehen. Von dort aus verfolgte er das Ende der Messe und den Auszug der Gläubigen, bei dem Männer und Frauen aufeinandertrafen und offenbar zuvor vereinbarte heimliche Blicke und Zeichen tauschten. Er sah auch, dass einige der Edelleute bei den Weihwasserbecken am Ausgang verharrten, um mit ihren Fingerspitzen einer Dame das kostbare Nass darzubieten, mit der diese sich bekreuzigte.

Die Kirche leerte sich nicht ganz, denn ein paar Gläubige blieben zurück, um die nächste Messe abzuwarten. Einige Minuten vor Beginn strömte eine immer größer werdende Menschenmenge in das Gotteshaus, aufmerksam beobachtet von Gonzalo. Obwohl er versuchte, ruhig zu bleiben, hatte ihn eine nervöse Unruhe ergriffen. Dann begann die zweite Messe mit drei Glockenschlägen, die den Auszug des Priesters aus der Sakristei ankündigten. Der Geräuschpegel sank nur unwesentlich. Elena de Zúñiga war auch zu dieser Messe nicht erschienen, und Hauptmann Santa Cruz war enttäuscht. Er wollte gerade die Kirche verlassen, als zwei verspätete Gläubige das Gotteshaus betraten. Es waren Elena und ihre Gesellschafterin, die sie schon am Morgen begleitet hatte.

Ohne recht zu wissen, was er tat, tauchte Gonzalo seine Hand ins Weihwasserbecken und streckte sie der Dame entgegen. Erst jetzt bemerkte er, dass er den Handschuh nicht ausgezogen hatte. Elena nahm die Höflichkeitsbezeugung mit den Fingerspitzen entgegen und musste lächeln, als sie ihren leicht spöttischen Blick zu dem aufmerksamen Edelmann erhob. Gonzalo hielt dem Blick dieser großen, gleichermaßen klaren und heiteren schwarzen Augen stand. Es war nur ein kurzer Moment, doch Elena de Zúñiga spürte, dass im Blick dieses Mannes etwas ganz Besonderes lag.

Rasch schritt sie davon, gefolgt von der flatternden Haube ihrer Anstandsdame, und begab sich zu ihrem Betstuhl. Mit einem flüchtigen Blick vergewisserte sie sich, dass der Edelmann die Kirche nicht verlassen hatte, obwohl er sich doch bei ihrem Eintreten gerade dazu angeschickt hatte. Während der gesamten Messe blickte sie sich kein weiteres Mal um, aber als der Gottesdienst zu Ende war, hielt sie diskret und mit einer Unruhe, die ihr selbst unerklärlich war, nach dem Unbekannten Ausschau. Sie bemerkte, dass er noch immer neben dem Weihwasserbecken stand, von wo aus er reglos die gesamte Messe verfolgt hatte. Ohne zu wissen, warum, hoffte sie heimlich, er möge ihr erneut Weihwasser anbieten. Mit gespielter Ruhe wartete sie ab, bis ein Gutteil der Kirchgänger das Gotteshaus verlassen hatte, und machte sich mit den Letzten auf den Weg zum Ausgang.

Während der Messe hatte Gonzalo, der völlig verwirrt war, unzählige Pläne geschmiedet und wieder verworfen, wie er an Elena herantreten könne, wenn es so weit wäre. Dies erwies sich weit komplizierter, als er gedacht hatte. Lieber hätte er sich mit dem Schwert in der Hand einer ganzen Schar weitaus überlegenen Feinden gestellt.

Als Elena auf ihn zutrat, bot er ihr erneut Weihwasser dar, wobei er diesmal darauf geachtet hatte, sich den Handschuh abzustreifen, und wieder kreuzten sich ihre Blicke, diesmal aber, im Unterschied zum ersten Mal, mehrere Sekunden lang. Als sie schon in der Vorhalle waren, wandte sich Gonzalo mit bebender Stimme an sie: »Verzeiht meine Zudringlichkeit, Señora, doch würde es Euch etwas ausmachen, mir einen Moment Eure Aufmerksamkeit zu schenken?«

Die Gesellschafterin, eine ältere Frau, deren augenscheinlichstes Merkmal eine so starke Oberlippenbehaarung war, dass man sie getrost als Schnurrbart bezeichnen konnte, fühlte sich bemüßigt, im Namen ihrer Herrin zu antworten: »Eure Zudringlichkeit ist nur Eurer Kühnheit vergleichbar. Lasst uns zufrieden und geht Eurer Wege!« Sie verzog das Gesicht und hakte sich bei Doña Elena unter, die diskret schwieg.

Sie traten auf den Vorplatz der Pfarrkirche hinaus, auf dem sich eine große Menschenmenge versammelt hatte, und bogen in die Cava de San Miguel ein. Gonzalo folgte ihnen, und als sie sich von der Menge entfernt hatten, bat er sie erneut: »Doña Elena« – die Angesprochene war verblüfft, dass er sie bei ihrem Namen nannte – »ich bitte Euch lediglich um einen Augenblick Eurer Zeit.«

Im Tonfall gekränkter Würde antwortete abermals die Anstandsdame: »Belästigt uns nicht noch einmal, Señor! Merkt Ihr denn nicht, dass Ihr uns stört?«

Da beschloss Elena de Zúñiga, dass es an der Zeit war einzugreifen: »Jerónima, um Gottes willen, sei doch nicht so barsch, was soll dieser Edelmann von uns denken?«

Diese Worte kamen für die Begleiterin so unerwartet, dass sie unwillkürlich errötete.

»Sagt, was wünscht Ihr?«

»Gestattet mir zunächst, Euch für Eure Bereitwilligkeit zu danken und mich vorzustellen. Ich bin Hauptmann Gonzalo de Santa Cruz und wohne in dieser Stadt ... und ...«

Die passenden Worte kamen ihm einfach nicht in den Sinn, und wenn doch, so erreichten sie nicht seinen Mund. Er wusste nicht, was er hatte sagen wollen. Elena kostete jeden Augenblick dieser für den Hauptmann so unangenehmen Situation aus. Schließlich brachte Gonzalo hervor: »Ich glaube ... ich glaube, Euch in Brüssel gesehen zu haben. So ... so ist es, ich habe Euch in Brüssel gesehen.«

Elena weidete sich noch immer an seinen Qualen und tat das Ihrige dazu, sie zu verschlimmern.

»Das ist höchst unwahrscheinlich, Hauptmann. Es stimmt, ich bin in dieser Stadt gewesen, aber das ist viele Jahre her. Ihr könnt Euch unmöglich daran erinnern. Ihr müsst mich verwechseln.«

»Ich irre mich nicht, ich habe Euch vor acht Jahren, einem Monat und fünfundzwanzig Tagen gesehen. Es war der 7. März des Jahres 1660.«

Gonzalos Stimme war nun fester geworden, seine Worte klangen ernst. Elena de Zúñiga blieb wie angewurzelt stehen. Sie wandte sich dem Hauptmann zu und blickte ihn an, ihr spöttischer Gesichtsausdruck war verschwunden. Sie standen einander gegenüber – keine vier Handbreit voneinander entfernt – und sahen sich in die Augen, ohne zu blinzeln.

»Was wollt Ihr mir sagen, Hauptmann Santa Cruz?«

»Dass ich Euch seit damals liebe, seit ich Euch an jenem Nachmittag auf der Grand Place erblickt habe, und bis zum heutigen Morgen, als ich Euch auf dieser Straße wiedergesehen habe, einem Traumbild angehangen habe, einem Augenpaar, Euch ... Euch, Elena.«

Elena de Zúñiga traute ihren Ohren nicht, zweifelte aber nicht im Geringsten an der Aufrichtigkeit seiner Worte. Unfähig, auf eine Liebeserklärung zu antworten, die sie völlig überrascht hatte, schwieg sie und setzte sichtlich nervös ihren Weg fort. Sie fühlte sich nicht in der Lage, etwas dagegen einzuwenden, dass Gonzalo de Santa Cruz an ihrer Seite die Straße hinunterging. Jerónima war sichtlich darum bemüht, die Miene gekränkter Würde beizubehalten, die sie aufgesetzt hatte, als sie von ihrer Herrin in die Schranken gewiesen worden war. Als sie die Tür zu Elenas Haus erreicht hatten, nahm der Hauptmann den Federhut ab und flüsterte der Frau, die er liebte, ins Ohr: »Sagt mir, dass ich nicht all die Jahre einem Trugbild nachgelaufen bin …«

Elena de Zúñiga antwortete darauf nicht, sagte aber, ebenfalls mit leiser Stimme, damit nur Gonzalo sie hören konnte, etwas, was sein Herz erfreute: »Ich hätte nichts dagegen einzuwenden, dass Ihr, falls es Euch beliebt, mich bei meinem täglichen Kirchgang in San Miguel begleitet.«

Sie wusste nicht, wieso sie diesem Mann, der ihr nach allen Regeln der Kunst eine Liebeserklärung gemacht hatte, diese Antwort gab, die sie selbst überraschte.

An diesem Abend war die malende Aristokratin nicht bei der Sache, sie brachte keinen einzigen Pinselstrich an ihrem derzeitigen Werk zuwege, einem schlichten Wohnraum, in dem sich eine Szene aus dem Alltag einer Familie abspielte. Das Bild war klein und mit großer Kunstfertigkeit und Liebe zum Detail gearbeitet. Besonderen Wert legte sie auf das Licht, dessen geschickter Einsatz den abgebildeten Gegenständen Fülle verlieh, und auf die Frische des Alltäglichen, das das gesamte Werk und jede einzelne der dargestellten Figuren ausstrahlten. Der Einfluss der flämischen Maler, vor allem der Meister

Breughels, der das muntere Treiben auf den Straßen der Städte seiner Heimat zur Kunstform erhoben hatte, war unverkennbar, zweifellos eine Folge ihrer Jahre in Brüssel. Das Leben, in dem der Pulsschlag des Alltäglichen mit seinen schönen und elenden Seiten spürbar war, spiegelte sich in dieser Malerei wider. Dieses Leben wollte Elena de Zúñiga mit dem Pinsel festhalten und von ihr eingefangene Momente, Szenen, die sie gesehen oder erlebt hatte, auf die Leinwand bannen. Diese Malerei hatte nichts gemein mit Porträts bedeutender Persönlichkeiten, nichts mit den glorreichen Szenerien, die so viele Meister ihrer Zeit abbildeten, und auf denen Geschichten der klassischen Mythologie mit Göttern, Helden, Nymphen und Satyrn dargestellt waren. Auch hatte sie nichts zu tun mit der religiösen Kunst, die sich der Wiedergabe von Szenen aus dem Alten oder Neuen Testament, Jungfrauen oder Heiligen zu propagandistischen Zwecken widmete, je nach der Glaubensrichtung des Künstlers oder des Auftraggebers.

An diesem Abend konnte sie nicht malen, und in der Nacht fand sie keinen Schlaf. Dieser Hauptmann Gonzalo de Santa Cruz, den sie kaum kannte und von dem sie nichts wusste außer seinem Namen und der Liebeserklärung, die er ihr gemacht hatte, glich in nichts den Männern, die sich ihr bisher genähert hatten. Sie war überzeugt, dass es sich um einen einzigartigen Menschen handelte, einzigartig wie seine Liebeserklärung an sie. Bei all der Verwirrung, all den Zweifeln und Fragen, die sie in dieser schlaflosen Nacht verfolgten, war ihr nur eines klar, nämlich dass Gonzalo de Santa Cruz unabänderlich – zum Guten oder zum Schlechten – in ihr Leben getreten war. War sie dabei, sich zu verlieben? Sie wusste es nicht. Niemals hätte sie gedacht, dass die Liebe so unverhofft und auf so seltsame Weise kommen könnte. Er war ein Unbekannter, mit dem sie nichts gemein hatte; bis zu diesem Abend hatte sie nicht einmal gewusst, dass es ihn gab. Sie wusste nicht, wohin das Schicksal sie führen würde, aber sie war froh, dass sie ihm gesagt hatte, sie habe nichts dagegen, wenn er sie bei ihren Kirchgängen in San Miguel begleitete.

Auch Hauptmann Gonzalo de Santa Cruz konnte in dieser Nacht nicht schlafen, und er hatte auch gar kein Verlangen danach. Dafür gab es zwei Gründe: Zunächst war da die unbändige Freude, die ihn überkommen hatte. Er schlief nicht, aber er glaubte zu träumen und fürchtete nur, aus diesem Traum zu erwachen und feststellen zu müssen, dass alles, was er mit Elena de Zúñiga erlebt hatte, nur ein Produkt seiner Fantasie war; ein böser Streich, den sein Gehirn ihm aufgrund der jahrelangen Schwärmereien spielte. Der andere Grund für seine Schlaflosigkeit waren die unerfreulichen Gespräche, die er mit den Granden geführt hatte, insbesondere seine Auseinandersetzung mit dem Herzog de Sessa. Wenn diese Männer repräsentativ für alle Granden des Reichs waren, bedurfte es keiner weiteren Erklärung für die erbärmliche Situation des Landes und das Ausmaß des Niedergangs der Monarchie, die angeblich im Namen König Carlos II. regiert wurde.

9

Don Juan de Austria entnahm der Botschaft Don Bernardo Patiños, was sich bei Hofe zugetragen hatte. Alle um ihn herum waren erstaunt, wie sehr er sich die Nachrichten, für deren Weiterverbreitung er höchstpersönlich sorgte, zu Herzen nahm. Seine Betroffenheit verstörte die, die ihm am nächsten standen, zutiefst. Manchmal überkam ihn so große Mutlosigkeit, als handele es sich bei dem Vorfall um eine Katastrophe. Dann wieder schien er sich zu freuen, als seien es gute Neuigkeiten. Binnen weniger Stunden schwankte er zwischen Verzweiflung und Jubel. Ebenso sah man ihn das eine Mal schweigsam und in Grübeleien vertieft, ein anderes Mal wieder gesprächig und zu Scherzen aufgelegt. Niemand konnte sich erklären, was in seinem Kopf vor sich ging.

So vergingen zwei Wochen. Nachdem er sich mit einigen seiner Anhänger beraten hatte – in solchen Augenblicken vermisste er Hauptmann Gonzalo de Santa Cruz schmerzlich –, entschied er, einzelne Mitglieder des Kronrats davon in Kenntnis zu setzen, wie er über die abscheuliche Ermordung Malladas' dachte. Er schrieb mehrere Briefe mit ähnlichem Tenor:

Die entsetzliche Tyrannei des Beichtvaters Ihrer Majestät hat sich erneut in der erbärmlichen Ermordung eines Mannes gezeigt, der mit der Garrotte erdrosselt wurde, ohne dass man ihn angehört hätte, oder besser gesagt, damit er nicht angehört werde. Die Hinrichtung erfolgte unter Missachtung aller göttlichen und menschlichen Gesetze. Mit einer Rücksichtslosigkeit sondergleichen hat der Beichtvater sich über Regeln hinweggesetzt, die den rechtmäßigen Königen dieses Reichs heilig sind. Dieses schändliche Vorgehen bestürzt mich aus verschiedenen Gründen, von denen jeder einzelne so gewichtig ist, dass er mich dazu bewegen würde, bis zum letzten Atemzug alle Gedemütigten und Beleidigten zu rächen – und das sind nach meinem Dafürhalten wir alle, die wir die Luft dieser Monarchie atmen, vom König bis hin zum Pferdeknecht. Als jemand, der sich in besonderer Weise dem Heil dieser Krone unter einer guten und gerechten Führung sowie der getreulichen Erfüllung des letzten Willens unseres seligen Herrn und Königs verpflichtet fühlt, muss ich feststellen, dass beides von einem Emporkömmling mit Füßen getreten wird, den man erhoben hat und der die Stufen und den Sitz seines Thrones auf unserer Schande und unserem Leid errichtet hat. Diese Ausgeburt des Bösen, diesen menschlichen Abschaum beweihräuchern wir und gehen vor ihm in die Knie, die einen durch ihre Opfer, die anderen durch ihr Leid, und vernachlässigen so unsere Pflicht als gute Spanier und treue Vasallen des Königs. Wo soll das alles enden, wenn wir nicht bald etwas unternehmen?

Don Juan

In einem weiteren Brief an Patiño trug er diesem auf, sich mit Santa Cruz zu beraten und ihm dann mitzuteilen, wie sie weiter vorzugehen gedächten. Jetzt, da er beschlossen hatte, sich angesichts der Lage bei Hofe nicht nach Flandern einzuschiffen, forderte er eine rasche Antwort, um entsprechend handeln zu können. Er betonte, er werde keine Ruhe und keinen Frieden finden, bis ihn die Nachricht und der erbetene Ratschlag von Patiño und Santa Cruz erreichten.

Während Don Juan José de Austria ungeduldig ausharrte, war in Madrid die große Anspannung selbst in den alltäglichsten Situationen spürbar. Dazu trug auch die Flugblattkampagne aus der Druckerei Marcos de Azacanas bei. Die Schmähschriften waren selbst in die entlegensten Winkel der Stadt vorgedrungen. Überall wurden Unmutsbekundungen gegenüber Nithard und seinen Anhängern laut, aber auch gegen die Regentin wurde gemurrt, weil sie den Günstling stützte.

Bei den Gerbereien am anderen Ufer des Manzanares, bei der Brücke von Segovia auf dem Weg nach San Isidro, wuschen ein paar Gerbergesellen und Lehrlinge unter Lachen und Scherzen frisch abgezogene Kuhhäute aus.

»Gestern auf dem Rathausplatz habe ich ein paar Leute sagen hören, ich glaube, es waren Schustergesellen, die Königin brauche Nithard nicht nur, um zu beichten«, erzählte einer der Burschen, der von seinen Kameraden Tachuela – Reißzwecke – gerufen wurde, weil er von kleinem Wuchs war, aber einen großen Kopf hatte, während er blutige Fleischreste von einem Balg schabte.

Die anderen drei Jungen, die sich abmühten, eine stinkende Kalbshaut aus einem der Bottiche zu ziehen, sahen ihn an.

Ein schlaksiger, ungelenker Bursche mit kupferfarbenem Haar und blauen Augen, der der Älteste von ihnen zu sein schien, fragte: »Was meinst du damit?«

Der Kleinste und Jüngste, ein dunkler Knabe mit schwarzen, lebhaften Augen, antwortete: »Sei doch nicht so einfältig, Antón. Es heißt, dass der Beichtvater es mit der Königin treibt, was denn sonst!«

»Stimmt das, Tachuela?«, fragte Antón neugierig.

»So ist es«, erwiderte dieser und tat empört: »Seine Durchlaucht besteigt Ihre Majestät.«

»Donnerwetter! Wenn das stimmt ...«, rief der Lehrling aus, der bisher geschwiegen hatte.

»Und wenn schon«, entgegnete der kleine Dunkle geringschätzig. »Ist die Königin etwa keine Frau und der Beichtvater kein Mann?«

»Doch, aber immerhin ist sie die Königin!«

»Zwischen den Beinen sieht sie aus wie jede andere Frau«, sagte Tachuela.

»Und der Beichtvater wie jeder andere Mann«, ergänzte Antón unter dem einfältigen Gelächter der anderen.

An den öffentlichen Waschplätzen auf der gegenüberliegenden Seite des Flusses, die der königliche Statthalter Fernando de Herrera hatte anlegen lassen, um den Wäscherinnen am Manzanares die Arbeit zu erleichtern, sprach eine Gruppe von Frauen unterschiedlichen Alters über das gleiche Thema, wenn auch in derberen Tönen als die Gerberjungen.

Eine hübsche Frau, die über einen Waschstein gebeugt ihr großzügiges Dekolleté zur Schau stellte, sagte, kurzatmig von der schweren Arbeit: »Maria hat mir erzählt ...«

»Welche Maria?«, unterbrach sie eine große, kräftige Frau, die mit einem flachen Holzstück gnadenlos auf ein weißes Leinentuch einschlug.

»Na, die, die in der Schänke beim Theater arbeitet, am Corral del Príncipe!«

»Ach die, ich weiß schon!«

»Also, sie hat erzählt, dass man in der Schänke nur böse Worte gegen den Beichtvater der Königin zu hören bekommt, seit sie diesen Kerl ohne Gerichtsurteil mit der Garrotte hingerichtet haben.«

»Das ist aber auch eine schreckliche Geschichte!«, mischte sich eine andere Wäscherin ein. »Stell dir vor, sie kommen zu dir nach Hause, greifen sich deinen Genaro, und du siehst ihn nicht wieder, weil sie ihn erdrosseln!«

»Mögen der Herrgott und der heilige Isidro mich vor solchem Unglück bewahren!«, rief Genaros Frau aus.

»Das war doch nur ein Beispiel, reg dich nicht auf! Obwohl ... bei dem Leben, das dieser Strolch dir bietet ...«

»Mein Genaro ist kein Strolch, er verdient sein Brot mit ehrlicher Arbeit als Wasserverkäufer auf der Plaza Mayor! Dein Tadeo ist der Strolch, bei dem weiß man nie, was er macht und wo er sich herumtreibt!«

»Mein Tadeo – ein Strolch?«

Der Streit wäre ausgeartet, hätte nicht die große, kräftige Frau, die das Tuch ausklopfte, die Gemüter besänftigt, indem sie das Gespräch wieder auf das ursprüngliche Thema zurücklenkte.

»Rosario hat recht, man kann nicht jemanden einfach so aus dem Haus holen und mir nichts, dir nichts umbringen, als gäbe es weder Gott noch Gesetz oder Gerechtigkeit.«

»Das stimmt, Señora Tomasa, es gibt keine Gerechtigkeit! Das ist es, es gibt keine Gerechtigkeit!«

»Mein Juan behauptet, dass an all dem nur der Jesuit schuld ist und dass es unbegreiflich ist, wieso die Königin noch an ihm festhält!«

»Dann richte deinem Juan aus, dass es dafür eine ganz einfache Erklärung gibt! Weil nämlich der Beichtvater der Königin nicht nur geistlichen Beistand leistet, sondern ihr auch sonst zu Diensten ist! Oder glaubst du, die Deutsche ist zwischen den Beinen aus Holz?«

Das Gelächter der Wäscherinnen war sicher bis ans andere Ufer zu hören. Nun mischten sich alle ins Gespräch.

»Genau! Wenn es darum geht, wollen wir Frauen doch alle das Gleiche!«

»Für einen guten Glockenschwengel heben wir schon mal den Rock.«

»Den Rock, sagst du? Ich sage euch, gerade unter den Priesterröcken findet man die besten Glockenschwengel.«

»Du sagst es! Nicht umsonst hat der Hosenschlitz der Soutanen so viele Knöpfe!«

Unter schallendem Gelächter gab ein Wort das andere, und die Waschfrauen amüsierten sich prächtig. Die Stimmung, die in der Stadt herrschte, spiegelte sich, wenn auch auf diese derb-scherzhafte Weise, deutlich wider.

»Es gibt Leute, die behaupten, aus sicherer Quelle zu wissen, dass Malladas aus dem Weg geräumt worden ist, weil er zu viel wusste.«

»Ganz gleich, ob das stimmt oder nicht, einen solchen Tod hat nicht mal ein Hund verdient.«

»Natürlich stimmt es! Der Jesuit ist ein Schuft!«

»Ein Falschspieler ist er!«

»Am besten wäre es, dieser Deutsche ginge dorthin zurück, wo er hergekommen ist, und ließe uns zufrieden!«

»Wenn Doña Mariana ihn lässt!«

»Da können wir warten, bis wir schwarz sind! Es sei denn, unserem Herrn Don Juan reißt der Geduldsfaden, und er kommt und sorgt für Ordnung!«

Während überall in Madrid solche und ähnliche Gespräche geführt wurden, tagte der Kronrat unter dem Vorsitz der Königin, um über die Lage nach Malladas' Hinrichtung – so wurde das Ereignis hier offiziell genannt – zu beraten. Zwar waren die Ratsmitglieder unterschiedlicher Auffassung, doch alle stimmten darin überein, dass man nicht untätig bleiben dürfe. Obwohl keine Beweise vorlagen, beschuldigte man Don Juan José de Austria, für die Kampagne verantwortlich zu sein, die die ganze Stadt in Aufruhr versetzt hatte.

Nithard selbst hatte es vorgezogen, die Schuld auf sich zu nehmen, um seine Gönnerin aus der schmutzigen Affäre mit der Garrotte herauszuhalten, von der sie gewusst und der sie in Wahrheit zugestimmt hatte. Er gab zu, einen Fehler begangen zu haben, führte zu seiner Verteidigung jedoch an, er habe unumstößliche, wenn auch nicht greifbare Beweise dafür, dass Malladas mit zwei Meuchelmördern den Preis für seine Ermordung ausgehandelt habe.

»Die Herren sollten wissen«, während er sprach, hielt er seinen Blick auf den Tisch geheftet, um den sich der Kronrat versammelt hatte, »dass wir Malladas lediglich zuvorgekommen sind und ihm das angetan haben, was er mir antun wollte.«

»Ja, doch während Malladas nichts weiter als ein gedungener Schlagetot war, auf dem nach Saint-Aunais' Tod schwere Anschuldigungen lasteten und der überdies einem ausschweifenden Lebenswandel frönte und sogar die Liebeleien seiner

Ehefrau duldete, vertreten wir die geheiligte Institution der Monarchie. Wir können nicht willkürlich handeln wie gewöhnliche Verbrecher, die für das Gesetz nur Hohn und Spott übrig haben. Unsere Pflicht ist es, das Gesetz zu schützen, es anzuwenden und auf seine strikte Einhaltung zu achten.«

Nach diesem kurzen, aber deutlichen Vorwurf Don Cristóbal Crespí de Valldauras senkte sich Stille über den Raum. Nithard war sichtlich beunruhigt und wusste nicht, was er entgegnen sollte. Er fühlte sich allein, denn mit der Königin hatte er vereinbart, dass sie sich nicht direkt in diese heikle Angelegenheit einmischen sollte. Der Herzog von Peñaranda, ein weiterer Gegner des Jesuiten, schlug in die gleiche Kerbe wie Don Cristóbal: »Ihr sagtet, Ihr hättet unumstößliche Beweise für den Plan zu Eurer Ermordung, doch gleichzeitig habt Ihr auch gesagt, sie seien nicht … ich glaube, Ihr habt das Wort ›greifbar‹ benutzt. Aus welchem Grund habt Ihr uns bislang nicht davon in Kenntnis gesetzt? Und darf man wissen, worin diese unumstößlichen Beweise bestehen?«

Nithard blickte zur Stirnseite des Tisches hinüber, wo Doña Mariana de Austria saß, und bat sie mit einem Blick um die Erlaubnis zu sprechen. Die Königin nickte kaum merklich, und Nithard schien ein wenig Mut zu fassen.

»Was die erste Frage des Herzogs betrifft, so sei Euch versichert, dass die Indizien, die zum Zeitpunkt seiner Festnahme bereits sehr schwerwiegend waren, sich in den darauf folgenden Tagen erhärtet haben, wie der Präsident des Rats« – der angesprochene Don Diego Sarmiento de Valladares rutschte unruhig auf seinem Stuhl hin und her – »in Erfahrung bringen konnte. In Bezug auf die zweite Frage wurde zusätzlich zu den schweren, von Saint-Aunais erhobenen Anschuldigungen bekannt, dass Malladas mit wenig vertrauenswürdigen Subjekten verkehrte, mit denen er den Anschlag durchführen wollte. Die Informationsquelle ist vertraulich, deshalb dürfen wir sie nicht bekannt geben.«

»Ich schließe aus Euren Worten«, warf Peñaranda in scharfem Ton ein, »dass zum Zeitpunkt von Malladas' Erdrosselung einzig Indizien, jedoch keine Beweise vorlagen und dass diese Indizien sich darauf beschränken, dass der Erdrosselte, ein weithin bekannter und notorischer Gauner, mit Leuten seines Schlages in Verbindung stand. Um es kurz zu fassen: Gegen ihn lag rein gar nichts vor.« Peñaranda sah Nithard herausfordernd an: »Ich muss Eurer Exzellenz sagen, dass ein solches Vorgehen in unserem Land missbilligt wird und wir uns deshalb in einer äußerst bedenklichen Lage befinden ...«

Als sie merkte, welche Wendung das Gespräch zu nehmen drohte, schnitt Doña Mariana de Austria dem Herzog das Wort ab.

»Wir sehen uns gezwungen, die Herren daran zu erinnern, dass wir hier nicht zusammengekommen sind, um unsere unterschiedlichen Ansichten in dieser Sache zu vertiefen, sondern um darüber zu beraten, wie wir der von unseren Feinden in die Wege geleiteten Kampagne wirksam entgegentreten können. Denn Ihr solltet selber wissen, dass wir hier alle im gleichen Boot sitzen.« Die Königin blickte der Reihe nach jeden der Anwesenden fest an.

Der Präsident des Rats nutzte die Gelegenheit, einen bereits im Vorfeld ausgearbeiteten Vorschlag zu unterbreiten.

»Wenn Eure Majestät gestatten ...«

»Sprecht, Don Diego.«

»Nach meinem Dafürhalten war das, was geschehen ist, für Don Juan José de Austria eine einmalige Gelegenheit, die er nach Kräften genutzt hat. Auch wenn ich nicht beweisen kann, dass sein langer Arm hinter der ganzen Sache steckt, hege ich nicht den geringsten Zweifel daran, dass er seine Figuren mit dem ihn bezeichnenden Geschick bewegt und dabei auch noch Rückenwind hat.« Mit diesen Worten warf er einige der Flugblätter, die in ganz Madrid zu finden waren, auf den Tisch. »Ich nehme an, alle Anwesenden kennen den Inhalt dieser Schmähschriften.«

Alle Blicke richteten sich auf die Pamphlete, doch keiner griff nach ihnen, weil jeder sie kannte.

»Nun gut«, fuhr Don Diego fort, »abgesehen von der Verbreitung niederträchtiger Verleumdungen gegen den Beichtvater, Anschwärzungen der Regierung und einiger überaus hässlicher Beleidigungen Ihrer Majestät« – er sah die Regentin ergeben an – »wird darin deutlich gemacht, dass die Zeit Seiner Hoheit gekommen sei, auch wenn sein Name nicht genannt wird. Hinter all dem stecken seine Anhänger. Sie haben diese gehässigen Streitschriften drucken lassen und verteilt, sie sind es, die allerorts ihre Verleumdungen verbreiten, Stimmung für Don Juan machen und seine Rückkehr an den Hof fordern. Um dem entgegenzutreten, schlage ich vor, dass Ihre Majestäten, unsere Königin und der Thronfolger, ihre Abgeschiedenheit hinter den Mauern dieser Festung aufgeben und täglich die wichtigsten Pfarreien und angesehensten Klöster besuchen, um dort den liturgischen Feiern beizuwohnen. Das Volk ist launisch; es ändert seine Meinung schnell und hängt heute diesem und morgen jenem an.

Diese Besuche, die öffentlich bekannt gemacht werden müssen, werden unter der Madrider Bevölkerung für Gesprächsstoff sorgen und so den derzeit kursierenden einzigen und ausschließlichen Kommentaren ein Ende bereiten. Gleichzeitig werden die öffentlichen Auftritte Ihre Majestäten dem gemeinen Volk näherbringen. Es erscheint mir notwendig, der wachsenden Beliebtheit Don Juans, der mit den abscheulichsten Methoden die Gunst der breiten Masse zu gewinnen sucht, Einhalt zu gebieten. Niemand wird uns etwas vorwerfen können«, schloss Don Diego, »denn soweit ich weiß, handelt es sich hierbei um eine gängige Praxis, die das Protokoll bei jeder Thronbesteigung durch einen neuen Herrscher vorsieht. In jedem Fall können das zarte Alter unseres Königs und die Trauer um den verstorbenen König Don Felipe als ausreichender Grund für die Verzögerung dieser nützlichen Praxis angeführt werden.«

In der darauf folgenden Debatte, die Don Diego Sarmiento selbst angeregt hatte, wurde sein Vorschlag konkretisiert und in seinen Grundzügen angenommen. Alle Anwesenden sahen die Notwendigkeit ein, unverzüglich mit seiner Umsetzung zu beginnen. Man kam überein, dass die Königin und der Thronfolger schon zwei Tage später dem Dominikanerkloster Nuestra Señora de Atocha den ersten Besuch abstatten sollten.

Im Anschluss an die Ratssitzung trafen Doña Mariana und ihr Günstling Nithard zusammen, weil dieser der Königin eine äußerst ernste Mitteilung zu machen hatte.

»Was ist denn so dringend, dass es keinen Aufschub duldet, Everardo?« Wenn sie unter sich waren und die Königin nicht die Beichte ablegte, nannte sie den Günstling bei seinem Vornamen.

»Majestät, ich weiß aus erster Hand, dass Hauptmann Gonzalo de Santa Cruz, einer der Vertrauensleute Don Juans, mehrere Granden aufgesucht hat, um in Erfahrung zu bringen, wie sie einem Plan gegenüberstehen, der vorsieht, meine Wenigkeit zu stürzen und der Gunst Eurer Majestät zu berauben.«

Die Königin starrte den Jesuiten an.

»Everardo, seid Ihr Euch dessen, was Ihr Uns soeben mitgeteilt habt, sicher?«

»Absolut sicher, Majestät«, antwortete der Beichtvater, ohne zu zögern.

»Habt Ihr einen greifbaren Beweis dafür?«

Nithard fiel auf, dass seine Beschützerin das Wort »greifbar« benutzt hatte.

»Ich kann Euch einen der Granden vorführen, die der besagte Hauptmann aufgesucht hat.«

Mariana de Austria runzelte die Stirn.

»Seid Ihr sicher, Everardo, dass es sich nicht um eine Falle handelt?«

»Völlig sicher, Majestät.«

»Um welchen Granden handelt es sich?«

»Um den Herzog de Sessa, Majestät. Falls Ihr es wünscht, kann er unverzüglich erscheinen. Er wartet bereits hier im Palast.«

»Gut, wenn das so ist, soll er hereinkommen. Wir möchten aus seinem Munde hören, welchen Vorschlag ihm dieser Hauptmann – wie heißt er doch gleich? – gemacht hat.«

»Hauptmann Gonzalo de Santa Cruz, Majestät.«

Nithard begab sich zur Tür des Kabinetts, in dem sie sich befanden, und gab einem der Wächter leise Anweisungen. Wenige Minuten später wurde der Herzog de Sessa in Begleitung eines Hauptmanns der wallonischen Garde in das Kabinett geführt. Er verbeugte sich höflich vor Doña Mariana, ohne den Hut abzunehmen, wie es ihm nach seiner Stellung zustand. Die Königin reichte ihm ihre Hand, und der Herzog nahm sie beflissen in die seine und hauchte einen Kuss darauf. Dann begrüßte er den Jesuiten.

Das Treffen war kurz, aber äußerst erhellend. Der Herzog

erklärte auf seine Weise, was Hauptmann Santa Cruz ihm vorgeschlagen hatte.

»Ich weiß nicht, Majestät«, schloss Sessa, »ob es Don Juans Ziel ist, den Großinquisitor zu töten, oder ob sein Plan andere Möglichkeiten vorsieht. Meine Loyalität Euch gegenüber hat es mir unmöglich gemacht, die Darlegungen des Hauptmanns bis zum Ende anzuhören.«

»Das war ein Fehler, Sessa, denn Eure Loyalität hätte nicht darunter gelitten, und Wir wüssten nun Näheres über diesen ruchlosen Plan.«

»Zu meiner Rechtfertigung muss ich anführen, Majestät, dass der Hauptmann in seiner Arroganz und Dreistigkeit nicht einmal Eure Person von Schimpf und Schmähungen ausgenommen hat. Da habe ich die unverschämten Beleidigungen nicht länger ertragen und mich dem Hauptmann entgegengestellt. Das war mein Versäumnis, Majestät, denn so konnte ich die letzten Einzelheiten eines Vorschlags nicht in Erfahrung bringen.«

»Wir danken Euch für Euer ritterliches Verhalten, mein werter Sessa, aber unter den gegebenen Umständen gilt es, alles zu unterlassen, was uns daran hindern könnte, so viele Hinweise wie möglich zu bekommen. In den schwierigen Zeiten, in denen wir leben, sind Informationen die wirksamste Waffe gegen unsere Feinde. Vergesst das niemals. So wie Wir niemals den Gefallen vergessen werden, den Ihr Uns soeben erwiesen habt.«

»Ich danke Euch, Majestät.«

Doña Mariana de Austria streckte ihren Arm aus und reichte dem Herzog ihre Hand zum Kuss und zum Zeichen, dass sie die Audienz als beendet betrachtete.

Als sie wieder allein waren, sagte die Königin zu ihrem

Günstling: »Vergesst auf keinen Fall den Namen dieses Santa Cruz. Auch wenn wir unter den gegebenen Umständen warten müssen, bis sich die Wogen geglättet haben, wird der Tag kommen, um mit diesem Hauptmann abzurechnen.«

10

Bei den Zusammenkünften mit den übrigen Granden erging es Gonzalo nicht besser als zuvor. Vom Herzog von Alba erhielt er erst gar keine Antwort, denn dieser war zu sehr damit beschäftigt, die Launen seiner zweiten Ehefrau zu befriedigen, die viel jünger war als er und ihm offensichtlich völlig den Kopf verdreht hatte. Noch schlimmer erging es ihm beim Herzog von Arcos, einem Ponce de León, der halb in Madrid und halb in Sevilla lebte. Don Juan hatte seinen Vater seinerzeit als Vizekönig von Neapel kennengelernt, wo man ihn als schlechten Herrscher und wenig verlässlichen Mann in Erinnerung hatte. In Bezug auf seine Wortbrüchigkeit stand der Sohn seinem Vater in nichts nach. Er schien sich ausschließlich für das Kartenspiel und die übelsten Spelunken zu interessieren, wo er seinem Laster frönen konnte.

Den Herzog von Medinaceli zu treffen gestaltete sich äußerst schwierig, da dieser mit der Aufgabe betraut war, sich um den Sonderbotschafter zu kümmern, den der russische Zar Alexei I. nach Madrid entsandt hatte. Der Botschafter Pjotr Iwanowitsch Potemkin war eine exzentrische Persönlichkeit, dessen Auftrag in Madrid niemandem ganz klar war. Medinaceli scheute keine Mühen, um den Botschafter zu beeindrucken, und gab dafür Unsummen aus. Er gewährte Gonzalo nur wenige Minuten seiner Zeit, in denen er sich darauf beschränkte, ihn in allen Angelegenheiten an Hauptmann Benito de Duo zu verweisen. Es erschien Gonzalo wenig sinnvoll, dem schwerreichen andalusischen Adeligen gegenüber seine Mission näher zu erläutern.

Die Begegnung mit dem Herzog von Pastrana kam trotz wiederholter Versuche nicht zustande, da dieser erst kürzlich verbannt worden war. Gonzalo reiste dreimal nach Pastrana, wo der Herzog sich aufhielt, traf ihn aber nie an. Von diesem Mangel an Interesse entmutigt, nahm er von weiteren Versuchen Abstand.

Die Ausnahme dieser langen Reihe an Misserfolgen, die bewies, wie tief die Granden des Reiches gesunken waren, war die Unterredung mit dem Herzog von Infantado. Er teilte als einziger Gonzalos Sorge bezüglich der augenblicklichen Schwierigkeiten und der schrecklichen Lage, in der man sich befand, und zeigte sich bereit, der Misere ein Ende zu setzen. Als Gegenleistung verlangte er lediglich, gegebenenfalls über alle Einzelheiten der von Don Juan geplanten Operation unterrichtet zu werden.

»Ihr werdet verstehen, dass ich angesichts einer so schwierigen und riskanten Angelegenheit über alle geplanten Vorhaben informiert zu werden wünsche. Richtet Seiner Hoheit aus, ich sei bereit, für diese Sache mein Hab und Gut aufs Spiel zu setzen, ja nötigenfalls sogar mein Leben.«

Diese Entschlossenheit hatte Gonzalo de Santa Cruz bei allen seinen Gesprächspartnern anzutreffen gehofft, doch zu seinem Bedauern war diese Haltung die Ausnahme in dieser Stadt, in der man vorwiegend auf die Vorteile seines Amtes oder das sorglose Leben bedacht war, das der Adel dank der sagenhaften Einkünfte aus seinen Ländereien führen konnte. Er musste feststellen, dass die Zeiten, in denen der Dienst am König und der Monarchie über allem stand, längst vorüber waren.

Als der Hauptmann mit Don Bernardo Patiño zusammentraf, um ihm seine Enttäuschung über die Unterredungen mit den Granden mitzuteilen, zeigte sich der alte Ordensritter keineswegs überrascht. Er vertraute Gonzalo an, dass er sogar erstaunt gewesen wäre, hätten sie ein anderes Gebaren an den Tag gelegt.

»Ich wusste von Anfang an, werter Hauptmann, wie es Euch ergehen würde. Die Zeiten haben sich geändert, und die Männer, die bereit sind, für ein Ideal zu kämpfen – sie sind niemals zahlreich – finden sich nicht unter den Adeligen. Diese Leute, mein Freund, sind mehr damit beschäftigt, ihre Privilegien geltend zu machen, als ihrer Pflicht nachzukommen.«

»Aber sie sind doch die Granden des Reiches!«

»Eben darum, Don Gonzalo, eben darum.«

»Bei Gott, ich verstehe Euch nicht, Don Bernardo!«

»Sie haben ihre Stellung doch nur erlangt, weil sie sich – bis auf wenige Ausnahmen – mehr darum gekümmert haben, Auszeichnungen anzuhäufen, als ihre Arbeit zu verrichten. All die Zeit, die sie dafür aufgewendet haben, ihre Verdienste herauszustreichen, fehlte ihnen am Dienst derer, denen sie verpflichtet sind. So stehen die Dinge im Umfeld der Könige! Es ist nicht dasselbe, Höfling zu sein, wie ein Mensch zu sein, der seine Aufgaben und Pflichten erfüllt. Fast könnte man sagen, Don Gonzalo, dass diese beiden Dinge unvereinbar sind.«

»Um Himmels willen! Unsere Monarchie ist dem Untergang geweiht«, sagte der Hauptmann sichtlich erschüttert.

»Glaubt das nicht, mein lieber Freund. So unentbehrlich sind diese Leute nicht, und offen gesprochen meist nicht einmal notwendig. Macht Euch keine Sorgen, die ruhmreichsten Seiten unserer Geschichtsbücher haben nicht sie geschrieben.«

»Alba, Medinaceli, Leganés, Arcos, Lemos, das sind alles berühmte Namen!«

»Namen, Ihr habt es gesagt. Es sind nur Namen, so berühmt sie auch sein mögen. Es waren nicht sie, die nahezu zwei Jahrhunderte lang das Rückgrat unserer Truppen bildeten, der Truppen, unter deren Fahne Ihr gekämpft habt und so viele andere ihr Leben gelassen haben. Sie haben auch nichts zur Eroberung unermesslicher Gebiete in der Neuen Welt beigetragen oder unsere Galeonen über die sieben Weltmeere gesegelt, noch haben sie in den Hörsälen von Alcalá oder Salamanca der Wissenschaft zu neuem Glanz verholfen. Sie waren einfach zur rechten Zeit am rechten Ort, um den Preis und die Anerkennung für etwas entgegenzunehmen, das die Mühen anderer zuwege gebracht hatten.«

Santa Cruz lauschte den Argumenten Don Bernardos mit betrübter Miene.

»Sorgt Euch nicht mehr als nötig. Die Monarchie ist weder tödlich getroffen, noch bedeutet dies ihr Ende. Nichtsdestotrotz müssen wir alles tun, was in unserer Macht steht, um sie vor dem Zerfall zu retten. Ihr sagtet«, fuhr Don Bernardo in verändertem Tonfall fort, »die Begegnung mit dem Herzog von Sessa sei besonders unerfreulich verlaufen?«

»So ist es. Das ging so weit, dass ich aus seinem Haus flüchten musste. Er schreckte nicht davor zurück, Seine Hoheit zu beleidigen und gegen uns alle vom Leder zu ziehen, die wir Don Juans Sache unterstützen. Es fielen harte Worte, und schließlich rief er nach seinen Dienern.«

»Und wie habt Ihr Euch aus der Affäre gezogen?«

»Ich konnte mich eines Schwertes bemächtigen, da mein Degen zur Reparatur beim Waffenschmied war, und so gelang es mir, den Herzog und die herbeigeeilten Diener in das

Zimmer einzuschließen, in dem die Unterredung stattgefunden hatte. Dann verließ ich das Haus.«

Patiño lächelte, doch gleich darauf wurde sein Gesicht von Sorge überschattet. Als er keine Anstalten machte zu reden, fragte der Hauptmann: »Ihr wirkt plötzlich besorgt, Don Bernardo?«

»Das bin ich in der Tat, mein Sohn.«

»Darf man wissen, warum? Ist Euch etwas Schlimmes durch den Sinn gegangen?«

»Nehmt Euch in Acht, Don Gonzalo! Was Ihr mir über Sessa berichtet habt, gefällt mir gar nicht. Er ist ein übler Zeitgenosse und wird versuchen, sich für den Affront zu rächen. Bleibt äußerst wachsam, denn er wird nicht ruhen, bis er Euch so viel Schaden zugefügt hat wie möglich.«

»Seid unbesorgt, ich weiß mich zu verteidigen.«

»Seid auf der Hut, Hauptmann. Er wird versuchen, Euch zu überrumpeln, wenn Ihr es am wenigsten erwartet.«

»Ich danke Euch für Eure Anteilnahme und werde mir Euren Rat zu Herzen nehmen.«

»Und nun zu etwas ganz anderem.« Patiños Stimme klang heiterer, weniger ernst, und in seinen Augen blitzte der Schalk. »Mir ist zu Ohren gekommen, dass Ihr in den letzten Tagen sowohl morgens als auch abends die Messe in San Miguel besucht habt. Ich wusste nicht, dass Ihr Eurer Pflicht der Heiligen Kirche gegenüber so hingebungsvoll nachkommt.«

Der Hauptmann runzelte die Stirn.

»Ich nehme an, Euer Informant hat Euch weitere Einzelheiten berichtet.«

»In der Tat. Ich glaube, Eure Hingabe hat einen Vor- und einen Nachnamen: Doña Elena de Zúñiga?«

»Wie ich sehe, muss ich Euch nichts weiter erzählen.«

»Denkt das nicht, Don Gonzalo, denkt das nicht. Informationen aus erster Hand sind weit aussagekräftiger als die aus anderer Quelle.«

»Wenn das so ist: Was wünscht Ihr zu wissen?« In den Worten des Hauptmanns schwang ein feiner ironischer Unterton mit.

»Was auch immer Ihr mir berichten wollt.«

»Ich besuche die Messe, wie Ihr bereits wisst, um Doña Elena de Zúñiga zu sehen. Ich gestehe es frei heraus: Ich liebe diese Frau. Die Geschichte reicht weiter zurück, als Ihr Euch vorstellen könnt.«

»Ihr kanntet sie bereits?«

»Vor vielen Jahren habe ich sie einmal in Brüssel gesehen. Ich wusste nicht, wer sie war, und wäre nie auf den Gedanken gekommen, dass sie hier leben könnte. Wie der Zufall es will, habe ich sie am Tag nach meiner Ankunft in Madrid gesehen, als sie die Cava de San Miguel entlangging. Es stellte sich heraus, dass sie ganz in meiner Nähe wohnt.«

»Wisst Ihr, wer Ihr Vater ist?«

»Ich kenne ihn nicht persönlich, doch ich weiß, dass es Don Guillén de Zúñiga ist. Als ich Elena in Brüssel sah, hielt er sich aus geschäftlichen Gründen dort auf. Damals war er Lieferant für unsere Truppen. Wie mir berichtet wurde, liefen seine Geschäfte schlecht, und er machte Bankrott. Das kümmert mich wenig, ich bin nicht hinter einer Mitgift her.«

»Hat man Euch auch berichtet, warum seine Geschäfte schlecht liefen?«

»Nein, darüber weiß ich nichts, aber ich habe Euch ja schon gesagt, es kümmert mich nicht.«

»Das sollte es aber«, warf Don Bernardo ein.

Diese Worte weckten die Neugier des Hauptmanns.

»Was wollt Ihr damit sagen?«

»Es gibt etwas, Don Gonzalo, was Ihr wissen solltet.« Patiño klang nun wieder ernst, und der Hauptmann war beunruhigt.

»Um was geht es, Don Bernardo?«

»Setzt Euch, Don Gonzalo, setzt Euch. Was ich Euch mitzuteilen habe, wird einige Zeit in Anspruch nehmen.«

Der erste Besuch Ihrer Majestäten im Dominikanerkloster von Atocha wurde in aller Eile, aber peinlich genau vorbereitet. Der Statthalter von Madrid, Don Francisco de Herrera, hatte angeordnet, Ausrufer in die Calle Platería, Puerta de Guadalajara, Calle Nueva, Plaza Mayor, Plaza de Santa Cruz, Plaza de Antón Marín, Calle de Atocha Alta und Calle de Atocha Baja zu entsenden, um den Anwohnern mitzuteilen, dass sie bis zum Nachmittag dieses Tages die Straße vor ihren Häusern zu kehren und mit Wasser zu besprengen hatten; außerdem sollten Fenstersimse und Balkone mit Behängen und Wimpeln geschmückt werden. Des Weiteren wurden auf seinen Befehl die Einfahrten und Straßeneinmündungen entlang des Weges vom Palast zum Kloster von Atocha mit Wandteppichen der Stadt, Porträts der königlichen Familie und Podesten versehen, auf denen Puppenspieler, Akrobaten und Spielleute ihre Stücke aufführen, tanzen, Kunststücke zeigen oder Balladen zum Besten geben konnten.

An verschiedenen Stellen der Wegstrecke hatten sich kleine Orchester mit Trommeln, Gitarren, Trompeten, Violinen und Schalmeien postiert, von denen aber nur die schrillen Töne zu hören waren, die sich über den Lärm der am Straßenrand zusammengedrängten Menschenmenge erhoben.

Um drei Uhr nachmittags verließ der Festzug wie vorgesehen den Palast. Allen voran schritten zwei Offiziere der königlichen Garden, der spanischen und der wallonischen, jeweils gefolgt von einem halben Dutzend Soldaten. Nach ihnen kam ein großer Trupp Reiter, die Hauptleute der Leibgardisten und dahinter etwa zwanzig Männer. Dieser Trupp bereitete den Karossen den Weg, in denen ein Großteil der Adeligen saß, die bei Hof ein Amt innehatten. Darauf folgten zwei glänzend lackierte, von weißen Pferden gezogene Kutschen; die erste diente als Galakarosse, in der zweiten saßen die Königin und der Thronfolger. Rund um die Kutsche tummelten sich Pagen, Stallburschen und Edelmänner. In einer weiteren Kutsche saßen die Zofen der Königin, und den Abschluss des Zuges bildeten zahlreiche Granden, die sich die Gelegenheit nicht entgehen lassen wollten, sich in ihrem besten Staat zu präsentieren und Prunk und Pracht zur Schau zu stellen. Manch einer schritt an der Spitze seiner Gefolgsleute, als würde er in den Stierkampf ziehen.

Das Volk zollte der prächtigen Schau lebhaften Beifall. Als sich jedoch die Spitze des königlichen Zuges dem Kloster von Atocha näherte, bemerkten die Offiziere, dass die Vorhut der Soldaten, die den Zutritt zum Kloster kontrollieren sollte, mit einer Gruppe Männer aneinandergeraten war, die – ihrer Kleidung nach zu schließen – vornehmer Abstammung waren. Es gab einen gewaltigen Aufruhr, und die Spannung war mit Händen zu greifen. Die Soldaten an der Spitze eilten ihren Kameraden zu Hilfe, angeführt von ihren Offizieren, wodurch das anfängliche Handgemenge zum Scharmützel ausartete. Die Königin und ihr Sohn, die bereits eingetroffen waren, wurden überraschte Zeugen der heftigsten Phase des Kampfes.

Als der Hauptmann der spanischen Garde, der Marquis

von Salinas, erkannte, dass die Lage brenzlig wurde, eilte er nach vorne und rief: »Was geht hier vor?«

Durch die Ankunft weiterer Soldaten gewannen die Soldaten rasch die Oberhand, die Kutsche Ihrer Majestäten konnte bis an die Stufen vorfahren, und der König und seine Mutter stiegen aus und schickten sich an, das Kloster zu betreten. Da stürzte einer der Soldaten, die in das Scharmützel verwickelt gewesen waren, Gesicht und Uniform blutverschmiert, auf Doña Mariana zu, warf sich zu ihren Füßen und klagte mit mitleiderregender Stimme: »Seht her, Eure Majestät, meine Herrin, wie man mich zugerichtet hat, weil ich Euch gedient und die mir erteilten Befehle befolgt habe. Es waren Menschen, an denen ich mich nicht werde rächen können.«

Die Königin, zutiefst bestürzt von diesen anklagenden Worten, befahl dem Marquis von Aytona, der als Oberhofmarschall an erster Stelle für ihre Sicherheit verantwortlich war, in Erfahrung zu bringen, was geschehen war.

Nach diesem Zwischenfall betraten die Majestäten die Klosterkirche. In der Vorhalle eilte ihnen der Prior der Gemeinschaft in Begleitung einiger Ordensbrüder entgegen, um sie zu begrüßen, dann bekreuzigten sie sich mit Weihwasser und gingen hinter einem erhobenen Kreuz zu den Klängen des *Te Deum laudamus*, das die Sänger der Königlichen Kapelle angestimmt hatten, zur Nische der Jungfrau von Atocha, wo sie lange betend verharrten. Anschließend bahnten sie sich mit ihrem Tross mitten durch die ausgelassene Menschenmenge hindurch, die das kostenlose Fest genoss, das man ihr bereitet hatte, den Weg zum Palast zurück.

Die Nachricht vom Vorfall am Eingang der Klosterkirche verbreitete sich wie ein Lauffeuer und wurde wie üblich verzerrt und ausgeschmückt. Binnen weniger Minuten wusste die ganze Stadt Bescheid. Im Volke kursierten bereits die unterschiedlichsten Versionen, und bei den Kommentaren ließ man der Fantasie freien Lauf. Obgleich Nithard sich gar nicht im königlichen Gefolge befunden hatte, wurde erzählt, man habe versucht, ihn zu töten. Andere behaupteten, es handle sich um die Rache für Malladas' Tod, und wieder andere gingen so weit zu versichern, dass Doña Mariana de Austria das Ziel der Mörder gewesen sei. Die einen meinten, man habe sie entführen wollen, die anderen, sie habe an Ort und Stelle ermordet werden sollen.

»Sie wollten den Beichtvater töten! Es ist ihnen nur darum nicht gelungen, weil der Dominikanerprior ihn rechtzeitig in die Kirche bringen konnte!«, behauptete einer, der wie ein Gauner aussah, und zwirbelte sich den Schnurrbart.

»Ich habe gehört, der Jesuit sei verletzt worden, das eigentliche Ziel der Mörder sei aber die Königin gewesen!«, gab ein anderer zum Besten.

Eine Frau, die von einer ganzen Schar schmutziger, zerlumpter Kinder jeden Alters umgeben war, versicherte, es habe mehrere Tote und viele Verletzte gegeben. Unter ihnen habe sich der Beichtvater befunden, sie könne jedoch nicht sagen, ob er tot oder verletzt sei.

»Man weiß schon, wer die Mörder sind!«, rief ein Krüppel mit einer Krücke einer dicht gedrängten Gruppe zu.

»Was weißt denn du!«, fuhr ihn einer aus dieser Gruppe verächtlich an.

»Das Gerücht stimmt! Der Beichtvater wurde ermordet, und die Täter sind Angehörige des Mannes aus Aragón, der kürzlich erdrosselt wurde!«, beharrte der Krüppel.

»Verschwinde und stör uns nicht!«, schrie ein übellauniger Mensch und spuckte in die Richtung, wo der arme Teufel stand. Der hinkte murrend von dannen, weg von der Gruppe, mit der offensichtlich nicht gut Kirschen essen war.

Allem Anschein nach handelte es sich um eine der vielen Veteranengruppen aus früheren Feldzügen, von denen es in Madrid nur so wimmelte. Sie waren ohne Beschäftigung, hochfahrend und bereit, jederzeit Händel anzufangen. Den Gerichtsdienern und Bütteln bereiteten sie viele Probleme und dem Statthalter nicht geringes Kopfzerbrechen, wusste er doch nicht, wie er dieses Völkchen loswerden musste. Ständig kam es zu Kämpfen und Auseinandersetzungen untereinander und mit der Bevölkerung. Sie brausten bei der erstbesten Gelegenheit auf, wobei sie meist selbst den Anlass dazu lieferten. In Schänken und Herbergen prellten sie bedenkenlos die Zeche, auf der Straße bedrängten sie ehrbare Frauen und beschimpften ungeniert alle, die ihnen über den Weg liefen, ungeachtet ihres Alters oder ihrer Stellung. Ständig mussten sie Frauen, Greisen und Kindern gegenüber ihren Mut und ihre Verwegenheit unter Beweis stellen, an denen es ihnen auf den Schlachtfeldern von Estremoz und Montes Claros gefehlt hatte, als sie zur Schande des Reiches feige geflohen waren, anstatt den Portugiesen tapfer entgegenzutreten.

Viele hatten sich Banden von Halsabschneidern, Gaunern, Betrügern, Dieben und anderem Gelichter angeschlossen, die in der Stadt ihr Unwesen trieben. Dort fanden sie genügend Opfer, denn die Bevölkerung Madrids war bereits auf fast dreihunderttausend Seelen angewachsen. Sie waren in Cliquen organisiert, die Verbrechen aller Art begingen und den Umstand ausnutzten, dass so viele Menschen sich aus den unterschiedlichsten Gründen in der Stadt aufhielten: arme Menschen, die auf Almosen hofften, Witwen, die um eine Leibrente kämpften, die ihnen aufgrund der Verdienste ihrer verstorbenen Ehemänner für die Krone zustand, andere Menschen, die versuchten, ein Anliegen zu beschleunigen, dessen Akten irgendwo in den Schubladen der Ämter verschwunden waren und darauf warteten, dass die geschmierte Hand eines Beamten sie entstaubte und in Umlauf brachte, Visionäre, die Ihrer Majestät Pläne unterbreiten wollten – aus diesem Grund wurden sie allgemein »Pläneschmiede« genannt –, die auf wenigen Seiten die Lösung für eines oder mehrere der schwerwiegenden Probleme der Monarchie bereithielten.

Sie alle waren leichte Beute für gewissenlose Menschen, die sie auf die unterschiedlichste Art und Weise beraubten und betrogen. Natürlich hatten die Banditen tausenderlei ausgesprochen einfallsreiche Wege für ihre Bauernfängerei entwickelt. Sie waren wahre Meister des Betrugs. Diese Gauner kümmerte wenig, ob der Beichtvater tatsächlich ermordet worden war und wer der Täter gewesen sein könnte. Ihre Spezialität lag auf anderem Gebiet: Unvorsichtige auszurauben, Streitigkeiten anzuzetteln und andere für den Müßiggang bezahlen zu lassen, an den sie sich gewöhnt hatten.

Als Doña Mariana mit ihrem Sohn in den Palast zurückkehrte, schäumte sie vor Wut.

»Wie konnte das nur geschehen? Eine solche Ungehörigkeit vor den Augen Seiner Majestät des Königs!«

Carlos II., der noch keine sieben Jahre alt war, starrte seine Mutter mit hängender Unterlippe und einfältigem Blick an. Seine großen schwarzen Augen wirkten stumpf und ausdruckslos.

»Geleitet Seine Majestät auf sein Zimmer und bringt mir den Oberhofmarschall Aytona her!«

Der Schwarm von Dienern, Lakaien und Soldaten, die die Königin umgaben, setzte sich in Bewegung, als wollte jeder Einzelne von ihnen den Befehl ausführen.

Für Doña Mariana, die ihren Zorn bis dahin mühsam gezügelt hatte, war das Maß voll. Alle Pläne, aus diesen Besuchen politischen Nutzen zu ziehen, um die Stimmung nach Malladas' Tod zu wenden, waren zunichte gemacht. Mit angewiderter Miene zog sie sich grußlos und ohne anzuhalten in ein kleines Kabinett zurück, von wo aus sie wieder mit lauter Stimme nach Aytona rief.

Sie musste sich einige Minuten gedulden. Wie ein Raubtier im Käfig lief sie ungeduldig auf und ab, bis endlich jemand an die Tür klopfte und Einlass begehrte.

Die Königin rief: »Tretet ein, Aytona!«

Der Oberhofmarschall war in Begleitung des Beichtvaters, der sich unverzüglich zum Palast aufgemacht hatte, als er über die Geschehnisse informiert worden war.

»Gelobt sei Jesus Christus! Gut, dass Ihr hier seid! Wisst Ihr, was geschehen ist?« Die Anwesenheit ihres Vertrauten schien die Witwe Felipes IV. ein wenig zu besänftigen.

Nithard wich der Frage geflissentlich aus.

»Majestät, als ich von dem Vorfall erfuhr, bin ich sofort herbeigeeilt. Ich nehme an, der Oberhofmarschall wird Eure Frage umfassend beantworten können.«

»Was habt Ihr in Erfahrung bringen können, Aytona? Wie konnte es zu diesem beschämenden Schauspiel kommen? Wer hat das veranstaltet?« Wieder flammte Zorn in ihr auf.

»Majestät, der Anlass für das Geschehene ist ganz unbedeutend«, antwortete der Marquis in dem Versuch, die Angelegenheit, die den Aufruhr ausgelöst hatte, herunterzuspielen.

»Unbedeutend sagt Ihr? Könntet Ihr das näher erläutern?«

»Majestät, es war wegen einer Gruppe von Edelleuten, die in Begleitung von Frauen die Kirchen betreten wollten.«

»Was soll heißen, in Begleitung von Frauen?«, erkundigte sich die Königin neugierig.

»Nun ja ... es handelte sich um ganz bestimmte Frauen.« Aytona wirkte ein wenig verlegen.

»Wollt Ihr damit sagen, diese Edelleute befanden sich in Begleitung von Dirnen?«

»So ist es, Majestät.« Aytona blickte zerknirscht drein.

»Fahrt fort, Aytona, ich höre!«

»Wie ich Eurer Majestät bereits sagte, wollten diese Edelleute mit ihren Begleiterinnen die Kirche betreten, obwohl man ihnen den Zutritt zu der geheiligten Stätte untersagt hatte. Die vor dem Eingang postierten Soldaten verwehrten ihnen unter Berufung auf ihre Befehle den Zugang. Das gefiel den Edelleuten gar nicht, sie fühlten sich gekränkt. Erst fielen schlimme Worte, dann wurden sie handgreiflich, und im Nu kam es zu der bedauerlichen Auseinandersetzung, die Euch bekannt ist.«

»Bedauerlich – in der Tat!«, pflichtete Doña Mariana bei. »Und wer waren diese Edelleute?«

»Sie wurden allesamt identifiziert. Majestät, es handelt sich um den Herzog von Abrantes, den Marquis von Villanueva del Río, den ältesten Sohn des Herzogs von Alba, den Grafen von Fuentes und einen der Söhne des Marquis von Leyva. Ich kann Euch nicht mit Sicherheit sagen, ob Don Pedro oder Don Antonio, ich glaube aber, es war Letzterer.«

»Sie sollten ein Vorbild an edler Gesinnung sein und benehmen sich wie gewöhnliche Tagediebe! Sie versündigen sich nicht nur an Gott, sondern wollen mit ihrer Schamlosigkeit überdies Unsere Person und die Unseres Herrn und Königs verhöhnen.«

»Majestät, es liegt an ihrer Jugend und am Wein«, wiegelte Aytona ab.

»Schwingt Euch nicht zum Fürsprecher dieser Nichtsnutze auf, die mit ihrem Auftreten heute Nachmittag nicht nur wenig Verstand, sondern auch mangelnden Respekt vor Unserer Würde bewiesen haben. Zur Strafe sollen alle für sechs Monate und auf mehr als zwanzig Meilen von diesem Hofe verbannt werden.«

»Majestät, mir scheint, es handelt sich lediglich um einen Dummejungenstreich. Die Herren wollten prahlen vor den … den …«, Aytona fand nicht das rechte Wort.

»Vor den Dirnen, Señor Marquis!«, rief die Königin empört aus.

Nithard, der bis dahin geschwiegen hatte, beschloss einzugreifen.

»Wenn Eure Majestät gestatten …«

»Sprecht, ich höre.«

»Ich denke, Ihr solltet Euch großmütig zeigen. Was geschehen ist, ist geschehen. Ich bin überzeugt, wenn diese Herren sich der Bedeutung dieses Besuchs für Eure Majestät bewusst gewesen wären, hätten sie sich nicht so verhalten. Majestät, ich teile die Ansicht des Señor Marquis, dass es sich um jugendlichen Übermut handelt. Ich bitte Euch, die Fürsprache Aytonas zu berücksichtigen.«

»Auch wenn diese Sache, wie Ihr ganz richtig gesagt habt, nun einmal geschehen ist, werdet Ihr mir zustimmen, dass Strafe immer dazu dient, ein Exempel zu statuieren«, beharrte Doña Mariana, wenn auch schon halbwegs besänftigt durch Nithards Worte.

Der Beichtvater, dem bewusst war, dass er in Aytona einen einflussreichen Verbündeten gewinnen konnte, führte sein gewichtigstes Argument ins Feld: »Bedenkt, Majestät – wie Ihr es zweifellos schon getan habt –, welche Reaktion eine Bestrafung ohne entsprechenden Prozess mit Richter, Zeugen und Urteil im gemeinen Volk hervorrufen würde.«

Der Beichtvater wusste, dass er mit diesem Argument den Widerstand seiner Gönnerin gebrochen hatte. Sie beruhigte sich allmählich, wozu zweifellos seine Anwesenheit beitrug.

»Also gut, sie sollen nichtöffentlich ermahnt werden und ihr Wort geben, sich in Zukunft anders zu verhalten.«

Alle drei wussten genau, dass dies Doña Mariana nur dazu diente, ihr Gesicht zu wahren. Die Verwarnung würde wenig nützen, und das Ehrenwort dieser Subjekte war nichts wert.

Nithard und Aytona überboten sich in Lob und Dankbarkeitsbezeugungen, als sie sich zurückzogen. Sie waren bereits an der Tür, als sich Doña Mariana an den Günstling wandte: »Bleibt hier, Eure Eminenz, ich benötige Euren Rat und möchte noch einige Angelegenheiten mit Euch besprechen.«

Der Oberhofmarschall verabschiedete sich mit einer höflichen Verbeugung.

11

Mehrere Tage lang ging Hauptmann Santa Cruz wie auf Wolken. Er hatte Elena der Zúñiga bei ihren Kirchgängen in San Miguel auf dem Hin- und Rückweg begleitet. Während seiner Spaziergänge mit der Dame fühlte sich Gonzalo in eine andere Welt versetzt, in der er alle Probleme vergaß, die ihn sonst beschäftigten.

Auf beiderseitigen – wenn auch unausgesprochenen – Wunsch dehnten sie ihre Spaziergänge immer weiter aus, indem sie Umwege nahmen oder besonders langsam gingen; mitunter hielten sie sogar auf dem Weg an, um noch mehr Zeit miteinander verbringen zu können. So waren sie einander allmählich nähergekommen. Beide waren verliebt, und Elena spürte mit jedem Tag, wie der Eindruck, den Gonzalo schon bei ihrer ersten Begegnung auf sie gemacht hatte, immer stärker wurde. Nach und nach erfuhren sie mehr über das Leben, die Gewohnheiten und Vorlieben des anderen. Mit jedem Moment, den sie gemeinsam verbrachten, wurde Elena bewusster, dass dieser Mann anders war als alle Männer, die sie bisher kennengelernt hatte.

Ihr gefiel dieser Soldat, Infanteriehauptmann einer Kompanie, die in Flandern und Portugal zu einer Zeit, in der die Mühen weit größer waren als der Ruhm, unter der Flagge mit dem Andreaskreuz gekämpft hatte. Die Zeiten, in denen die Einheiten, denen er angehörte, auf den europäischen Schlachtfeldern Angst und Schrecken verbreitet hatten, kannte er nur aus Erzählungen. Er habe im Feldzug gegen Portugal einen der beschämendsten Momente der spanischen Truppen in ihrer gesamten Geschichte miterlebt, vertraute Gonzalo ihr einmal bekümmert an.

Trotz alledem glich der Hauptmann durch seine Feinfühligkeit und seine Umgangsformen eher einem Edelmann als einem Soldaten. Er war ein leidenschaftlicher Leser und vor allem dem Theater zugetan, das er nicht nur auf den Bühnen der Komödientheater genoss, sondern auch bei geruhsamer Lektüre der Werke, bei der er die Geschichten dank seiner regen Phantasie vor seinem inneren Auge zum Leben erweckte. Er hatte ihr erzählt, dass er eine ausgezeichnete Bibliothek mit über fünfhundert Bänden sein Eigen nannte, darunter Komödien, Romane, Werke über Kriegsmaschinen zur Belagerung von Städten und einige philosophische Abhandlungen, eine Erinnerung an seine Studienzeit in Alcalá. Obgleich man seiner Haltung und Gestik anmerkte, dass er ein Mann der Tat war, konnte Elena sich ebenso gut vorstellen, wie er in einem behaglichen Heim ein ruhiges und beschauliches Leben führte, solange er nur genügend Anregungen für seine Interessen fand, die, wie sie feststellte, zahlreich waren.

Das Einzige, was sie an ihm ein wenig störte, war seine offensichtliche Leidenschaft in politischen Fragen. Zweimal in diesen Tagen, die für sie von einem bisher unbekannten Glück erfüllt waren, war Gonzalo auf die schwierigen Zeiten zu sprechen gekommen, in denen sie lebten, und beide Male hatte sie ihm deutlich zu verstehen gegeben, dass dieses Thema sie nicht interessierte. Der Hauptmann stellte sein außergewöhnliches Taktgefühl unter Beweis, indem er beschloss, nicht mehr von Angelegenheiten zu sprechen, auf die sie sehr gereizt reagierte.

Gonzalo seinerseits erfuhr aus Elenas Erzählungen viel mehr über ihre Neigung zur Malerei, als Meister Grijalbo ihm bereits berichtet hatte. Sie erklärte ihm, sie wolle mit ihrem Pinsel das Alltagsleben auf dem Land oder in der Stadt, auf der Straße oder in den Häusern so einfangen, wie es wirklich war. Sie hatte kein Interesse an glorreichen religiösen oder weltlichen Szenen aus der Geschichte, für die die meisten Maler ihrer Zeit eine große Vorliebe hegten. Er entdeckte, dass sie eine sehr sensible Frau war, in der Landschaften, Sonnenuntergänge oder Sonnenaufgänge große Gefühle weckten, und lauschte ihr entzückt, wenn sie ihm erzählte, dass jede Morgendämmerung und jede Abenddämmerung unterschiedlich und einzigartig sei, was den meisten Menschen, die mit anderen Dingen beschäftigt waren, verborgen bliebe. Sie erklärte ihm, wie ein und derselbe Gegenstand, je nach dem Licht, das auf ihn fiel, ganz unterschiedlich aussehen konnte, eine andere Farbe oder sogar eine andere Form annahm. Es sei keineswegs das Gleiche, ob ein Ding in der Sonne oder im Schatten stand.

Er erfuhr, dass sie siebenundzwanzig Jahre alt war und demnach neunzehn gewesen war, als er sie zum ersten Mal gesehen hatte. Im Unterschied zu den meisten Frauen, die er bisher kennengelernt hatte, machte es ihr nichts aus, ihr wahres Alter zu verraten, und sie war nicht von der Jugend besessen, da sie wusste, dass diese sich nicht nur im äußeren Erscheinungsbild zeigte, sondern vielmehr in der inneren Einstellung eines jeden Menschen.

»Mich kümmern nicht die Falten auf meinem Gesicht, sondern die auf meiner Seele«, hatte sie ihm bei einem der Spaziergänge anvertraut.

Gonzalo erfuhr, dass auch Elena das Theater liebte, es aber nicht so häufig besuchte, wie sie gerne gewollt hätte. Gewöhnlich sah sie die Vorstellungen im Corral del Príncipe, manchmal aber auch im Theater de la Cruz. Wie alle Einwohner Madrids war sie allerdings in letzter Zeit immer häufiger gezwungen, auf dieses Vergnügen zu verzichten, da Nithard die Schließung der Theater angeordnet hatte, weil Gott der Herr dort angeblich zu oft gelästert werde. Von ihrem Vater hatte sie die Liebe zu Büchern geerbt und las sowohl in spanischer als auch in lateinischer Sprache, die sie perfekt beherrschte. Zwar zog sie Werke in spanischer Sprache vor, las jedoch auf Lateinisch Erasmus von Rotterdam – neben Don Francisco de Quevedo y Villegas einer ihrer Lieblingsautoren –, auch wenn seine Werke auf dem gefürchteten Index der Inquisition standen und ihre Lektüre ein Risiko darstellte. Elena liebte die Poeten des vergangenen Jahrhunderts, vor allem Boscán, Gutierre de Cetina und Garcilaso de la Vega. Sie kaufte die Bücher selbst beim Buchhändler Juan Martín Merinero. Trotz ihres geringen Interesses an politischen Angelegenheiten las sie regelmäßig die *Noticias Ordinarias del Norte, Italia, España y otras partes*, ein wöchentlich erscheinendes Quartheft mit Nachrichten über die wichtigsten Ereignisse in Europa. Sie erstand sie bei Sebastián de Armendáriz, dem Hofbuchhändler Ihrer Majestät. Häufig las sie auch die sogenannten *Avisos*, die von der Druckerei Bizzarón herausgegeben wurden und aus der Feder eines gewissen Barrionuevo stammen sollten.

Sie erklärte Gonzalo, sie verwehre sich dagegen, dass die Bestimmung einer Frau entweder das Kloster oder die Ehe sei, womit sie zweifellos eine seltsame und einzigartige Meinung vertrat. Außerdem gestand sie ihm, sie habe verschiedene Heiratsanträge ausgeschlagen, was ihr den Ruf eingetragen habe, widerspenstig zu sein. Einige Male hatte sie sich dabei sogar gegen den Wunsch ihres Vaters gestellt, der ihr jedoch in diesen

Angelegenheiten, wie in anderen auch, niemals seinen Willen aufgezwungen hatte.

Elena vertrat ihre Meinungen mit einer Entschiedenheit, die umso überraschender war, als es sich um Bereiche handelte, die den Frauen üblicherweise verwehrt waren. Gonzalo erstaunten viele dieser Ansichten und Vorlieben weniger als andere, weil seine Tante Casilda ähnliche Auffassungen vertrat, wenn sie sie auch nicht so klar hätte formulieren können wie Elena. Der größte Unterschied zwischen den beiden Frauen war möglicherweise ein Punkt, in dem sie sich vermeintlich glichen. In den Augen der Leute waren beide fromme Damen, die ihren Pflichten gegenüber Gott und der Kirche nachkamen. Während Doña Casilda jedoch hinnahm, was die Priester predigten, ohne es zu hinterfragen, verbarg sich in Doña Elena ein kritischer Geist, den Pater Anselmo offenbar erahnte und zweifellos ablehnte, was der Grund für gelegentliche Bemerkungen in seinen Predigten und Ansprachen war. Dennoch hätte man Elena weder was ihre Gedanken noch was ihre Worte betraf der Ketzerei bezichtigen können. Es war vielmehr das, was der Pfarrer von San Miguel als »exzentrische Anwandlungen« Doña Elenas bezeichnete, die ansonsten eine fromme Christin und wohltätige Dame war. Natürlich hatte der Priester nicht die leiseste Ahnung davon, dass ihre Lektüre unter anderem aus dem *Lob der Torheit* und dem *Enchiridion militis christiani* des großen Humanisten Erasmus von Rotterdam bestand, was als schwerer Verstoß gegen die Gebote der katholischen Kirche galt.

Gonzalo spürte immer deutlicher, dass Elena die Frau war, von der er so viele Jahre geträumt hatte: wissbegierig, verführerisch, feinfühlig – eine Frau, mit der man mehr teilen konnte als nur den Glauben und das Bett.

Am gleichen Abend, an dem Don Bernardo Patiño ihn gebeten hatte, Platz zu nehmen, weil er ihm im Zusammenhang mit Doña Elena de Zúñiga etwas berichten wollte, wartete Gonzalo mit sorgenvoller Miene an der Kirchentür, bis seine Geliebte heraustrat. Ihrem scharfen Blick entging der betrübte Gesichtsausdruck des Mannes nicht, der in wenigen Tagen ihr Herz erobert hatte. Ohne zu zögern sagte sie: »Ihr seht besorgt aus, Don Gonzalo.«

Der Hauptmann nickte bestätigend, sagte aber kein Wort.

»Möchtet Ihr darüber sprechen?«

»Wenn es sich aber um eine Angelegenheit handelte, die Euch nicht interessiert, wie zum Beispiel Politik?«

»Wenn es Euch erleichtert, darüber zu sprechen, würde ich Euch zuhören«, versicherte ihm Elena.

»Es würde Euch wirklich nichts ausmachen?«, fragte der Hauptmann nach.

»Das habe ich Euch doch schon gesagt. Geht es um den Vorfall beim Besuch Ihrer Majestäten in der Kirche von Atocha? Über die Auseinandersetzung dort wird so viel geredet!«

»Was erzählt man sich denn? Meinen Informationen zufolge ist die Angelegenheit bereits aufgeklärt.«

»Nach offiziellen Aussagen ja. Danach war alles nur ein Missverständnis zwischen einer Gruppe Adeliger und den Wachen am Eingang der Kirche. Aber vielerorts hört man, es sei ein neuerlicher Mordanschlag gegen den Großinquisitor vereitelt worden.«

»Ein neuerlicher Mordanschlag, sagt Ihr?«, erkundigte sich Gonzalo interessiert.

»Neuerlich deshalb, weil es dem Anschein nach bereits der vierte innerhalb weniger Monate ist.«

Der Hauptmann wunderte sich, dass Elena nicht nur über eine rein politische Angelegenheit sprach, sondern dass sie zudem über Informationen verfügte, die weit über das hinausreichten, was in der Öffentlichkeit geredet wurde. In den Gerüchten, die in der Stadt kursierten, war nur von zwei Anschlägen gegen Nithards Leben die Rede.

»Der vierte Mordanschlag, sagt Ihr?«

»Das stimmt, sofern der Vorfall von Atocha als solcher zu zählen ist.«

Gonzalos Verwunderung wuchs. Elena steckte voller Überraschungen, was andererseits nicht erstaunlich war, da er sie schließlich noch nicht lange genug kannte, um bis zum Grunde ihres Herzens und ihres Denkens vorgedrungen zu sein, falls dies überhaupt möglich war. Nach der Haltung, die sie bisher an den Tag gelegt hatte, sobald er anfing, über Politik zu sprechen, verblüffte ihn, wie sie selbst nun wie jemand darüber redete, der über Informationen verfügte, die weit über die Gerüchte hinausreichten. Er erklärte es sich damit, dass sie regelmäßig die wöchentlich erscheinenden *Noticias Ordinarias*, die *Avisos* und ähnliche Druckwerke las. Er nahm an, sie habe davon auf den Handzetteln, Schmähschriften oder Flugblättern gelesen, die in Madrid zirkulierten und die für oder gegen die Positionen der Nithardisten und Donjuanisten Partei ergriffen, denn die Quarthefte behandelten für gewöhnlich derartige Themen nicht. Was ihn eigentlich verwunderte, war weniger der Umstand, dass Elena über Politik Bescheid wusste, sondern dass sie sich zuvor geweigert hatte, über diese Themen zu sprechen, als seien sie nicht interessant.

Trotz der Jahre an der Seite Don Juans und seiner Verbindung zu Personen wie Don Bernardo Patiño, der sich mit den Winkelzügen politischer Auseinandersetzungen bestens auskannte, hatte Hauptmann Santa Cruz bisher nicht gelernt, wie man sich in Situationen verhielt, in denen Gesten mehr zählen als Worte, in denen Andeutungen größere Wirkung zeitigen als ein Befehl, in denen eine Bemerkung nicht darauf abzielt, eine Meinung kundzutun, sondern seinem Gegenüber eine Antwort zu entlocken. Er verkörperte eine seltsame Mischung: Einerseits war er ein Mann der Tat – weswegen ihn der Militärdienst angezogen hatte – und folglich ein geradliniger Mensch ohne List und Tücke. Er tat, was getan werden musste, und ging dann zur nächsten Aufgabe über. Andererseits lockte ihn – vielleicht als Folge seiner Studienzeit – die Vorstellung von einem beschaulichen Leben, das dem Studium und den geistigen Freuden gewidmet war, denen er sich hingab, wann immer es ihm möglich war.

Unverhofft hatte die Wirklichkeit ihn jedoch auf Wege geführt, auf denen er sich fortwährend unwohl gefühlt hatte. Er verstand die Winkelzüge der Politik nicht und war doch bis zum Halse in sie verstrickt.

So fragte er Elena frei heraus: »Wieso habt Ihr heute nichts dagegen, über Politik zu sprechen, wo Ihr es vor einigen Tagen noch abgelehnt habt?«

Elena stutzte, blieb stehen und antwortete dann mit einer Gegenfrage: »Warum sagt Ihr das?«

Sie setzte sich wieder in Bewegung.

»Weil mich Euer Verhalten überrascht hat.«

»Nun gut, was möchtet Ihr wissen?«

Jetzt hielt Gonzalo inne.

»Alles. Ich möchte alles wissen. Alles, was mit Euch zu tun hat.«

»Dann hört mir aufmerksam zu: Ihr selbst habt mir gesagt, Ihr hättet mich vor acht Jahren in Brüssel gesehen. Tatsächlich lebte ich zu dieser Zeit mit meiner Familie in Flandern, weil mein Vater als Truppenlieferant tätig war. Er war sowohl für die Versorgung mit Lebensmitteln als auch für die Kriegsausrüstung zuständig. Er versorgte die Truppen unter Don Juan José de Austria, der damals Statthalter dieser Provinz war, mit Zwieback, Kommissbrot, Salzheringen, Pökel- und Dörrfleisch. Was die Militärausrüstung betrifft, lieferte er Uniformen, Schwarzpulver, Stichwaffen und Arkebusen. Ich könnte Euch auch die Mengen nennen, die er mit jedem Auftrag zu liefern hatte, doch ist dies nicht von Bedeutung, und ich halte es auch nicht für notwendig.« Der Hauptmann war verblüfft, dass sie diese Details nach so vielen Jahren noch im Kopf hatte. Elena schien Gonzalos Gedanken zu erraten: »Wundert Euch nicht über meine umfangreichen Kenntnisse auf diesem Gebiet. Ihr müsst wissen, dass mein Vater mich mit der Erfassung der Waren und der Führung seiner Bücher betraut hatte.«

Nach dieser Erklärung fuhr sie fort: »Gemäß den Lieferverträgen sollte den Truppen an den vereinbarten Versorgungsorten über die vier Monate, die für jede Kampagne geplant waren – wobei der Vertrag für drei Kampagnen abgeschlossen worden war – Verpflegung im Gesamtwert von hundertfünfundachtzigtausend Dukaten und Kriegsausrüstung für zweihundertfünfundzwanzigtausend Dukaten zur Verfügung gestellt werden. Als Anzahlung erhielt mein Vater zu Beginn der ersten Kampagne zwanzigtausend Dukaten, doch dann platzten die zu festen Terminen fälligen Wechsel. Die Zahlungsausfälle zwangen meinen Vater, der seinen Liefervertrag weiterhin erfüllte, zwei Kredite aufzunehmen, für die Seine Hoheit bürgte. Als die Kredite fällig wurden, musste mein Vater sie zu wesentlich schlechteren Bedingungen verlängern, da Don Juan seinem Zahlungsversprechen nicht nachgekommen war. Als er auch das zweite Mal nicht zahlte, musste mein Vater die Kredite ein weiteres Mal verlängern, doch nun verlangten die Kreditgeber, Bankiers aus Antwerpen, höhere Sicherheiten. Gegen den Rat der ganzen Familie verpfändete mein Vater den Großteil seiner Güter im Vertrauen auf eine neuerliche Zusicherung Don Juans, er werde alle Rückstände, die sich bereits auf zweihundertfünfzigtausend Dukaten beliefen, zuverlässig begleichen. Die Bankiers akzeptierten mit Freuden, und da Don Juan erneut sein Wort brach, wurde meine Familie in den Ruin getrieben. Zur gleichen Zeit wurde Don Juan die Herrschaft über diese Provinzen entzogen, und er verließ Flandern. Nun geschah etwas Unfassbares: Don Juan gab an, mit der Sache nichts zu tun zu haben, und da mein Vater seinem Wort vertraut hatte, blieb er auf den Schulden sitzen, und der Ruin meiner Familie war besiegelt.

Als Folge all dessen«, fuhr Elena fort, »erkrankte meine Mutter, die trotz ihrer siebenunddreißig Jahre und trotz allem, was sie hatte erdulden müssen, noch eine wunderschöne Frau war, an einem heftigen Fieber, das sie ins Grab brachte. Und als ob es des Unglücks damit nicht genug sei, starben meine beiden Brüder, zwölf und vierzehn Jahre alt, auf der Heimreise nach Spanien – denn in Flandern hielt uns nichts mehr – an der Ruhr. Als Ehrenmann, der er ist und für den er auch Don Juan gehalten hatte, nahm mein Vater die gesamte Verantwortung auf sich und löste das Geschäft auf. Nach Begleichung aller Schulden blieben ihm einige Güter und Pachtzinsen, von denen wir nun leben. Zwar müssen wir keine Entbehrungen dulden, haben uns aber an ein einfaches Leben gewöhnen müssen, das uns bis dahin unbekannt war. Meinem Vater hat die Unbill, die er durch die Schuld anderer erleiden musste, das Leben vergällt. In seiner Verbitterung hat er den Glauben an die Menschen verloren, da das absolute Vertrauen, das er in Don Juan gesetzt hatte, ihn ins Unglück gestürzt und sein Leben für immer verändert hat. Er lebt zurückgezogen in unserem Haus, erfüllt seine Pflichten als guter Christ und sucht ab und zu mit schwindender Hoffnung Don Luis Salazar y Castro auf, den königlichen Anwalt im Dienste des Kriegsrats, um sich zu erkundigen, ob die Möglichkeit besteht, die geschuldeten Gelder jemals wiederzuerlangen. Ich glaube«, Elenas schöne Augen schimmerten traurig, »er tut es mehr aus Gewohnheit, als in der Hoffnung, tatsächlich etwas zu erreichen.«

Sie hielt einen Moment inne und fügte dann hinzu: »Erscheint Euch das Grund genug, über bestimmte Dinge nicht sprechen zu wollen? Die Frage ist nicht, ob mich Politik interessiert oder nicht. Natürlich erweckt alles, was die Zukunft der Monarchie in irgendeiner Weise betrifft, mein Interesse. Ihr sollt aber wissen, dass ich dem Manne, auf den viele Spanier derzeit ihre Hoffnungen setzen, keinerlei Vertrauen schenken kann. Aus eigener, bitterer Erfahrung stehe ich ihm nicht nur skeptisch gegenüber, sondern bin überzeugt, dass er uns unweigerlich in noch größere Katastrophen führen wird als bisher, obwohl das, so wie die Dinge im Moment stehen, kaum möglich erscheint.«

Es folgte ein längeres Schweigen. Elena de Zúñiga hatte gesagt, was sie zu sagen hatte. Gonzalo, der ihrer traurigen Geschichte mit wachsender Aufmerksamkeit gelauscht hatte, war in Gedanken versunken. Was er gehört hatte, war ihm zum Teil bekannt, da Don Bernardo Patiño genau darüber mit ihm gesprochen hatte. Allerdings hatte sich die Version von Don Juans Sekretär in einigen wesentlichen Einzelheiten von Elenas Bericht unterschieden.

Laut Patiño hatte Don Guillén de Zúñiga sämtliche Aufträge zur Belieferung des Heeres in Flandern sowohl mit Nahrungsmitteln als auch mit Kriegsgerät erhalten. Er war all seinen Verpflichtungen nachgekommen, nicht nur als Geschäftsmann, sondern auch weil er willens war, Don Juan zu unterstützen, der nach seinen Erfolgen in Italien und Katalonien eine vielversprechende Laufbahn vor sich hatte. Die Beziehung zwischen Seiner Hoheit und dem Geschäftsmann ging weit über das vertraglich Vereinbarte hinaus. Eines Tages berichtete Guillén de Zúñiga Don Juan von einem Astrologen in Antwerpen, der keiner von den zahlreichen Betrügern war, die Karten legten, die Zukunft voraussagten und törichten und unvorsichtigen Menschen mit allen möglichen Tricks das Geld aus der Tasche zogen. Es handelte sich um einen seriösen, hoch geachteten Mann, der seine Begabung und Kräfte nur zu ausgewählten Gelegenheiten einsetzte, wenn er sich unweigerlich dazu getrieben fühlte. Zúñiga ermutigte Don Juan, der stets in großer Sorge darüber war, was die Zukunft ihm wohl bringen könnte, sich von dem Astrologen ein Horoskop erstellen zu lassen.

Und so begaben sich Zúñiga und Don Juan, der inkognito reiste, nach Antwerpen, um den Astrologen aufzusuchen, der auf den Namen Cornelius Brueghel hörte. Dieser erfragte zunächst die persönlichen Daten und das Geburtsdatum Don Juans und erstellte daraufhin ein Dokument, das unter anderem folgende Passage enthielt:

Bei seiner Geburt ist er einem fürchterlichen und unfassbaren Betrug zum Opfer gefallen, als er vertauscht und der Krone beraubt wurde. Des Weiteren wurden Intrigen zu seiner Ermordung geschmiedet, doch hat der Himmel diese Arglist vereitelt und ihn uns erhalten. Das neueste Unglück des liebenswürdigsten und gütigsten aller Prinzen ist, dass sich unter seinen Dienern und Untergebenen zahlreiche Verräter befinden, vor denen er sich für einen Zeitraum von fünf Jahren in Acht nehmen muss. So lange nämlich droht ihm der Tod durch Gift, und er muss sich vor einem seiner Diener hüten. Unter den Elementen hat er einzig das Feuer zu fürchten. Das Wasser kann ihm nichts anhaben, obgleich er in ihm oftmals in Gefahr geraten ist. Einige Jahre noch wird er mit Widrigkeiten zu kämpfen haben, doch wird er alle seine Feinde besiegen und am Ende die Krone tragen, die ihm seine Feinde zu Unrecht vorenthalten haben. Er wird ein Alter von siebzig oder achtzig Jahren erreichen …

Tatsächlich hatte Gonzalo schon von der Existenz dieses Horoskops gehört, das sehr viel Staub aufgewirbelt hatte, als sich die Nachricht verbreitete, auf Don Juan warte ein Königreich. Die Behauptung, er sei in der Wiege vertauscht worden, um ihn der Krone zu berauben, die ihm von Rechts wegen zustand, und sie Prinz Baltasar Carlos zuzusprechen, war zwar nur einem sehr kleinen Kreis bekannt, besaß dennoch so viel Sprengkraft, dass sie, sollte sie jemals öffentlich bekannt werden, zu einer gefährlichen Situation führen konnte. Allerdings hatte Gonzalo nicht gewusst, dass Elenas

Vater bei der Angelegenheit eine entscheidende Rolle gespielt hatte.

Nach Patiños Aussage waren die materiellen Schwierigkeiten der Herrschaft Don Juans in Flandern größtenteils darauf zurückzuführen, dass seine Feinde bei Hofe all ihre Macht und ihren Einfluss geltend machten, um zu verhindern, dass die ihm gegebenen finanziellen Versprechen eingehalten wurden. So konnte er Zúñiga nicht bezahlen, der sich aufgrund seiner Verbundenheit zu Don Juan nach Kräften bemühte – so hatte Don Patiño es ausgedrückt –, die Truppen zu versorgen, ohne dass Don Juan ihn dazu hätte drängen müssen. Dem Sekretär zufolge sah Zúñiga sein Handeln als Einsatz und Investition in Hinblick darauf, was ihm die Zukunft an der Seite eines Mannes wie Don Juan einbringen könnte, der laut dem erwähnten Horoskop der zukünftige König war. Und wenngleich nicht spezifiziert wurde, von welchem Reich die Rede war, so war es doch am naheliegendsten, dass es sich um Spanien handelte. Doch dann kam alles anders, als viele sich erhofft hatten. Es folgte die Niederlage in den Dünen von Dünkirchen. Don Juan war völlig mittellos und konnte nichts tun, um den Ruin des Heereslieferanten zu verhindern. Die Katastrophe erreichte ihren Höhepunkt, als man Don Juan die Herrschaft über Flandern entzog und ihn mit der Leitung des Feldzugs in Portugal betraute. Seine regelmäßig unternommenen Anstrengungen, die geschuldete Summe zurückzuzahlen, die sich mittlerweile auf etwa dreihunderttausend Dukaten belief, die Verzugszinsen nicht eingerechnet, blieben jedoch ohne Erfolg. Die vielen Schicksalsschläge hatten die früheren Freunde einander entfremdet und in Don Guillén eine tiefe Abneigung gegen Don Juan entfacht, den er für all sein Unglück verantwortlich machte.

So lautete die Version, die Don Bernardo Gonzalo erzählt hatte, und dieser war fassungslos und in sich gekehrt, erfüllt von der Sorge, der Vater der Frau, die er liebte, könne Don Juan hassen, und Doña Elena könne es ihrem Vater gleichtun. Schon der Bericht Patiños hatte ihn zutiefst beunruhigt, aber das, was er aus Elenas Mund vernahm, machte alles noch schlimmer.

»Als Ihr mich vorhin fragtet, ob mich etwas bedrücke, war ich eben darum in Sorge, weil Don Bernardo Patiño, der über unser Verhältnis Bescheid weiß ...«

Elena unterbrach ihn spöttisch: »Geschieht in Madrid irgendetwas, was dieser Herr« – dieses Wort betonte sie besonders – »nicht weiß?«

»Ich denke, es gehört zu seinen Pflichten, gut informiert zu sein. Ich wollte Euch gerade erklären, dass Don Bernardo mich über das schlechte Verhältnis zwischen Eurem Vater und Seiner Hoheit infolge der Truppenbelieferung in Flandern aufgeklärt hat. Nach seinen Worten trifft Don Juan jedoch nicht die Schuld am Ruin Eurer Familie.«

»Hattet Ihr etwa erwartet, Patiño als Protegé Don Juans werde Euch etwas anderes erzählen? Seid doch nicht so naiv, Don Gonzalo! Bevor er Euch ins Bild gesetzt hat – um es einmal so zu nennen –, hat er Euch da gefragt, ob Ihr bereits etwas über dieses Verhältnis wisst?«

»Tatsächlich hat er mich gefragt, ob mir die Gründe für den Bankrott Eures Vaters infolge der Truppenbelieferung bekannt seien. Warum fragt Ihr das?«

»Auf diese Weise hat er sich vergewissert, was Ihr über die Angelegenheit wisst und was nicht, um Euch dann eine Version auftischen zu können, die seinen Interessen am ehesten entspricht und Don Juan in Euren Augen von aller Schuld reinwäscht. Patiño war sich darüber im Klaren, dass es zwischen uns früher oder später zu diesem Gespräch kommen würde. Er wollte sich einen Vorteil verschaffen und mir zuvorkommen.«

Eine Weile gingen sie schweigend nebeneinanderher, dann sagte Gonzalo: »Seid Ihr sicher, dass Don Juan sein Wort gebrochen und Euren Vater seinem Schicksal überlassen hat?«

Bei dieser Frage verdüsterte sich Elenas Miene. Sie antwortete knapp: »Absolut sicher!«

»Ich kenne Seine Hoheit und ...«

»Nein, Don Gonzalo de Santa Cruz, den wahren Don Juan José de Austria kennt Ihr nicht! Würdet Ihr ihn kennen, wärt Ihr nicht an seiner Seite!«

»Wie könnt Ihr so etwas sagen, meine Dame!«

»Mit dem Recht eines Menschen, dessen Familie er ins Unglück gestürzt hat! Mit diesem Recht! Er ist ein Schurke! Ein Bastard nicht nur durch seine Herkunft, sondern vielmehr durch sein Handeln!«

Nun verdüsterte sich auch die Miene des Hauptmanns.

»Auch wenn ich hoffnungslos in Euch verliebt bin, kann ich Euch nicht gestatten, so von dem Mann zu sprechen, dem ich mein Leben verdanke!«

Elena de Zúñiga starrte Gonzalo an.

»Versteht Ihr nun, warum ich mit Euch über bestimmte Angelegenheiten nicht sprechen wollte? Es gibt Dinge, an die man unter bestimmten Umständen besser nicht rühren sollte.«

»Und doch wäre diese Angelegenheit zwischen uns beiden früher oder später zur Sprache gekommen!«

»Darin gebe ich Euch recht, aber zum richtigen Zeitpunkt! Es ist noch zu früh, denn es könnte die Träume zerstören, die Ihr- und zugegebenermaßen auch ich – geträumt haben.«

Gonzalo traute seinen Ohren nicht. Elena hatte ihm, wenn auch indirekt, zu verstehen gegeben, dass sie seine Liebe erwiderte. Das Herz schlug ihm bis zum Halse. Doch plötzlich fiel ein Schatten auf seine Seele.

»Sagtest du ›geträumt haben‹?«, erstmals duzte er sie.

»Genau das habe ich gesagt. Ich weiß nicht, ob es uns gelingen wird, die Hindernisse zu überwinden, die sich ohne dein oder mein Zutun vor uns aufgetan haben.«

Nun hatte auch sie auf die förmliche Anrede verzichtet, die die Regeln des Anstands erforderten, solange sie einander noch nicht nähergekommen waren.

Aller Hemmungen bar rief Gonzalo aus: »Nichts auf der Welt kann sich meiner Liebe zu dir entgegenstellen!«

»Nicht einmal die Treue gegenüber einem Mann, dem du dein Leben verdankst?«

»Ich denke, diese beiden Gefühle sind miteinander nicht unvereinbar!«, gab Gonzalo zurück.

»Ich fürchte, sie sind es doch!«

Das Gespräch hatte sie bis zum Haus der Zúñigas geführt, und Elena verabschiedete sich mit den Worten: »Ich bedauere zutiefst, dass wir heute über dieses Thema gesprochen haben«, und ging ins Haus.

Mit hängendem Kopf und trauriger Miene setzte Gonzalo seinen Weg zur Plaza de la Cebada fort. Die widersprüchlichsten Gefühle bewegten ihn. Wie konnte ihm das Schicksal solch einen bösen Streich spielen? In seinem Kopf hallten noch die Worte Patiños nach: »Ich glaube, es muss noch einen anderen Grund für das tiefe Zerwürfnis zwischen Seiner Hoheit und Zúñiga geben. Doch das ist etwas, was ich nur vermuten kann, und den Schlüssel zu diesem Geheimnis habe ich nicht.«

Er kam an einer Mauernische vorbei, in der das Bildnis einer Muttergottes stand, das von einer kleinen tönernen Laterne erhellt war. Obgleich es sonst nicht seine Art war, so sprach Hauptmann Santa Cruz jetzt im Geiste ein Gebet und bat die Muttergottes, ihm aus dieser schier ausweglosen Lage zu helfen.

12

Angesichts der Nachrichten aus Madrid entschloss sich Don Juan José de Austria, seine Verzögerungstaktik hinsichtlich seiner Einschiffung nach Flandern nicht länger fortzusetzen. Die politische Anspannung in der Hauptstadt stieg von Tag zu Tag. Der Vorfall von Atocha, der die Pläne der Königin und des Regierungsrats zunichte gemacht hatte, wurde von Don Juans Anhängern hochgespielt, um so viel Verwirrung wie möglich zu stiften. Sogar den blutigen Verbrechen gewöhnlicher Diebe und Räuber verlieh man einen politischen Anstrich, den sie nicht hatten. Für großes Aufsehen sorgte das Attentat auf den Konnetabel von Kastilien, Don Tomás Enríquez de Cabrera, einen jähzornigen und händelsüchtigen Mann, der sich aufgrund seiner Feindschaft zu Don Juan dem Günstling angeschlossen hatte. Als er eines Nachts von einem Liebensabenteuer zurückkehrte – er hatte sich mit einer verheirateten Frau vergnügt –, wurde er von einer Arkebuse ins Bein getroffen. Die Täter des missglückten Mordanschlages waren vom gehörnten Ehemann angeheuert worden, aber dieser private Racheakt wurde zu einem politischen Konflikt aufgebauscht, da man den Vorfall als Attentat gegen einen der erklärten Feinde Don Juans am Hofe darstellte.

Die allgemeine Unruhe ergriff auch die Regierung, die sich außerstande sah, die Situation unter Kontrolle zu bekommen. Nach wie vor überschwemmten Pamphlete aus den Druckereien der Donjuanisten die Stadt und hetzten gegen den Günstling und den Kronrat, ja, einige wenige gingen sogar so weit, Doña Mariana zu schmähen.

In Anbetracht der Lage riet Patiño seinem Herrn, die Farce in La Coruña zu beenden, und Don Juan traf, ohne sich weiter mit ihm zu beratschlagen, eine rasche Entscheidung: Er verfasste einen Brief an die Königin, um ihr mitzuteilen, dass er sich aus gesundheitlichen Gründen außerstande sehe, sich einzuschiffen. Ein Eilbote brachte das Schreiben zum königlichen Palast in Madrid.

An dem Morgen, an dem die Nachricht Doña Mariana erreichte, war die Königin bester Laune. Wie jeden Tag besprach sie nach der Messe und dem Frühstück mit Nithard die anstehenden Tagesgeschäfte und sah die Korrespondenz durch.

Als sie unter den Briefen das Schreiben Don Juans entdeckte, runzelte sie die Stirn.

»Was mit Seiner Hoheit wohl nun schon wieder los ist? Wir wollen hoffen, endlich die Nachricht von seiner Einschiffung zu erhalten«, murmelte sie, während sie das Lacksiegel erbrach.

Sie machte sich daran, ihn vorzulesen, doch schon bei den ersten Zeilen verdüsterte sich ihre Miene.

Señora:
Bis jetzt, da ich diese Zeilen schreibe, habe ich gegen meine Unpässlichkeit angekämpft und versucht, Kraft zu schöpfen, da ich nichts sehnlicher wünsche, als Eurer Majestät zu gehorchen und mich nach Flandern einzuschiffen, um dort Euch und meinem Herrn und König zu dienen. Nun jedoch sehe ich mich aufgrund meiner schlechten körper-

lichen Verfassung außerstande, Eurem Befehl nachzukommen. Bereits seit einigen Monaten, besonders aber, seit ich mich in der rauen Seeluft aufhalte, haben sich meine Atembeschwerden, an denen ich seit Jahren leide, so sehr verschlimmert, dass nach Aussagen meines Arztes und nach meinem eigenen Dafürhalten Gefahr für Leib und Leben droht, vor allem in den Niederlanden, die durch ihr kaltes und feuchtes Klima unter allen Ländern Europas am ungünstigsten auf diese Krankheit wirken.
Solchermaßen unfreiwillig außerstande gesetzt, Euren Wunsch und Willen zu erfüllen, was mich mehr schmerzt, als Ihr Euch vorstellen könnt, werfe ich mich Eurer Majestät zu Füßen mit der Bitte, mich von dieser Reise zu entbinden. Eure Majestät werden sich meines Zustands sicherlich erbarmen, in dem Wissen, dass ich mein Leben und meine Gesundheit ausschließlich in den Dienst des Königs stelle. Gotte schütze Eure Königliche Hoheit.

Don Juan De Austria

Als Doña Mariana den Brief zu Ende gelesen hatte, zerknüllte sie ihn wütend und schleuderte ihn mit aller Kraft zu Boden.

»Bastard! Verfluchter Bastard! Nachdem er uns vier Monate lang zum Narren gehalten hat, kommt er uns nun mit diesen Ammenmärchen! Zunächst fand er weiß Gott welche Ausflüchte, um entgegen unserem Willen die Abreise vom Hofe hinauszuzögern. Dann brauchte er so lange, um nach La Coruña zu gelangen, dass man meinen könnte, er sei zu Fuß gegangen! Und als er dann endlich angekommen war, gab es Probleme mit den Schiffen der Flotte! Und nun schiebt er gesundheitliche Gründe vor, um sich meinen Befehlen zu widersetzen!«

Die Witwe Felipes IV. hatte sich erhoben und lief so aufgebracht auf und ab, dass ihre nonnenhafte Haube flatterte wie von einem Windstoß erfasst.

Nithard, der ebenfalls aufgestanden war, als seine Beschützerin sich erhob, schwieg diskret und wartete auf eine Aufforderung. Sie kam in unerwartet scharfem Tonfall.

»Um Gottes willen, Everardo, steht nicht herum wie ein Trottel! Sagt etwas!«

Der lange dürre Jesuit fuhr kaum merklich zusammen. Niemals zuvor hatte Doña Mariana ihn so abfällig angesprochen. Da es ihm in seiner Funktion als Beichtvater gewöhnlich gelang, sie zu beruhigen, wandte er sich auch jetzt mit besänftigenden Worten an sie.

»So fasst Euch doch, Majestät! In diesem Brief Don Juans steht nichts, was wir nicht ohnehin schon wüssten. Er hatte niemals die Absicht, sich nach Flandern einzuschiffen. Neu an diesem Brief ist einzig, dass seine Ausflüchte nicht mehr auf eine Verzögerung der Ausübung seiner Pflichten abzielen, sondern dass er sie unter der plumpen Ausrede gesundheitlicher Probleme völlig verweigert. Seid unbesorgt, Majestät, denn nun hat er seine wahren Absichten offengelegt, was uns größeren Handlungsspielraum bietet.«

»Wie meint Ihr das?«, fragte Doña Mariana interessiert.

Nithard bückte sich nach dem zerknüllten Brief Don Juans und strich ihn glatt, so gut es ging.

»Majestät, meiner bescheidenen Meinung nach ist der Moment gekommen, ihn von seinen Pflichten zu entbinden, wie er in seinem Brief erbittet, und ihm zu befehlen, sich bis auf weiteres an den Sitz des Johanniterordens in Consuegra zurückzuziehen. Dort kann er sein Leiden auskurieren, das Klima ist trocken, der Ort ist weit entfernt vom Meer und ruhig, ganz ruhig.«

»Und wenn er meine Befehle missachtet?«

»Damit brächte er sich in eine sehr heikle Lage. Man könnte ihn für einen Aufrührer halten.«

»Don Juan ist ein Satan, Everardo! Er wird etwas aushecken, irgendeine Teufelei!«

»Das wird ihm schwerfallen, Majestät. Weder betraut Ihr ihn mit einer Mission, noch weist Ihr ihm ein Amt zu. Ihm wird lediglich befohlen, sich an den Ort zurückzuziehen, an den er gehört, nämlich an den Sitz seines Ordens.«

»Womöglich habt Ihr recht.« Die Königin war nach wie vor empört, schien den Vorschlag des Günstlings aber zu überdenken.

»Solltet Ihr Euch entschließen, meinem Rat Folge zu leisten«, fuhr Nithard fort, »so brächte dies zwei weitere Vorteile mit sich. Erstens liegt Consuegra zu weit vom Hof entfernt, um eine direkte Bedrohung darzustellen. Von dort nach Madrid ist es mindestens eine Tagesreise. Und zweitens ist es so klein, dass wir ihn problemlos kontrollieren können.«

Dieses Argument zerstreute Doña Marianas letzte Zweifel.

»So sei es. Rasch, lasst uns keine Zeit verlieren.«

»Ich glaube, Majestät, es wäre besser, der Kronrat würde Don Juans Verbannung nach Consuegra anordnen. Wir haben in dieser Sache«, er hielt das zerknitterte Papier hoch, »alle Trümpfe in der Hand. Die Mitglieder des Kronrats sollten diese Entscheidung treffen. Dies hier ist so plump!« Erneut hob er den Brief in die Höhe.

Genau wie Nithard vorhergesehen hatte, sorgte der Inhalt des Briefes bei den Mitgliedern des Kronrats für helle Empörung. Der Text zeugte nicht nur von Ungehorsam der Krone gegenüber, er verhöhnte sie auf unerträgliche Weise. Einstimmig wurde beschlossen, Don Juans impliziter Bitte um Befreiung von seinem Auftrag stattzugeben. Nicht einmal diejenigen, die bei anderen Gelegenheiten einige Verhaltensweisen Don Juans verteidigt hatten, widersetzten sich. Allen erschien die Verbannung nach Consuegra angemessen.

Besonders harsche Worte fand der Marquis von Aytona, der sich nicht darauf beschränkte zu betonen, wie ungehörig das Betragen Seiner Hoheit in Bezug auf die Herrschaft in den Niederlanden war.

»Zweifellos droht unserer Monarchie derzeit die größte Gefahr nicht etwa von unseren Feinden jenseits unserer Grenzen«, sagte er. »Sie geht nicht von den Angriffen Ludwig XIV. von Frankreich auf unsere Interessen und Territorien aus und nicht von den Vereinten Provinzen, mit denen uns gemeinsame Interessen verbinden – auch wenn das vor einigen Jahren noch unmöglich schien –, da die Holländer sich von den Plänen des französischen Königs bedroht fühlen, den Rhein zur natürlichen Grenze seines Landes zu machen, wie es im Süden die Pyrenäen sind. Die lutherischen und calvinistischen Ketzer, gegen die wir Ströme von Blut und Geld vergossen haben, ohne dass es uns gelungen wäre, sie auszurotten, stellen heute keine so große Gefahr mehr dar wie zu früheren Zeiten. Und auch die Bedrohung durch die Attacken der Engländer und Holländer auf unseren Handel und unser Reich in Übersee sind nichts im Vergleich zur der Gefahr, die uns gegenwärtig droht.«

»Worauf will er bloß hinaus?«, flüsterte Don Cristóbal Crespí de Valldaura ungeduldig dem Erzbischof von Toledo zu, der zu seiner Rechten saß. Dieser zuckte nur mit den Schultern.

»Jeder der Anwesenden«, fuhr Aytona fort, »weiß um die Unruhen, die Anspannung und die Angst, in denen wir gegenwärtig leben. Wir alle wissen, wer hinter diesen Unruhen steckt und wer eine Bande von Gefolgsleuten befehligt, die Schänken und Herbergen, Ecken und Plätze dieser Stadt kontrolliert. Diese Kontrolle reicht so weit, dass er selbst auf den Stufen von San Felipe die herrschende Meinung vorgibt und alle Mitglieder dieses Rats in bisher nie da gewesener Weise beschimpft und beleidigt werden.« Einige der Anwesenden rutschten unbehaglich in ihren Sesseln hin und her. »Werdet nicht nervös, meine Herren, wenn ich an dieser Stelle laut ausspreche, was alle wissen. Diese unerträglichen Beleidigungen richten sich in besonderer Weise gegen Pater Everardo, aufgrund seiner besonderen Rolle innerhalb der Regierung Ihrer Majestät. Und wisst Ihr auch, warum?« Aytona ließ einige Sekunden verstreichen, bevor er fortfuhr: »Weil der, von dem diese Kränkungen ausgehen, zum Mindesten das Amt anstrebt, das Pater Everardo innehat.«

Bei seinen letzten Worten erhob sich Gemurmel im Saal, in dem die Männer versammelt waren, die bis zur Volljährigkeit Carlos II. die Geschicke des Reiches leiteten. Als wieder Ruhe eingekehrt war, ergriff der Redner erneut das Wort: »Ich muss Euch wohl nicht sagen, werte Herren, wer hinter all diesen Unruhen steckt, die auf den Straßen und Plätzen spürbar sind, wer genaue Anweisungen erteilt, damit nicht ein Fleckchen Madrids frei von Zetteln mit Angriffen gegen die Regierung bleibt, wer nichts mehr anstrebt als die Amtsenthebung Pater Everardos. All das trägt die Handschrift von Don Juan José de Austria ...«

Als dieser Name fiel, wurde das Gemurmel sehr viel lauter als zuvor. Doña Mariana de Austria, die den Worten ihres Oberhofmarschalls reglos und mit unbewegter Miene gelauscht hatte, bat um Ruhe und forderte Aytona auf: »Fahrt fort und kommt zum Ende.«

»Er steckt hinter all diesen Unruhen. Er steckt hinter den Schmähschriften und Pamphleten. Er steckt hinter den verschiedenen Anschlägen auf Pater Everardos Leben, die bisher Gott sei Dank alle missglückt sind.«

Diese Bemerkung in Anwesenheit Doña Marianas und des gesamten Kronrats entfesselte einen Sturm. Das Gemurmel steigerte sich zum Geschrei, da jeder der Anwesenden ohne Rücksicht auf die anderen versuchte, sich Gehör zu verschaffen.

Mit größerer Mühe als zuvor gelang es der Königin, für Ruhe zu sorgen. In den Gesichtern ihrer Berater spiegelten sich die Emotionen wider, die die Worte des Marquis ausgelöst hatten. Aus Nithards Antlitz war die Farbe gewichen, sein verschleierter Blick war traurig. Reglos und stumm saß er in seinem Sessel. Er schien die Bemerkungen Aytonas erst einmal verdauen zu müssen, nicht etwa, weil nicht alle darüber Bescheid gewusst hätten, sondern wegen des Orts, an dem sie ausgesprochen worden waren.

»Seid Ihr fertig?«, fragte Doña Mariana den Marquis.

»Abschließend empfehle ich mich dem Wohlwollen Eurer Majestät. Don Juan ist es, der gegenwärtig die größte Gefahr für die Monarchie darstellt. Und ich sage das, weil er nichts Geringeres im Schilde führt, als den Thron zu besteigen.«

Bei diesen Worten erhob sich wieder Tumult unter den Zuhörern. »Das zumindest verbreiten einige seiner Anhänger unter Berufung auf das Horoskop eines flandrischen Astrologen. Darin wird behauptet, die Krone sei ihm vom Schicksal vorbestimmt. Don Juan glaubt daran, unter anderem, weil es seinen Interessen dient und seinem Ehrgeiz schmeichelt, und er wird alles dafür tun, um aus diesem Wahn Wirklichkeit zu machen.«

Damit beschloss Aytona seine Rede gegen Don Juan José de Austria.

Als nach einer kurzen Stille klar wurde, dass Aytona tatsächlich zum Ende gekommen war, fragte die Königin: »Möchte jemand etwas dazu bemerken?«

»Wenn Eure Majestät gestatten ...« Crespí meldete sich zu Wort.

»Wir hören, Don Cristóbal.«

»Aytona erhebt schwere, schonungslose Klage gegen eine Person von herausragender Stellung. Señor Marquis, ich sehe mich gezwungen, Euch zu fragen: Welche Beweise habt Ihr für Eure schwerwiegenden Anschuldigungen gegen Señor Don Juan? Auch ich habe von diesem Horoskop gehört, doch bin ich der Ansicht, Prophezeiungen dieser Art – mögen sie auch viele Anhänger haben – sollten keinen Anlass für derart schwerwiegende Beschuldigungen bieten. Ich betone: Es bedarf unumstößlicher Beweise. Könnt Ihr solche anführen?«

Der Vertreter des Rats von Aragón sank in seinen Sessel zurück und kreuzte die Arme vor seinem imposanten Bauch, zum Zeichen, dass er eine Antwort auf seine Frage erwartete.

Aytona, der sich über die Frage ärgerte, ergriff das Wort, ohne um Erlaubnis zu bitten.

»Sagtet Ihr Beweise, Señor Crespí de Valldaura? Beweise für die angespannte Lage bei Hofe, wo wir alle um unser Leben fürchten? Beweise für die Unruhen, die sich auf den Straßen und Plätzen bemerkbar machen, wo nur deshalb bislang noch kein Aufruhr ausgebrochen ist, weil sich Don Juan noch nicht dazu entschlossen hat, ihn anzufachen? Welche anderen Beweise wollt Ihr als die Zettel, die ganz Madrid überfluten und auf denen die Regierung beschimpft und Don Juan in den Himmel gelobt wird? Welche weiteren Beweise für die Absichten Don Juans benötigt Ihr als das Geständnis seiner kriminellen Pläne aus dem Munde der von ihm gedungenen Mörder? Was sonst war das Geständnis Saint-Aunais' im Angesicht des Todes? Waren es nicht eindeutige Beweise, die dem Ratsvorsitzenden am Abend, bevor Malladas Pater Everardo ermorden wollte, in die Hände fielen, worauf er die entsprechenden, Euch bekannten Maßnahmen ergriff, um ein so abscheuliches Verbrechen zu verhindern?« Bei diesen Worten riss Don Cristóbal die Augen hinter seinen runden Gläsern auf. »Was für Beweise benötigt Ihr noch, mein Herr, als die offenkundigen Tatsachen?« Mit dieser Frage schloss Aytona und breitete wie zur Bekräftigung seiner Worte die Arme aus.

»Wenn Eure Majestät gestatten ...«, bat Crespí erneut ums Wort.

»Nur zu, Don Cristóbal.«

»Könnte der Señor Marquis erläutern, was diese eindeutigen Beweise sind, die er erwähnt hat und die den Ratsvorsitzenden dazu bewogen haben, die bekannten Maßnahmen gegen Malladas zu ergreifen?«

Bei dieser Frage zögerte Aytona. Nun bereute er es, bei der hitzigen Verteidigung seiner Ansicht so weit gegangen zu sein, aber es war zu spät, einen Rückzieher zu machen.

»Dem Ratsvorsitzenden ist ein Brief in die Hände gelangt, der detaillierte Anweisungen zur Ermordung Pater Everardos enthielt.«

Diese Aussage sorgte unter den Anwesenden für großen Aufruhr.

»Dieser Rat wurde trotz des Skandals, den Malladas' Ermordung hervorrief, nicht über diesen Brief unterrichtet!«, rief Crespí zutiefst empört aus.

»Nur die Ruhe, Don Cristóbal, es ist nicht nötig, dass Ihr Euch dermaßen ereifert.« Doña Mariana versuchte zu verhindern, dass Aytonas Auftritt Zwistigkeiten im Rat hervorrief. »Ich werde veranlassen, dass Ihr über den Inhalt dieses Briefes in Kenntnis gesetzt werdet. Er wurde zurückgehalten, um noch größeres Unheil zu verhindern als das, was bereits geschehen war.«

»Ich bitte Eure Majestät, meinen scharfen Tonfall zu entschuldigen, der auf meine Aufregung in diesem für uns alle so wichtigen Augenblick zurückzuführen ist.«

Die Königin nickte leicht und wies Nithard an, den besagten Brief herbeibringen zu lassen.

Der Beweis, auf den alle warteten, kam ungewöhnlich schnell. Don Diego Sarmiento de Valladares, der Vorsitzende des Kronrats, brachte ihn persönlich herbei. Er wurde gebeten, Platz zu nehmen und den Brief selbst vorzulesen. Don Diego setzte die Brille, die um seinen Hals hing, auf seine Hakennase, räusperte sich und hub an:

Nachdem der letzte Versuch gescheitert ist, sucht Euch dieses Mal Männer Eures Vertrauens, damit sich ein Zwischenfall wie der mit Saint-Aunais nicht wiederholt, und führt Euren Auftrag erneut aus. Trefft alle Vorkehrungen, die Euch nötig erscheinen, auf dass er diesmal nicht mit dem Leben davonkomme. Alles ist vorbereitet, damit Ihr am Abend des sechsten, wenn der Beichtvater wie jeden Donnerstag nach der wöchentlichen Versammlung den Obersten Gerichtshof verlässt, seinem Leben ein Ende setzen könnt. Kümmert Euch nicht um sein Gefolge, dessen Beseitigung unsere Sache sein wird. Führt Ihr nur Euren Auftrag aus.

Für alle anfallenden Ausgaben und das, was Ihr nach Erledigung dieses Auftrags in Saragossa tun sollt, habt Ihr zweihundert Golddukaten.

Auf der Rückseite des Papiers stand an der für den Adressaten bestimmten Stelle:

An Señor Don José de Malladas Azofrín.

Als er zu Ende gelesen hatte, nahm Don Diego die Brille ab und blickte in Erwartung einer Anweisung zu Doña Mariana hinüber. Es war jedoch Don Cristóbal Crespí, der das Wort ergriff.

»Ihr werdet mir darin beipflichten, Don Diego, dass es sich um einen etwas sonderbaren Brief handelt.«

»Gewiss, Señor, ist ein Brief ungewöhnlich, in dem Anweisungen für einen Mord erteilt werden, umso mehr, wenn das Ziel des Verbrechens eine Persönlichkeit so hohen Ranges ist wie in unserem Fall.«

»Meine Bemerkung zielte auf etwas anderes ab. Mir scheint

es vielmehr seltsam, dass diese zweifellos außergewöhnliche Angelegenheit in dieser kompromittierenden Form behandelt wird.«

»In der Tat handelt es sich um einen kompromittierenden Text, doch konnte der Wahrheitsgehalt der darin enthaltenen Angaben nachgewiesen werden«, erwiderte Don Diego.

»Dürfte ich Eure Eminenz« – Crespí sprach Don Diego mit dem Titel an, der ihm als Bischof zustand – »bitten, uns die Umstände darzulegen, unter denen dieses seltsame Schreiben in Eure Hände gelangte und wie es Euch gelungen ist, den von Euch soeben erwähnten Nachweis für den Wahrheitsgehalt der Aussagen zu erbringen?«

Der Ratsvorsitzende sah fragend zu Nithard hinüber, und dieser erteilte ihm mit einem leichten Kopfnicken die Erlaubnis zu sprechen.

»Mit Freuden werde ich Eure Frage beantworten. Der soeben vorgelesene Brief erreichte mich wenige Stunden vor der Verhaftung Malladas', den wir nach den Anschuldigungen des Marquis von Saint-Aunais bereits heimlich hatten überwachen lassen. Tatsächlich war der Inhalt des Briefes der Auslöser für seine Verhaftung. Ich weiß nicht, wer ihn mir zukommen ließ, aber wie alle hier Anwesenden bezeugen können, steht außer Zweifel, dass er Anweisungen zu der niederträchtigen Ermordung des Großinquisitors enthält. Ich nehme an, es war jemand, der in diese kriminellen Machenschaften verwickelt ist und in den Besitz des Schreibens gelangt war, vielleicht getrieben von seinem Gewissen, das ihm gebot, von dem teuflischen Plan Abstand zu nehmen und den verursachten Schaden wiedergutzumachen.«

»All das sind nur Vermutungen! Phantastereien!«, rief Crespí völlig außer sich.

Die Königin warf ihm einen zornigen Blick zu: »Hütet Eure Zunge, Don Cristóbal, sonst sehe ich mich gezwungen, Anordnungen zu erteilen, die mir selbst unangenehm wären!«

»Ich bitte tausendmal um Verzeihung, Eure Majestät, aber ...«

»Ich lasse kein Aber gelten, Crespí! Verhaltet Euch ruhig, während Don Diego Eure Fragen beantwortet! Seid so gut und fahrt fort, Don Diego, und entschuldigt Don Cristóbal, der aus irgendeinem uns nicht bekannten Grund heute außer Rand und Band zu sein scheint!«

»Danke, Majestät.« Don Diego war die Dankbarkeit für die Unterstützung der Königin anzusehen. »Wie ich bereits sagte, ist der genannte Brief auf unbekannten Wegen und über eine mir unbekannte Person in meinen Besitz gelangt. Ich weiß nicht das Geringste über diese Person, ich verfüge einzig und allein über den mir zugestellten Brief, dessen Handschrift wie gemalt aussieht – wovon die Herrschaften sich gerne überzeugen können –, was mich zu der Annahme veranlasst, dass er von einem wenig geübten Schreiber verfasst wurde. Nachdem ich ihn gelesen hatte, entschied ich in Anbetracht der allen hier Anwesenden bekannten Vorgeschichte, Malladas verhaften zu lassen und zu verhören. Seine Verhaftung gestaltete sich nicht weiter schwierig, da wir ihn ja bereits überwacht hatten. Er wurde festgenommen, als er sich nach einem Spaziergang über den Paseo de los Recoletos und den Prado auf dem Weg zu seinem Hause befand, das an der Pforte von San Martín liegt. Die Verhaftung erfolgte durch den königlichen Richter Don Pedro de Salcedo, der ihn schon einmal festgenommen hatte. Malladas wurde ins Gefängnis gebracht und durchsucht.«

Don Diego Sarmiento de Valladares machte eine Kunstpause; er wollte den Moment auskosten, in dem er denjenigen

Ratsmitgliedern, die immer noch Malladas' Beteiligung an einem Mordkomplott gegen den Beichtvater und sogar die Existenz eines solchen Plans bezweifelten, den schlagenden Beweis lieferte. Er versuchte, den Augenblick so lange wie möglich hinauszuzögern.

»Bei sich hatte er einen Beutel aus Saffianleder mit zweihundert Golddukaten sowie ein Papier mit Anweisungen, was er in Saragossa zu tun habe.« Der Ratsvorsitzende ließ seinen herausfordernden, triumphierenden Blick über die Runde schweifen, lächelte Doña Mariana und ihrem Beschützer zu und sah zuletzt Crespí an, der geschlagen den Kopf senkte.

»Anhand dieser Beweise betrachteten wir die Anschuldigungen als bewiesen und beschlossen, entsprechend zu handeln«, endete Don Diego.

Die Königin, Nithard, Aytona und der Ratsvorsitzende konnten ihre Genugtuung kaum verhehlen. Zwar raffte Crespí sich noch einmal auf, um sich zu entschuldigen und anzumerken, dass er trotz der Beweislage ein solches Vorgehen ohne Anhörung, Prozess und Verurteilung ablehne, doch war ihm bewusst, dass er diese Partie verloren hatte. Um sich nicht ganz geschlagen zu geben, sagte er: »Nach Aytonas Aussage scheint das Horoskop, das Don Juan sich in Flandern erstellen ließ, äußerst seltsame Aspekte hinsichtlich seiner Zukunft zu enthalten. Was wisst Ihr darüber?«

Bevor der Marquis zu einer Antwort ansetzen konnte, ergriff Nithard das Wort.

»Ihr solltet wissen, dass diese Angelegenheiten, bei denen sich Betrügerei mit zauberischen Praktiken mischt, der Doktrin der Heiligen Kirche zuwiderlaufen. Hellseherei wird nach den Geboten der Kirche ausdrücklich verurteilt, und kein gewissenhafter Christ wird sie jemals anerkennen, noch dazu, wenn es sich um so gewichtige Dinge handelt wie die Aufgaben dieses Kronrats.«

»Dennoch werdet Ihr mir beipflichten, Eure Eminenz, dass die Ambitionen Don Juans von höchster Bedeutung für die Interessen der Monarchie sind«, gab Crespí zurück.

»In der Tat«, antwortete Nithard, »solange keine von der Heiligen Kirche verurteilten Praktiken im Spiel sind.«

Während Crespí und der Günstling debattierten, rückte Aytona, dessen Ausführungen das Gespräch in diese Bahnen gelenkt hatten, immer unruhiger in seinem Sessel hin und her.

»Ich habe das Horoskop nur erwähnt« – Crespí weigerte sich, klein beizugeben – »weil es von den Anhängern Don Juans als Argument benutzt wird und es auf das gemeine Volk, dessen Leichtgläubigkeit in diesen Dingen allgemein bekannt ist, eine außerordentliche Wirkung hat.«

»Ich bestehe darauf, dass solche Fragen an einem Ort wie diesem nicht angebracht sind«, gab Nithard scharf zurück.

»Und ich bestehe darauf, dass sie wichtig sind. Alles andere hieße, die Augen vor der Realität verschließen zu wollen.« Auch Crespís Tonfall war schärfer geworden.

Die Königin wollte gerade einschreiten, als Aytona herausplatzte: »In diesem Horoskop wird behauptet, auch wenn das nur einem kleinen, eingeweihten Zirkel bekannt und noch nicht in die Öffentlichkeit gedrungen ist, dass Don Juan der legitime Sohn der verstorbenen Königin Doña Isabel sei. Er sei mit dem Sohn der Calderona namens Baltasar Carlos vertauscht worden, den alle für den Prinzen von Asturien hielten!«

Diese Aussagen wirkten wie ein Paukenschlag. Bleierne Stille senkte sich über den Raum. Doña Mariana starrte Aytona an; sie war leichenblass.

»Könnt Ihr Uns näher erläutern, was Ihr gerade gesagt habt?«

»Majestät, ich ... ich bitte um Verzeihung«, stammelte der Marquis.

»Aytona, ich fordere Aufklärung über das, was Ihr soeben behauptet habt! Und zwar sofort!«

»Es verhält sich so, Majestät«, Aytona rang um Fassung, »in dem besagten Horoskop, das Don Juan bei einem berühmten Astrologen namens Cornelius in Auftrag gab, wird auch auf seine Vergangenheit angespielt. Es wird behauptet, was ich Euch soeben gesagt habe. Laut diesem Papier ist Don Juan der Sohn Eures Ehemanns, Gott hab ihn selig, und Eurer Vorgängerin, der Königin Doña Isabel, die etwa zur gleichen Zeit ein Kind gebar wie die Calderona. Das Horoskop behauptet, die beiden Kinder seien vertauscht worden.«

»Das ist nichts als eine plumpe Lüge! Eine niederträchtige Verleumdung, um die maßlosen Ambitionen eines Bastards zu rechtfertigen!« Doña Mariana sprang auf, was auch die übrigen Anwesenden veranlasste, aufzustehen.

»Majestät«, setzte Aytona entschuldigend an, »wir alle wissen, dass es sich um eine weitere bösartige Lüge handelt, die von Don Juan in Umlauf gebracht wurde. Ich kann Euch jedoch versichern, dass es genau so in diesem verdammten Horoskop geschrieben steht, das ausschließlich seinen schändlichen Interessen dient.«

Auf diese Feststellung wusste keines der Ratsmitglieder etwas zu sagen. Alle standen still, nur die Seide des Kleids der Königin raschelte, da sie rastlos auf und ab ging. Mehrere Minuten verstrichen, bis Doña Mariana sich wieder setzte und ihre Berater anwies, es ihr gleich zu tun.

»Hat jemand dieses Horoskop gesehen?«

Alle verneinten diese Frage.

»Wie könnt Ihr dann all diese Einzelheiten bezüglich seines Inhalts kennen?«, fragte die Königin, an Aytona gewandt.

»Majestät, meine Kenntnisse basieren auf einem Gerücht, das in ganz Madrid kursiert, weil die Anhänger Don Juans keine Mühen gescheut haben, es allerorts zu verbreiten.«

»Allerdings«, warf Crespí ein, »ist die Geschichte mit den vertauschten Säuglingen nicht öffentlich bekannt.«

»So ist es. Davon haben nur wenige Menschen Kenntnis erhalten, wie es scheint, auf ausdrücklichen Wunsch Don Juans. Trotzdem konnte er nicht verhindern, dass die Information aus seinem engsten Kreis herausgedrungen ist.«

»Nun gut«, sagte die Königin, »ich denke, wir sollten solchem Unsinn keinen Nährboden geben. Ich fordere die Herren auf, diese ganze unglückliche Angelegenheit als abgeschlossen zu betrachten. Es ist Unser königlicher Wille, das Thema zu beenden und nie wieder darüber zu sprechen. Des Weiteren pflichte ich der Meinung bei, dass es das Beste sein wird, Don Juans Verzicht auf das Amt des Gouverneurs der Niederlande aufgrund schwerer gesundheitlicher Probleme zu akzeptieren.« Ein boshaftes Lächeln umspielte ihre Lippen. »Zudem stimme ich zu, dass er genaue Anweisungen erhalten soll, umgehend nach Consuegra zurückzukehren und sich auf seiner Reise dorthin diesem Hof nicht mehr als zwanzig Meilen zu nähern. An diesem Ort, dem Sitz des Johanniterordens, dessen Großmeister er ist, soll er verweilen. Er darf ihn nicht verlassen, bis wir das Gegenteil verfügen.«

Doña Mariana stand auf, ohne einen weiteren Einwand zuzulassen. Die Sitzung war beendet. Alle Anwesenden erhoben sich respektvoll und blieben schweigend stehen, bis Ihre Majestät den Saal verlassen hatte.

13

Hauptmann Gonzalo de Santa Cruz durchlitt die schlimmste Zeit seines Lebens. Die seelischen Qualen, seine Zweifel und seine Unentschlossenheit waren schrecklicher als alles, was er bis dahin erlebt hatte. Seit er seine Alma Mater in Alcalá de Henares verlassen hatte, war sein Leben etliche Male in Gefahr gewesen, und er hatte mehr als einmal dem Tod ins Auge geblickt, doch nichts davon war mit seiner jetzigen Situation zu vergleichen. Er war Probleme stets entschlossen angegangen und hatte sich Schwierigkeiten mit einer Unerschrockenheit gestellt, die die Menschen um ihn herum mitriss. Nun aber wirkte er verzagt und trübsinnig. Er brachte nicht einmal die Kraft auf, die kleinsten Herausforderungen des täglichen Lebens zu meistern.

Seine Tante Casilda machte sich Sorgen um seinen Zustand, der von Tag zu Tag schlimmer wurde. Anfangs hatte sie geglaubt, es sei Liebeskummer, und die seelische Verfassung ihres Neffen, die sich erst später zur Melancholie steigerte, sei auf einen flüchtigen Streit mit Doña Elena de Zúñiga zurückzuführen. Aber als sie sah, wie sehr ihr Neffe litt, wie er nach und nach völlig verstummte, verstand sie, dass es ernster um ihn stand, als sie ursprünglich angenommen hatte. Gonzalos Verhalten war ihr so unerklärlich, dass sie es schließlich für möglich hielt, dass er verhext oder mit dem bösen Blick belegt worden sei. Vielleicht hatte man ihm auch einen Trank oder ein Zaubermittel verabreicht.

In Madrid gab es Magier und Hexer, die bestimmte Formeln und Sprüche kannten und anwandten, wenngleich diese Aktivitäten von der Heiligen Mutter Kirche verboten und von der Inquisition verfolgt wurden. Viele Menschen, auch gute Christen, suchten diese Personen auf, in der Hoffnung auf Linderung ihrer Leiden.

Doña Casilda dachte dabei nicht an die Kräuterfrauen und Apotheker – von denen sie einige kannte –, die etwas von den Eigenschaften und Wirkungen der Pflanzen verstanden und heilende Säfte oder Salben herstellten. Auch meinte sie nicht die sogenannten Heiler, die Krankheiten des Körpers und der Seele kraft ihres Blickes oder ihrer Hände kurierten und sogar hellseherische Fähigkeiten besaßen.

Nein, sie zog ernsthaft in Betracht, eine Person, die etwas von Magie verstand, aufzusuchen, um etwas gegen Gonzalos Zustand zu unternehmen. Sie ging davon aus, dass er Opfer eines Fluchs oder einer Beschwörung durch einen Hexer oder Zauberer im Auftrag seiner Feinde geworden war. Dies war entweder möglich, indem man dem Opfer einen Trank unter das Essen mischte, oder indem man es mithilfe eines Gegenstands, der der betreffenden Person gehörte, eines Stück Stoffes aus seiner Kleidung oder eines Haars, einen Fernzauber verübte.

Doña Casilda fürchtete, die Spannung und die Auseinandersetzungen bei Hofe könnten ein solches nie gekanntes Ausmaß erreicht haben, dass zu allen erdenklichen Mitteln gegriffen wurde, um seine Feinde zu vernichten. Sie wusste, dass ihr Neffe in diesen Strudel der Ereignisse hineingezogen worden war und leicht ihr Opfer werden konnte. Als Gonzalo ihr von dem Zwischenfall beim Herzog von Sessa berichtet hatte, war sie sehr besorgt gewesen. Das war eine ernsthafte Sache, auch wenn sie, anders als in der Gerüchteküche von Madrid üblich, nicht über gewisse Kreise hinausgedrungen war. Das mochte daran liegen, dass der Herzog seine Diener zur Verschwiegenheit angehalten hatte. Genau daraus aber wurde deutlich, wie tief dieser Vorfall ihn in seinem Stolz gekränkt hatte, und so zweifelte Tante Casilda nicht daran, dass er sich in irgendeiner Weise würde rächen wollen. Sie hielt es jedoch für wahrscheinlicher, dass er ein paar Mörder dingen würde, um Gonzalo in einem Augenblick der Unachtsamkeit zu töten. Ihr Neffe wäre für eine entsprechend instruierte Mörderbande eine leichte Beute, weil er in seiner Sorglosigkeit immer dieselben Wege ging.

Gonzalos Schweigsamkeit bereitete seiner Tante großen Kummer, denn in den vergangenen Jahren hatte er mit ihr immer alles besprochen, was er tat. In den letzten Tagen jedoch war er in sich gekehrt und antwortete nur einsilbig auf ihre Fragen, die vor allem darauf abzielten, ihn aus der Reserve zu locken.

In ihrer Sorge suchte sie Josefa García auf, eine ehrbare, tugendhafte Frau, die am Cruz del Rastro, nahe der Calle de las Tenerías, lebte und als Heilerin und Kräuterfrau galt. Die beiden kannten einander flüchtig durch Doña Casildas Interesse für Pflanzen und ihre Eigenschaften und die Herstellung verschiedener Tinkturen und Säfte zur Heilung von Erkältungen, Schürfwunden und Blutergüssen. Wohl hatte sie Gerüchte gehört, dass Josefa auch in anderen Künsten bewandert sein sollte, aber trotz ihrer Bekanntschaft hatte sie diese seltsamen, zweifelhaften Pfade nie eingeschlagen. Es hieß, die Heilerin besitze magische Kräfte und könne geheimnisvolle Tränke, Mittel und Pulver herstellen, die weit über ihre Kenntnisse als Kräuterfrau hinausgingen. Dennoch hätte Tante Casilda auf die Bibel geschworen, dass Doña Josefa eine anständige Frau war.

Nach langem Überlegen ging sie zu Josefa und bat sie um ein Mittel für Gonzalo, falls sie ein solches besitze.

»Und Ihr sagt, Doña Casilda, er sei in sich gekehrt?«

»Ja, der Hauptmann ist völlig verschlossen. Er war nie ein Schwätzer, aber jetzt muss man ihm jedes Wort aus der Nase ziehen. Und was noch schlimmer ist: Er wirkt traurig und niedergeschlagen, gar nicht wie er selbst.«

»Wisst Ihr vielleicht von einer Liebschaft?«, fragte Josefa schelmisch.

Die Frage überraschte Doña Casilda.

»Seit einigen Wochen macht er einer jungen Dame den Hof, aber ich glaube, daran liegt es nicht.«

»Ihr müsst wissen, die Liebe ist eine schwierige Angelegenheit«, gab Josefa zu bedenken. »Ein verliebtes Herz ist empfänglich für vieles, was einen unter anderen Umständen kaum beeindrucken würde.« Die Heilerin hielt einen Moment inne und fragte Doña Casilda dann: »Bestünde die Möglichkeit, dass mir der Kranke von seinem Kummer berichtet? Womöglich könnte ich dann …?«

»Nein, nein, auf keinen Fall!« Gonzalos Tante wedelte abwehrend mit den Händen. »Er darf nicht einmal erfahren, dass ich bei Euch war, es würde ihn wütend machen! Er glaubt nicht an diese Heilmittel.«

Mit einem Schulterzucken schloss Josefa diese Möglichkeit aus.

»Wisst Ihr von einem außergewöhnlichen Vorfall, der zeitlich mit dem Auftreten seiner Melancholie zusammenfällt?«

»Soweit ich weiß, hatte er einen heftigen Streit mit einem bekannten Adeligen, aber das ist für den Hauptmann nichts

Neues. Seine enge Verbindung zu Señor Don Juan hat ihn oftmals in äußerst gefährliche Situationen gebracht. Ich glaube nicht, dass ihn ein Zusammenstoß derart aus der Fassung bringen könnte.«

»Euer Neffe ist ein Mitstreiter Don Juans?«

»Einer der wichtigsten«, antwortete die Tante mit mütterlichem Stolz.

Josefa García schwieg lange Zeit, und Doña Casilda respektierte ihr Schweigen, auch wenn es sie nervös machte. Die Kräuterfrau schien über ein mögliches Heilmittel nachzudenken. Schließlich sagte sie, sie könne ihr weiterhelfen.

»Auch wenn ich gerne persönlich mit dem Hauptmann gesprochen hätte, um die Lage besser beurteilen zu können, werde ich Euch zwei Mittel zubereiten, eines gegen den Liebeskummer, für den Fall, dass der Hauptmann daran leidet, und ein zweites gegen seine Sorgen. Ihr könnt sie morgen um diese Stunde abholen. Es handelt sich um ein Pulver, das in einer Flüssigkeit aufgelöst eingenommen werden muss.«

»In Wasser?«, fragte Doña Casilda.

»Wasser eignet sich nicht, da sich in ihm das Mittel durch Geschmack und Färbung verrät. Nehmt besser Wein, wenn möglich roten. Seine Farbe und sein Geschmack werden das Pulver vollkommen überdecken. Doch denkt daran, Ihr dürft sie unter keinen Umständen vermengen. Zuerst das eine und dann das andere.«

»Ist seine Gesundheit dadurch in Gefahr?«, erkundigte sich Doña Casilda besorgt.

Josefa García lächelte leicht.

»Nicht, solange Ihr Euch an meine Anweisungen haltet.«

»Ich mache mir so große Sorgen!«

»Seid unbesorgt, Doña Casilda, so viel Aufregung tut nicht

gut. Ich will Euch etwas sagen, was Euch beruhigen wird: Ich kann Euch nicht versprechen, dass diese Pulver die gewünschte Wirkung erzielen, weil ich die genaue Ursache des Leidens Eures Neffen nicht kenne, doch könnt Ihr gewiss sein, dass sie ihm in keinerlei Weise schaden werden.«

Diese Worte besänftigten die Tante des Hauptmanns ein wenig. Doch bevor sie ging, hatte sie noch eine Frage auf dem Herzen, die sie schon seit Tagen quälte und die sie kaum auszusprechen wagte. Sie betraf eine Angelegenheit, die sie instinktiv ablehnte, weil sie eine glühende Anhängerin der Lehren und Gebote der Heiligen Mutter Kirche war, trotz einer gewissen Freizügigkeit bei der Wahl ihrer Lektüre und trotz ihrer Kenntnisse der Eigenschaften bestimmter Pflanzen, die von den kirchlichen Autoritäten abgelehnt und sogar mit verdammungswürdigen Praktiken in Verbindung gebracht wurden.

Mit der Frage, die sie bewegte, würde sie die Tür zu einer völlig neuen Welt aufstoßen, die ihr voller Gefahren erschien. Sie hatte Rat und Hilfe bei Josefa gesucht, weil sie sie kannte und wusste, dass sie im Ruf stand, eine diskrete Frau zu sein, doch war ihr die Entscheidung keineswegs leichtgefallen, und das, was sie jetzt auf dem Herzen hatte, fiel ihr besonders schwer. Sie nahm all ihren Mut zusammen und fragte geradeheraus: »Könnte mein Neffe Opfer eines Zaubers geworden sein? Hat man ihn möglicherweise verhext?«

Josefa horchte auf. Es war, als hätte Doña Casilda an ein lange gehütetes Tabu gerührt. Noch auffälliger aber war, wie durcheinander Doña Casilda war.

»Ich denke, Ihr solltet Euch erst einmal beruhigen. Ihr müsst wissen, dass diese Dinge, die Euch, Eurem Zustand nach zu schließen, so große Angst einjagen, häufiger sind, als

Ihr denkt, und das Beste ist, ein passendes Gegenmittel zu suchen. Möchtet Ihr ein wenig Wasser?«

Doña Casilda nahm das Angebot dankbar an, denn sie hatte das Gefühl zu ersticken.

Sie trank das Wasser in kleinen Schlucken aus einem feinen Kristallglas – ein wahrer Luxus – und schien sich allmählich zu beruhigen.

»Warum habt Ihr mich das gefragt? Gibt es einen Grund dafür, den Ihr mir nicht genannt habt?«, fragte Josefa.

Doña Casilda holte tief Luft.

»Nein, nein, es gibt keinen besonderen Grund, nur meine Angst wegen des Zustands, in dem mein Neffe sich befindet. Es gibt so viel Böses in der Welt, das uns bedroht!«

»Habt keine Furcht. Ich werde Euch erklären, wie Ihr für diesen Fall vorsorgen könnt, auch wenn wir keine Gewissheit haben. Besorgt Euch gleich heute etwas Quecksilber, auch Mercurius genannt. Führt es in einen Weizen- oder Haferhalm ein und legt diesen unter das Kopfkissen Eures Neffen. Das ist ein bewährtes Gegenmittel gegen Zauberei aller Art.«

Josefa sah Doña Casilda an und erriet ihre Gedanken.

»Vielleicht sollte ich Euch den Halm besser selbst vorbereiten. Wartet einen Augenblick!«

Die Kräuterfrau ging durch eine Türöffnung hinaus, die nur mit einer grellbunten, mit geometrischen Mustern verzierten Decke verhangen war, wie sie die Viehhirten von Granada benutzten. Doña Casilda wartete ungeduldig, bis sie zurückkehrte. Sie hatte einen kleinen Behälter dabei, in dem sich eine Art flüssigen Silbers befand, dazu ein feines Glasröhrchen und einen etwa spannenlangen Weizenhalm.

Sie verschloss ein Ende des Halmes mit Wachs und füllte ihn mithilfe des Glasröhrchens mit Quecksilber. Dann verschloss sie auch das andere Ende und übergab ihn Gonzalos Tante.

»Ich weiß nicht, wie ich mich für das erkenntlich zeigen kann, was Ihr für mich getan habt.«

»Wollen wir hoffen, dass es wirkt«, entgegnete Josefa.

»Sagt mir, wie viel ich Euch schuldig bin.«

»Was Ihr mir geben wollt.«

Als Doña Casilda ihr zwei Golddukaten übergab, übertraf das offensichtlich die Erwartungen der Kräuterfrau bei weitem. Sie verabschiedete sich überschwänglich und versicherte, am folgenden Tag pünktlich das Mittel für den Neffen fertigzustellen.

Der Grund für die Unruhe des Hauptmanns Santa Cruz waren die Zweifel, die ihn quälten. Je länger er über die widersprüchlichen Gefühle nachdachte, die er seit seinem Gespräch mit Elena in seinem Kopf und seinem Herzen bewegte, desto größer wurde seine Verwirrung. Er hatte Elena den ganzen Juni über, seit zwanzig Tagen, nicht mehr gesehen. Sie hatte, wie jedes Jahr seit ihrer Rückkehr aus den Niederlanden, in der Zeit vor dem Johannisfest Madrid verlassen und sich nach Saucedón begeben. Sie begleitete ihren Vater zu den Thermalquellen, die im Ruf standen, nicht nur unfruchtbaren Frauen zur ersehnten Schwangerschaft zu verhelfen, sondern auch Rheuma und andere Beschwerden zu lindern, an denen Don Guillén litt. Gonzalo hatte gehofft, in den Wochen, in denen sie getrennt sein würden, seine Gedanken ordnen und wieder Mut fassen zu können.

Für ihn, der sein Leben Don Juan verschrieben hatte, war es schwer, sich an den Gedanken zu gewöhnen, dass dieser vielleicht nicht dem Bild entsprach, das er sich von ihm gemacht hatte. Er hatte mit ihm so vieles erlebt, so viele gute und schlechte Stunden an seiner Seite verbracht, dass er einfach nicht glauben konnte, dass Seine Hoheit nicht der Mensch sein könne, für den er ihn über all die Jahre hinweg gehalten hatte, auch wenn er stets gewisse Machenschaften abgelehnt hatte, die die undurchsichtigen politischen Auseinandersetzungen erforderlich machten. Für die Frau, die er liebte, war der Mann, mit dem er seit nunmehr fast einem Jahrzehnt durch Dick und Dünn gegangen war, der Teufel in Person, niederträchtig und boshaft, ohne die geringste positive Eigenschaft. Er weigerte sich zu glauben, dass Don Juan jemanden so im Stich lassen könne, wie er das laut Elena mit ihrer Familie getan hatte. Der Don Juan, den er kannte, war dazu nicht imstande.

Andererseits stammten diese Behauptungen – die er keinem anderen Menschen hätte durchgehen lassen – von der Frau seiner Träume, der Frau, für die er bereit war, alles zu opfern, selbst sein Leben. Ein Leben, das sich seit ihrem neuerlichen Zusammentreffen in der Cava de San Miguel völlig gewandelt hatte und das seinen Sinn verlieren würde, könnte er es nicht mit ihr teilen.

Mit diesen widersprüchlichen Gedanken und Gefühlen also quälte sich Gonzalo de Santa Cruz. Das war der Grund für seine Melancholie, seine Verschlossenheit und Schweigsamkeit, die Doña Casilda – die ihre Ursachen nicht kannte – so sehr beunruhigten.

Gonzalo war überzeugt, dass es sich um ein Missverständnis handeln müsse. Irgendwo musste es einen Irrtum geben, den er nur aufzuklären brauchte, um einen Ausweg aus der Finsternis seiner Zweifel und Unsicherheit zu finden.

Entgegen seiner Annahme hatte Elenas Abwesenheit ihm

nicht geholfen, im Gegenteil, sie hatte, wenn das überhaupt möglich war, seine Lage nur noch verschlimmert, denn er konnte weder mit Don Juan noch mit Elena sprechen, konnte keinen der beiden mit den Fragen konfrontieren, die ihn innerlich auffraßen.

In seiner Verwirrung wünschte er nichts mehr, als die Frau, die er liebte, wiederzusehen. Dieser Wunsch war so stark, dass er darin eine gewisse Abhängigkeit erkannte, die ihm nicht gefiel, doch gelang es ihm nicht, sich darüber hinwegzusetzen. Zugleich verspürte er, wenn auch weniger stark, den Wunsch, mit Seiner Hoheit zu reden. Er war ihm gegenüber stets aufrichtig gewesen und nun fest entschlossen, deutlicher denn je zu sprechen. Don Juan würde ihm einige Fragen zu beantworten haben, die ihm nicht aus dem Kopf gehen wollten, die ihn quälten. Allerdings wusste er in der derzeitigen Situation nicht, wann er die Möglichkeit dazu haben würde. Er kannte die neuesten Pläne Seiner Hoheit nicht, war aber sicher, dass Don Juan, so wie die Dinge bei Hofe standen, nicht mehr lange in La Coruña bleiben würde. Vielleicht konnte ihm Patiño, der ihn am Abend zu sich bestellt hatte, Näheres dazu sagen.

Um sich die Zeit zu vertreiben und Balsam für seine wunde Seele zu suchen, begab er sich – wie er es häufig tat, wenn er sich in Madrid aufhielt – in eine Schänke, das Mesón del Vizconde, wo sich diejenigen Kriegsveteranen trafen, die nicht zu Gaunern und Betrügern geworden waren. Die meisten von ihnen trugen ihre Armut mit Würde und lebten mehr schlecht als recht von Aufträgen, die ihnen furchtsame Menschen erteilten, die gewisse Probleme nicht selbst lösen konnten. Das brachte ihnen einen kleinen Verdienst und sicherte ihnen, zusammen mit den Zuwendungen gut situierter Bekannter, ihr bescheidenes Auskommen.

Dieser Tage war Santa Cruz öfter als gewöhnlich in der Schänke anzutreffen. Bei seinen Kriegskameraden, die ihn von seinen Feldzügen, meistens aus Flandern, kannten, war er gern gesehen. Für viele von ihnen galt er als das Idealbild eines Hauptmanns, als einer der wenigen, für die sie – wenn sie noch dazu in der Lage waren – bereit gewesen wären, wieder in den Militärdienst einzutreten, um an seiner Seite ihr Leben aufs Spiel zu setzen. Er war ein Hauptmann, der den Infanterieregimenten, die gegen die Feinde der Monarchie und der Heiligen Kirche fochten, zu Ruhm und Ehre gereichte. Auch verhalf seine Anwesenheit in der berühmten Schänke, die von Meister Valladares geführt wurde und in der man angeblich den besten Spinat mit Kichererbsen weit und breit, vielleicht sogar in ganz Kastilien bekam, den Veteranen, die stets knapp bei Kasse waren, immer zu einem Krug guten Rotweins.

Als sich der Hauptmann an diesem Tag zum Gehen wandte, nachdem er dem Wirt bedeutet hatte, eine Runde auf seine Rechnung zu bringen, auch wenn er selbst nicht mehr mittrinken würde, erhob sich einer der altgedienten Soldaten und nahm ihn beiseite.

»Hauptmann, habt Ihr einen Augenblick Zeit?«, fragte der Veteran, der ihm in Flandern und Portugal gedient hatte.

»Bist du in Schwierigkeiten?«

Der Soldat, ein Mann um die vierzig, dessen beeindruckend lange Schnurrbartspitzen bereits ergrauten, lächelte.

»Nein, mein Hauptmann, ich glaube, Ihr seid es.«

Santa Cruz, der nicht zu Scherzen aufgelegt war, sah ihn missmutig an.

»Was willst du damit sagen?«

Der Soldat blickte sich um.

»Könnten wir uns einen Moment an einen ruhigeren Ort begeben?«, bat er und schaute zu einem leeren Tisch in einer Ecke des großen Raumes hinüber, in dem gegessen, getrunken, gespielt und geflucht wurde, wie es sich für eine ordentliche Schänke gehörte.

Der Tisch, zu dem der Soldat hinübersah, stand zwar auch im Schankraum, aber in einer Nische hinter einem Bogen, der ihn vom Rest des Raumes abgrenzte. Gonzalo verstand auch ohne weitere Worte.

Die beiden Männer ließen sich in dem Winkel nieder, wo sie zwar nicht vor Blicken, aber vor neugierigen Ohren geschützt waren, und hatten eine lange Unterredung.

»Euer Leben ist in großer Gefahr«, begann der Soldat ohne Umschweife.

»Wessen Leben ist schon sicher?«, erwiderte der Hauptmann mit leichtem Spott.

»Damit möchte ich Euch sagen, Hauptmann, dass jemand es auf Euch abgesehen hat.«

»Und darf man wissen, wer dieser Jemand ist?«

»Ich kann es Euch nicht mit Gewissheit sagen, habe aber meine Vermutungen.«

»Und die wären?«

»Ich glaube, Hauptmann, es handelt sich um den Herzog von Sessa.«

Bei diesen Worten horchte der Hauptmann plötzlich auf.

»Der Herzog von Sessa, sagst du ...? Wie kommst du darauf?«

»Ich weiß, wie gesagt, nichts Genaues, Hauptmann, habe aber meine Vermutungen.«

Gonzalos Kiefermuskeln spannten sich. Er blickte dem altgedienten Soldaten in die Augen.

»Was weißt du?«

»Gestern«, der Soldat schien sein Gedächtnis anzustrengen, »nein, nicht gestern, vorgestern, denn gestern wart Ihr nicht da, hat mir ein Kerl einen dieser Aufträge unterbreitet …«

»Einen dieser Aufträge?«

»Ihr wisst schon, was ich meine: ein gehörnter Ehemann, der den Liebhaber seiner Frau bestrafen will und nicht in der Lage ist …«

»Fahr fort, Andrés«, bat der Hauptmann den Soldaten.

»Wie ich Euch sagte, erkundigte sich dieser Kerl, ob ich interessiert sei, jemandem eine Lektion zu erteilen. Ich fragte ihn, worum es sich handle, und er zögerte mit der Antwort. Das gefiel mir nicht. Es gefiel mir nicht, weil ich mich niemals an diesen Dingen beteiligt habe, die in letzter Zeit so häufig passieren.«

»Was meinst du?«

»Ihr wisst schon, Señor, in der Stadt scheint jeder nervös zu sein, seltsame Gerüchte machen die Runde. Üble Geschichten, Hauptmann. Politische Angelegenheiten, von denen ich nichts verstehe und nichts wissen will. Man spricht von Intrigen, die gesponnen werden, von Mordkomplotten … schwierige Dinge, aus denen man sich besser heraushält.«

»Ich verstehe … Schweif nicht ab. Was weiter, Andrés?«

»Diese zurückhaltende Antwort hat mir gar nicht gefallen. Noch empörter war ich, als er mir sagte, ich würde siebzig Dukaten für meine Mithilfe erhalten. Siebzig Dukaten, Hauptmann, der Sold für ein ganzes Jahr! Zweifellos sollte da ein großes Ding gedreht werden. Ich fragte ihn frei heraus, ob die Lektion darin bestehe, jemanden zu beseitigen. Er antwortete mir zwar nicht, aber ich konnte an seinen Augen sehen, dass meine Vermutung richtig war. Er erklärte mir, das Risiko sei minimal, weil wir vier gegen einen seien und außerdem den Vorteil des Überraschungseffektes auf unserer Seite hätten. Ich muss Euch gestehen, ich war einen Moment lang versucht mitzumachen. Denkt nur, Hauptmann, siebzig Dukaten, für einen armen Mann wie mich! ›Das muss aber ein ganz dicker Fisch sein, wenn so viel Geld im Spiel ist‹, sagte ich zu diesem Kerl, der glaubte, mich bereits im Sack zu haben. ›Ganz und gar nicht‹, gab er zurück, ›nur ein pensionierter Hauptmann, der an der Plaza de la Cebada lebt.‹

Ihr könnt mir glauben«, fuhr der Soldat fort, »als ich das hörte, sank mir das Herz in die Hose. Mein Hauptmann, dieser Kerl bot mir an, Euch zu ermorden, denn wenngleich ich nicht weiß, ob an diesem Platz noch ein anderer Hauptmann lebt, musste ich doch gleich an Euch denken. Ich erklärte ihm, das sei eine üble Geschichte, es sei etwas völlig anderes, ob man jemandem eine ordentliche Tracht Prügel verpasste, ihm einen Arm oder ein Bein brach, ihm die Leviten las, ihn böse zurichtete oder aber, ob man jemanden ermordete, denn diese Angelegenheiten werden weit strenger verfolgt. Der Kerl dachte, ich hätte Zweifel, und versuchte mich umzustimmen. Er sagte mir, wir stünden, wenn auch heimlich, unter dem Schutz einer sehr berühmten und einflussreichen Person. Ich fragte nach dem Namen, aber er wollte ihn mir nicht nennen. Ich weiß aber, dass dieser Kerl, der ›der Pole‹ genannt wird, schon Aufträge für den Herzog von Sessa ausgeführt hat, dessen Vertrauter er ist. Deshalb habe ich Euch gesagt, Hauptmann, ich wüsste nicht mit Sicherheit, wer dahintersteckt, doch ich vermute, es kommt aus dieser Richtung. Ihr wisst ja selbst am besten, ob Ihr mit dem Herzog eine Rechnung offenhabt.«

»Lenk nicht ab, Andrés, sag mir nur eins: Wann hat man dir dieses Angebot unterbreitet?«

»Das war vorgestern Abend, Hauptmann.«

»Hättest du mich nicht früher benachrichtigen können?«

»Es bestand keine unmittelbare Gefahr, Hauptmann. Wenn Ihr heute nicht gekommen wärt, hätte ich Euch aufgesucht.«

»Woher weißt du, dass keine unmittelbare Gefahr droht?«, fragte Gonzalo erstaunt.

»Weil ich dem Polen, um ihn hinzuhalten, gesagt habe, ich müsse eine derart große Sache erst überdenken. Ich erklärte ihm, ich sei niemals zuvor in eine solche Angelegenheit verwickelt gewesen. Er gab mir drei Tage Bedenkzeit. Wir haben vereinbart, uns morgen Abend an der Plaza Mayor zu treffen.«

»Und was gedenkst du zu tun?«

»Was soll das heißen, mein Hauptmann? Merkt Ihr nicht, dass ich Euch alles erzähle?«, entgegnete Andrés aufgebracht und gekränkt, weil er nicht verstanden hatte, worauf die Frage des Hauptmanns abzielte.

Gonzalo legte ihm beschwichtigend die Hand auf die Schulter.

»Sei nicht böse, Andrés. Zunächst möchte ich mich bei dir für alles bedanken, was du mir berichtet hast. Ich weiß nicht, wie ich mich dafür erkenntlich zeigen soll. Ich wollte nur wissen, ob du vorhast, zu dem Treffen zu erscheinen, um das Angebot des Polen auszuschlagen, oder ob du dich dort gar nicht erst blicken lassen wolltest.«

»Ich werde tun, was Ihr mir sagt.«

Dankbar drückte der Hauptmann die Schulter des Mannes, der in den schwierigen Zeiten in Flandern und Portugal unter seinem Befehl gestanden hatte.

»Du lässt dir siebzig Dukaten entgehen, eine gewaltige Summe für einen armen Mann wie dich!«

»Für mich wird sich schon noch etwas ergeben ...«

»Gut, du wirst also zur Plaza Mayor gehen und dem Polen sagen, du nimmst das Angebot an, willst aber hundert Dukaten.«

»Aber Hauptmann!«

»Du hast gesagt, du würdest tun, was ich verlange, war es nicht so?«

»Natürlich, Hauptmann.«

»Dann hör mir gut zu. Du forderst hundert Dukaten, um ihn glauben zu machen, du hättest die Sache überdacht und das Risiko sei so groß, dass du mehr Geld willst. Feilsche so lange, bis du den besten Preis herausholst. Außerdem verlangst du die Hälfte im Voraus. All das wird deine Teilnahme glaubhaft machen. Dann versuchst du, so viel wie möglich in Erfahrung zu bringen. Man darf uns nicht zusammen sehen, du musst mich aber ständig informieren. Mein Diener wird ab morgen zweimal täglich hier vorbeikommen. Ihm wirst du unauffällig alles berichten. Auf demselben Wege wirst du meine Anweisungen erhalten. Nur in besonderen Fällen, wenn du es für notwendig erachtest, setzt du dich auf andere Weise mit mir in Verbindung. Du kannst den blinden Bettler als Boten schicken, der an der Plaza de la Cebada um Almosen bittet. Er ist vertrauenswürdig.«

Der Hauptmann hatte sich bereits zum Gehen gewandt, machte jedoch noch einmal kehrt.

»Andrés, ich habe dich nicht gefragt, aber was du aufs Spiel setzt, ist mehr als eine Hand voll Dukaten: Es geht um dein Leben. Bist du dazu bereit?«

»Wie in den alten Zeiten, Hauptmann.«

14

Die Unterredung in Patiños Haus war kurz. Don Bernardo informierte den Hauptmann über alle Neuigkeiten, die er von Don Juan erhalten hatte. So erfuhr Gonzalo, dass Don Juan die Ernennung zum Gouverneur von Flandern aufgrund gesundheitlicher Probleme ausgeschlagen hatte. Überdies wusste Don Bernardo, dass der Kronrat beschlossen hatte, den Verzicht Don Juans anzunehmen, und dass die Königin ein Dekret unterzeichnet hatte, wonach er sich nach Consuegra zurückziehen und dort auf weitere Anweisungen warten solle. Auf keinen Fall durfte er sich in Madrid blicken lassen, nicht einmal auf seiner Reise an den Ort, an dem sich der Sitz des Ordens befand, dessen Großmeister Don Juan war.

»An welchem Übel leidet Seine Hoheit denn?«, fragte der Hauptmann nicht ohne Spott.

Patiño missfiel die Frage. Er antwortete knapp: »Die Kälte und Feuchtigkeit in jener Gegend machen ihm zu schaffen.«

Obgleich Don Bernardo verärgert schien, erkundigte sich Gonzalo etwas hämisch: »Meint Ihr in Galicien oder in Flandern?«

Der Sekretär Seiner Hoheit warf ihm einen erzürnten Blick zu.

»Scherzt Ihr, Hauptmann, oder scheint es nur so?«

»Ich bedaure, Euch verärgert zu haben, Don Bernardo, doch in einer so bedeutenden Angelegenheit erscheint mir das eine wenig handfeste Ausrede zu sein.«

»Ausrede, sagt Ihr? Jesus Christus, Don Gonzalo, ich verstehe nicht, was mit Euch los ist! Seine Hoheit ist erkrankt, und nur deshalb sieht er sich außerstande, sich einzuschiffen.«

»Verzeiht meine Hartnäckigkeit. Ihr wisst, für Seine Hoheit würde ich alles tun. Ihr wisst auch, dass die Geschäfte und Machenschaften, die in den vergangenen Monaten immer eifriger betrieben werden, mich für gewöhnlich wenig kümmern. Und Ihr solltet wissen, dass ich immer der Ansicht war, Don Juan dürfe sich nicht allzu weit vom Hofe entfernen und auf keinen Fall das Reich verlassen. Aber verzeiht mir, wenn ich Euch sage, dass mir die Ausrede Seiner Hoheit reichlich plump erscheint. Angesichts der Stimmung bei Hofe und des Unmutes über die Regierung der Königin und des Günstlings wäre es nicht schwierig, Nithard zu stürzen, auch wenn die Granden zu keinerlei Risiko bereit sind. Darum sollte Don Juan sich kümmern und sich nicht zieren und drücken, denn dadurch verliert er an Glaubwürdigkeit.«

»Ich kann Eure Haltung nicht nachvollziehen, Don Gonzalo, Ihr scheint wie ausgewechselt. Ich denke, etwas Ruhe würde Euch guttun, Ihr seht müde und blass aus. Vielleicht bringt Euch die Beziehung zu Elena de Zúñiga mehr Leid als Freud?«

Obwohl es Gonzalo nicht behagte, dass Patiño sich erdreistete, Elena ins Spiel zu bringen, bemühte er sich, freundlich zu bleiben.

»Auch wenn das nicht Eure Angelegenheit ist, muss ich Euch doch gestehen, dass Ihr nicht ganz unrecht habt mit Euren Worten, allerdings aus Gründen, die Ihr nicht einmal ahnt.«

Diese Wendung des Gesprächs war ganz nach dem Geschmack Don Bernardos, der mit den Ränkespielen bei Hofe vertraut und ein ausgezeichneter Menschenkenner war und aus einem Wort oder nur einer Geste zu lesen verstand.

»Ihr wärt überrascht, Don Gonzalo, wenn ich Euch alles erzählte, was ich über das weiß, was Euch im Kopfe herumschwirrt wegen dieser – sagen wir ... sagen wir gefährlichen, ja, das trifft es, gefährlichen – Beziehung zu der erwähnten Dame.«

»Wie könnt Ihr es wagen, auf diese Art und Weise zu beurteilen, was ich zu tun oder nicht zu tun habe!«, entgegnete Gonzalo sichtlich erzürnt. Patiño hatte sein Ziel erreicht: Die Unterhaltung lief in die von ihm gewünschte Richtung, und er hatte seinen Gesprächspartner verunsichert.

»Beruhigt Euch, Don Gonzalo, ich habe nicht vor, mich in Eure Angelegenheiten einzumischen, Gott behüte. Es sei denn, sie könnten Seiner Hoheit schaden. Nur darum habe ich mir diese ... Dreistigkeit erlaubt.«

Plötzlich wirkte der Hauptmann nicht länger wie ein verdienter Soldat und erfahrener Mann der Tat; er stand da wie ein gemaßregelter Schuljunge. Er begriff, dass Patiño ein alter Fuchs war. Seine Erfahrung und sein Wissen über alles, was den Hauptmann betraf, verschafften ihm in einem solchen Wortgefecht einen beträchtlichen Vorteil.

»Auf jeden Fall«, sagte Gonzalo, der sich – wie beide wussten – in der Defensive befand, »solltet Ihr wissen, dass meine Angelegenheiten nur mich etwas angehen.«

»Da habt Ihr völlig recht, mein lieber Freund, allerdings nur – um das noch einmal zu sagen –, solange sie die Geschäfte Seiner Hoheit nicht beeinträchtigen.«

»Ich habe mehr als einmal bewiesen, Don Bernardo, dass es auch in meinem Interesse liegt, wenn die Geschäfte Seiner Hoheit den von uns gewünschten Erfolg bringen.«

»Daran hege ich nicht den geringsten Zweifel, Don Gonzalo. Wenn Ihr dennoch den Rat eines Mannes annehmen wollt, dessen Autorität einzig auf seinem grauen Haar beruht: Seid vorsichtig mit Euren Bekanntschaften.« Don Patiño, der wusste, dass er als Sieger aus der Auseinandersetzung hervorgegangen war, schlug einen versöhnlichen Ton an, legte seine Hand auf Don Gonzalos Schulter und fuhr fort: »Denkt daran, was ich Euch vor einigen Tagen gesagt habe. Hütet Euch vor Sessa. Er führt etwas im Schilde, und ich empfehle Euch, niemandem zu vertrauen.«

Zwar wusste der Hauptmann, dass Don Bernardo über ein weit verzweigtes Netz an Informanten verfügte, das bis in die entferntesten Winkel reichte, aber es verwunderte ihn doch, dass er so rasch von Sessas Plänen erfahren hatte.

»Wisst Ihr Genaueres darüber?«

Patiño kannte die Bedeutung eines Mannes wie Santa Cruz für Seine Hoheit nur zu gut, und so flüsterte er ihm zu: »Ich kenne keine Einzelheiten, weiß jedoch, dass Sessa versucht, einen Trupp zusammenzustellen, der Euch umbringen soll. Ich wollte ohnehin mit Euch darüber reden, hatte aber im Verlauf unseres Gesprächs bisher noch keine Gelegenheit dazu. Don Gonzalo, schützt Euer Leben, das nicht nur für Euch von Wert ist. Und auch wenn mir bewusst ist, dass es Euch vielleicht in Eurem Stolz kränken könnte, erlaubt mir, Euch ein Angebot zu unterbreiten.«

Gonzalo sah ihn fragend an.

»Wenn Ihr nichts dagegen habt«, sagte Patiño, »könnte ich Euch einen diskreten Begleitschutz bereitstellen. Bedenkt, dass Ihr in großer Gefahr seid und die Pläne für Eure Ermordung bereits morgen oder übermorgen in die Tat umgesetzt werden sollten. Ihr wärt überrascht zu hören, wie viel sie über Euch wissen, um erfolgreich und ungestraft vorgehen zu können.«

»Ich wünsche den Schutz nicht, den Ihr mir anbietet, auch wenn ich Euch dafür danke. Und ich warne Euch: Ich werde nicht zulassen, dass mir jemand auf dem Fuß folgt. Ihr würdet mir jedoch einen großen Dienst erweisen, wenn Ihr mir alles sagtet, was Ihr wisst.«

»Don Gonzalo, erlaubt mir, darauf zu bestehen, Euch einen gewissen Schutz angedeihen zu lassen. Ich tue es nicht nur, um Euer Leben zu bewahren, sondern auch die Angelegenheiten Seiner Hoheit zu verteidigen. Zudem ist es nur gerecht, da es ein Auftrag Don Juans war, der Euch in diese Lage gebracht hat.«

»Ich sagte bereits, wagt es nicht, Don Bernardo!«, entgegnete der Hauptmann nachdrücklich.

»Nun gut. Bedenkt, ich hätte es in die Wege leiten können, ohne Euch davon zu unterrichten. Doch auch wenn Ihr mitunter daran zweifeln mögt, achte ich stets Eure Meinung, auch wenn ich sie manchmal nicht teile.«

»Ich danke Euch für Eure Aufrichtigkeit, Don Bernardo ... und nun berichtet mir, was Ihr wisst.«

»Der Herzog hält seine schützende Hand über einen Mann, der als ›der Pole‹ bekannt und für seine Missetaten berüchtigt ist, und hat ihn schon verschiedentlich aus schwierigen Situationen und Konflikten mit der Justiz gerettet. Dieser Pole ist auf der Suche nach vier oder fünf Komplizen, um Euch zu ermorden. Einer hat bereits zugesagt, einige überdenken die Sache noch, wegen des Geldes oder aus Angst, denn Euch mit dem Schwert in der Hand entgegenzutreten, ist gefährlich. Dennoch soll der Plan, wie gesagt, spätestens in ein paar Tagen in die Tat umgesetzt werden. Sie werden versuchen,

Euch zu überraschen, um nicht nur zahlenmäßig im Vorteil zu sein.«

»Darf ich Euch etwas fragen?«

»Was immer Ihr wollt.«

»Wer hat Euch diese Informationen geliefert?«

Patiño lächelte verschlagen.

»Mein lieber Freund, wie heißt es doch so schön: Lobt die Gabe, nicht den Geber.«

»Ihr werdet mein Interesse daran verstehen, schließlich geht es um mein Leben.«

»Dasselbe Leben, das zu schützen Ihr mir nicht erlaubt«, gab Don Bernardo zurück. Offensichtlich betrachtete er die Angelegenheit als abgeschlossen.

Als der Hauptmann sich zum Gehen wandte, sagte ihm Patiño noch: »Don Gonzalo, die Befehle Don Juans lauten, wachsam zu bleiben und die Stadt nicht zu verlassen. Er wird in wenigen Tagen in Consuegra eintreffen und uns von dort aus Anweisungen erteilen, wie wir am besten seinen Interessen dienen können.«

»Wäre es unangebracht, wenn ich nach Consuegra reise, sobald Seine Hoheit dort ist? Ich muss dringend mit Don Juan sprechen«, erklärte der Hauptmann.

»Ist es wirklich so wichtig?«

»Für mich ja.«

»Ich habe diesbezüglich sehr strikte und genaue Anweisungen erhalten, Don Gonzalo.«

»Ich bestehe darauf.«

»Nun gut. Ich kann Euch zwar nichts versprechen, werde aber sehen, was ich tun kann. Und seid sehr vorsichtig, was die Angelegenheit betrifft, über die ich Euch informiert habe.«

Der Hauptmann nickte zustimmend und verließ Patiño

ohne ein Wort des Abschieds, offenkundig aufgewühlt von diesem Gespräch.

Gonzalo de Santa Cruz war verwundert, als ihm Andrés Anguita am Tag nach seinem Treffen mit dem Polen in einer der Schänken an der Plaza Mayor eine Nachricht zukommen ließ. Ihn erstaunte weniger die Tatsache, von Andrés zu hören – denn schließlich hatten sie dies bei ihrer Unterredung im Mesón del Vizconde vereinbart –, sondern vielmehr, dass er schrieb, sie müssten sich noch am gleichen Abend sehen.

Die Nachricht wurde ihm von dem Blinden überbracht, der beim Bildnis der Gnadenjungfrau an der Plaza de la Cebada bettelte. In kaum leserlicher Handschrift war auf minderwertigem Papier folgende Nachricht gekritzelt:

Müssen uns unbedingt heute Nacht nach zwölf Uhr Mitternacht im Mesón del Turco sehen. Ich erwarte Euch im Separée im Kellergeschoss. Fragt den Wirt mit meinem Vornamen nach mir.

Der Zettel enthielt keinerlei Zeichen oder Unterschrift, aus dem der Absender ersichtlich wurde. Es gab lediglich den Hinweis des Blinden, der ihm das Papier mit den Worten »Von Andrés« überreicht hatte.

Während des Mittagessens bemerkte Gonzalo, dass seine Tante sehr nervös wirkte. Er erkundigte sich mehrmals nach dem Grund für ihre Unruhe, doch Doña Casilda antwortete ausweichend.

Obwohl es an diesem Tag nichts zu feiern gab, hatte seine Tante sich selbst übertroffen und ein Festmahl zubereitet. Nach den Vorspeisen, die allein den größten Hunger hätten stillen können, servierte sie Forellen nach der Art, wie sie in ihrer Heimat, dem Riojagebiet von Navarra, zubereitet wurden, gefolgt von einem mit Früchten gefüllten Kapaun und als Krönung – ungeachtet der Proteste Gonzalos, der angab, nicht einen Bissen mehr herunterzubekommen – eine in der eigenen Gelatine gekochte Rinderzunge. Zum Nachtisch gab es eine Auswahl an Süßspeisen, die Doña Casilda teils selbst zubereitet, teils in einem nahen Kloster gekauft hatte. Abgerundet wurde das Mahl mit exzellentem Rotwein aus edlen Flaschen – ein Luxus, der nur sehr wenigen zuteil wurde –, die im Keller des Hauses lagerten und jedes Jahr zu Weihnachten von den Verwandten aus Haro geschickt wurden. Dort wurden die Trauben von Don Gonzalos Weingütern in das nahegelegene Augustinerkloster gebracht, wo es die Mönche sorgfältig zu ausgezeichnetem Wein kelterten. Guter Rotwein war eine der wenigen Schwächen des Hauptmanns.

Das allein gab schon Anlass genug zur Überraschung vonseiten Gonzalos, doch wollte Doña Casilda dies nicht näher erklären und antwortete auf die Fragen ihres Neffen nach dem Grund für dieses verschwenderische Mahl lediglich, sie habe ihn verwöhnen wollen, weil er bedrückt und niedergeschlagen wirke. Noch verwunderlicher war jedoch, dass die Tante Gonzalo mehrmals in die Küche schickte, um ihr etwas zu holen – ein ungewöhnliches Ereignis in diesem Haushalt, denn die Küche war Casildas Territorium, und Gonzalo war dort eigentlich nicht gern gesehen.

Sooft Gonzalo aus der Küche zurückkam, war sein Weinglas frisch gefüllt, doch er war von dem Festschmaus so beeindruckt, dass er auf diese Nebensächlichkeit gar nicht achtete.

Nach dem opulenten Essen überkam ihn eine angenehme Müdigkeit, und ganz gegen seine Gewohnheit legte er sich schlafen. Als er nach drei Stunden erwachte, fühlte er sich ruhig und gelassen. Nur seine Tante kannte das Geheimnis dieser Verwandlung.

Ihre Freude über die plötzliche gute Laune ihres Neffen verflog, als dieser ihr mitteilte, er müsse diese Nacht noch sehr spät ausgehen. In einem langen Gespräch berichtete Gonzalo seiner Tante über das, was der Herzog von Sessa dem Anschein nach – um ihre Besorgnis nicht noch zu steigern, sagte er, er sei nicht sicher – gegen ihn im Schilde führte. Als sie das erfuhr, bestand Doña Casilda darauf, dass er das Haus nicht verlassen dürfe. Sie nannte es unvorsichtig und eher einem törichten Jüngling als einem Mann seiner Stellung angemessen, die Eskorte auszuschlagen, die Don Bernardo Patiño ihm am Morgen angeboten hatte.

»Das verstehe ich nicht, sooft du es mir auch erklärst! Ich kann nicht begreifen, wie du des Nachts alleine ausgehst, wo du doch weißt, dass dir jemand nach dem Leben trachtet! Und es ist mir unerklärlich, wieso du Don Bernardos Angebot ausgeschlagen hast!«

Gonzalo, der um nichts in der Welt das Treffen im Mesón del Turco versäumen wollte, versuchte sie zu beruhigen.

»Du brauchst dich nicht zu sorgen, mit Ferol in der Hand und vorgewarnt, wie ich bin, sollten sich eher diese Schufte Sorgen machen. Außerdem treffe ich mich heute Nacht mit einem meiner Vertrauensleute, mit jemandem, der auf meiner Seite steht, einem alten Bekannten namens Andrés. Er war es, der mich vor den Plänen de Sessas gewarnt hat.«

Bei diesen Worten erschrak Doña Casilda.

»Wie sagtest du? Wiederhole das noch einmal! Mit wem bist du verabredet?«

»Tante, um Gottes willen!«, entgegnete Gonzalo. »Fang bitte nicht schon wieder an! Ich habe dir doch gesagt, dass ich mit einem Bekannten namens Andrés verabredet bin.«

»Der Mann, der dich über den Plan zu deiner Ermordung informiert hat, heißt also Andrés!«

»Das ist richtig, so heißt er. Ein christlicher Name, noch dazu der eines Apostels. Du kannst also ganz sicher sein.«

»Gonzalo, das ist es eine Falle! Sie werden dich heute Nacht ermorden!«, schrie Doña Casilda auf.

»Du redest irre, Tante!«

»Keineswegs! Hör mir gut zu und unterbrich mich bitte nicht, bis ich zu Ende gesprochen habe.«

»Schon gut, schon gut.« Gonzalo versuchte, Doña Casilda zu besänftigen. »Ich bin ganz Ohr.«

»Weil ich um dein Wohlergehen besorgt war, habe ich vor zwei Tagen eine anständige, ehrenhafte Frau aufgesucht, die in der Calle de las Tenerías lebt und in gewissen Kreisen im Rufe steht, außergewöhnliche Kräfte zu besitzen.«

»Sag nicht, du warst bei einer Hexe!«, rief Gonzalo unwillkürlich aus.

»Ich habe dich gebeten, mich nicht zu unterbrechen, bis du alles gehört hast, was ich dir zu sagen habe. Ich bestehe darauf.«

»Verzeih, aber ich war so überrascht …«

»Ich habe, wie gesagt, diese Frau aufgesucht, um sie um ein Heilmittel gegen deinen Zustand zu bitten. Denn du wirst nicht abstreiten, dass du dich ein wenig seltsam verhältst …!«

»Tante, ich bitte dich!«, sagte Gonzalo resigniert.

»Sie sagte mir«, fuhr Doña Casilda fort, »sie wisse nicht mit Sicherheit, was das beste Mittel gegen deine Leiden sei, weil sie nicht alle Einzelheiten für eine genaue Diagnose kenne, doch könne sie etwas für dich tun. Sie hat mir ein Amulett zusammengestellt, das unter deinem Kopfkissen liegt. Es handelt sich um etwas Quecksilber in einem Weizenhalm. Außerdem hat sie zwei Pulver zubereitet, die ich dir verabreichen sollte und die ich gestern abgeholt habe. Sie hat mir nicht versprechen können, dass sie die gewünschte Wirkung erzielen würden, versicherte mir aber, sie könnten dir in keinerlei Weise schaden. Heute habe ich sie dir im Wein zum Essen verabreicht.«

Gonzalo fuhr auf: »Das ist also der Grund für dieses außergewöhnliche Essen!«

»So ist es, aber unterbrich mich nicht. Zunächst kann ich sehen, dass sich deine Laune im Vergleich zu den vergangenen Wochen gebessert hat. Aber da ist noch etwas: Als ich die Pulver abgeholt habe, hat sie mir etwas gesagt, was ich jetzt erst verstehe. Sie hat erzählt, jemand werde dich verraten. Der Verräter heiße Andrés Anguita und kenne dich aus Flandern.«

Gonzalo, der dem Bericht seiner Tante mit düsterer Miene gelauscht hatte, war wie vor den Kopf gestoßen.

»Woher weißt du, dass ich Andrés in Flandern kennengelernt habe? Das habe ich dir nicht erzählt.«

»Die Frau aus der Calle de las Tenerías hat es mir gesagt.«

»Das … das ist nicht möglich.«

»Doch, es ist möglich. Diese Nachricht«, Doña Casilda wedelte mit dem Papier, »soll dich heute Nacht in eine Falle locken. Hör mir zu. Jetzt, da ich dir bewiesen habe, dass du in großer Gefahr schwebst, musst du auf mich hören. Du wirst heute Nacht nicht zu dieser Verabredung erscheinen, denn das wäre dein Tod. Dieser Andrés will dich überlisten! Er hat dich verraten!«

»Vielleicht hast du recht, Tante«, Gonzalo strich sich nachdenklich über das Kinn, »und Andrés spielt ein falsches Spiel mit mir, aber das wird mich nicht daran hindern, heute Nacht im Mesón del Turco zu erscheinen. Ich verspreche dir aber, ganz bestimmt vorsichtig zu sein.«

»Vorsichtig nennst du das, wenn du sehenden Auges ins Verderben rennst! Du hast den Verstand verloren!«, stöhnte Doña Casilda auf.

Gonzalo bemühte sich lange vergeblich, seine Tante davon zu überzeugen, dass es den Verbrechern, nun, da er vorgewarnt war, nicht leicht gelingen würde, ihr Vorhaben in die Tat umzusetzen. Sie beruhigte sich erst ein wenig, als er sich bereit erklärte, Sancho mitzunehmen. Den restlichen Nachmittag und den frühen Abend verbrachte Doña Casilda, nachdem sie sich gefasst hatte, damit, den Rosenkranz zu beten und Jesus um Hilfe für ihren Neffen anzuflehen

Doch als Sancho kurz vor dem Abendgebet Neuigkeiten brachte, war es mir ihrer Ruhe wieder vorbei.

»Habt Ihr schon das Gerücht vernommen, das heute in der Stadt kursiert?«

»Was für eine dumme Frage, Sancho! Wie sollte ich es kennen, wo ich doch seit gestern Abend keinen Fuß vor die Haustüre gesetzt habe?«

»Señora, man erzählt überall, Don Juans Verzicht auf sein Amt als Gouverneur von Flandern, dem die Königin und der Kronrat zugestimmt haben, habe Doña Mariana so verstimmt, dass sie ihm befohlen habe, sich nach Consuegra zurückzuziehen, und ihm ausdrücklich verboten sei, die Stadt zu betreten.«

»Sancho, du bist nicht nur dumm, du bist deiner Zeit auch Tage hinterher. Das war doch schon vergangene Woche das Gesprächsthema auf den Märkten, Straßen und Plätzen.«

»Ich bin noch nicht fertig, Señora! Das war es nicht, was ich Euch erzählen wollte!«, protestierte der Diener.

»Nun, dann sprich!«

»Man sagt, Doña Casilda, der Herzog von Sessa habe eine Schmähschrift gegen Señor Don Juan veröffentlicht, in dem die Ehre Seiner Hoheit in übelster Weise in den Schmutz gezogen wird.«

»Der Herzog von Sessa?«, fragte Doña Casilda beunruhigt.

»Ja, Señora, der Herzog von Sessa.«

»Weißt du genau, was er über Seine Hoheit sagt?«

Als Antwort zog der Diener ein Papier aus seiner Brusttasche.

»Hier habt Ihr ein Exemplar.«

Sichtbar nervös ging Doña Casilda zu einer bronzenen Öllampe hinüber und las das Papier, das Sancho ihr übergeben hatte. Ihre Hände begannen zu zittern, und als sie zu Ende gelesen hatte, atmete sie vor Aufregung so heftig, dass ihr Busen unter ihrer Rüschenbluse wogte.

»Unter keinen Umständen darfst du dem Hauptmann davon erzählen. Ist das klar?«

»Seid unbesorgt, Doña Casilda. Ich werde schweigen wie ein Grab.«

»Nicht ein Wort. Außerdem wirst du den Hauptmann heute Nacht zum Mesón del Turco in der Cava Baja de San Miguel begleiten. Lass ihn nicht eine Sekunde lang aus den Augen und sei auf der Hut, ich fürchte, er schwebt in großer Gefahr.«

Sancho, der dem Hauptmann schon im Feld gedient hatte, küsste seine gekreuzten Finger und schwor, äußerst wachsam zu sein.

Gonzalos Tante konnte das Papier gerade noch verschwinden lassen, als ihr Neffe eintrat, der seinen Degen und seinen Dolch geputzt hatte.

Die Kirchturmuhr des Jesuitenkollegs hatte soeben Mitternacht geschlagen und den 24. August ausgeläutet – ihr Klang durchbrach die Stille dieses Teils von Madrid von der Plaza Mayor bis zum Ufer des Manzanares –, als zwei Schatten aus dem Haus des Hauptmannes Gonzalo de Santa Cruz traten und im Halbdunkel der Nacht verschwanden, die von einem fast vollen Mond erleuchtet war.

Trotz der Hitze trugen die beiden Männer breitkrempige Hüte und waren in dunkle Umhänge gehüllt, unter denen die Spitzen ihrer Degen hervorblitzten. Der Hauptmann hatte außerdem einen scharfen Dolch bei sich, und sein Diener trug zwei geladene, schussbereite Pistolen am Gürtel.

Sie hatten gerade den Platz überquert, da flüsterte der Diener seinem Herrn ins Ohr: »Mein Herr, wisst Ihr, dass Doña Elena heute Abend nach Madrid zurückgekehrt ist?«

Der Hauptmann starrte seinen Diener an.

»Bist du dir sicher?«

»Vollkommen, Herr. Ich habe sie heute Abend aus einem Wagen steigen und ihr Haus betreten sehen.«

»Hast du sie auch bestimmt nicht verwechselt?«

»Gewiss nicht, Herr. Ich konnte ihr Gesicht sehen und auch das der Zofe, die sie zur Andacht in der Pfarrkirche von San Miguel begleitet.«

»Warum hast du mir das nicht früher gesagt?«

»Ich hatte keine Gelegenheit dazu, Herr«, entschuldigte sich Sancho.

Ihre bedächtigen, rhythmischen Schritte hallten durch die Straßen. Alles war still und völlig menschenleer, als wären sie die beiden einzigen Lebewesen in dieser Stadt. Ab und an wurden die Schatten der Nacht vom schwachen Schein einer Kerze oder Laterne durchbrochen, die in Mauernischen eingerichtete Gebetswinkel beleuchteten, in denen Familien Bilder ihrer lieben Verstorbenen aufgestellt hatten.

Sie gingen an den Mauern der Gemüsegärten an der Rückseite des Hauses von Hauptmann Santa Cruz in der Cava Alta de San Francisco vorüber und erreichten den Peso de la Harina. Dort mussten sie, an eine Hauswand gedrängt, still halten, bis eine Gruppe Büttel auf ihrem Rundgang in Richtung Königsschloss weitergezogen war. Als sie an der Plaza de Puerta Cerrada ankamen, suchte der Blick des Hauptmannes wie magnetisch angezogen das Haus an der Ecke zur Cava Baja de San Miguel. Im oberen Stock drang ein schwacher Lichtschein durch eine Jalousie hinter dem Fenstergitter. Das Haus der Zúñigas war bewohnt, offenbar war Elena tatsächlich nach Madrid zurückgekehrt.

Gonzalo spürte ein Zittern in der Magengrube. Ob Elena zu dieser Stunde noch wach war? Was sie wohl gerade tat?

In diesem Augenblick wünschte er nichts sehnlicher, als sie in seinen Armen zu halten, sie zu küssen und ihr zu sagen, wie sehr er sie liebte. Dafür hätte er auch auf das verabredete Treffen verzichtet, bei dem weiß Gott was geschehen konnte. Er verbannte diese angenehmen Gedanken aus seinem Kopf und konzentrierte sich wieder darauf, was ihn im Mesón del Turco erwarten würde.

Hatte seine Tante recht? Hatte Andrés ihn wirklich verraten? Er konnte es kaum glauben, doch fand er keine Erklärung für das, was sie ihm erzählt hatte. Es war gut, dass er mit ihr darüber gesprochen hatte, denn so war er vorgewarnt. Er war froh, Sancho an seiner Seite zu haben. Sie schritten lange Zeit schweigend nebeneinanderher, bis der Hauptmann seinen Knecht Sancho kurz vor Erreichen ihres Zieles anwies: »Hör mir gut zu. Wenn wir bei der Schänke sind, halte dich dicht an der Mauer und tritt kurz nach mir ein, aber pass auf, dass niemand merkt, dass wir zusammengehören. Bestell etwas zu essen und sei wachsam. Ich werde nach Andrés fragen und in den Keller hinabsteigen. Du achtest auf alles, was passiert, aber folgst mir nicht, verstanden?«

»Verzeiht, Herr, aber ich denke, es wäre besser, wenn ich gleich mit Euch ginge. Doña Casilda hat mich gebeten, Euch keinen Augenblick aus den Augen zu lassen.«

»Du tust, was ich dir sage«, befahl der Hauptmann flüsternd, aber in einem Ton, der keinen Widerspruch duldete.

Sancho musste klein beigeben, murrte aber leise: »Wenn Euch etwas zustößt, schlägt Doña Casilda mich windelweich.«

15

Das Mesón del Turco gehörte zu den populärsten Lokalen seiner Art in Madrid. Sein Name ging auf den ersten Besitzer zurück, einen wohlhabenden Kaufmann aus der Türkei, der in der ersten Hälfte des sechzehnten Jahrhunderts mit seiner ganzen Familie zum Christentum konvertierte.

Das Lokal konnte sich erfolgreich gegen die zahlreiche Konkurrenz in den Gassen rings um die Plaza Mayor durchsetzen. Es stellte für die vielen Kaufleute, fahrenden Händler, Viehhändler, Kutscher und andere, die bei Hofe ein und aus gingen, einen geeigneten Ort dar, um sich zu treffen, zu versammeln, zu unterhalten und auszuruhen.

Das Erdgeschoss war ein einziger großer Raum, an dessen Wänden an der Stirnseite jeweils ein glockenförmiger Kamin stand. Die Keramikfliesen am Boden stammten aus Cuéllar, grobe geölte, dunkelbraun gestrichene Holzbalken stützten die hohe, weiß gekalkte Decke.

Gegenüber vom Eingang ging eine weitere Tür auf den gepflasterten Patio mit Weinstöcken hinaus, deren Stämme und Blattwerk so geschickt in die Höhe gezogen waren, dass sie im Sommer einen grünen Baldachin bildeten und, wenn sie nach Herbsteinbruch die Blätter abgeworfen hatten und an den kalten Madrider Wintertagen Licht und Sonnenstrahlen durchließen, wie kahle Skelette wirkten, aus denen alles Leben gewichen zu sein schien. Das Wasser wurde aus den zwei Brunnen geschöpft, die rein gehalten und nahezu täglich gekalkt wurden. Während der heißen Jahreszeit, die die Bewohner des Königshofs und seiner Umgebung zu ertragen hatten, genossen all diejenigen, die den halben Real und einen Cuartillo für einen Krug Wein aus Arganda und eine Empanada berappen konnten, die Abende in diesem schattigen Patio.

Es wimmelte dort nur so vor Gästen, als Gonzalo und sein Diener ankamen. Als sie eintraten, legten sie die Umhänge weg und nahmen die Hüte ab. Der Hauptmann wandte sich an den Wirt, einen ungemein mageren Menschen, der so überhaupt nicht dem beleibten Ruf seines Berufsstandes entsprach. Zunächst gab er sich eher unwillig, bis der Hauptmann nach Andrés fragte. Als er diesen Namen hörte, zeigte er sich plötzlich aufmerksam.

Diese seltsame Reaktion machte Gonzalo misstrauisch, denn der Veteran aus Flandern war kein wohlhabender Mann, und das schlagartig veränderte Verhalten des Wirts konnte nur bedeuten, dass er großzügig bestochen worden war. Tante Casilda hatte recht mit ihrer Einschätzung, davon war er jetzt überzeugt. Er musste nur noch herausfinden, was genau ihn in dieser Spelunke erwartete. Instinktiv führte er die Hand an den Schwertgriff. Von Sancho, der bereits an die Türschwelle getreten war und überlegte, wo er sich, für den Fall eingreifen zu müssen, am besten platzieren sollte, blieb die Geste des Hauptmanns nicht unbemerkt.

»Wenn Euer Gnaden mir folgen möchten, werde ich Euch zu der Person geleiten, nach der Ihr gefragt habt«, teilte ihm der Wirt mit.

Gonzalo folgte ihm zu einer einfachen Tür neben einem der Kamine. Sie schloss schlecht, der Wirt musste dagegentreten, um sie zu öffnen, und die Türangeln quietschten laut. Er nahm eine Öllampe und beleuchtete die enge, steile Treppe, die in das Kellergeschoss hinabführte, wo offenbar ein schwaches Licht brannte.

Der Wirt hielt die Lampe über seinen Kopf, um die Reichweite des Lichtkegels zu erhöhen.

»Seid vorsichtig auf dieser Stiege, Euer Gnaden, sie ist sehr gefährlich.«

Die Stufen aus rauem Bauholz stellten tatsächlich eine Gefahr dar, die durch die schlechte Sicht noch verstärkt wurde. Die Wahrscheinlichkeit, wegzurutschen und sich das Genick zu brechen, war hoch. Die Treppe knarrte bedenklich unter dem Gewicht der beiden Männer. Einen Moment lang dachte Gonzalo daran, auf dem Absatz umzukehren. Er hatte den Eindruck, dass er dabei war, sich in eine regelrechte Mausefalle zu begeben.

Der Wirt wiederholte seine Warnungen:

»Vorsicht, Euer Gnaden! Tretet behutsam auf, wir haben keine Eile.«

Um ihn zu überrumpeln, richtete der Hauptmann unvermittelt eine Frage an ihn:

»Wie viele befinden sich da unten?«

»Nur Andrés, Señor.«

Im Kellerraum erwartete ihn der Veteran aus Flandern. Er hockte auf einem groben Holzschemel und hatte ein Möbelstück aus minderwertigem Pinienholz vor sich, das die Bezeichnung Tisch kaum verdiente. Darauf flackerte eine dicke kurze Talgkerze, die einen penetranten, beißenden Geruch verströmte. Als er den Hauptmann sah, erhob er sich.

Gonzalo bemühte sich, im Halbdunkel mögliche weitere Anwesende zu entdecken, doch es schien niemand da zu sein.

Sein Instinkt sagte ihm jedoch, dass etwas faul war an der Sache. Der Kellerraum war nicht größer als acht Schritte lang und etwa die Hälfte breit. Er wirkte, als sei er aus dem Fels des Untergrunds gehauen worden, was zum Teil auch zutraf. Abgesehen von dem Tisch und einigen Schemeln wie dem von Andrés war lediglich ein Haufen Säcke aus Espartogras in einer Ecke zu erkennen. An einer Wand waren Holzscheite fast bis zur Decke aufgestapelt, die sicher zum Heizen der Kamine im Schankraum dienten. Zusätzlich gab es eine Truhe, die wohl früher einmal ein wertvolles Möbelstück gewesen war, über die Jahre zwar gelitten hatte, doch nicht so sehr, um zu einem unbrauchbaren Stück zu verkommen. Auf ihr lag ein schmutziger Lappen.

»Hier ist die Person, die Ihr erwartet habt«, wandte sich der Wirt an Andrés.

Im Halbdunkel des Kellers konnte Gonzalo dessen Gesicht nicht erkennen.

Nachdem der Wirt sich mit den Worten »Euer Gnaden, ich stehe jederzeit zu Diensten« empfohlen hatte, verließ er den wenig anheimelnden Raum. Welch erbärmliches Separée, dachte der Hauptmann, der die Anspannung in diesem Gelass buchstäblich fühlen konnte. Unter Umständen war aber alles nur auf den aufregenden Tag zurückzuführen, und die Gereiztheit herrschte allein in seinem Kopf.

»Ist dir kein besserer Ort als dieser widerwärtige Keller für unser Treffen eingefallen?«

»Hier sind wir ungestört«, gab Andrés trocken zurück.

»Ja, aber du wirst mir recht geben, dieser Raum ist wenig ... wenig einladend für eine Verabredung, selbst wenn es ein diskreter Ort sein mag«, versuchte der Hauptmann einzulenken.

»Ihr seid doch nicht etwa durch Euren Aufenthalt bei Hofe zimperlich geworden?«, in seiner Stimme lag etwas Herausforderndes. Der Veteran aus Flandern schien ein anderer Mann zu sein als der, der den Hauptmann im Mesón del Vizconde gewarnt hatte.

Gonzalo hatte keine Lust mehr, einen versöhnlicheren Ton anzuschlagen und kam sofort zur Sache.

»Ist gut. Unter den gegebenen Umständen ist dieser Ort für unser Treffen tatsächlich geeignet. Ich kenne schlimmere. Kommen wir nun zum Thema.«

Die Männer blieben stehen, weil keiner dem anderen angeboten hatte, Platz zu nehmen. Es war klar ersichtlich, dass beide die Unterredung kurz halten wollten.

»Warum habt Ihr mich so dringend herbestellt? Wir hatten doch vereinbart, so diskret wie möglich vorzugehen, um das Problem zu lösen.«

»Das ist richtig. Dennoch solltet Ihr wissen, dass der *Pole* seine Vorbereitungen abgeschlossen hat und jederzeit versuchen könnte, Euch zu ermorden.«

»Damit habe ich gerechnet. Ich nehme an, du verfügst über neue Hinweise.«

»Er wollte mir keine Einzelheiten nennen. Er meinte, ich solle mit ihm in Verbindung bleiben. Aus diesem Grund soll ich morgens, mittags und abends in die Schänke am Arco de Cuchilleros kommen, um dort genaue Anweisungen zu erhalten. Er hat sofort eingewilligt, mir die hundert Dukaten zu zahlen, die ich fordern sollte, auch wenn ich bisher noch keinen Maravedí gesehen habe.«

»Hat er denn keine Anzahlung geleistet?«, erkundigte sich der Hauptmann gereizt.

»Nein, er meinte, die Gesamtsumme werde nach getaner

Arbeit ausbezahlt. Ich glaube, er ahnt etwas und ist mir gegenüber misstrauisch.«

»Das ist alles, was du mir zu berichten hast?«

»So ist es, Hauptmann.«

Gonzalo musste sich zwingen, ihm nicht auf den Kopf zuzusagen, was er dachte.

»Wenn das so ist, ist es wohl besser, wir gehen jetzt. Wir sollten das Schicksal nicht herausfordern.« Der Hauptmann konnte sich kaum beherrschen und dachte an Tante Casildas Aufregung, als sie von diesem Treffen erfuhr. Sie war überzeugt gewesen, es handle sich um eine Falle, aus der er nicht lebendig herauskäme.

Sie stiegen die Treppe hoch, die von der Talgkerze in Andrés' Hand beleuchtet wurde. Der Hauptmann schritt voran, obwohl diese Unterredung noch mehr Misstrauen in ihm geweckt hatte. Er konnte die Unruhe, die in ihm steckte, nicht abschütteln. In der Schankstube angekommen, erblickte er Sancho, der sich die Zeit mit einem Krug Met vertrieb. Andrés ging grußlos davon. Dem Knecht blieb die missmutige Miene seines Herrn nicht verborgen.

»Gibt es ein Problem, Hauptmann?«

»Nein, unsere Befürchtungen haben sich nicht bestätigt. Aber der Zweck dieses Treffens ist mir vollkommen unbegreiflich. Es stellte nicht nur ein unnötiges Risiko dar, sondern auch eine Zeitvergeudung.«

»Der dort«, er wies in Richtung des Veteranen, der gerade die Schenke verließ, »hatte Euch nichts Bedeutendes mitzuteilen?«

»Nein, rein gar nichts. Am meisten erbost bin ich über den Kummer, den die Señora durchzumachen hatte.«

»Mutet Euch all das nicht seltsam an?«, fragte Sancho.

»Ich finde es nicht nur seltsam, es stimmt mich vielmehr äußerst misstrauisch.«

Sancho blickte nach wie vor ständig um sich und nickte beifällig. »Ist dir irgendetwas Sonderbares aufgefallen?«

»Nichts Außergewöhnliches für diesen Ort. Die Leute reden, diskutieren, fluchen, lästern Gott hinter vorgehaltener Hand und trinken ohne Unterlass. Die Mehrzahl der Stammkunden hält sich im Patio auf, wo es angenehmer ist als hier drinnen.«

Gonzalo ließ seinen Blick durch den Raum schweifen und sah Sanchos Beobachtungen bestätigt. Er fand es sinnlos zu verweilen, bezahlte den Met, und sie verließen die Gaststätte. Draußen schlug ihnen eine leichte Brise angenehm in die erhitzten Gesichter, und sie begaben sich in Richtung der Plaza de la Cebada. An der Ecke zur Plaza del Conde de Barajas vernahmen sie Stöhnen und Hilferufe. Sie kamen von einer Gestalt, die mit dem Rücken zur Wand auf dem Boden zu kauern schien. Beim Näherkommen erkannten sie neben der Gestalt etwas, das wie eine große Blutlache aussah. Dann hörten sie den Hilferuf deutlich:

»Zu Hilfe, bitte! Ich möchte beichten! Ich sterbe!«

Die beiden Männer liefen herbei, um dem armen röchelnden Menschen in seinen letzten Minuten beizustehen. Als sie sich über den geschundenen Körper beugten, aus dem vermeintlich unaufhaltsam das Leben wich, richtete sich der Leidende plötzlich auf, zog einen Dolch und traf Sancho damit am Hals. Der tödliche Hieb durchtrennte ihm die Kehle, bevor er auch nur irgendetwas hätte tun können. Aus Sanchos Hals lief warm und zähflüssig das Blut, sein Körper sackte in sich zusammen, und seine Beine wurden von Krämpfen geschüttelt, was auf den nahen Tod hinwies.

»Sancho!« Gleichzeitig mit dem zu spät gekommenen Warnruf sprang Gonzalo an die Stelle, an der sein Diener zusammengebrochen war, und konnte dem zweiten Hieb des Angreifers nur knapp ausweichen.

Der blutige Dolch schwang zischend durch die dunkle Nacht, gleichzeitig gab der Mörder seine Flanke preis. Der Hauptmann nutzte diesen Moment, um ihm einen Stoß mit seinem Dolch zu verpassen, den er instinktiv ergriffen hatte. Er versenkte ihn bis zum Schaft und spürte, wie die Rippen brachen. Mit der Geschicklichkeit eines erfahrenen Nahkämpfers zog Gonzalo mit fester Hand am Heft und vollführte dabei eine Drehbewegung, die dem Verletzten den Todesstoß versetzen sollte, ohne dass der Hauptmann seine Waffe verlor. Falls der Widersacher durch den Stoß nicht schon tödlich verletzt sein sollte, würde er am Wundbrand sterben.

»Ich bin des Todes!«, stöhnte der Sterbende und brachte damit seine Lage recht zutreffend auf den Punkt.

Gonzalo richtete sich auf und wollte Sancho zu Hilfe eilen, als er aus der nächsten Gasse mehrere Männer auf sich zustürzen sah. Er meinte zunächst, es seien drei, doch dann stellte er fest, dass sie zu viert waren. Er stieß seinen Dolch in die erste Gestalt und merkte, dass er sein Ziel nicht verfehlt hatte, als einer der Schatten sich krümmte und mit einem Schmerzenslaut zu Boden ging. Gonzalo nutzte den Moment der Verwirrung, den dieser Stoß ausgelöst hatte, um sich eine bessere Deckung zu verschaffen. Er drückte sich mit dem Rücken dicht an die Fassade des Hauses hinter sich, zog Ferol heraus und bereitete sich darauf vor, gegen die drei Schurken, die nun zum Angriff übergingen, aufs härteste um sein Leben zu kämpfen.

Das Geräusch der gegeneinanderschlagenden Schwerter

war in der Stille der Nacht laut zu hören. Gonzalo versuchte, seine Unterlegenheit – immerhin waren es drei gegen einen – durch seine Deckung und seine Linkshändigkeit wettzumachen, was seine Gegner zu verstören schien, die angesichts des Schwertkämpfers, dessen Stöße aus der für sie unerwarteten Richtung kamen, ihre Deckung aufgeben mussten. Einer der Angreifer stolperte über einen Leichnam auf dem Boden und verlor beinahe das Gleichgewicht. Er hatte das Pech, in dem Moment ins Schwanken zu geraten, in dem es dem Hauptmann gelungen war, die anderen beiden Gegner mit einer Finte abzuwehren. Gonzalo versetzte ihm einen Hieb, der mehr als zwei Spannen tief in seine Brust eindrang. Darauf drückte er seine Waffe nach oben, weniger um – was nicht mehr notwendig war – sein Opfer noch härter zu treffen, sondern um es beim Herausziehen aus dem bereits leblos zusammengesunkenen Körper nicht zu verlieren und unbewaffnet dazustehen.

Dieser Vorgang kostete ihn wertvolle Sekunden, sodass er nicht verhindern konnte, dass einer der zwei verbleibenden Angreifer ihn an der rechten Seite erwischte. Er fühlte keinen Schmerz, nur das warme Blut tränkte sein Hemd. Er wusste, dass seine Verwundung schwer war, ihn gleichzeitig jedoch nicht daran hindern konnte weiterzukämpfen, zumindest solange ihn der Blutverlust nicht zu sehr schwächte. Als Reaktion griff er seine Feinde entschlossen an, um den Kampf zu einem raschen Ende zu führen. Gonzalo wusste, ab diesem Moment würde es ein Wettlauf mit der Zeit sein und er würde nur noch wenige Minuten durchhalten.

Er presste die rechte Hand gegen seine Seite und versuchte, die Blutung zurückzuhalten, mit der linken hielt er das Schwert und kämpfte. Die beiden schienen nun weniger aggressiv, als ob sie sich darauf beschränkten, seine Vorstöße abzuwehren. Sie versuchten, Zeit zu gewinnen, bis er geschwächt durch den Blutverlust einfach zu erledigen wäre. Es blieben nur noch wenige Augenblicke.

Der Hauptmann versuchte, seine Gegner herauszufordern und gab seine Position mit dem Rücken zur Hauswand auf, damit sie zum Angriff übergingen. In Wahrheit wollte er mit diesem verzweifelten Schachzug einige Sekunden gewinnen, denn sein schlimmster Gegner war die Zeit. Gonzalo wusste als erprobter und geschickter Kämpfer, dass er mit dieser Entscheidung sein Leben aufs Spiel setzte, doch er wollte nicht wie ein Kaninchen abgestochen werden.

Seine Rechnung ging auf, denn die beiden Widersacher attackierten ihn nun von beiden Seiten gleichzeitig. Er wusste, er konnte einen der beiden niederstrecken, der andere würde jedoch ihn töten. Er entschied sich für den, der von links angriff und schneller war als der andere. Er wehrte einen Schwerthieb ab und erwischte ihn mit seiner Schwertspitze mit einer raschen Zick-Zack-Bewegung am Hals. Der Verwundete ließ den Arm sinken, griff sich mit den Händen an den Hals, und seinem Mund entwich ein unnatürliches Stöhnen. Er sackte in dem Moment leblos in sich zusammen, als das Schwert des anderen die rechte Seite des Hauptmannes traf, eine halbe Handbreit über der ersten Verletzung. Dieses Mal fühlte er den Schmerz der Waffe, die in seine Eingeweide eindrang. In wenigen Sekunden würde der Schuft ihn erledigt haben.

Dann ging alles sehr schnell. Man hörte, wie der Riegel einer Tür weggeschoben wurde und eine Frau aus einem Fenster rief:

»Die bringen sich um! Die bringen sich um!«

»Da unten stechen sie sich ab!«

Zu ihren Schreien gesellte sich die Stimme eines Mannes hinzu, der eine Luke geöffnet hatte und nach der Polizei rief. Zusammen veranstalteten sie einen recht eindrucksvollen Lärm.

Schnell kamen zu ihren Rufen andere hinzu. Das Gegeneinanderschlagen der Schwerter hatte die Anwohner des Platzes, an dem sich der erbitterte Kampf abspielte, aufgeweckt. Die Schreie der Frau hatten einen Chor von Hilferufen, Protesten und Ermahnungen auf den Plan gerufen.

»Die Gendarmen sollen kommen! Die Gendarmen sollen kommen!«

»Es gibt Tote!«

»Zu Hilfe! Zu Hilfe!«

Der einzige Gegner des Hauptmanns, der noch am Leben war, nahm sich nicht einmal mehr die Zeit, sein Schwert aus der Seite von Gonzalo de Santa Cruz zu ziehen. Er ließ den Griff los und eilte durch die gleiche Gasse davon, aus der er wenige Minuten zuvor aufgetaucht war. Sein Schatten verlor sich an der Plaza del Conde de Barajas.

Immer mehr Menschen, deren Wortwechsel bereits zu einem Riesengeschrei angewachsen waren, hielten Kerzen, Fackeln und Laternen von Balkonen, aus Türen und Fenstern. Niemand wagte jedoch, mehr zu tun als zu rufen oder eine Bemerkung seinem Nachbarn gegenüber von sich zu geben.

Der Hauptmann trug eine unglaubliche Gelassenheit zur Schau, steckte sein Schwert weg – ein Soldat, der etwas auf sich hält, trennt sich niemals von seiner Waffe –, nahm ein Tuch heraus und zog das Schwert, das in seiner Seite steckte, mit einem Ruck heraus. Angesichts des ungeheuerlichen Schmerzes konnte er ein Stöhnen nur mühsam unterdrücken. So gut es ging, stillte er die Blutung der neuen Wunde und, nachdem er sich vergewissert hatte, dass Sancho tot war, wankte er davon, die rechte Hand in die Seite gepresst.

Eine alte Frau winkte wild mit einer Laterne und schrie wie besessen:

»Sie flüchten! Sie flüchten!«

Doch niemand wagte sich auf die Straße. Es blieb bei Rufen, Beschimpfungen und Kommentaren.

Mühsam schleppte sich der Hauptmann davon und verlor sich im Dunkel der Nacht. Immer gedämpfter drangen der Lärm und das Gezeter der Leute zu ihm. Er hielt inne, weil er das Bewusstsein zu verlieren drohte. Er wusste, er war schwer verwundet und hatte viel Blut verloren, womöglich zu viel. Er merkte es an dem Schwächegefühl, das ihn überkam und immer stärker wurde. Er sah, dass er nicht nur im Blut der beiden Wunden, sondern auch in Schweiß gebadet war, der aus allen Poren seines Körpers drang. Plötzlich wurde ihm schwarz vor Augen, und er glaubte, er würde in Ohnmacht fallen. Er ließ sich schnaufend gegen die Mauer eines Hauses fallen, ihm war, als sei er eine Meile gelaufen. Große Erschöpfung überkam ihn, und er war nicht sicher, ob er die Schreie der aufgebrachten Nachbarn aufgrund der Entfernung gedämpft wahrnahm oder seine Sinne bereits an Schärfe verloren.

Unter großen Mühen straffte er seinen Körper und ging weiter, doch bis zur Plaza de la Cebada zu gelangen erschien ihm in seinem Zustand ein unmögliches Unterfangen. In einem schier unglaublichen Kraftakt schaffte er ein kleines Stück seines Weges. Er wendete alle ihm verbliebene Energie auf. Taumelnd und mit dem Überlebensinstinkt, der ihm beim Militär eingeprägt worden war, erreichte er das Ende der Straße.

Bevor er bewusstlos zusammenbrach, verwandte er einen

letzten Gedanken an die Frau, die er liebte, und die Ironie des Schicksals, die ihn vor der Tür ihres Hauses sterben ließ. Der Aufprall seines Körpers auf der Straße erzeugte ein dumpfes Geräusch.

16

Don Francisco Fernández de Córdoba, Herzog von Sessa, Graf von Cabra, Señor von Baena, Grande von Spanien und Vorsitzender des Militärordensrats war außer sich. Der Adelige überzog den Polen, der sich unterwürfig duckte, mit einem regelrechten Schwall von Flüchen und Beschimpfungen:

»Ihr seid ein Haufen Nichtsnutze! Unfähig, eine Arbeit ordentlich zu erledigen! Gauner! Ihr wart zu fünft und hättet sie einfach überrumpeln können! Ein Haufen Feiglinge seid ihr! Aber ich trage die Schuld, weil ich einer Bande wie eurer vertraut habe!«

»Exzellenz, ich kann Euch versichern …« Der Pole setzte zu einer Rechtfertigung an, doch der Herzog schnitt ihm sofort das Wort ab.

»Du kannst mir gar nichts versichern! Wie soll ich denn nur ein Wort von dem glauben, was du mir erzählst! Ich brauche Beweise, und du kannst mir keine liefern! Halunke!«

Als sein Zorn sich ein wenig gelegt zu haben schien, begann der Meuchelmörder erneut: »Wenn Eure Exzellenz mir gestatten …«

»Ja, ich gestatte es dir! Aber schwör mir nicht noch einmal, Santa Cruz sei tot, dann ist deine Seele wegen Meineides verdammt! Du Lump schreckst nicht einmal davor zurück, Gott zum Zeugen deiner Lügen anzuführen!«

»Es stimmt, Exzellenz, dass wir ihm zahlenmäßig überlegen waren und unsere Strategie funktionierte. Der Beweis dafür ist, dass der Bursche des Hauptmanns mit einem einzigen Dolchstoß erledigt wurde. Doch Ihr habt keine Vorstellung … Nun, Ihr habt sie wohl doch … Ihr wisst, Exzellenz, wozu dieser Hauptmann mit einem Schwert in der Hand fähig ist?«

»Was soll heißen, ich habe eine Vorstellung davon?«, schrie der Herzog wutentbrannt.

»Señor, erinnert Euch, er hat Euch kürzlich mit einem halben Dutzend Eurer Diener eingeschlossen.«

De Sessas Miene wurde noch zorniger.

»Schweif nicht ab, du Schurke, sondern fahr fort!«

»Mit dem Schwert in der Hand ist er der leibhaftige Teufel in Person. Er hat vier meiner Männer umgebracht.«

»Und er hätte auch dich zur Hölle geschickt, hättest du dich nicht mit eingezogenem Schwanz davongemacht!«

»Ich versichere Euch, Exzellenz, wenn sich nicht die Nachbarn auf uns gestürzt hätten, hätte ich ihn erledigt. Ich schwöre es Euch bei meinem Seelenheil …«

»Schwöre nicht beim Heil deiner Seele, denn die ist sowieso schon unrettbar verloren!«

»Ich schwöre Euch aber, dass wir ihm zwei Stichverletzungen zugefügt haben, mit denen er gar nicht lebendig davonkommen konnte!«

»Wir haben aber seinen Leichnam nicht!«

»Ich versichere Euch, er war tödlich verwundet!«

»Immerhin war er stark und entschlossen genug, den Ort des Geschehens zu verlassen!«

»Das stimmt allerdings, Exzellenz«, gestand der Pole zerknirscht ein.

Der Herzog lächelte boshaft.

»Es bringt nichts, weiter zu diskutieren, ob Santa Cruz tot ist oder nicht. Lass dir aber gesagt sein, dass du von mir keinen roten Heller sehen wirst, solange ich nicht den Beweis für seinen Tod vorliegen habe. Ich will Beweise, keine Schwüre und Versprechungen von jemandem, der keinen Anspruch mehr darauf hat, seinen Glauben oder sein Wort zu verpfänden.«

»Das ist nicht gerecht, Exzellenz. Ich habe bei der Angelegenheit vier meiner Männer verloren.«

»Das kümmert mich einen feuchten Kehricht! Ohne Leiche keine Dukaten! Ich kann dich lediglich dabei unterstützen, den Aufenthaltsort von Santa Cruz in Erfahrung zu bringen.«

»Ihr meint die Leiche von Santa Cruz!«

»Das hoffe und wünsche ich: dass es nicht er, sondern sein Leichnam ist, den wir finden!«

Überall gab es nur ein Gesprächsthema: die fünf Toten in der Cava de San Miguel. Dabei waren die unterschiedlichsten Auslegungen des Vorfalls zu hören: Pfarrer machten das Gemetzel zum Mittelpunkt ihrer Predigten, um – je nach politischem Standpunkt – ihre Botschaft zu vermitteln. Am meisten Aufmerksamkeit erregte die Tatsache, dass sich unter den Toten der Diener von Hauptmann Gonzalo de Santa Cruz befand, dessen Verbindung zur Sache Don Juans allseits bekannt war. Bei den anderen Toten handelte es sich um stadtbekannte Meuchelmörder und Ganoven, von denen man aber nicht mehr wusste, als dass sie sich fremdes Hab und Gut aneigneten und nicht davor zurückscheuten, für eine Hand voll Dukaten zu töten, falls es sich ergab.

Von einigen Seiten hörte man, es sei eine offene Rechnung unter Schurken beglichen worden, doch zu diesem Bericht passte der Leichnam des Knechts von Santa Cruz nicht. Etliche meinten, dass er das Pech gehabt habe, rein zufällig in die Auseinandersetzung geraten zu sein. Andere wieder erzählten, die Mörder hätten es eigentlich auf den Hauptmann abgesehen gehabt. Es ging das Gerücht, man habe den erwähnten Hauptmann am gleichen Abend in Begleitung seines später getöteten Knechts im Mesón del Turco gesehen. Außerdem wurde verbreitet, am Kampf seien mehr Männer beteiligt gewesen; diejenigen, die immer übertreiben mussten, gaben die Zahl gar mit um die zwanzig an. Viel diskutiert wurde auch die Frage, ob Hauptmann Santa Cruz an dem Kampf beteiligt gewesen war oder nicht. Viele glaubten, die toten Halunken gingen offenkundig auf das Konto des Hauptmanns, dessen Gewandtheit mit dem Degen in Madrid weithin bekannt war. Manche behaupteten, auch er sei tot, obgleich sein Leichnam bisher nicht aufgetaucht war. Andernorts wiederum wollte man wissen, es habe sich um einen weiteren Zusammenstoß im erbitterten Kampf zwischen Nithardisten und Donjuanisten gehandelt. Eine Bande gedungener Mörder habe versucht, einen der wichtigsten Anhänger Don Juans zu ermorden, und hinter all dem stecke die Regentin.

Und schließlich gab es noch diejenigen, die glaubten, der Vorfall sei auf die Unruhe in den vergangen Tagen zurückzuführen, in denen Don Juan auf sein Amt in Flandern verzichtet hatte, und die Schmähschrift des Herzogs von Sessa gegen Seine Hoheit habe dieses tragische Gemetzel zur Folge gehabt.

Unstrittig war, dass die fünf Leichen die politische Spannung bei Hofe deutlich erhöht hatten.

Um die Mittagszeit tagte im Schloss der Kronrat, und auch seine Mitglieder waren von dem Gerede verständlicherweise nicht unberührt geblieben. Fünf Tote in nur einer Nacht waren zu viel, selbst für eine Stadt wie Madrid, in der Nacht für Nacht irgendwelche Rechnungen beglichen wurden und wo der Fund eines Leichnams nichts Außergewöhnliches war. Die Ausführungen der Ratsmitglieder entsprachen weitgehend dem, was man sich überall in Madrid erzählte, darüber hinaus aber sorgte der verschobene Beginn der Sitzung für Gesprächsstoff: Die Königin, der Günstling und der Herzog von Sessa, der Doña Mariana am Morgen um eine dringende Audienz gebeten hatte, tagten noch immer.

»Und das, was Ihr Uns soeben berichtet habt, stimmt auch ganz gewiss?«, fragte die Königin, um sicherzugehen, dass ein Irrtum ausgeschlossen war.

»Ich habe Euch die reine Wahrheit gesagt, Majestät.«

Selbstgefällig hatte der Herzog seine ganz eigene Version der Geschehnisse zum Besten gegeben.

»Und Ihr meint, es fing an vor der Tür dieser Schänke namens ... namens ...?«

»Mesón del Turco, Majestät.«

»Soweit ich verstanden habe«, mischte sich Nithard ein, »fand die Auseinandersetzung in der Nähe der Plaza del Conde de Barajas statt.«

»In der Tat, Eure Eminenz, auf dem Weg zwischen der Gaststätte und der Plaza stachelten die beiden Banden einander unablässig auf, bis sie schließlich die Schwerter zückten.«

»Und Ihr sagtet, sie hätten Hochrufe auf Don Juan angestimmt und gerufen, er müsse den Thron besteigen?«

»Ja, Majestät, unter all den Verleumdungen, Lügen und Bosheiten, die die Helfershelfer des Bastards verbreiten, hört man in den letzten Tagen auch die Behauptung, Don Juan stehe der Thron zu. So besage es das Horoskop eines berühmten Astrologen aus Flandern.

»Was wisst Ihr über dieses Horoskop?«, fragte die Königin interessiert.

Sessa blickte fragend zu Nithard hinüber, der ihm mit einem leichten Kopfnicken bedeutete fortzufahren.

»Majestät, man sagt, Don Juan habe wissen wollen, was die Zukunft für ihn bereithielt, und habe ein Horoskop in Auftrag gegeben, in dem prophezeit wird, er werde … er werde …«

»König? Sessa, so sagt es, verdammt noch mal!«

»So ist es, Majestät, und da der Pole und seine Männer diese Schmähungen nicht länger ertrugen, griffen sie die Leute des Hauptmanns Santa Cruz an.«

»Das ist in der Tat eine ernste Geschichte«, stellte der Günstling fest.

»Wenn Ihr gestattet, Eminenz, werde ich sie beim Namen nennen. Es handelt sich um Verrat und Aufstand, Majestät. Da bekannt und offenkundig ist, dass Don Juan, den ich übrigens gestern aufgrund seines abscheulichen Verhaltens öffentlich kritisiert habe, dahintersteckt«, bei diesen Worten reckte sich Sessa stolz, »haben wir einen Schuldigen, und zwar Gonzalo de Santa Cruz y Laínez, der bei allen Machenschaften Seiner Hoheit an vorderster Front dabei ist.«

»Seid versichert, dass Wir Euren gestrigen Einsatz zu schätzen wissen.« Doña Mariana sah ein, dass sie das, was der Herzog über seine Schmähschrift vom Vortag gesagt hatte, nicht kommentarlos außer Acht lassen konnte.

»Es heißt, Hauptmann Santa Cruz sei tot«, warf Nithard ein.

»Auch ich habe das gehört, doch seine Leiche ist bisher nicht gefunden worden, was mich misstrauisch macht.«

»Was schlagt Ihr vor, Sessa?«, fragte die Königin, die die Sitzung nun offenbar beenden wollte.

»Falls Eure Majestät nicht anderer Ansicht ist, denke ich, man sollte Hauptmann Santa Cruz wegen Hochverrats und Aufstands den Prozess machen.«

»Das sind sehr schwere Anschuldigungen«, gab die Königin zu bedenken.

»Schwer und problematisch. Wir brauchen Beweise, zudem ist es schwierig, gegen einen Toten zu prozessieren«, fügte Nithard hinzu.

»Uns liegen keine Beweise für seinen Tod vor, und ich glaube nicht daran, bevor nicht seine Leiche auftaucht. Allein diesem Leichnam werde ich Glauben schenken«, gab Sessa zurück.

»Welche Beweise haben Wir?« Der Pluralis majestatis der Königin zeigte hier, dass sie geneigt war, sich Sessa anzuschließen.

»Wir haben die Aussage des Wirts des Mesón del Turco und des Mannes, der den Kampf überlebt hat, einer vertrauenswürdigen Person«, führte der Herzog an. »Bedenkt zudem, Majestät, dass durch einen Haftbefehl gegen Santa Cruz Don Juan eines seiner besten Männer beraubt wäre. Ihr wisst doch, es wird gemunkelt, er habe sich nicht nach Consuegra begeben, sondern halte sich in Madrid versteckt, um die Regierung Ihrer Majestät offen anzugreifen.«

Doña Mariana erbleichte.

»Das wird gesagt?«

»Zumindest habe ich es gehört, Majestät!«

»Ich denke, Wir verlieren nichts, wenn Wir Hauptmann

Santa Cruz, den der Teufel holen möge, festnehmen und ihn des Hochverrats und des Aufstands anklagen«, stimmte die Königin schließlich zu.

»Majestät«, Nithard schien ganz und gar nicht überzeugt, »ich denke, wir sollten in diesen heiklen Zeiten Vorsicht walten lassen.«

»Was wollt Ihr damit sagen, Pater Everardo?«, fragte Doña Mariana verärgert.

»Majestät, das sind sehr schwerwiegende Anschuldigungen, und sie werden nicht leicht zu beweisen sein. Wir könnten den Haftbefehl auf Mord und Erregung öffentlichen Ärgernisses lauten lassen. Diese Anklagepunkte wären, falls er noch am Leben ist, einfach nachzuweisen, denn an seiner Beteiligung am Kampf gestern Nacht bestehen wenig Zweifel. Das Ergebnis wäre meiner Ansicht nach das Gleiche, ohne die Risiken solch schwerer Anschuldigungen, wie sie der Herzog vorschlägt. In der gegenwärtigen Lage sollten wir besser diskret vorgehen.«

»Ihr habt recht«, entschied die Königin. »So soll es geschehen: Der Moment ist gekommen, mit diesem Hauptmann Santa Cruz abzurechnen.«

Noch am selben Abend verkündeten Ausrufer und Anschläge an den üblichen Plätzen, Hauptmann Don Gonzalo de Santa Cruz y Laínez, dessen Aufenthaltsort unbekannt war, werde per Haftbefehl gesucht.

Der Text, den die Ausrufer verlasen und der an den Anschlagtafeln hing, lautete folgendermaßen:

An alle Vögte, Ortsrichter, Richter, Notare und redlichen Männer dieses Reiches

Im Namen unseres Herrn Don Carlos II., König von Kastilien, León, Aragón, Neapel, Sizilien, Córdoba, Sevilla, Granada, Jaén, des Festlandes und der Inseln im Ozeanischen Meer, König von Jerusalem, Herzog von Brabant und Mailand, Señor von Vizcaya und Molina und anderen und in seinem Auftrag im Namen von Don Diego Sarmiento de Valladares, Vorsitzender des Kronrats, wird hiermit kund und zu wissen gegeben, dass in der Strafkammer des Königlichen Gerichts von Madrid gegen Hauptmann Gonzalo de Santa Cruz y Lainez, wohnhaft an der Plaza de la Cebada dieser Stadt, ein Prozess- und Haftbeschluss erteilt wurde. Er wird dringend schwerer Verbrechen gegen Ihre Majestät verdächtigt, als da wären nächtlicher Mord und öffentlicher Aufruhr, die Ruhe und Frieden der Einwohner dieser Stadt beeinträchtigt haben.

Da der Aufenthalt des Beklagten derzeit unbekannt ist, wurde Folgendes verfügt, um unserem Herrn und König besser dienen zu können:

Derjenige, der einem der Ortsrichter dieser Stadt richtige, vertrauenswürdige und wahre Angaben zu seinem gegenwärtigen Aufenthaltsort zu machen vermag, soll fünfzig Golddukaten erhalten. Wer zu seiner Verhaftung verhilft, der soll die doppelte Summe bekommen.

Obiges wird in der Stadt und am Hofe zu Madrid am 25. Tag des Monats August Anno Domini 1668 öffentlich bekannt gemacht.

Don Diego Sarmiento de Valladares,
Vorsitzender des Kronrats

Doña Casilda de Laínez lag nach einem höchst sorgenvollen und leiderfüllten Vormittag mit Fieber darnieder. Ihre Befürchtungen hatten sich bestätigt, als kurz nach acht Uhr morgens eine Nachbarin vom Obst- und Gemüsemarkt, der täglich auf der Plaza de la Cebada abgehalten wurde, mit der Nachricht zurückkehrte, einige Gerichtsdiener stellten Nachforschungen an und seien auf dem Weg zu ihrem Hause, weil Sancho erstochen aufgefunden worden war.

Als diese Nachricht überbracht wurde, fiel Doña Casilda in Ohnmacht. Es dauerte lange, bis sie wieder zu sich kam, und als sie wieder zu sich kam, brachte ihr die Dienerin zur Stärkung eine Schale kräftiger heißer Brühe.

Mit den Gerichtsdienern, angeführt von einem Ortsrichter, strömten zahlreiche Nachbarn ins Haus, es herrschte ein ständiges Kommen und Gehen, bei dem die unglaublichsten Gerüchte laut wurden. Plötzlich glich Gonzalos Haus, in dem sonst alles ruhig und ordentlich zuging, einem Bienenkorb. Da die Hausherrin unpässlich war und die beiden Dienstmädchen genug damit zu tun hatten, sie zu versorgen, gab es niemanden, der in irgendeiner Weise für Ordnung hätte sorgen können. Schließlich wurde das Durcheinander so groß, dass jemand dem Treiben Einhalt gebieten musste. Der Richter bat Doña Casilda um Erlaubnis, das Haus räumen zu lassen, um mit der Befragung beginnen zu können. Nur mit Mühe gelang es, die murrenden Zuschauer zu vertreiben, die sich das Schauspiel nicht entgehen lassen wollten. Die Hinauskomplimentierten drängten nur noch vor den Türen, um ja nichts von dem zu verpassen, was im Inneren vor sich ging.

Nachdem wieder Ruhe und Frieden im Haus eingekehrt war, brachte der Richter, ein höflicher, wohlerzogener Mann, Doña Casilda zunächst sein Beileid über den Tod ihres Dieners zum Ausdruck. Dann sagte er ihr, es sei seine Pflicht, ihr eine Reihe von Fragen zu stellen, die für die Ermittlungen der Gerichtsbarkeit unverzichtbar seien.

Doña Casilda und der Richter nahmen in einem kleinen ebenerdigen Raum Platz, dessen Tür von zwei Soldaten bewacht wurde. Gonzalos Tante, die kaum die Tränen zurückhalten konnte und immer wieder ihre feuchten Augen mit einem Taschentuch aus feiner Brüsseler Spitze abtupfte, erklärte dem Richter, einem Mann namens Luis de Sandoval, sie sei gerne bereit, seine Fragen zu beantworten.

»Doch zuallererst bitte ich Euch um Nachricht über meinen Neffen, den Hauptmann Gonzalo de Santa Cruz«, bat Doña Casilda mit tränenerstickter Stimme.

»Beruhigt Euch, Señora. Tränen und Verzweiflung werden Euch nicht weiterhelfen. Über Hauptmann Santa Cruz ist nichts bekannt. Nichts von dem, was geredet und behauptet wird, ist gewiss.«

Doña Casilda seufzte.

»Während sie den Leichnam des Mannes herschaffen«, fuhr der Richter fort, »der dem Anschein nach Knecht in diesem Haus war und Sancho Mateos hieß, habt bitte die Güte, mir zu sagen …«

In diesem Moment drang das Stimmengewirr bis zu ihnen. Offensichtlich geschah auf der Straße etwas, was die erhitzten Gemüter draußen noch mehr aufbrachte. Wenige Augenblicke später betrat einer der Uniformierten, die an der Tür wachten, den Raum.

»Verzeiht, Don Luis, soeben wurde der Tote gebracht.«

Der Richter wandte sich an die Hausherrin: »Señora, Ihr müsst den Toten identifizieren und uns sagen, wohin wir den armen Kerl bringen sollen.«

Doña Casilda nahm all ihre Kraft zusammen und bestätigte, dass es sich tatsächlich um Sancho handelte. Sie ordnete an, ihn in einem anderen Raum im Erdgeschoss in ein Leintuch gewickelt aufzubahren.

Inmitten der Aufregung, die das Eintreffen des Leichnams verursachte, hatten die Soldaten alle Hände voll zu tun, und so konnte unbemerkt ein abstoßend aussehender Mann das Haus betreten. Er hatte kurze, krumme Beine, viel zu lange Arme für einen Menschen seiner Statur und ein bleiches Gesicht mit einem großen, zahnlosen Mund. Es war ein Zimmermann, der hauptsächlich Särge für Verstorbene anfertigte, die sich einen solchen leisten konnten, auch wenn es nur recht und schlecht aus Brettern zusammengenagelte Kisten waren. Die Hausherrin willigte ein, bei ihm einen Sarg für die sterblichen Überreste Sanchos in Auftrag zu geben.

Der Zimmermann trat an den Toten heran und nahm mit einem Rohrstock, auf den er sich beim Gehen stützte, grob Maß.

»Eine Rohrlänge und vier Rohrabschnitte«, sagte er mit fester Stimme, wie um sich dadurch das auf diese eigenartige Weise ermittelte Maß einzuprägen. Im Hinausgehen sagte er: »Ich werde den Sarg heute Abend liefern. Das macht achtzehn Reales und vier Maravedís.«

Doña Casilda hatte den ersten großen Schmerz überwunden und antwortete sachlich auf die Fragen des Richters.

»Wann habt Ihr ihn zuletzt gesehen?«

»Gestern Nacht, als er in Begleitung meines Neffen, des Hauptmanns, das Haus verließ.«

»Erinnert Ihr Euch an die Uhrzeit?«

»Es war sehr spät, gegen Mitternacht.«

»Zu so später Stunde?«, fragte Sandoval nach.

»So ist es«, erwiderte Doña Casilda knapp.

»Der Hauptmann und der Verstorbene haben also gemeinsam das Haus verlassen«, stellte der Richter bestätigend fest.

Die Tante nickte.

»Wohin wollten sie zu so unpassender Stunde gehen?«

Doña Casilda überlegte ihre Antwort. Sie war überzeugt, dass man die beiden im Mesón del Turco gesehen hatte und dass es daher keinen Sinn hatte, diese Information zurückzuhalten.

»Ich glaube, sie wollten zum Mesón del Turco.«

»Erinnert Ihr Euch, warum sie dorthin gingen?«

Das war eine Fangfrage. Offenbar ging der Richter davon aus, dass Doña Casilda den Grund kannte, und so fragte er sie gar nicht erst, ob sie ihn wisse, sondern nur, ob sie sich daran erinnere.

Trotz ihrer Erschöpfung blitzten Doña Casildas Augen listig auf.

»Ich bedaure, Euch mitteilen zu müssen, dass es nicht leicht ist, sich an etwas zu erinnern, was man nicht weiß.«

Der Richter verstand. Diese Frau war keineswegs dumm, und bei all ihrer augenblicklichen Schwäche hatte sie klug reagiert.

»Ihr wusstet, dass sie zum Mesón del Turco unterwegs waren, kanntet jedoch nicht den Grund, trifft das zu?«

»So ist es, Señor. Ich habe jedoch einen Verdacht: Ich würde sagen, sie hatten den gleichen Grund wie so viele Einwohner Madrids um diese Jahreszeit: Sie wollten mit einem kühlen Trunk ihren Durst löschen.«

»Wisst Ihr, ob der Hauptmann verabredet war?«

»Ich sagte Euch ja schon, ich weiß es nicht«, entgegnete Doña Casilda ärgerlich.

»Schon gut, schon gut. Kehrten der Hauptmann und der Verstorbene nach dem Besuch der Schänke heim?«

»Nein, sie sind nicht zurückgekommen.«

»Seid Ihr sicher?«

»Das bin ich.«

Der Richter hakte nach: »Möglicherweise kehrten sie zurück, während Ihr schlieft?«

»Ich habe einen leichten Schlaf und wäre davon aufgewacht.«

»Oder Ihr seid vielleicht wach geblieben, weil Ihr in Sorge wart?«

»Natürlich war ich über den Ausgang zu dieser Stunde beunruhigt, noch dazu, da so etwas nicht den Gewohnheiten meines Neffen entspricht. Aber weiter nichts.«

»Warum wart Ihr besorgt?«

»Ihr wisst schon ... überall lauern nächtliche Gefahren. Es passiert so viel!«

Doch Luis de Sandoval erwies sich als hartnäckiger Ermittler und ließ nicht locker.

»Was passiert, Doña Casilda?«

»Was jedermann bekannt ist, auch Euch und mir. Überall wird von nichts anderem gesprochen.«

»Würde es Euch etwas ausmachen, mir das näher zu erläutern?«

Wieder blitzten Doña Casildas Augen listig auf.

»Natürlich nicht. Man munkelt, Don Juan werde nicht nach Flandern gehen. Zudem wird gesagt, Ihre Majestät, die Königin, habe ihm befohlen, sich nach Consuegra zurückzuziehen. Gerüchten zufolge soll er sich in Madrid versteckt halten. Man hört, zahlreiche Adelige wünschen nicht, dass der Beichtvater weiterhin in der Regierung verbleibt, und es sei ein Plan ausgeheckt worden, Nithard zu ermorden. Der aragonesische Edelmann Malladas wurde ohne Verurteilung mit der Garrotte hingerichtet. Der Marquis de Saint-Aunais wurde vergiftet. Kaum ein Morgen, an dem nicht ein Toter auftaucht, dem man gewaltsam das Leben genommen hat. Seht doch nur, was heute Nacht passiert ist! Was soll ich Euch berichten, was Ihr nicht schon wisst!«

»Ich sehe, Ihr seid gut informiert!«

»Wie jedermann, Herr Richter. Ich habe Euch bereits gesagt, dass allerorts darüber geredet wird.«

»Ihr sagtet, Euer Neffe und sein Diener seien von ihrem Besuch im Mesón del Turco nicht zurückgekehrt. Wusstet Ihr, dass außer Sancho noch weitere vier Tote aufgefunden wurden?«

Doña Casilda war sichtlich beunruhigt.

»Ist mein Neffe unter ihnen?«

»Beruhigt Euch, er war nicht darunter. Ich sagte Euch ja schon, alles, was Ihr über Euren Neffen hört, sind Gerüchte.«

»Seid Ihr sicher?«

»So sicher wie Ihr, dass er von seinem mitternächtlichen Ausgang nicht zurückgekommen ist.«

Tante Casilda steckte den Seitenhieb weg, ohne mit der Wimper zu zucken.

»Doña Casilda, ich habe Euch nun eine äußerst wichtige Frage zu stellen.« Sandovals Stimme hatte einen offiziellen Tonfall angenommen. »Habt Ihr etwas von Eurem Neffen gehört, seit er gestern Nacht das Haus verlassen hat?«

Die Tante antwortete ohne zu zögern: »Nichts, absolut nichts. Wisst Ihr denn etwas? Wenn ja, so flehe ich Euch um Gottes willen an, es mir zu sagen. Ich bin halbtot vor Sorge ...«

Der Richter hatte nicht den geringsten Zweifel, dass Doña Casilda zumindest in diesem Augenblick die Wahrheit sagte.

»Nein, wir haben keine Nachricht von ihm. Wir wissen nicht, ob er lebt oder tot ist.«

Bei diesen Worten brach Doña Casilda in Tränen aus und verbarg ihr Gesicht in den Händen.

»Wir wissen nicht, ob er sich in der Stadt befindet oder sie verlassen hat. Ich kann Euch nur versichern, dass er nicht unter den anderen vier Toten war, die der Kampf gefordert hat.«

»Gott sei ihrer Seelen gnädig.«

Don Luis de Sandoval erklärte die Vernehmung für beendet und bat Gonzalos Tante um Entschuldigung, dass er sie unter diesen Umständen mit seinen Fragen hatte belästigen müssen. Er fügte jedoch hinzu, es sei sehr wahrscheinlich, dass er im Laufe der gerade erst begonnenen Untersuchungen erneut mit ihr sprechen müsse. Er erbot sich, sie über alle Neuigkeiten auf dem Laufenden zu halten. Im Gegenzug bat er sie, auch ihn über jede Nachricht zu informieren, die sie erhielt.

Als der Richter und die Soldaten sich empfohlen hatten, war Doña Casilda völlig erschöpft. Sie fühlte sich elend und fiebrig und wurde von entsetzlichen Magenschmerzen geplagt. Ungeachtet ihres Protests und ihrer schwachen Widerstandsversuche brachten die Dienerinnen sie zu Bett. Sie würden sich um Sanchos Beerdigung kümmern, den Pfarrer verständigen und alles Übrige erledigen. Doña Casilda rang ihnen das Versprechen ab, sie zu verständigen, falls eine Nachricht über den Hauptmann eintraf.

Die Beisetzung wurde für den Abend des gleichen Tages angesetzt. Der Tote bot einen furchtbaren Anblick: Er war durch den Messerschnitt entstellt und verbreitete aufgrund der unbarmherzigen Augusthitze bereits einen durchdringenden Verwesungsgeruch. Mit dem Pfarrer von San Andrés – der Gemeinde, zu deren Bezirk die Anwohner der Plaza de la Cebada gehörten – wurde vereinbart, die Totenfeier und Beerdigung unverzüglich vorzunehmen, sobald der Sarg eingetroffen sei.

Von all dem bekam Doña Casilda nichts mit, denn sie war nach der durchwachten Nacht und all dem Kummer, den sie durchlitten hatte, in tiefen Schlaf gefallen. Der Arzt, der nach ihr sah, verordnete einen Aderlass mit Blutegeln und befahl, jegliche Aufregung von ihr fernzuhalten. Die Bediensteten kannten ihre Herrin gut genug, um sich gegen den Aderlass zu entscheiden, beschlossen aber, dem ärztlichen Rat zu folgen und ihr jede Störung zu ersparen. Deshalb sagten sie ihr nichts, als die Nachbarinnen angelaufen kamen, unter dem Vorwand, ihr Beileid für Sanchos Tod ausdrücken zu wollen, in Wirklichkeit jedoch, um Doña Casilda in allen Einzelheiten über die öffentliche Bekanntmachung zu berichten, in der die gerichtliche Verfolgung und Festnahme ihres Neffen verfügt wurde.

Am gleichen Abend sandte Don Bernardo Patiño, der ständig über alle Geschehnisse in Madrid informiert war – sogar über die Zusammenkunft der Königin, des Günstlings und des Herzogs von Sessa, wenn auch nicht über deren Inhalt –, einen Boten nach Consuegra, um Don Juan, dessen Ankunft am Sitz des Johanniterordens zu dieser Stunde erwartet wurde, genauestens über alles in Kenntnis zu setzen, was dem Hauptmann widerfahren war. Damit Don Juan sich ein besseres Urteil bilden könne, legte er eine der öffentlichen Bekanntmachungen bei. Überdies teilte er ihm mit, dass er den Aufenthaltsort Gonzalos nicht kenne und nicht wisse, ob dieser noch am Leben sei, dass er aber alles in seiner Macht Stehende tue, um Nachricht von ihm zu erhalten. Er schrieb, seiner Ansicht nach stecke der Herzog von Sessa hinter der Sache, und obgleich er es nicht beweisen könne, gehe er davon aus, dass während seines Treffens mit Doña Mariana und Pater Everardo beschlossen worden sei, wie man gegen den Hauptmann vorgehen werde. In allen Einzelheiten berichtete er Don Juan außerdem über die aufgeheizte Stimmung in ganz Madrid nach dem Kampf und aufgrund der öffentlichen Anklage gegen Hauptmann Santa Cruz.

Abschließend erbat er von Seiner Hoheit Anweisungen, wie unter den gegebenen Umständen vorzugehen sei.

Als der Tag sich neigte und sich die ersten Abendschatten über die Stadt legten, lag eine Unruhe in der Luft, die nichts Gutes verhieß. Vor Einbruch der Nacht suchten die Menschen den Schutz ihres Hauses. Die Grüppchen, die sich nach der letzten Abendmesse vor den Pfarr- und Klosterkirchen bildeten, tauschten leise, fast im Flüsterton, die letzten Bemerkungen und zerstreuten sich rascher als gewöhnlich. Die Furcht, die man beinahe mit Händen zu greifen glaubte, war durch die Gerüchte ausgelöst worden, die die öffentliche Bekanntmachung der Anklage gegen Hauptmann Gonzalo de Santa Cruz verursacht hatte, einen Mann, der für viele verstörte Einwohner Madrids ein angesehener Militär und mustergültigen Edelmann war. Das konnte nichts Gutes bedeuten.

Wie zur Verstärkung dieser düsteren Aussichten zogen in der Dämmerung über dem Himmel von Madrid dicke schwarze Wolken auf, die eines jener Sommergewitter verhießen, von denen sich in diesem Jahr noch keines entladen hatte. Der Westwind, der zunächst schwach, dann immer stärker blies, trug einen durchdringenden Geruch nach feuchter Erde heran.

17

Elena de Zúñiga wollte die Dunkelheit der Nacht nutzen, um an Gegenständen verschiedener Größe und in unterschiedlichen Positionen Lichtstudien und Versuche bei Kerzenschein durchzuführen. Sie versuchte, Kontraste aus Licht und Schatten zu erzeugen, um sie danach so genau und realistisch wie möglich auf Leinwand zu bannen. So versunken war sie in diese Arbeit, die sie nur im Dunkeln erfolgreich ausführen konnte – im Tageslicht verloren die Kontraste an Kraft und Intensität –, dass drei Stunden verstrichen waren, ohne dass sie es bemerkt hätte. Nun jedoch war sie so müde, dass sie beschloss aufzuhören.

Sie war damit beschäftigt, ihre Pinsel zu reinigen und Öle, Fette und Pigmente zu sortieren, als sie durch die halb geöffneten Fensterläden, die ein wenig frische Luft in die drückende Schwüle des Raums bringen sollten, die durch die vielen brennenden Kerzen noch verstärkt wurde, vernahm, wie jemand mit gedämpfter Stimme von irgendeinem nächtlichen Ereignis sprach. Doch drangen die Stimmen so undeutlich zu ihr herauf, dass sie nicht verstehen konnte, worum es ging. Erst als sie aufmerksam lauschte, hörte sie plötzlich einen dumpfen Schlag. Vorsichtig lugte sie durch die Jalousie und erkannte eine reglose Gestalt, die auf dem Boden lag.

Sie zögerte, ob sie es wagen solle, zu dieser späten Stunde jemandem zu Hilfe zu eilen, doch ihre Bedenken währten nicht lange. Sie nahm eine der Kerzen, die sie für ihre Arbeit verwendet hatte, eilte lautlos hinunter und öffnete ebenso leise die Türen zur Diele und zur Straße. Vorsichtig schlich sie zu dem dunklen, reglosen Körper hinüber, der auf dem Boden lag, und was sie im Schein der Kerze sah, überraschte sie so sehr, dass sie nur mit Mühe einen Schreckensruf unterdrücken konnte.

Dieser Mann war Gonzalo! Gonzalo de Santa Cruz!

Sein Gesicht war schmerzverzerrt, eine Hand krampfte sich um den Griff seines Degens, die andere hatte er in seine Seite gepresst. Dann erblickte Elena das blutgetränkte Tuch zwischen seinen Fingern.

»Oh Gott, Gonzalo! Was hat man dir angetan?«

Entsetzt stellte sie fest, dass seine Kleidung voller Blut war. Sie hielt ihr Ohr an seine Brust und nahm seine Atmung und seinen Herzschlag wahr. Er war noch am Leben!

Sie versuchte, seinen reglosen Körper zu bewegen, schaffte es aber nicht. Er war zu schwer für sie. Sie eilte geräuschlos ins Haus, um Jerónima zu wecken, die ihr helfen sollte. Ungeachtet der Proteste der Zofe, das Ganze sei eine Verrücktheit, gelang es ihnen, Gonzalo ins Innere des Hauses zu schleppen. Dort holten Elena und ihre Bedienstete eine Wollmatratze herbei, da der Verwundete zu schwer war, um ihn ins Obergeschoss zu bringen. Zudem sickerte das Blut nun so stark aus seiner Seite, dass es ratsam schien, ihn so wenig wie möglich zu bewegen.

Doña Jerónima murrte unablässig: »Ich will nicht dabei sein, wenn Euer Vater davon erfährt. Natürlich werde ich bestreiten, irgendetwas mit dieser Torheit zu schaffen zu haben.«

»Hör auf zu lamentieren, setz Wasser auf und hol Verbandzeug«, gab Elena zurück.

»Wo soll ich das denn hernehmen?«

»Was weiß ich? Zerreiß Bettzeug oder ein Laken!»

»Herr im Himmel, worauf haben wir uns da nur eingelassen!«

»Sprich leiser, du wirst noch meinen Vater aufwecken, und gib Leonor Bescheid, sie soll kommen und helfen. Wir brauchen sie.«

Während die Zofe widerwillig Elenas Anweisungen Folge leistete, vergewisserte sich diese, dass die Fensterläden dicht verschlossen waren, um indiskreten Blicken vorzubeugen. Dann schnitt sie mit einer Schere ganz behutsam Gonzalos Kleidung auf, ohne ihn zu bewegen, bis sie ihn von der Taille aufwärts entblößt hatte. Nun lagen die beiden Wunden, aus denen das Blut floss, offen. Nervös rang sie die Hände und überlegte, was zu tun war. Sie sah dem Mann, den sie liebte, ins Gesicht – die Wochen ohne ihn in Saucedón hatten ihr lediglich vor Augen geführt, wie hoffnungslos sie in ihn verliebt war – und erkannte darin das Antlitz des Todes. Gonzalo war leichenblass, die Nase wirkte spitz, und die Augen lagen tief in dunklen Höhlen.

Der Kummer übermannte sie, und sie konnte die Tränen, die ihr in die Augen schossen, kaum zurückhalten. Sie war sicher, dass es mit ihm zu Ende ging. In diesem Moment trat Leonor ein, deren Schläfrigkeit mit einem Mal wie weggeblasen war.

»Um Himmels willen! Was ist geschehen?«

Elena wusste keine Antwort auf ihre Frage. Jerónima kam mit einer Hand voll breiter Verbände herbei, die sie aus einem Laken gerissen hatte.

Elena fragte ungeduldig: »Ist das heiße Wasser bereit?«

»Das Wasser ist abgekocht. Nun müssen wir warten, bis es etwas abkühlt. Ich werde mich darum kümmern. Hier ist das

Verbandzeug, um das Ihr gebeten habt. Das hier ist der reine Wahnsinn!«

Die drei Frauen machten sich daran, den Verwundeten zu versorgen. Elena wusch die Wunden sorgfältig erst mit lauwarmem Wasser und dann mit Essig aus, um sie so gut wie möglich zu reinigen. Bevor sie ihn verband, rieb sie die ganze verletzte Seite mit Öl ein. Gonzalo war weiterhin ohne Bewusstsein. Nun blieb nur noch, auf Gott zu vertrauen und zu beten.

Um fünf Uhr morgens hatten sie alles für den Verwundeten getan, was sie tun konnten. Natürlich hätten sie auch nach einem Arzt schicken können, doch das schien nicht ungefährlich, solange nicht klar war, was vorgefallen war. Elena beschloss, bis nach Sonnenaufgang zu warten, bevor sie eine Entscheidung traf. Sie konnte nur hoffen, dass ihr so viel Zeit blieb, denn das würde voraussetzen, dass Gonzalo am nächsten Morgen noch am Leben war. Sie befahl der Zofe und der Dienerin, sich schlafen zu legen, und obgleich beide protestierten, folgten sie schließlich dem Willen ihrer Herrin. Elena harrte den Rest der Nacht an Gonzalos Seite aus. Es waren bange Stunden; mal vergingen die Minuten wie im Fluge, dann wieder erschienen sie ihr wie eine Ewigkeit. Voller Sorge dachte sie an die Reaktion ihres Vaters, wenn er von der Sache erführe. Vor allem aber beunruhigte es sie mitanzusehen, wie Gonzalo mit dem Tode kämpfte, der Mann, den sie liebte, obwohl ihr Vater diese Beziehung aufgrund der Verbindung Hauptmanns Santa Cruz zu der Partei Don Juans nicht gutheißen wollte.

Seitdem die Familie durch den Tod ihrer Mutter und ihrer Brüder auf so schreckliche Weise dezimiert worden war, hatte Elena de Zúñiga sich ausschließlich um ihren Vater und die Malerei gekümmert. Erst vor ein paar Wochen war nun etwas

Neues in ihr Leben getreten und hatte in ihrem Inneren ein ungekanntes Feuer entfacht. Eine böse Laune des Schicksals hatte bewirkt, dass sie sich ausgerechnet in einen der bedeutendsten Parteigänger des Mannes verliebte, der ihre Angehörigen ins Unglück gestürzt hatte. Die Freuden der Liebe wurden durch ihre Seelenqualen getrübt und verursachten ihr einen Kummer, der sich sogar in ihren letzten Skizzen, Entwürfen und Arbeiten widerspiegelte. Und nun hatte das gleiche Schicksal den Mann, der zum größten Widerspruch ihres Daseins geworden war, vor ihre Tür gelegt, als er dem Tode näher war als dem Leben.

Schon bald wurde der Kranke, der sich ständig hin- und herwarf, von Fieberkrämpfen geschüttelt. Im Delirium stieß er ab und zu sinnlose Worte hervor. Gonzalo war schweißgebadet, doch die Wunden hatten offenbar zu bluten aufgehört, die Flecken auf dem Verband wurden nicht mehr größer oder dunkler.

An den Bewegungen Gonzalos konnte Elena sehen, dass er einen harten, vielleicht den härtesten Kampf seines Lebens gegen den Tod focht. Als sie ihn in diesem Zustand sah, erkannte sie zudem, dass er ohne einen Arzt kaum die Möglichkeit haben würde, diesen Kampf zu bestehen.

Während seine Reise vom Hofe zu Madrid nach La Coruña annähernd zwei Monate gedauert hatte, legte Don Juan José de Austria den Rückweg nach Consuegra in nur zehn Tagen zurück. Obgleich er darum ersucht hatte, in Madrid haltmachen zu dürfen, um Ihrer Majestät die Hand zu küssen, wurde ihm nicht gestattet, sich dem Hofe zu nähern.

Als er den Berghang zu der eindrucksvollen Festung hinaufritt, in der der Johanniterorden seinen Sitz hatte, verschwand die Sonne bereits hinter dem Horizont. Die letzten Sonnenstrahlen schienen auf weiße, dicht zusammengedrängte Wolken und färbten sie golden, fast orange. Schon begann es zu dämmern.

Don Juan trug schlichte schwarze Kleidung und Lederstiefel mit breiten Stulpen. Kaum dass er aus dem Sattel war, erkundigte er sich nach Nachrichten von Patiño, denn er hatte schon seit zwei Wochen keine Botschaft mehr aus Madrid erhalten. Und in der derzeitigen Lage waren zwei Wochen eine lange, eine allzu lange Zeit. Seine Miene hellte sich auf, als er erfuhr, dass am Vortag ein Bote mit Neuigkeiten aus Madrid angelangt sei. Er gönnte sich keine Ruhepause, sondern machte sich, nachdem er sich flüchtig vom Reisestaub befreit hatte, gleich begierig daran, Don Bernardos Bericht zu lesen.

Seine Freude über die Botschaft verflog, je weiter er las. Schon die Nachricht von Gonzalos Tod hatte ihn tief getroffen, doch als er den Beschluss mit den Anschuldigungen gegen ihn las, stieß er einen Fluch aus.

»Verdammte Halunken!«

Wie kaum ein anderer verstand Don Juan zwischen den Zeilen dieses Haftbefehls zu lesen. Er wusste, dass es sich in Wahrheit um einen Schachzug gegen ihn handelte. Die Königin, Nithard und der Kronrat waren keineswegs an Hauptmann Santa Cruz interessiert. Diese Aktion war gegen ihn gerichtet. Sie wählten diesen Weg, weil sie nicht wagten, ihn offen anzugreifen. Die Situation in Madrid war äußerst heikel geworden, und ein direktes Vorgehen gegen ihn würde die Lage noch verschlimmern.

Das Entscheidende an Patiños Nachricht war die Information, dass er sich einem gewichtigen Feind gegenübersah. Der

Haftbefehl gegen Santa Cruz – daran hegte Don Juan keine Zweifel – ging auf die Unterredung der Königin mit dem Beichtvater und dem Herzog von Sessa zurück. Er kannte den Herzog gut genug, um zu wissen, dass dieser nicht in der Lage war, so etwas auszuhecken; das Problem war demnach Nithard. Das ließ nur einen Schluss zu: Es war vor allem Pater Everardo, der zwischen ihm und seinen Absichten stand.

In dieser Nacht schlief Don Juan trotz der Erschöpfung der Reise schlecht. Die Nachrichten aus Madrid ließen ihm keine Ruhe, und wenn es ihm gelang einzuschlafen, dann fiel er lediglich in einen leichten Schlummer, der höchstens einige Minuten währte. Unaufhörlich gingen ihm Ideen durch den Kopf, und er musste immer wieder an Patiños Nachricht denken, in der das Entscheidende zwischen den Zeilen geschrieben stand. Er schmiedete Pläne, die er sogleich wieder verwarf, weil er einen Schwachpunkt entdeckte. Als die ersten Lichtstrahlen den neuen Tag ankündigten, schlief er ein, überwältigt von seiner Erschöpfung, aber auch, weil er einen Entschluss gefällt hatte: Er musste Nithards Leben ein Ende setzen.

Don Juan erwachte, als die Sonne schon hoch am Himmel stand. Niemand hatte gewagt, ihn nach der beschwerlichen Reise zu wecken. Er wusch sich, was er seit Tagen nicht getan hatte, legte sorgfältig reine Kleidung an und wohnte dann der Messe bei. Nachdem er mit ausgezeichnetem Appetit gegessen hatte, zog er sich für ein paar Stunden in sein Arbeitszimmer zurück. Der letzte Plan, den Beichtvater der Königin zu ermorden, war gescheitert, weil die falschen Leute damit beauftragt worden waren. Saint-Aunais war auf seinen Vorteil bedacht gewesen, stets bereit, sich dem Meistbietenden zu verkaufen, und Malladas war ein Mann, der sich damit abfand, dass seine Frau ihm Hörner aufsetzte. Was konnte man schon erwarten von Männern, die keine Scheu hatten, ihr Vaterland zu verraten, und zuließen, dass ihre Frau mit jedem ins Bett stieg, der bereit war, dafür zu zahlen? Die Entwicklung hatte gezeigt – und die letzten Ereignisse hatten dies aufs Neue bestätigt –, dass der Jesuit ein mächtigerer und ernster zu nehmender Feind war, als er angenommen hatte. Er musste einen Mann finden, dem es zweifelsfrei gelingen würde, ein so kompliziertes und gefährliches Unterfangen wie ein Attentat erfolgreich zu Ende zu führen.

Lange überlegte er hin und her, bis ihm schließlich die Person einfiel, die fähig sein würde, einen solchen Auftrag zu erledigen. Er hatte an seiner Seite gekämpft und kannte seinen Mut und seine Vorzüge. Es war ein entschlossener Mann, auf dessen Wort Verlass war. In seiner langen Laufbahn als Soldat hatte er nur wenige Hauptleute wie ihn getroffen. Außerdem würde es ihm aufgrund des Vertrauens, das ihm die Männer entgegenbrachten, die unter ihm gedient hatten, ein Leichtes sein, geeignete Männer für diese schwierige Aufgabe zu finden. Don Juan wunderte sich, warum er nicht schon früher auf den naheliegenden Einfall gekommen war, auf einen Mann mit solchen Qualitäten zurückzugreifen.

Es gab nur zwei Gründe, die dagegen sprachen, ihn mit dieser Mission zu betrauen: Erstens war dieser Hauptmann ein Ehrenmann und würde es möglicherweise ablehnen, in einen Auftragsmord verwickelt zu werden, auch wenn er es gewohnt war, dem Tod ins Auge zu blicken. Jemanden heimtückisch zu ermorden war schließlich etwas anderes als im Kampf zu töten. Don Bernardo würde echte Überzeugungsarbeit leisten müssen – er war klug und fähig, jeden zu überzeugen.

Zweitens hatte er schon lange keinen Kontakt mehr zu ihm gehabt und war besorgt, dass er sich mit der Zeit verändert haben könne. Auch darum würde Don Bernardo sich kümmern müssen.

An diesem Nachmittag traf Don Juan eine weitere Entscheidung: Da er sich in Madrid nicht blicken lassen durfte, sollte Patiño nach Consuegra kommen. Mit Rücksicht auf das fortgeschrittene Alter seines Sekretärs würde dieser den Weg in zwei Tagesreisen mit einer Übernachtung in Ocaña zurücklegen. Ein Reiter des Ordens würde eine mündliche Botschaft überbringen, damit Don Bernardo sich unverzüglich auf den Weg machte.

18

Es gab einen großen Aufruhr, als Don Guillén am Morgen aus seinem Schlafzimmer kam, nachdem er sich gewaschen, angekleidet und gefrühstückt hatte, und von der Anwesenheit des Hauptmanns Santa Cruz in seinem Hause erfuhr. Zuerst traute er seinen Ohren nicht, doch als ihm berichtet wurde, unter welchen Umständen seine eigene Tochter den Hauptmann aufgelesen hatte, brach der Zorn ungehemmt aus ihm heraus. Da er normalerweise ein Ausbund von Freundlichkeit und Milde war, traf sein Wutanfall die Anwesenden umso unvorbereiteter.

Trotz aller Schicksalsschläge, die er hatte erleiden müssen, und des Kummers, den ihm das Leben bereitet hatte, hatte sich Don Guillén ein weitgehend heiteres Wesen bewahrt. Er war mittelgroß und von schöner Gestalt, wenn das Alter ihn auch leicht gebeugt hatte. Seine Haut war in früheren Zeiten wohl rosig gewesen, doch die Jahre hatten tiefe Falten in sie eingegraben. Sein immer noch volles Haar war mittlerweile völlig weiß geworden, und aus seinen blauen Augen strahlte eine für sein Alter seltene Lebendigkeit, obgleich man die Traurigkeit in ihnen erahnen konnte. Er war stets gleich gekleidet, schlicht, aber elegant.

»Das hätte ich niemals für möglich gehalten, niemals! Einer der wichtigsten Anhänger Don Juans in meinem eigenen Haus! Von meiner eigenen Tochter versorgt!«

Elena stand vor ihm und ließ die Tiraden ihres Vaters

schweigend über sich ergehen. Selten zuvor hatte sie ihn so aufgebracht gesehen, und obwohl sie sich während der durchwachten Stunden der letzten Nacht die möglichen Verhaltensweisen ihres Vaters ausgemalt hatte, war die Wirklichkeit schlimmer als alles, was sie sich hatte vorstellen können. Sie hatte beschlossen – ganz gleich, wie auch immer die Reaktion ihres Vaters aussehen würde –, respektvoll zu schweigen, bis sich die Gelegenheit ergab zu sprechen.

»Die Anwesenheit dieses ... dieses ...«, Don Guillén rang nach dem passenden Wort, »in meinem Haus beleidigt das Andenken deiner Mutter und deiner Brüder! Leute wie er haben dem Mann zum Erfolg verholfen, der das größte Übel ist, das diese heruntergewirtschaftete Monarchie seit Jahrhunderten heimgesucht hat! Ich kann nicht begreifen, wie du es wagen konntest, so etwas zu tun!«

Elena fiel es immer schwerer, ihrem festen Vorsatz entsprechend zu schweigen. Sie ballte die Fäuste, bis sich ihre Fingernägel schmerzhaft in die Handflächen gruben, um sich zu beherrschen.

»Nur deine Verliebtheit, die dir offenbar den Verstand geraubt hat, hat dich zu dieser Wahnsinnstat treiben können! Du hast jemandem Obdach gewährt, der nach allem, was du mir erzählt hast, jetzt wohl schon gerichtlich verfolgt wird! Seine Wunden lassen darauf schließen, dass er in Händel verwickelt war, von denen wir nichts wissen! Vielleicht hat er jemanden umgebracht? Vielleicht gewährst du in meinem Hause einem Verbrecher Zuflucht?«

»Es ist auch ein Akt christlicher Nächstenliebe, jemandem zu helfen, der in Not ist.« Die Worte waren Elena herausgerutscht, noch bevor ihr bewusst war, dass sie sie ausgesprochen hatte.

»Ein Akt der Nächstenliebe, sagst du, du Närrin? Wahre christliche Nächstenliebe wäre es, wenn diese Übeltäter sich vor Gericht verantworten müssten!«

Ohne ein weiteres Wort zog sich Don Guillén in sein Arbeitszimmer zurück, während seine Tochter tief betrübt zurückblieb. Der Mann, denn sie trotz der Abgründe liebte, die aufgrund unglücklicher Umstände zwischen ihnen lagen, rang mit dem Tod, während ihr Vater diese Verbindung nicht nur ablehnte, sondern sich ihr gegenüber auch aufgebrachter gezeigt hatte, als sie ihn jemals erlebt hatte.

Die folgenden Stunden waren bitterer, als sie auszudrücken vermochte. Don Guillén blieb weiter in seinem Zimmer eingeschlossen und weigerte sich sogar, zum Mittagessen herunterzukommen. Elena wich nicht von Gonzalos Seite, der auf der improvisierten Bettstatt im fiebrigen Dämmerschlaf lag. Seit den frühen Morgenstunden sann sie darüber nach, was zu tun war: ob sie einen Arzt rufen oder nach einem anderen Mittel suchen sollte, das über das Reinigen und Verbinden der Wunden hinausging. Ihre Zweifel wuchsen, als sie die Umstände erfuhr, unter denen Gonzalo verwundet worden war. Noch größer war ihr Kummer, als sie hörte, dass Gendarmen und Gerichtsdiener in der gesamten Nachbarschaft Befragungen durchführten, um herauszufinden, wie es zu dem Gemetzel gekommen war. Zum Glück war das Straßenstück vor ihrem Haus nicht gepflastert, und so hatte sie mit Jerónimas Hilfe noch in der Nacht unbeobachtet die Blutflecken an der Stelle entfernen können, an der Gonzalo zusammengebrochen war, sodass die blutigen Spuren, die er hinterlassen hatte, im Nirgendwo endeten. Dennoch ergaben die Aussagen der Nachbarn, dass einer der am Kampf Beteiligten durch die Cava de San Miguel gekommen sein musste.

Elena war sicher, dass die Gendarmen früher oder später in ihrem Haus vorsprechen und dass ihre Nachforschungen ergeben würden, dass der gesuchte Mann ihr den Hof gemacht hatte. Sie hatte deshalb der Zofe und der gesamten Dienerschaft eingeschärft, was sie in diesem Fall zu sagen hätten. Auch machte sie sich große Sorgen darüber, wie ihr Vater sich verhalten würde. Am späten Nachmittag verließ Don Guillén sein Zimmer, und seine Tochter flehte ihn an, etwas zu essen. Doch er beschränkte sich darauf, sie knapp zu fragen: »Was gedenkst du zu tun, wenn die Gendarmen auftauchen?«

Als Elena nicht antwortete, hakte Don Guillén nach: »Ich nehme an, es ist dir bewusst, dass du dich eines Verbrechens schuldig machst, indem du diesen Mann versteckst, nach dem die Gendarmen schon suchen. Die Verletzungen des Hauptmanns deuten darauf hin, dass das keine Heldentat war.«

Elena setzte zu einer Antwort an, als es an die Tür klopfte. Vater und Tochter wechselten einen beunruhigten Blick.

»Es würde mich nicht wundern, wenn es die Büttel wären«, murmelte Don Guillén.

Die Besorgnis in Elenas Blick wuchs, sie blickte zu ihrem Vater hinüber und fragte beschwörerisch: »Was gedenkt Ihr zu tun, wenn sie es sind?«

In Don Guilléns zornigen Augen flackerte erstmals ein wenig Milde auf.

»Schick jemanden zur Tür. Sie sollen fragen, wer es ist.«

Das ließ Elena sich nicht zweimal sagen. Sie atmete tief durch, dann ging sie angespannt und nervös, mit wild klopfendem Herzen selbst, um das vergitterte Guckloch zu öffnen, das in die Tür eingelassen war. Sie gewahrte eine Gestalt, die ihr den Rücken zuwandte und die Straße beobachtete, während sie darauf wartete, eingelassen zu werden. Die Gestalt, die ihr vage vertraut erschien, drehte sich um, als sie vernahm, wie das Guckloch geöffnet wurde, und Elena konnte ihre Freude kaum verbergen. Es war kein Büttel der Justiz, sondern Pinilla, ein Freund ihres Vaters, der abends häufig vorbeikam, um ihm das Neuste aus der Madrider Gerüchteküche zu berichten. An diesem Tag war er, vielleicht aufgrund der beunruhigenden Ereignisse der vergangenen Nacht, etwas früher als gewöhnlich erschienen.

»Wie schön, Euch zu sehen. Es ist mir ein wahres Vergnügen, Don Pedro.« Pinilla war verwundert, dass ihm die Tochter seines Freundes höchstpersönlich öffnete und ihn so überschwänglich begrüßte. »Kommt näher, tretet ein.«

Don Pedro Pinilla war viele Jahre jünger als Don Guillén, um die vierzig, und war seit der Zeit in Flandern mit Zúñiga befreundet. Er war Hauptmann einer berittenen Kompanie gewesen und nunmehr außer Dienst – ein gut aussehender Mann, der sich seinen militärischen Schneid bewahrt hatte.

Die beiden Freunde nahmen in Ledersesseln im Arbeitszimmer Don Guilléns Platz.

»Wisst Ihr schon, was heute Nacht passiert ist?«

»Ich habe etwas gehört.«

»Es hat fünf Tote gegeben, Don Guillén. Fünf!«

»Um Himmels Willen, Don Pedro! Gab es einen Kampf?«

»Hat man Euch nichts davon erzählt? Ein Kampf, dessen Anlass noch unbekannt ist. Einer der Toten ist der Knecht von Hauptmann Gonzalo de Santa Cruz«, er senkte die Stimme, »Ihr wisst schon, wen ich meine. Über die anderen kursieren bloß Gerüchte, doch geht man davon aus, dass es sich um gedungene Mörder handelt, die den Auftrag hatten, den Hauptmann umzubringen.«

»War dieser am Kampf beteiligt?«

»Seine Beteiligung ist beinahe sicher, doch befindet er sich nicht unter den Toten. Man munkelt außerdem, es habe sich um eine weitere Auseinandersetzung zwischen den Anhängern Don Juans und denen des Günstlings der Königin gehandelt, von denen die Stadt zurzeit erschüttert wird, und die neuesten Nachrichten scheinen das zu bestätigen.«

»Wie lauten die?«

»Laut einer öffentlichen Bekanntmachung wird Hauptmann Santa Cruz per Haftbefehl gesucht.«

»Was sagt Ihr da?« Don Guillén war bemüht, sich seine Bestürzung nicht anmerken zu lassen.

»Ihr habt ganz richtig gehört, Don Guillén. Es handelt sich nicht um eines der zahllosen Gerüchte, die die Runde machen. Der Beschluss wird von Ausrufern und auf den üblichen Anschlagtafeln verbreitet. Er wird des Mordes und der Erregung öffentlichen Ärgernisses beschuldigt. Für genaue Angaben bezüglich seines Aufenthaltsorts werden als Belohnung Golddukaten in Aussicht gestellt.«

»So ernst ist die Geschichte?« Don Guillén war bestrebt, weiterhin gelassen zu erscheinen. Elena schien in etwas viel Schlimmeres verwickelt zu sein, als er angenommen hatte. Tatsächlich war er aufgebrachter darüber gewesen, dass Santa Cruz ein Anhänger Don Juans war als über den Umstand, dass sie ihm unter diesen eigenartigen Umständen Zuflucht unter seinem Dach gewährt hatte. Obgleich er entschieden gegen eine Verbindung zwischen seiner Tochter und dem Hauptmann war, hatten alle Nachforschungen über Gonzalo das Gleiche ergeben: Der Hauptmann war jemand, der sein Ehrenwort als heiliges Gut betrachtete und stets hielt, ein redlicher, ehrenhafter und mutiger Mann. Der einzige Makel bestand in seiner politischen Parteinahme für Don Juan.

»Fünf Tote, Don Guillén, das sind viele. Doch es heißt, die Anschuldigungen gegen Santa Cruz stünden im Zusammenhang mit dem politischen Hintergrund, den die Sache angeblich hat. Man hat ihn beschuldigt, ohne echte Beweise zu haben, denn man kennt nicht einmal mit Sicherheit den Anlass des Kampfes. Auch weiß man nicht, ob der Angeklagte noch am Leben ist.«

Don Guillén versuchte, sich zu beruhigen.

»Gibt es denn einen Grund für diesen direkten Angriff gegen Santa Cruz?«

»Der Hauptmann ist ein überzeugter Parteigänger Don Juans. Sollte es der Königin und Nithard gelingen, ihn zu beseitigen, hätte der Bastard einen der größten Trümpfe verloren, die er zum Erreichen seiner Ziele in der Hand hält. Es wird behauptet – freilich ohne es beweisen zu können –, die Toten hätten im Auftrag des Herzogs von Sessa gehandelt, den Santa Cruz vor einigen Tagen gedemütigt hat, als er ihn in einem Zimmer seines eigenen Hauses einschloss.«

Don Guillén schmunzelte leicht.

»Offensichtlich wurde da eine offene Rechnung beglichen.«

»Wenn Ihr es so nennen wollt ... Jedenfalls wollen einige aus dieser heiklen Lage wohl einen politischen Vorteil ziehen.«

»Ist Santa Cruz denn wirklich so bedeutend?«

»Gut informierten Quellen zufolge genießt er unter den zahlreichen Veteranen in der Stadt so hohes Ansehen, dass er der Regierung nur mit einem Fingerschnippen ernsthafte Schwierigkeiten bereiten könnte. Zu Don Juans Leidwesen weigert sich Santa Cruz trotz seiner uneingeschränkten Loyalität ihm gegenüber, sich an seinen Intrigen und kriminellen

Machenschaften zu beteiligen. Dafür ist er nicht der richtige Mann. Er kämpft an der Seite Don Juans, weil er, wie es scheint, überzeugt ist, die Übel der Monarchie könnten einzig beseitigt werden, wenn Seine Hoheit an der Regierung wäre. Doch heißt es auch, er habe sich, Don Juans Drängen zum Trotz, stets geweigert, sich an der komplizierten Welt der Politik zu beteiligen, die seiner Wesensart zuwider ist.«

Für Don Guillén, der diese Fragen vor allem gestellt hatte, um sein aufgewühltes Gemüt zu beruhigen, erwies sich Don Pedros Bericht als wahre Offenbarung. Zweifellos handelte es sich bei diesem Santa Cruz um einen ganz besonderen Mann.

Die Freunde plauderten, bis die Wanduhr feierlich siebenmal schlug. Don Guillén, der genug gehört hatte, nahm diesen Moment zum Anlass, sich bei seinem Freund zu entschuldigen. Er müsse leider diese anregende Unterhaltung beenden, da er dringenden Geschäften nachgehen müsse. In geradezu unhöflicher Eile verabschiedete der Hausherr, wenngleich unter Entschuldigungen, seinen Besuch. Sobald er alleine war, rief er seine Tochter herbei und schloss sich mit ihr in seinem Arbeitszimmer ein.

Er kam gleich zur Sache: »Wie Pinilla mir berichtet hat, wurde bereits ein Kopfgeld für ... für Don Gonzalo ausgesetzt.« Zum ersten Mal nannte ihr Vater den Hauptmann bei seinem Namen.

Elena schlug die Handfläche an den Mund, um einen Schreckenslaut zu unterdrücken. Nach langem Schweigen fragte sie ihren Vater: »Mein Gott! Warum erzählt Ihr mir nicht alles, was Ihr wisst?«

Zum ersten Mal seitdem er von der Anwesenheit des Verletzten in seinem Haus erfahren hatte, schien Don Guillén wieder der gütige alte Mann zu sein, den seine Tochter kannte.

»Setz dich und hör mir gut zu.«

Don Guillén erzählte seiner Tochter alles, was Pinilla ihm berichtet hatte. Als er geendet hatte, ertrug Elena, die nur mit Mühe die Tränen zurückgehalten hatte, die Anspannung nicht länger, unter der sie seit den frühen Morgenstunden stand. Sie begann hemmungslos zu weinen. Ihren Vater, den die Seelenstärke seiner Tochter in schwierigen Zeiten stets getröstet hatte, schmerzte es unendlich, sie so leiden zu sehen.

Er stand auf, zog ein Tuch aus der Tasche seines Wamses, trat an Elena heran, legte einen Arm um sie und versuchte liebevoll, ihre Tränen zu trocknen. Lange Minuten verstrichen, bis Elena ihre Beherrschung wiederfand. Zunächst schluchzte sie noch leise vor sich hin, dann seufzte sie ein paar Mal so tief, dass ihre Brust sich hob und senkte.

Endlich hub sie mühsam an: »Vater, das Letzte, was ich in diesem Leben will, wäre, Euch Kummer zu bereiten, doch das Herz folgt bisweilen nicht dem Diktat der Vernunft. Ich weiß nicht, ob es Wahnsinn ist, dass ich mich heillos in Gonzalo de Santa Cruz verliebt habe, doch ich bin nicht Herrin meiner Gefühle. Ich liebe ihn mit jeder Faser meines Herzens, und ... und ...«

»Fahr nur fort, meine Tochter«, ermutigte sie Don Guillén.

»... und ich wäre die glücklichste Frau der Welt, wenn diese Liebe Eure Zustimmung fände. Ich weiß, wie schwer Euch das fällt, doch wenn es Euch weiterhilft, kann ich Euch versichern, dass Gonzalo zwar Parteigänger Don Juans, doch aus einem ganz anderen Holz geschnitzt ist als dieser. Er ist ein Ehrenmann, und Falschheit und Betrug sind seinem Wesen fremd. Er ist nicht imstande, Böses zu tun, nicht einmal, um einen guten Zweck zu erreichen. Von Tag zu Tag wächst meine Überzeugung, dass er einen anderen Don Juan kennt als wir: Er verteidigt den mutigen Soldaten, den Politiker, der versucht, die Monarchie zu retten und der dem Reich große Dienste erwiesen hat, doch ahnt er nichts von den Intrigen, derer er sich mitunter bedient, um seine ehrgeizigen Ziele zu erreichen. Vater, mein Herz schlägt für einen guten, ehrenhaften und gerechten Mann. Das Schicksal hat ihn zu unserem Unglück geradewegs vor unsere Tür geführt, doch was hätte ich tun sollen? Ihn auf der Straße sterben lassen? So behandelt man keinen Hund und keinen Feind, und ich kann Euch versichern, er ist nicht unser Feind. Bevor wir nach Saucedón abreisten, bat er mich, ihm zu gestatten, mit Euch zu sprechen und Euch in allem Rede und Antwort zu stehen, was Ihr für nötig erachten solltet. Ich habe es abgelehnt, sooft er mich darum gebeten hat, da ich Eure Einstellung kannte und ... und ...«

»Ja?«, ermunterte ihr Vater sie.

»... und ich schwöre Euch beim Allerheiligsten, dass ich nicht mehr weiter weiß.«

Elena de Zúñiga versagte die Stimme, und sie brach wieder in Tränen aus, was ihren Vater nicht nur bekümmerte, sondern auch nervös machte.

»Um Gottes willen, Kind, weine nicht mehr. Beruhige dich. Wir haben schon für schlimmere Dinge eine Lösung gefunden!«

Als Elenas Tränen versiegten, fragte ihr Vater: »Wie geht es dem Hauptmann Santa Cruz?«

»Er ist weiter ohne Bewusstsein, wie betäubt, und das Fieber geht nicht zurück. Ich weiß nicht mehr, was ich tun soll«, antwortete die Tochter, erstaunt über das Interesse.

»Ich denke, wir sollten umgehend die Dienste eines Arztes in Anspruch nehmen«, meinte Don Guillén.

Elenas Miene hellte sich auf.

»Aber es ist sehr gefährlich für uns, wenn ein Außenstehender von Gonzalos Anwesenheit erfährt.«

»Es besteht keinerlei Gefahr, wenn wir Doktor Morgado kommen lassen. Jéronima soll zu ihm gehen und ihm sagen, dass ich dringend seine Hilfe benötige.«

Als Elena, die aus dem Staunen nicht herauskam, sich erhob, um die Zofe zu verständigen, fasste ihr Vater sie zärtlich am Arm. Don Guillén schnürte es die Kehle zu, dann fielen Vater und Tochter sich in die Arme, und die Anspannung der letzten Wochen war wie weggeblasen. Sie blickten einander in die Augen und verstanden sich auch ohne Worte.

»Wieder einmal danke ich dir für deinen Großmut«, flüsterte Elena.

»Geh schon, wir dürfen keine Zeit verlieren.«

Es war noch keine Stunde vergangen, als Doktor Fernando Morgado im Hause seines Freundes Zúñiga erschien. In knappen Worten setzte Don Guillén ihn über die Lage in Kenntnis. Der Arzt, der in den langen Jahren seiner Laufbahn vieles gesehen hatte, brauchte keine langen Erklärungen.

»Sei unbesorgt, meine oberste Pflicht ist es zu heilen, wenn es in meiner Macht steht. Die zweite besteht darin, Schweigen über das zu bewahren, was ich in Ausübung meines Berufes erfahre. Wenn der Fall überdies dich betrifft, ist alles Übrige hinfällig. Gehen wir, Guillén, sehen wir uns den Verwundeten an!«

Don Guillén zog es vor, den Raum nicht zu betreten, in dem der Hauptmann lag. Elena und die Zofe begleiteten den Arzt. Nachdem er die Bandagen entfernt und die Wunden begutachtet hatte, klopfte er den Bereich um die Einstichstellen an der Seite ab.

»Offenbar wurden die inneren Organe nicht verletzt, doch die Wunden sind tief, und er scheint viel Blut verloren zu haben. Bringt mir abgekochtes Wasser, eine Schale, Handtücher und Gaze.«

Seinen Anordnungen wurde prompt Folge geleistet, denn Elena hatte vorsorglich Wasser aufsetzen lassen, als Jerónima gegangen war, um den Doktor zu holen. Dieser nahm aus seinem Koffer ein kleines Glas mit einer rosafarbenen Salbe, eine Flasche Chinin, eine weitere mit einer dunklen Flüssigkeit, Scheren, eine Pinzette, Nadeln in verschiedener Größe und Form sowie einige Knäuel feinen Fadens. Er legte alles auf den Nachttisch. Dann hielt er mit der Geschicklichkeit langjähriger Erfahrung die Schere in die Kerzenflamme, wusch sie in abgekochtem Wasser aus und schnitt die Haut- und Fleischfetzen von den Wundrändern. Gonzalo bewegte sich, doch zum Glück ersparte ihm die Bewusstlosigkeit den Schmerz dieses Vorgangs. Viel schlimmer erging es Elena. Nachdem der Arzt die geschwollenen Wundränder gesäubert und die vom geronnenen Blut schwarz verfärbten Fleischreste entfernt hatte, tupfte er den Bereich mit Gaze ab, die er mit der Pinzette hielt. Danach bestrich er die Wunde reichlich mit der dunklen Flüssigkeit und achtete darauf, dass sie ins Innere floss.

»Das reinigt von innen«, erklärte er.

Sorgsam führte er einen Faden in eine Nadel mit gebogener Spitze ein, packte sie mit der Schere und hielt sie in die Kerzenflamme. Dann begann er, die Wunden zu vernähen wie ein Schneider ein Stück Stoff. Als sie geschlossen waren, wusch er das Blut, das an den Nahtstellen ausgetreten war, mit Wasser ab, trug großzügig die rosafarbene Salbe auf und verteilte sie vorsichtig mit den Fingerspitzen. Darauf bat er die Frauen um Hilfe: »Wir werden ihn jetzt fest verbinden, damit die Wunden gut zusammenhalten.«

Nachdem sie ihn verbunden hatten, richteten sie den Patienten auf und gaben ihm durch ein Röhrchen einige Schlucke Chinin gegen das Fieber zu trinken. Der Arzt empfahl, ihn nicht zu bewegen und ihm nach zwölf Stunden erneut Chinin zu verabreichen. Er würde am folgenden Tag nach ihm sehen. Falls sich sein Zustand verschlechterte, sollte man ihn sofort benachrichtigen.

»Wir haben getan, was in unserer Macht steht, jetzt liegt es bei Gott«, sagte er abschließend.

»Wie steht es um ihn, Doktor?«, erkundigte sich Elena.

»Das Schlimmste ist der Blutverlust, den er erlitten hat. Wenn es uns gelingt, das Fieber zu besiegen, wenn die Wunden heilen und es zu keinen Komplikationen kommt, wird er möglicherweise überleben, denn anscheinend wurden keine lebenswichtigen Organe getroffen. Zum Glück scheint er von ganz guter Konstitution zu sein.«

Bevor er sich verabschiedete, sprach der Arzt mit Don Guillén ausführlich über das Thema des Tages, das in diesem Haus von ganz besonderer Bedeutung war.

Während des Abendessens führte Don Guillén, der sein Fasten beendet hatte, ein langes Gespräch mit seiner Tochter, in dem er ihr mitteilte, falls sie vorhabe, Don Gonzalo de Santa Cruz zu ehelichen – vorausgesetzt Gott ließ ihn am Leben –, könne sie nicht auf seinen Segen hoffen. Er sei jedoch bereit, mit dem Hauptmann über seine Beziehung zu Don Juan zu sprechen, sobald er sich erholt hatte. Vielleicht würde er seinen Standpunkt ja ändern.

In diesem Augenblick war Elena de Zúñiga trotz der bevorstehenden Schwierigkeiten eine glückliche Frau, auch wenn ihre ganze Hoffnung von einem Gespräch abhing. Sie war sich im Klaren, dass sie aufgrund der schwerwiegenden Anschuldigungen gegen den Hauptmann schweren Zeiten entgegengehen würden, sobald Gonzalo wieder gesund wäre – worum sie zu allen Heiligen im Himmel betete.

In dieser Nacht wachte sie wieder über Gonzalos Schlaf und nahm sich vor, ihm von all den Plänen zu erzählen, die sie in ihrem Herzen trug. Gleichzeitig betete sie zu Gott, seine Verbindung zu Don Juan möge ihrem Glück nicht entgegenstehen.

19

Wie Don Juan vorhergesehen hatte, benötigte Don Bernardo Patiño für die Reise nach Consuegra zwei Tage. Er übernachtete in Ocaña und erreichte am zweiten Tag die eindrucksvolle Festung in La Mancha, wo der Großmeister des Johanniterordens seinen Sitz hatte.

Seit dem Palmsonntag, als der Sohn Felipes IV. widerwillig in Richtung La Coruña aufgebrochen war, von wo er sich nach Brüssel hätte einschiffen sollen, um sein Amt als Gouverneur der Niederlande anzutreten, hatten sich Don Juan und sein Sekretär nicht mehr gesehen. Nun, fünf Monate später, fand er sich auf Befehl der Regentin Doña Mariana, die ihm zu Recht die Hauptschuld an der unruhigen politischen Lage in Madrid gab, in das Dorf Consuegra verbannt. Außerdem lastete sie ihm an, dass er das Amt abgelehnt hatte, mit dem sie ihn betraut hatte, eine demütigende Minderung ihrer Autorität, und dass er hinter allen Versuchen steckte, die Regierung zu destabilisieren und Everardo Nithard zu beseitigen, der weiterhin ihr volles Vertrauen genoss.

Doch auch Don Juan hatte der Königin einiges vorzuwerfen. Seit dem Tod seines Vaters vor nunmehr drei Jahren hatte er sich gering geschätzt und übergangen gefühlt. Er war in seinem Stolz gekränkt worden, als man ihm wiederholt die Anwesenheit bei Hofe untersagte, wo er nur umständehalber geduldet war. Er konnte es nicht ertragen, dass unbegabte Männer, die nichts aufzuweisen hatten als ihre Herkunft oder das Wohlwollen seiner Stiefmutter, bedeutende und verantwortungsvolle Ämter innehatten, die ihm selbst verwehrt blieben. Noch dazu wusste er, dass diese Ablehnung darauf zurückzuführen war, dass seine Mutter eine Komödienschauspielerin war, obgleich sein Vater König war. Er fühlte sich den meisten der Gecken überlegen, die in Madrid mit ihren prächtigen Titeln und Ämtern prahlten, während er vom Zentrum der Macht, also vom Hofe, ferngehalten werden sollte. Ihm wurden unbequeme Aufgaben zugeteilt, die ihn so weit wie möglich von Spanien wegführten. Zu Lebzeiten seines Vaters hatte er diese Gefahren und Entfernungen nicht gescheut. Er hatte in Neapel, Sizilien, Katalonien, Flandern und Portugal gekämpft und war Vizekönig von Messina und Barcelona gewesen, was kein leichtes Unterfangen war, da die Untertanen in diesen Territorien auf ihre Rechte und Privilegien pochten und stets bereit waren aufzubegehren. Auch in den Niederlanden hatte er die Regierungsgeschäfte bereits unter äußerst schwierigen Umständen geführt. Er hatte sein Leben in den Dienst der Krone und der Monarchie gestellt und erntete von dieser eingebildeten, dickköpfigen und selbstgefällig ihre Würde zur Schau tragenden Österreicherin, der Witwe seines Vaters, nichts als Unverschämtheiten und Ablehnung. Er fühlte sich ungerecht behandelt und gedemütigt. Er hatte um einen Posten bei Hofe gebeten, ja geradezu gebettelt. Wenn schon nicht im Kronrat, wo gegen den Letzten Willen des verstorbenen Monarchen problemlos ein Platz für den Beichtvater gefunden worden war – wobei das gleiche Testament angeführt wurde, um ihm seinen Platz zu verwehren –, so zumindest ein Amt als Staatssekretär, was ihm jedoch ebenso wenig zugestanden wurde.

Bis zu diesem Zeitpunkt hatten beide Seiten in ihrer harten Auseinandersetzung noch gewisse Formen gewahrt. Doch damit war es nun vorbei, und aus dem unterschwelligen Kampf war eine offen ausgetragene Konfrontation geworden. Wie alle Kämpfe bei Hofe glich der Streit einer Schachpartie. Es ging darum, seine Figuren richtig zu setzen und Positionen zu gewinnen. Don Juan wusste, dass die größte Stütze der Regentin ihr Beichtvater war, dem seine Ratschläge während der Beichte auf dem Weg zur Macht sehr viel mehr genutzt hatten als Don Juan seine Militäroffensiven und Gouverneursämter. In Everardo Nithard setzte Doña Mariana ihr gesamtes Vertrauen, und so hatte Don Juan vor allem den Ruf und die Person des Günstlings angegriffen. Ersteres war ihm gelungen: Für die Einwohner Madrids und selbst für einen Großteil des Adels war Nithard ein verhasster Fremdling, unfähig, die Regierungsgeschäfte dieser Monarchie zu führen. Sein größtes Verdienst bestand darin, der Königin das Sakrament der Buße zu spenden. Die Versuche, ihn politisch auszuschalten, waren jedoch gescheitert, da er auf die volle Unterstützung Doña Marianas zählen konnte. Ebenso gescheitert, und zwar aufgrund der Unfähigkeit derer, die sie ausführen sollten, waren die Versuche, seinem Leben ein Ende zu setzen. Nun galt es, eine neue Strategie zu ersinnen, um mithilfe geeigneter Leute diese Aufgabe ein für alle Mal erfolgreich zu Ende zu bringen. Und zu diesem Zwecke war Don Bernardo Patiño nach Consuegra gereist: um in dieser Partie der Königin endlich Schach ansagen zu können.

Nachdem Don Juan sich hatte berichten lassen, was über den Kampf bekannt war, in den Hauptmann Santa Cruz verwickelt worden war, erkundigte er sich nach der gegenwärtigen Lage bei Hofe.

»Madrid ist also in Aufruhr, mein werter Don Bernardo?«

»So ist es, Hoheit. Die Leute verübeln Nithard, dass er die

Theateraufführungen mit der Begründung verboten hat, in Trauerzeiten sei weder Musik noch Fröhlichkeit angebracht. Nur in einigen Kirchen dürfen zu liturgischen Festen religiöse Stücke aufgeführt werden, doch das ist nicht, was die Menschen wollen. Die Theater del Príncipe und de la Cruz bleiben vollständig geschlossen, die Leute unken, es sei darauf zurückzuführen … Ihr wisst schon, Eure Hoheit, das Theater weckt nach wie vor Leidenschaften!«

Patiño bereute seine Worte, kaum dass er sie ausgesprochen hatte. Ihm fiel ein, dass sie Don Juan persönlich treffen könnten, doch wenn dieser sich betroffen fühlte, so zeigte er es nicht.

»Was wird über den Beichtvater gesagt, Don Bernardo?«

»Er ist ein Fremder und wird deshalb von vielen abgelehnt. Auch die Anhäufung von Ämtern missfällt den Menschen: königlicher Beichtvater, Großinquisitor, Mitglied des Kronrats, Günstling … und vor allem ist er weder anziehend noch von einnehmendem Wesen. So hager und schweigsam … Ihr wisst, was ich meine. Auch wenn das Volk launisch ist und seine Meinung ebenso rasch ändert, wie sich der Wind dreht, ist es ihm zu keinem Zeitpunkt gelungen, seine Sympathien zu gewinnen.«

»Und doch ist seine Position unangefochten.«

»Das stimmt, Señor, die Königin hält ihm die Treue. Ich würde sagen, sie vertraut ihm blind.«

»Deinen Botschaften zufolge sind die Vorstöße von Santa Cruz bei den Granden gescheitert. Aus dieser Richtung ist nichts zu erwarten, nicht wahr?«

»Die Mission war ein Misserfolg auf ganzer Linie. Diese Leute lassen sich nur auf etwas ein, wenn sie sicher sein können, dass es zum Schachmatt kommt und sie dabei etwas gewinnen. Sie riskieren nichts und haben lediglich ihre persönlichen Interessen und alten Fehden im Auge. Von ihnen können wir uns nichts erhoffen. Und schlimmer noch: Die Schwierigkeiten, in denen Don Gonzalo sich gegenwärtig befindet, stehen in Zusammenhang mit seinem Besuch beim Herzog von Sessa. Die Zusammenkunft endete in einem Fiasko, und Santa Cruz stellte den Herzog bloß, als er ihn gemeinsam mit zahlreichen Dienern in einem Raum seines eigenen Hauses einschloss. Und da Sessa ein rachsüchtiger Mann ist …«

»Ja?«, hakte Don Juan interessiert nach.

»Ich weiß aus sicherer Quelle, dass er versucht hat, sich am Hauptmann zu rächen, Don Gonzalo selbst hat mir davon berichtet.«

»Seid Ihr dessen sicher?«

»Ich könnte es fast beschwören. Jedenfalls kann ich Euch versichern, dass der Herzog vorhatte, ihm eine Lehre zu erteilen, um seine gekränkte Ehre zu rächen. Zweifellos hatte der Kampf vor einigen Tagen etwas damit zu tun. In der Hauptstadt wird gemunkelt, die Kerle, die versucht hätten, den Hauptmann zu töten, seien von einem Handlanger des Herzogs angeheuert worden, der ihn mit allen schmutzigen und dunklen Geschäften beauftragt.«

»Um es kurz zu machen, Don Bernardo«, meinte Don Juan, »die Gemüter sind erhitzt, doch Nithard sitzt fest im Sattel, und wir sind allein auf uns selbst angewiesen, um dem derzeitigen Zustand ein Ende zu bereiten.«

»Man könnte die Lage nicht präziser und knapper zusammenfassen.«

Don Juan lächelte geheimnisvoll.

»In diesem Fall, mein lieber Freund, ruht Euch von Eurer beschwerlichen Reise aus. Morgen müssen wir unverzüglich einen Plan ausarbeiten, wie wir den Beichtvater endgültig aus dem Weg schaffen können.«

Dank der Pflege Elenas und des Geschicks Doktor Morgados, der täglich nach dem Kranken sah, genas Gonzalo allmählich von den schweren Verwundungen, die ihn fast das Leben gekostet hätten. Erst drei Tage, nachdem er auf der Straße zusammengebrochen war, erlangte er das Bewusstsein wieder, und gleichzeitig sank auch das hohe Fieber, das ihn geplagt hatte. Die Wunden verheilten gut, doch der Blutverlust hatte ihn geschwächt. Als ihn der Arzt an diesem Abend besuchte, erklärte er zur großen Freude Elenas, der Patient sei außer Lebensgefahr, falls keine Komplikationen eintreten sollten, natürlich liege aber alles in Gottes Hand.

Die Bewohner des Hauses der Zúñigas durchlebten schlimme Augenblicke, als zwei Soldaten auf der Suche nach dem Aufenthaltsort des Hauptmanns Santa Cruz an die Tür klopften und Hausherren und Dienerschaft eine Reihe von Fragen stellten. Don Guillén empfing sie in seinem Arbeitszimmer und erklärte, er könne ihnen lediglich sagen, dass er auf seinem Kirchgang von den Nachbarn gehört habe, in der Nähe der Plaza del Conde de Barajas habe es eine Auseinandersetzung mit fünf Toten gegeben.

»Und habt Ihr etwas über Hauptmann Gonzalo de Santa Cruz gehört?«, erkundigte sich einer der beiden Büttel.

»Nur, dass ihm schwere Verbrechen angelastet werden und sein Aufenthaltsort unbekannt ist«, antwortete Don Guillén, um Freundlichkeit bemüht.

»Ihr habt also kein anderes Gerücht oder Gerede gehört?«, wiederholte der Uniformierte beharrlich.

»Nein, gar nichts.« Elenas Vater schien zu überlegen und sagte dann, als sei ihm etwas eingefallen: »Ich glaube, irgendwo gehört zu haben, dass er bei dem Kampf verwundet wurde.«

Elena de Zúñiga, die der Befragung beiwohnte, erwiderte auf die Frage, was sie über den Fall wisse, sie habe den Aussagen ihres Vaters nichts hinzuzufügen. Das Gespräch verlief ruhig, bis sich einer der Büttel vor der Vernehmung der Dienerschaft an Elena wandte: »Señora, ich glaube, Hauptmann Santa Cruz und Ihr ...«

Don Guillén fuhr auf: »Für wen haltet Ihr Euch, einer Dame gegenüber solche Anspielungen zu machen! Diese Dame ist meine Tochter und hat Euch in ihrem eigenen Haus empfangen!«

Der Soldat, von dem Ausbruch eingeschüchtert, wusste nicht, was er sagen sollte.

»Allein meine Gastfreundschaft und mein Wunsch, der Justiz zu Diensten zu sein, halten mich davon ab, Euch aus meinem Haus zu werfen! Doch ich wünsche, dass Ihr Eure Nachforschungen in diesem Haus so bald wie möglich beendet!«

Der verwirrte Büttel stammelte eine Entschuldigung: »Señor, ich ... ich hatte nicht vor ...«

»Wenn Ihr uns nicht mehr benötigt, werde ich die Dienerschaft benachrichtigen, sich sogleich zu Eurer Verfügung zu halten.«

Der Hausherr deutete das Schweigen als Zustimmung und verabschiedete sich von ihnen mit einem knappen »Guten Abend!«.

Als Don Guillén, gefolgt von seiner Tochter, sich anschickte, das Arbeitszimmer zu verlassen, sagte der Büttel, der nicht die Frage gestellt hatte, die den Hausherrn dermaßen erzürnt hatte: »Wir danken Euch für Eure Zusammenarbeit, Euer Gnaden. Ihr braucht die Dienerschaft nicht mehr zusammenzurufen.«

Mit hängendem Kopf verließen die beiden Ermittler schweigend das Haus. Sobald sie auf die Straße getreten waren, warf der, der sich verabschiedet hatte, seinem Kameraden vor: »Was fällt dir ein, eine solche Frage zu stellen? Weißt du denn nicht, dass Don Guillén ein erbitterter Feind Don Juans ist?«

»Doch, aber man hört, der Hauptmann habe seiner Tochter den Hof gemacht«, verteidigte sich der Angegriffene.

»Eine solche Verbindung würde Don Guillén niemals dulden!«

Als Gonzalo sich etwas erholt hatte, erfuhr er, was in den drei Tagen geschehen war, in denen er im Fieberwahn gelegen hatte. Das Erste, was ihm bewusst wurde, war, dass er sich in Elenas Haus befand. Er konnte sich vage an den Moment erinnern, als er das Bewusstsein verloren hatte, und sie erzählte ihm, wie sie ihn verwundet auf der Straße gefunden hatte. Auch wenn Elena zu gern gewusst hätte, wie genau es dazu gekommen war, musste sie zunächst Gonzalos Fragen beantworten: Wie war es möglich, dass sie ihn in ihrem eigenen Haus aufgenommen hatte? Wie dachte ihr Vater darüber? Was war aus Sancho geworden, den er hatte sterben sehen? Hatte sie Nachricht von seiner Tante Casilda? Was erzählte man sich in Madrid über diesen Vorfall?

Elena berichtete ihm zuallererst, dass Sancho in der Kirche von San Andrés ein christliches Begräbnis erhalten habe.

Anschließend erzählte sie ausführlich von den Schwierigkeiten, die sie mit ihrem Vater gehabt hatte, als dieser von Gonzalos Anwesenheit im Haus erfuhr. Sie erklärte, er habe letztendlich eingewilligt, erwähnte jedoch Don Guilléns Einstellung zu ihrer Beziehung mit keinem Wort. Sie wollte sich diese Überraschung für den Schluss aufheben. Dann informierte sie ihn über den Aufruhr, den der gewaltsame Tod von fünf Männern in Madrid ausgelöst hatte, und darüber, dass niemand außer den Bewohnern des Hauses und dem behandelnden Arzt seinen Aufenthaltsort kannte.

»Meine Tante weiß von nichts?«, fragte Gonzalo beunruhigt.

Elena machte ihm deutlich, dass es zu gefährlich sei, einen Hinweis zu geben, der die Büttel auf seine Spur bringen könnte.

»Aber irgendjemand muss ihr sagen, dass ich am Leben bin. Es muss entsetzlich für sie sein, die Arme, von Sanchos Tod erfahren zu haben, aber nicht zu wissen, was aus mir geworden ist. Jemand muss sie darüber aufklären.«

»Das ist sehr riskant, denn die Büttel stellen unablässig Nachforschungen an. Die Anschuldigungen, die gegen dich erhoben werden, und die in Aussicht gestellte Belohnung tun ein Übriges.«

»Welche Anschuldigungen und welche Belohnung?«, fragte Gonzalo.

Da berichtete Elena ihm alles über die öffentliche Bekanntmachung und den Haftbefehl gegen ihn.

War Gonzalo anfangs neugierig gewesen zu erfahren, was geschehen war, so war er nun empört zu hören, dass er wie ein gewöhnlicher Verbrecher verfolgt wurde.

»Ich habe mich nur verteidigt, und der arme Sancho hat teuer dafür bezahlt!«, rief er aus.

»Ja, aber das weiß niemand außer dir«, sagte Elena beschwichtigend. Sie ermahnte ihn, in seinem Zustand dürfe er sich nicht aufregen.

»Ich hatte vor, dir die Bekanntmachung zu lesen zu geben, aber ich glaube, es ist besser, es nicht zu tun«, sagte sie mit einem schelmischen Lächeln.

Gonzalo reagierte, wie sie es erwartet hatte. Er nahm ihre Hand – damit hatte sie allerdings nicht gerechnet – und flehte sie an, sie ihr auszuhändigen, er verspreche auch, sich nicht aufzuregen. Beide versuchten, diesen Moment so lange wie möglich hinauszuzögern, ihre erste Berührung, von dem leichten Kontakt ihrer Fingerspitzen beim Austausch des Weihwassers einmal abgesehen.

Als der Hauptmann das Papier entgegennahm, raste sein Herz wie in den Augenblicken vor Kampfbeginn, obgleich der Inhalt der Bekanntmachung zweitrangig geworden war. Er las sie durch, dann sagte er mit einer Ruhe, die Elena erstaunte: »Ich hoffe, alles wird sich aufklären, bevor sie mich finden.«

Es schien, als ob die Angelegenheit damit für ihn erledigt sei und er nun über etwas Interessanteres sprechen wolle.

»Anscheinend kümmert dich nicht, was da steht«, stellte Elena erstaunt fest.

»Das Einzige, was jetzt zählt, ist die Frage, ob du mich liebst. Ob diese Wochen der Trennung, in denen wir einander nicht gesehen und nichts voneinander gehört haben, dir geholfen haben, dir über deine Gefühle klar zu werden, und ob ich Hoffnungen für meine Liebe hegen darf.«

Elena sah ihn zärtlich an. Sie hatte sich in einen wahrhaft außergewöhnlichen Mann verliebt. Soeben war er dem Schatten des Todes entronnen, und fast alle Büttel und Gerichtsdiener von Madrid sowie all diejenigen, die von den ausgelobten Dukaten angelockt waren, versuchten, ihn aufzuspüren, doch für ihn war das ohne Belang angesichts der Liebe, die er in seinem Herzen trug. Und diese Liebe galt ihr.

Gerührt erwiderte Elena: »Ich musste mir in diesen Wochen nicht über meine Gefühle klar werden, denn ich kenne sie beinahe seit dem Moment, in dem wir uns begegnet sind. Ich liebe dich! Ich liebe dich von ganzem Herzen und wünsche mir nichts sehnlicher, als den Rest meines Lebens mit dir zu verbringen!«

Gonzalo de Santa Cruz traute seinen Ohren nicht. Ihm war, als träume er oder sei – was noch schlimmer war – immer noch im Fieberwahn gefangen. Er blickte Elena tief in die Augen und brachte nach langem Schweigen hervor: »Kannst du das noch einmal sagen?«

Elenas Antwort überraschte ihn. Sie trat auf das Bett zu, beugte sich leicht über ihn und küsste ihn so sanft, als fürchte sie, ihm Schmerzen zuzufügen.

Als Doktor Morgado an diesem Abend bei seiner täglichen Visite nach dem Kranken sah – offiziell kam er, um den Hausherrn aufgrund eines chronischen Blutleidens zu behandeln –, stellte er fest, dass sein Zustand sich überraschend gebessert hatte. Gonzalo hatte nicht nur die Mattigkeit der letzten Tage überwunden, sondern war auch erstmals fieberfrei. Er schwitzte nicht mehr, und alles ließ darauf schließen, dass er außer Gefahr war.

Das Besondere an diesem Arztbesuch war, dass Don Guillén den Doktor begleitete. Als Gonzalo Elenas Vater erblickte, versuchte er sich aufzurichten, doch dieser hielt ihn davon ab. Höflich erkundigte er sich nach seinem Befinden, und nach einer kurzen Unterhaltung, bei der beide aufgrund der Umstände etwas befangen waren, sagte ihm Don Guillén im Hinausgehen, sobald er wiederhergestellt sei, müssten sie ausführlich miteinander sprechen. Gonzalo war so erstaunt, dass er nur ein Nicken zustande brachte.

Als ihr Vater den Raum verlassen hatte, trat Elena ein. Da das Fieber, zumindest vorläufig, abgeklungen war, beschloss der Arzt, den Verband zu erneuern. Er stellte fest, dass die Genesung gut vonstatten ging, reinigte die Wunden, trug erneut Balsam auf und legte mit Elenas Hilfe einen neuen festen Verband an.

»Wenn alles gut geht, können wir den Verband in einigen Tagen endgültig abnehmen«, meinte der Arzt angesichts der guten Fortschritte.

»Wann werde ich das Bett verlassen können?«, erkundigte sich Gonzalo.

»In einem solchen Fall ist Eile nicht ratsam. Sollte eine der Wunden aufplatzen, müssten wir wieder von vorne beginnen. Wir sollten lieber vorsichtig sein.«

Nachdem der Arzt sich verabschiedet hatte, setzte sich Elena wieder zu Gonzalo.

»Was hat dir mein Vater gesagt?«, fragte sie neugierig.

»Dass wir uns unterhalten müssen, sobald ich mich erholt habe.«

»Was hast du ihm geantwortet?«

»Ich habe ihm zu verstehen gegeben, ich sei einverstanden. Weißt du etwas darüber?«

»Nach allem, was er mir gesagt hat, möchte er, glaube ich, wissen, wie du zu Don Juan stehst.«

Bei diesen Worten huschte ein leichter Schatten über das Gesicht des Hauptmanns.

»Hat er womöglich vor, mich in dieser Hinsicht in eine bestimmte Richtung zu lenken?«

»Ich kann dir nicht sagen, was er beabsichtigt, aber du weißt ja, wie er über Don Juan denkt.«

Gonzalo nickte zustimmend. Ihm schwante nichts Gutes.

20

Don Bernardo Patiño war die Erschöpfung der zweitägigen Reise anzusehen, doch nun war er zum Glück fast am Ziel seiner Reise angelangt. Er war froh, als er am anderen Ufer des Manzanares den Hang erblickte, der die Stadtgrenze Madrids bildete und an dem die Puerta de Toledo lag. Unaufhörlich gingen ihm die Einzelheiten des Plans durch den Kopf, den er gemeinsam mit Don Juan entworfen hatte. Sie hatten Zeiten und Entfernungen berechnet, Routen studiert sowie die Stärken und Schwächen des Plans erörtert. Um ihr Ziel sicher zu erreichen und auch um sämtliche Spuren zu verwischen, hatten sie alles bedacht, was nötig war. Bei den anschließenden Ermittlungen würde niemand einen Hinweis finden dürfen, keine noch so unbedeutende Fährte.

Nichts war dem Zufall überlassen, alles genauestens berechnet, damit das Unternehmen, für dessen Gelingen Don Juan ihn verantwortlich machte, von Erfolg gekrönt war. Der einzige Faktor, der ihren so sorgfältig ausgeklügelten Plan zunichte machen konnte, war menschliches Versagen. Wieder einmal waren die Männer, die ihn durchführen sollten, das größte Risiko. Doch auch hier hatten sie aus den bisherigen Erfahrungen gelernt und so weit wie möglich Vorsorge getroffen. Sie hatten einen Notfallplan ausgearbeitet, der in Kraft treten sollte, falls der erste sein Ziel verfehlen sollte.

Das Ziel bestand darin, Nithard umzubringen.

Als die Kutsche Don Bernardos durch die Puerta de

Toledo in Madrid einfuhr, versank gerade die Sonne hinter dem königlichen Schloss im Westen. Bald würde die Nacht über die Hauptstadt hereinbrechen.

Es war der Abend des 14. September – Don Patiño war zwei Wochen lang weg gewesen –, und von den Kirchtürmen der Pfarr- und Klosterkirchen der Stadt herab läuteten die Glocken zum Gebet in der Stunde der Dämmerung, in der der Tag der Nacht weicht und die Menschen Gott für den vergangenen Tag danken und ihn bitten, sie vor den Schatten der Nacht zu bewahren, in denen das Böse sein Unwesen treibt.

Die Kutsche bahnte sich ihren Weg durch die Straßen, in denen noch viele Menschen ruhig und gemächlich ihres Weges gingen, als hätten sie keine Eile anzukommen. Die meisten der Flaneure wollten den lauen Abend genießen, der bereits vom nahenden Herbst kündete. Don Patiño ließ die Plaza de la Cebada linkerhand liegen und setzte seinen Weg ins Zentrum fort. Hinter dem Colegio Imperial, in dem die Söhne der angesehensten Familien der Stadt von Jesuiten unterrichtet wurden, bog die Kutsche ab, um dem Gedränge auf der Plaza Mayor zu entgehen, und setzte dann ihren Weg zur Plaza de Salenque fort. Dort hielt sie vor Don Bernardos Haus an.

Ungeachtet der Erschöpfung durch die Reise – schließlich war er nicht mehr der Jüngste – schloss sich Don Juans Sekretär, nachdem er den Reisestaub von seinen Kleidern geklopft und eine leichte Erfrischung zu sich genommen hatte, in seinem Arbeitszimmer ein und machte sich an die Arbeit. Die Pläne, die er gemeinsam mit Seiner Hoheit in Consuegra geschmiedet hatte, mussten nun in die Tat umgesetzt werden, und das war kein leichtes Unterfangen. Erst spät in der Nacht, als alle bereits schliefen oder sich zumindest in ihre Schlafgemächer zurückgezogen hatten, ging auch Don Bernardo mit vor Anstrengung geröteten Augen und völlig ermattet zur Ruhe. Er war zufrieden, denn wenn alles lief wie geplant, würde er bereits am nächsten Tag die ersten Schritte zur Verwirklichung seines Auftrages unternehmen können.

Bevor er zu Bett ging, sprach er seine Gebete und nahm sich fest vor, am nächsten Morgen in aller Frühe Nachrichten über Hauptmann Santa Cruz einzuholen. In den zwei Wochen, in denen er weg gewesen war, hatte er nichts über die neuesten Entwicklungen erfahren.

Gonzalos Heilung schritt viel rascher voran, als zu erwarten gewesen war. Doktor Morgado war erstaunt, wie schnell die Wunden sich schlossen und bereits zu vernarben begannen. Für gewöhnlich dauerte der Genesungsprozess bei solchen Verletzungen sehr viel länger als einen Monat, doch es sah ganz danach aus, als würde Gonzalo schon nach vier Wochen das Bett verlassen können, auch wenn er natürlich noch ein wenig würde warten müssen, bevor er sein gewohntes Leben wieder aufnahm. Gonzalo war bereits einige Zeit fieberfrei und sah, gemessen an dem, was er durchgemacht hatte, blendend aus. Ab dem fünften Tag konnte er aufstehen und einige Schritte durch den Raum machen, und nach und nach drang er in die Bereiche des Hauses vor, in denen keine Gefahr drohte, von neugierigen Blicken entdeckt zu werden. Eine Woche später entschied der Arzt, dass seine tägliche Visite im Hause Zúñiga nicht länger vonnöten war. Er nahm den Verband ab und wies Elena an, dem Verletzten einmal am Tag die Heilsalbe aufzutragen, von der er eine ausreichende Menge zurückließ.

Trotz des Risikos beharrte der Hauptmann darauf, seiner Tante eine Nachricht zukommen zu lassen, dass er außer

Gefahr und in guten Händen sei. Elena hatte große Angst, dass auf diesem Wege seine Anwesenheit in ihrem Hause durchsickern würde, doch Gonzalo blieb in diesem Punkt unnachgiebig. Man beschloss, Jerónima mit dem Überbringen der Botschaft zu betrauen, wenngleich es ausgeschlossen war, dass sie Tante Casilda persönlich aufsuchte, da die Soldaten nach wie vor das Haus im Auge behielten, auch wenn ihre Wachsamkeit in den letzten Tagen nachgelassen zu haben schien. Stattdessen sollte sie die Dienste des Blinden in Anspruch nehmen, der beim Bildnis der Gnadenjungfrau bettelte und dessen sich bereits Andrés bedient hatte, um den Hauptmann ins Mesón del Turco zu zitieren. Jerónima sollte dem Bettler zusammen mit einem Almosen ein Papier überreichen, das er Doña Casilda persönlich überbringen sollte und auf dem Folgendes geschrieben stand:

Euer Neffe ist am Leben und befindet sich in guten Händen. Er wurde in dem Kampf verwundet, bei dem Sancho sein Leben verlor. Ihr könnt ihn aus Sicherheitsgründen vorläufig nicht treffen, seid jedoch unbesorgt.
Vernichtet dieses Papier zu Eurer eigenen und Gonzalos Sicherheit sofort, nachdem Ihr es gelesen habt.

Doña Jerónima, die sich zur besseren Tarnung von einer der Dienerinnen begleiten ließ, händigte dem Blinden die Botschaft zusammen mit dem Almosen aus. Sie blieb bei ihm stehen, bis er seinen Dankesspruch aufgesagt hatte, dann schlenderte sie über den Platz, machte bei dem einen oder anderen Stand Halt, kaufte hier bunte Bänder, Borten und Besätze für ein Kleid und dort ein Körbchen getrockneter Feigen, um dem Blinden Zeit zu geben, seinen Auftrag auszuführen.

Unter Elenas Fürsorge verbrachte der Hauptmann eine ruhige, friedliche Zeit im Hause der Zúñigas, die zweifellos zu seiner raschen Genesung beitrug. Nur ein Schatten trübte die heitere Stimmung dieser Tage: das bevorstehende Gespräch zwischen Gonzalo und Elenas Vater.

Die Liebenden sprachen über Theater, Bücher, Musik und Malerei. Gonzalo zeigte lebhaftes Interesse an Elenas Tätigkeit, und sobald er dazu in der Lage war, begab er sich ins Obergeschoss des Hauses, in dem sie ihr Atelier hatte. Er war beeindruckt, welch großartige Werke sie mit dem Pinsel auf Leinwand und Holztafeln zu erschaffen vermochte. Aus ihren Bildern sprach eine ungewöhnliche Feinfühligkeit und eine Liebe zu den kleinen Dingen des Lebens, die in der Genauigkeit der Darstellung und der Sorgfalt der Künstlerin bei ihrer Arbeit zum Ausdruck kamen. Eine besondere Vorliebe hegte sie für reale oder erdachte Landschaften, was zweifellos auf die Jahre zurückzuführen war, die sie in Flandern verbracht hatte.

Eines Vormittags vor der Essenszeit trat Don Guillén an Gonzalo heran und bat ihn, falls er nichts dagegen einzuwenden habe, um ein Gespräch unter vier Augen. Elena war schrecklich aufgeregt. Sie wusste, dass ihre Zukunft sich in den vier Wänden des Arbeitszimmers ihres Vaters entscheiden würde.

Zúñiga bat den Hauptmann, Platz zu nehmen, und kam ohne einleitende Worte und Umschweife zur Sache.

»Ihr sollt wissen, dass die außergewöhnlichen Umstände, die Euch in mein Haus geführt haben, viel weitreichendere Folgen haben, als Ihr Euch vorstellen könnt.«

»Ich bedaure, Euch so viele Umstände gemacht zu haben, doch ...«, entschuldigte sich Gonzalo.

»Davon spreche ich nicht, Señor de Santa Cruz. Vielmehr hat mich Eure Anwesenheit in diesem Haus dazu gebracht, bestimmte Fragen neu zu überdenken, die Euch betreffen und – was für mich weitaus bedeutender ist – auch meine Tochter.«

»Don Guillén, ich hätte nur zu gerne Gelegenheit gehabt ...«, setzte der Hauptmann in entschuldigendem Tonfall an.

»Ich habe nichts gegen Euch einzuwenden, und um aufrichtig zu sein, muss ich Euch gestehen, dass alles, was ich über Euch in Erfahrung gebracht habe, für Euch spricht.«

»Ich danke Euch für das Kompliment.«

»Das ist kein Kompliment; anscheinend entspricht das, was man mir über Euch und Eure Taten erzählt hat, der Wahrheit. Ich habe es nicht nötig, Euch zu schmeicheln. Von meiner Tochter habe ich erfahren, dass Ihr um sie werbt. Ich nehme an, Elena hat Euch bereits wissen lassen, dass ich diese Verbindung ablehne. Ich möchte, dass Ihr wisst, dass diese Haltung nicht auf persönlicher Abneigung beruht, doch muss ich Euch auch sagen, dass meine Ablehnung vollkommen und unerschütterlich ist. Meine Haltung ist einzig durch Eure Bindung an Don Juan José de Austria bedingt, eine Bindung, die es unmöglich macht, Eure Beziehung zu meiner Tochter fortzusetzen.«

Gonzalos Miene verdüsterte sich. Nach dem, was Elena ihm gesagt hatte, hatte er etwas anderes erwartet. Sie war überzeugt, ihr Vater habe seine Meinung bezüglich ihrer Beziehung geändert, auch wenn sie dem Gespräch zwischen den beiden Männern mit Sorge entgegengesehen hatte. Nun war er bedrückt und wusste nicht, wie er reagieren sollte. Er spürte, wie ihm der Schweiß ausbrach und sein Körper von einer plötzlichen Hitzewallung erfasst wurde.

»Aus Respekt Euch gegenüber will ich Euch darlegen, was der Grund für meine Haltung ist, und möchte noch einmal wiederholen, dass es sich nicht um etwas Persönliches handelt.«

Gonzalo war wie vor den Kopf geschlagen. Er nahm all seine Kräfte zusammen und antwortete Don Guillén ruhiger, als er es unter diesen Umständen für möglich gehalten hätte: »Gestattet mir bei allem Respekt nicht nur Euch als Person, sondern als Elenas Vater gegenüber mitzuteilen, dass Elena mich über Eure bedauerliche Erfahrung mit Seiner Hoheit unterrichtet hat. Auch die Unbill und der unschätzbare Schaden, die Euch und Eurer Familie daraus entstanden sind, sind mir bekannt. Doch sollte dies meiner Ansicht nach die Liebe, die Elena und ich füreinander empfinden, in keiner Weise beeinträchtigen dürfen. Sie hat nichts mit meiner seit vielen Jahren bestehenden Verbindung zu Don Juan zu tun. Darüber hinaus möchte ich Euch gegenüber meine tiefe Überzeugung zum Ausdruck bringen, dass Seine Hoheit – entgegen Eurer Meinung über ihn – der geeignete Mann ist, die Regierungsgeschäfte dieser Monarchie zu führen. Die Bande, die mich an Don Juan de Austria binden, sind so stark, dass es niemandem leicht sein wird, sie zu zerreißen, doch ich wiederhole, dass dies nichts mit meiner Liebe zu Elena zu tun hat und auch Ihr Euch in Eurer Zustimmung zu unseren Plänen nicht davon leiten lassen solltet.«

Don Guillén de Zúñiga hörte diese Worte ungerührt an. Nachdem Gonzalo zu Ende gesprochen hatte, entgegnete er ruhig: »Ich weiß nicht, was Euch an de Austria bindet und warum Ihr ihn so hartnäckig verteidigt. Ich nehme an, er stellt sich vor Euch als Ehrenmann dar, der sein Wort hält, unfähig ist, Übeltaten zu begehen oder Unrecht zuzulassen, kurz, als ein Mann, der bereit ist, sich für sein Vaterland zu opfern.«

»Natürlich gestehe ich ein, dass die Intrigen bei Hofe und der Machtkampf zu Situationen führen können ...«, warf Gonzalo ein.

»Bitte lasst mich ausreden. Ich werde mich kurz fassen und Euch dann gerne bei allem anhören, was Ihr mir berichten wollt, doch lasst mich zuerst sagen, was ich zu sagen habe.«

»Ich bitte um Verzeihung.«

»Dieses Bild von Don Juan machen sich womöglich viele Spanier, doch ich versichere Euch, es entspricht in keiner Weise der Wirklichkeit. Wer das ihm entgegengebrachte Vertrauen bricht oder sein Wort nicht hält, ist kein Ehrenmann. Jemandem, der vor nichts zurückschreckt, um seine Ziele zu erreichen, ist nicht zu trauen. Ich versichere Euch, er ist derart vom Ehrgeiz besessen, dass in seinem Herzen kein Raum für andere Gefühle bleibt. Er hat keine Skrupel und ist nicht aufzuhalten, bis er seine Vorhaben durchgesetzt hat. Dabei nimmt er Ruin, Schmerz, Unglück und Elend anderer in Kauf. Er hat meiner Familie so großen Schaden zugefügt, dass ich nicht zulassen kann, dass irgendjemand von uns etwas mit ihm zu tun hat, und sei es auch nur indirekt, wie es unglücklicherweise bei Euch der Fall ist. Das war es, was ich Euch mitteilen wollte. Jetzt bin ich bereit, Euch anzuhören.«

»Ich nehme an«, setzte Gonzalo an, »ein erfahrener Mann wie Ihr kennt die verschlungenen Pfade der öffentlichen Angelegenheiten besser als ich. Oft reichen Wunsch und Wille nicht aus, weil man sie nicht durchzusetzen vermag. Ich versichere Euch, die Bedingungen, unter denen Seine Hoheit die Regierungsgeschäfte der Niederlande zu führen hatte, würde niemand für möglich halten, der diese Zeit nicht an seiner Seite erlebt hat. Ich konnte mich selbst davon überzeugen, auch wenn mein Leben damals noch nicht so eng an ihn gebunden war, wie es heute der Fall ist. Seine Arbeit wurde durch den Mangel an den grundlegendsten Mitteln und durch die wiederholte Nichteinhaltung der Zusagen aus Madrid beeinträchtigt. Bei der Ausübung seines Amtes war er ganz auf sich allein gestellt. Ich versichere Euch, dass Don Juan seinen Verpflichtungen Euch gegenüber nur darum nicht nachgekommen ist, weil es ihm unmöglich gemacht wurde.«

»Das stimmt nicht!«

Don Guilléns heftiger Aufschrei verblüffte Gonzalo.

»Ich verstehe Euch nicht.«

Don Guillén bedachte Gonzalo mit einem eisigen Blick und hub nach einer angespannten Pause mit zitternder Stimme an: »Ich sagte Euch bereits, dass Ihr allgemein als ehrenhafter Mann, der zu seinem Wort steht, bekannt seid. Darauf vertrauend werde ich Euch etwas berichten, was ich bisher niemandem gestanden habe. Seit Jahren quält mich etwas, was meine letzten Jahre zu einem Albtraum gemacht hat, in dem nur der Trost eines Engels wie Elena mich am Leben erhalten hat.« Er hielt kurz inne. »Was ich Euch nun eröffnen werde, muss mindestens ebenso gut gehütet bleiben wie das Beichtgeheimnis. Kann ich auf Euer Ehrenwort zählen?«

»Das könnt Ihr, Don Guillén.«

»Nun gut. Möglicherweise hat Euer Don Juan nicht die notwendigen Mittel und Hilfen erhalten, um das Heer auszuhalten, das in Flandern unter seinem Befehl stand, aber er hat weder ritterlich noch ehrenhaft gehandelt. Ich weiß nicht, über welche Mittel er damals verfügte, doch ich kenne seine Niederträchtigkeit und Schlechtigkeit.«

»Ich bitte Euch, Don Guillén, erspart mir solche Ausdrücke«, unterbrach ihn Gonzalo sichtlich verärgert.

»Ich weiß nicht, ob Elena Euch erzählt hat«, fuhr Zúñiga fort, ohne auf Gonzalos Einwurf einzugehen, »dass meine Frau und ihre Mutter in Flandern von einem Fieber dahingerafft wurde, und zwar genau zu der Zeit, als wir unser gesamtes Vermögen verloren.«

»Das hat sie.«

»Dies ist nicht ganz richtig«, erwiderte Don Guillén.

»Warum erzählt Ihr mir das?«

»Weil Ihr wissen sollt, was sich wirklich zugetragen hat.« Trauer verschleierte den Blick Don Guilléns. »Die wahre Todesursache meiner Ehefrau, die ebenfalls Elena hieß, war Selbstmord. So sieht die Wahrheit aus, und ich habe dieses schreckliche Geheimnis acht lange Jahre gehütet und mit keiner Menschenseele darüber gesprochen. Sie hat ihrem Leben mit Gift ein Ende gesetzt. Das Fieber, das als Begleiterscheinung auftrat, hat mir geholfen, die Wahrheit zu verheimlichen.«

Die Enthüllung bestürzte Gonzalo so sehr, dass er kaum wusste, wie er reagieren sollte. Schließlich fragte er: »Wie habt Ihr erfahren, dass Eure Ehefrau an einem Gift gestorben ist? Hat sie Euch das erzählt? Konnte man nichts mehr für sie tun?«

»Elena war eine fromme Frau, die die Regeln der Heiligen Mutter Kirche getreulich befolgte. Ihr könnt Euch vorstellen, wie groß ihre Verzweiflung gewesen sein muss, dass sie eine Entscheidung traf, die sie unweigerlich zur Hölle verdammte!« Auf Don Guilléns Gesicht spiegelten sich die Qualen wider, die es ihm bereitete, über dieses Thema zu sprechen. »Stellt Euch ihren Schmerz vor! Wie schrecklich muss der

Grund gewesen sein, der sie zu diesem Entschluss trieb! Sie hat es mir erst mitgeteilt, als jede Hilfe zu spät war, als ihre letzte Stunde geschlagen hatte und sie nach einem Beichtvater geschickt hatte, um ihr Gewissen von dieser schrecklichen Bürde zu befreien. Unmittelbar bevor der Priester in ihr Schlafzimmer trat, in dem sie im Sterben lag, gestand sie mir die wahre Ursache ihres Leidens und ließ mich auf die Bibel schwören, nichts zu unternehmen, um ihren Tod zu verhindern. Es war sowieso zu spät zum Handeln und andererseits wäre dadurch ihre wahre Todesursache an die Öffentlichkeit gedrungen. Ihr macht Euch keine Vorstellung davon, was ich in diesen Momenten durchlitt! Was diese Enthüllung für mich bedeutete und welch namenloser Schrecken meine Seele befiel! Ich versichere Euch, es waren die schlimmsten Stunden meines langen Lebens! Mir blieb gerade noch die Kraft, sie zu bitten, mir wenigstens den Grund zu nennen, der sie zu dieser furchtbaren Entscheidung getrieben hatte.

›Nach meinem Tod‹, sagte sie mit bebender Stimme, ›öffne das Kästchen mit dem wenigen Schmuck, der mir geblieben ist. Dort wirst du einen Brief finden, der dich über die Einzelheiten meiner Entscheidung aufklären wird.‹ Ich musste ihr versprechen«, fuhr Don Guillén fort, »den Brief erst nach ihrem Dahinscheiden zu lesen.

Unglücklicherweise musste ich nicht lange warten. Ich verließ das Schlafzimmer, damit ihr der Priester die Beichte abnehmen konnte. Es schien, als hätte sie nur noch auf den Trost des Sakraments gewartet, um sterben zu können. Als ich allein neben ihrem Leichnam saß und weinte, öffnete ich das Kästchen und fand darin tatsächlich einen kurzen Brief in zittriger Handschrift, die mir jedoch nur allzu vertraut war. Zu meiner Trostlosigkeit gesellten sich Zweifel.«

»Was stand auf diesem Papier?« Auch wenn die Frage taktlos war, hatte Gonzalo sie sich nicht verkneifen können.

Statt einer Antwort erhob sich Don Guillén, ging zu einem reich geschnitzten Sekretär hinüber und öffnete ihn mit einem Schlüssel, den er um den Hals trug. Aus einer der zahlreichen Schubladen nahm er ein Papier und überreichte es Gonzalo.

»Lest selbst.«

Der Hauptmann nahm den Brief mit unziemlicher Hast entgegen und begann zu lesen. Kurz darauf rief er entsetzt aus: »Gütiger Himmel! Das ist nicht möglich!«, und gab Elenas Vater das Papier zurück.

»Doch, es ist möglich, Hauptmann. Dieser Brief«, Don Guillén umklammerte das Papier, »wurde von einer Frau geschrieben, die sterben wollte, weil sie die Erniedrigung und Scham nicht ertragen konnte, von der Ihr soeben selbst gelesen habt. Aus diesem Grund, Don Gonzalo, kann ich nichts gutheißen, was auch nur im Entferntesten mit diesem Lumpen und Halunken in Verbindung steht. Ein Ehrenmann kann sich unter unglücklichen Umständen gezwungen sehen, sein Wort zu brechen, doch er darf nicht die Ehre einer Frau mit einer derart abscheulichen Erpressung beschmutzen, wie er es meiner Ehefrau gegenüber getan hat. Man darf nicht um die Gunst einer Frau werben mit dem Versprechen, Verpflichtungen zu erfüllen, an die man durch seine Ehre und sein gegebenes Wort gebunden ist. Es ist nicht akzeptabel, eine Frau auf so grobe Weise verführen zu wollen, sie in ihrer Würde zu kränken, indem man ihr zusagt, den Ruin von ihrer Familie abzuwenden, noch dazu wenn man maßgeblich an selbigem beteiligt war. Ihr habt es selbst gelesen: Meine Ehefrau, Don Gonzalo, hat sich das Leben genommen, um sich von dem Druck der erbärmlichen Erpressung Don Juans loszumachen, der ihr in Aussicht stellte, die sagenhaft hohen Schulden bei mir nur unter der Bedingung zurückzuzahlen, dass sie seinem lüsternen Ansinnen nachgab. In diesem entsetzlichen Zwiespalt zog sie es vor, statt ihrer Ehre ihr Leben zu opfern und ihr Seelenheil aufs Spiel zu setzen.«

Gonzalo de Santa Cruz schwieg vielsagend.

»Niemals«, fuhr Don Guillén in ruhigerem Tonfall fort, »habe ich irgendjemandem davon erzählt, schon gar nicht meiner Tochter, um ihr sinnloses Leid zu ersparen, das an der Situation ohnehin nichts geändert hätte. Euch habe ich mein Geheimnis aufgrund der außergewöhnlichen Umstände anvertraut, wegen Eurer Liebe zu Elena, an der ich nicht zweifle, und in der Überzeugung, dass Ihr ein Ehrenmann seid. Doch ich werde Euch noch etwas sagen, nun, da ich Euch das wahre Gesicht des Ungeheuers Don Juan enthüllt habe, das sich hinter dem Anschein der Aufopferung zum Wohle der Monarchie verbirgt. Er ist vom Ehrgeiz besessen, einem skrupellosen Ehrgeiz. Das Wort ›skrupellos‹ verwende ich, weil ihn auf dem Weg zu seinem Ziel nichts aufhalten kann. Derzeit kennt er nur ein Ziel: beiseitezuräumen, was zwischen ihm und der Macht steht, also den Günstling Nithard um jeden Preis auszuschalten und, falls nötig, auch die Königin. Wenn er hierfür jemanden erniedrigen muss, wird er das tun, und wenn er töten muss, wird er das ebenfalls tun. Ihr wisst, was behauptet wird ...«

»Nichts davon konnte bewiesen werden«, entgegnete der Hauptmann abwehrend.

»Das stimmt, aber wie ich ihn kenne, ist an diesen Behauptungen etwas dran.« Don Guillén machte eine Pause und fuhr dann fort: »Eines muss ich Euch noch sagen. Menschen wie

Ihr verhelft mit den besten Absichten einer Bestie zum Aufstieg, von der niemand weiß, wohin ihr Ehrgeiz sie führen wird.«

»Was wollt Ihr damit sagen?« Gonzalo war seine innere Erregung anzusehen.

»Ich hatte nicht vor, es Euch zu sagen, doch nachdem ich Euch mein größtes Geheimnis enthüllt habe, ist nicht weiter von Bedeutung, was ich Euch nun anvertrauen werde. Betrachtet es als Möglichkeit, doch keineswegs als abwegig. Es sollte Euch nicht verwundern, wenn er am Ende – in Anbetracht der schwachen Gesundheit unseres Herrn und Königs, in dessen Namen regiert wird – erwägt, einen Thron zu besteigen, der ihm – wenn man seine Machtbesessenheit bedenkt – im Falle des Todes von Carlos II. gewisse Perspektiven eröffnen würde.«

Empört sprang Gonzalo auf.

»Nach allem, was Ihr mir über Don Juan eröffnet habt, verstehe ich, wie sehr Ihr ihn verabscheut, doch das gibt Euch nicht das Recht, seinen Ruf mit diesen Andeutungen in den Schmutz zu ziehen!«

»Ihr habt nicht ganz unrecht mit dem, was Ihr sagt«, erwiderte Don Guillén ruhig, »darum vergesst meine Worte. Doch vielleicht werden sie sich eines Tages als wahr erweisen, und wenn es dann zu spät ist, werdet Ihr an sie denken, Señor de Santa Cruz. Gestattet mir jedoch, Euch etwas zu erzählen, was ich mit eigenen Augen gesehen habe und was Euch vielleicht bekannt ist. Auf jeden Fall kann ich Euch entscheidende Einzelheiten zu dem Vorfall liefern.«

Mit einem zustimmenden Nicken bedeutete Gonzalo Don Guillén, dass er bereit war, ihn anzuhören.

»Aus Gründen, die hier nichts zur Sache tun, verband mich

in Flandern mit Cornelius Brueghel, einem in Antwerpen ansässigen Astrologen, ein freundschaftliches Verhältnis. Obgleich er sich der Hellseherei und der Esoterik widmete, war er ein achtbarer und ehrenhafter Mann. Seine astrologischen Kalender, Horoskope und Prognosen hatten ihm in den verschiedensten gesellschaftlichen Kreisen großes Ansehen verschafft. Geschäftsleute, Händler, Politiker, Militärs und gewöhnliche Leute, die sich den Problemen des Alltags ausgesetzt sahen, fanden auf der Suche nach Rat und Prophezeiungen den Weg zu ihm. Als Don Juan von den Gaben und Fähigkeiten Brueghels erfuhr, ließ er sich bei dem Astrologen anmelden, und wir suchten ihn gemeinsam auf. Seine Hoheit wollte sich ein Horoskop erstellen lassen, um zu erfahren, was die Zukunft für ihn bereithielt.

Anhand der Angaben Don Juans«, fuhr Don Guillén fort, »erstellte Cornelius eine Sternenkarte und ein Horoskop, das besagte, dass er eines Tages unter bestimmten Voraussetzungen eine Krone tragen könne. Der Astrologe wies darauf hin, dass die Wahrscheinlichkeit sehr gering sei und von einer Vielzahl von Umständen abhänge. Don Juan zeigte sich hocherfreut über diese Vorhersage, und die entfernte Möglichkeit wurde ihm bald zur Gewissheit, einer Gewissheit, von der er dermaßen besessen war, dass er sich nicht scheute, im Laufe der Zeit in bestimmten Machtkreisen als wahren Inhalt des Horoskops zu verbreiten, was in Wirklichkeit nur Lügen waren, die seinen Interessen dienten.«

»Lügen, sagt Ihr?«

»Ja, wie zum Beispiel die Behauptung, er sei der eheliche Sohn von Felipe IV. und Isabel de Bourbon, sei jedoch bei der Geburt vertauscht und durch den späteren Prinz Baltasar Carlos, den eigentlichen Sohn der Calderona, ersetzt worden.«

»Verzeiht, Don Guillén, ich habe das von Cornelius Brueghel erstellte Horoskop gesehen, und eben dies steht darin geschrieben.«

»Nein, Señor, was Ihr gesehen habt, war eine gut gemachte Fälschung, die alle möglichen Aussagen enthielt, die Don Juans ehrgeizigen Zielen förderlich sind.«

»Ich habe niemals gehört, dass der Astrologe den Wahrheitsgehalt des Horoskops bestritten hätte«, wandte Gonzalo ein.

»Natürlich nicht. Cornelius Brueghel starb wenige Wochen nach der Erstellung des Horoskops für Don Juan unter ungeklärten Umständen, just zu der Zeit, als die ersten Unwahrheiten in Umlauf gesetzt wurden.«

»Wollt Ihr damit etwa andeuten ...?«

»Ich deute gar nichts an, ich konstatiere die Tatsachen, wie sie sich ereignet haben.«

Es folgte ein langes Schweigen, das schließlich von Gonzalo gebrochen wurde. Es fiel ihm nicht leicht zu sagen, was er dachte. Vielleicht würde er später bitter bereuen, was ihm sein Gewissen in diesen Augenblicken befahl, doch eben darum konnte er nicht schweigen.

»Ich glaube, Don Guillén, da meine Bindung zu Don Juan durch wechselseitige Loyalität besiegelt ist, sollte ich nicht länger ihn Eurem Hause verweilen.« Seine Stimmte zitterte leicht. »Ich danke Euch für das Vertrauen, das Ihr mir erwiesen habt. Was vor Jahren in Brüssel geschehen ist und so viel Schmerz und Leid über Euch und Eure Familie gebracht hat, bedaure ich zutiefst. Ich gestehe Euch, dass ich Eure Tochter von ganzem Herzen liebe und dass sie diese Liebe erwidert. Mir ist bewusst, dass meine Verbindung zu Seiner Hoheit zwischen Elena und mir steht und dass dieses Hemmnis zu beseitigen wäre, indem ich mit ihm breche. Doch ich teile Eure Ansichten über Don Juan nicht. Wohl mag er sich in all den Intrigen, die Teil des Kampfes um die politische Macht sind, einige Übergriffe erlaubt haben, doch ändert das nichts an der Tatsache, dass er der richtige Mann ist, um im Namen Seiner Majestät die Geschicke dieser Monarchie zu leiten. Ich glaube nicht, dass er zu irgendeinem Zeitpunkt Mordpläne gegen Nithard geschmiedet hat, wie von seinen Feinden verbreitet wird. Ja, mehr noch, ich bestreite, dass dies möglich ist, und versichere, dass Seine Hoheit außerstande wäre, eine derartige Schandtat zu begehen.«

»Und war es etwa keine Schandtat, die er an meiner Ehefrau verübt hat?«, fragte Don Guillén empört.

»Das war es zweifellos«, gestand Gonzalo ein, »doch war dies keine politische Tat. Sein Vorgehen ist verdammenswert, doch es fällt nicht in den Bereich des öffentlichen Lebens, so schwer es mir fällt, Euch das zu sagen. Ich unterstütze Seine Hoheit in seiner Funktion als Staatsmann, und wenn ich auch ein Verhalten wie das, von dem Ihr mir soeben berichtet habt, verabscheue, werde ich ihn weiterhin in seinem Vorhaben unterstützen. Ihr wisst sicher – jeder weiß es –, dass Don Juan als junger Mann in Neapel eine Tochter des Malers Ribera verführt und mit ihr eine Tochter gezeugt hat. Ich verurteile das, doch schmälert es nicht sein Verdienst als tüchtiger, fähiger Herrscher.«

Don Guillén bemerkte resigniert: »Nun, das ist Eure Meinung, und ich achte sie. Ihr sagtet, Ihr könntet nicht länger in diesem Hause verweilen?«

»So ist es, ich denke, ich sollte gehen. Ich bitte Euch lediglich so lange um Eure Gastfreundschaft und Euer Wohlwollen, für die ich mich niemals in angemessener Weise erkenntlich werde zeigen können, bis ich das Haus im Dunkel der Nacht unbemerkt verlassen kann. Ich denke dabei sowohl an Eure Familie, die nicht dafür bestraft werden soll, dass sie einem Mann Zuflucht geboten hat, der den öffentlichen Bekanntmachungen zufolge ein Verbrecher ist, als auch an meine eigene Sicherheit.«

»Es sei, wie Ihr wünscht«, beschloss Don Guillén die Unterredung knapp.

Als Elena von Gonzalo erfuhr, was sich zugetragen hatte – wobei der Hauptmann mit keinem Wort die wahren Umstände des Todes ihrer Mutter erwähnte –, war sie den Tränen nahe. Nach dem Gespräch mit ihrem Vater vor einigen Tagen war sie überzeugt gewesen, alle Hindernisse, die zwischen ihr und ihrer Liebe zu Gonzalo standen, seien aus dem Weg geräumt und die Unterredung des Hauptmanns mit ihrem Vater sei nichts weiter als eine Formalität. Als Gonzalo ihr eröffnete, er werde noch in derselben Nacht das Haus verlassen, brach sie in Tränen aus. Der Hauptmann suchte nach tröstenden Worten, die er selbst ebenso nötig hatte, denn sein Schmerz über diese Entscheidung war höchstens mit der Empörung vergleichbar, die er ob der Angriffe der Feinde Don Juans empfand, die Gerüchte über sein Handeln in Umlauf brachten. In der Tiefe seines Herzens aber erfüllte es ihn mit Groll zu wissen, wie schändlich er gegenüber Elenas Mutter gehandelt hatte. Den Reizen einer Frau nicht widerstehen zu können, war etwas völlig anderes, als die Umstände auszunützen, um ihre Gunst zu erlangen. So handelte kein Ehrenmann.

An diesem Tag gab es kein Mittagessen im Hause Zúñiga. Elena hatte sich in ihrer Kammer eingeschlossen, und Gonzalo streckte sich, von einer ungewöhnlichen Erschöpfung erfasst, auf der Bettstatt aus, auf der seine Wunden geheilt waren, die sich beinahe vollständig, aber noch nicht endgültig geschlossen hatten. Andere, viel tiefere Wunden hatten ihm nun das Herz zerrissen. Der Nachmittag verstrich schleppend und kummervoll, und mit dem Einbruch der Nacht sollte eine wunderbare Liebe enden, im Keim erstickt von einem grausamen Schicksal, das dafür gesorgt hatte, dass zwei Leben sich kreuzten, und dann eine der prägendsten Persönlichkeiten ihrer Zeit zwischen sie trat: Don Juan José de Austria.

21

Innerhalb von zwei Wochen war es Patiño gelungen, den Auftrag Don Juans in allen Einzelheiten auszuführen. Nur der wichtigste Teil stand noch aus. Er hatte beschlossen, ihn bis zuletzt aufzusparen, da es sich um den heikelsten Punkt handelte: Er musste mit der Person sprechen, der er die Leitung des Unternehmens anvertrauen würde. Don Juan und er hatten alle Möglichkeiten in Betracht gezogen, alle Einzelheiten bedacht und das Für und Wider abgewogen. Am Ende war ihre Wahl auf einen fähigen Mann gefallen, der stets gute Beziehungen zu Don Juan unterhalten hatte und – was noch wichtiger war – sich laut ihren Informanten in großen finanziellen Schwierigkeiten befand. Dieser Umstand würde ausschlaggebend für seine Einwilligung sein. Die Zusammenkunft mit der Person, mit der Patiño dieses Geschäft zu besprechen hatte, war für heute um vier Uhr nachmittags anberaumt. Don Bernardo sah ungeduldig zur Pendeluhr hinüber, die in seinem Arbeitszimmer hing und deren gedämpftes Ticken nur deshalb zu hören war, weil es vollkommen still war; noch eine Viertelstunde würde er sich gedulden müssen. Als es vier Uhr schlug, musste er noch ein paar Minuten warten, bis die Türglocke läutete.

Er erhob sich und bereitete sich innerlich auf diese entscheidende Begegnung vor.

Schließlich führte eine Dienerin keinen Geringeren herein als den Kavalleriehauptmann Don Pedro Pinilla, der vom

Hausherrn überschwänglich willkommen geheißen wurde. Don Bernardo umarmte Pinilla und bot ihm dann einen Platz und angesichts der immer noch hohen Temperaturen eine Erfrischung an: Zimtmilch, Eiswasser mit Zitrone oder Met. Der Hauptmann entschied sich für letztere.

Die beiden Männer überbrückten die Zeit, bis die Dienerin mit den Getränken kam, mit unverfänglichem Geplauder. Als diese sich zurückgezogen und die Tür hinter sich geschlossen hatte, nahm Don Bernardo seine Aufgabe in Angriff.

»Mein lieber Don Pedro, ich nehme an, Ihr fragt Euch seit gestern, als ich Euch bat, freundlicherweise meiner Einladung Folge zu leisten, was der Anlass dafür ist. Aus Gründen der Diskretion enthielt die Nachricht dazu keine Angaben.«

»Ich habe diesen Moment mit Ungeduld erwartet und bin ganz Ohr«, antwortete Pinilla.

Don Bernardo räusperte sich.

»Hört mir gut zu, denn ich habe Euch etwas äußerst Wichtiges mitzuteilen. Es handelt sich um eine Angelegenheit von so großer Tragweite, dass ich lange darüber nachgedacht habe, ob ich Euch in sie einweihen und um Eure Mithilfe bitten soll. Schließlich habe ich mich aufgrund Eurer langjährigen Beziehung, um nicht zu sagen, Freundschaft zu Señor Don Juan dazu entschlossen, die seit den Feldzügen in Flandern und Portugal besteht.«

Pinilla war verwundert, dass Don Bernardo seine Beziehung zu Don Juan so herausstrich. Zwar hatte er stets freundlich mit seiner Hoheit gestanden, doch war der Kontakt nicht über den üblichen Umgang zwischen Oberbefehlshaber und Offizier hinausgegangen, der trotz allem von einer gewissen Distanz geprägt war. Er hatte zwar seine Anerkennung gegenüber Seiner Hoheit zum Ausdruck gebracht, doch darum gleich von Freundschaft zu sprechen …

»Der zweite, ebenso wichtige Grund«, fuhr Patiño fort, »war, dass Ihr ein Mann von Welt seid und die Wirklichkeit richtig einzuschätzen versteht. Drittens verfügt Ihr über die erforderlichen persönlichen Eigenschaften: Ihr seid ein erwiesenermaßen tapferer und tüchtiger Mann.«

Pinilla hörte aufmerksam zu, konnte sich aber nicht im Geringsten vorstellen, worauf Don Bernardo hinauswollte.

»Wie Ihr wohl wisst«, fuhr Patiño fort, »ist die derzeitige Lage kaum weniger als katastrophal zu nennen. Sollte es uns nicht gelingen, einen Ausweg aus dieser immer schwierigeren Situation zu finden, wird ein großes Unglück über uns hereinbrechen. Die Fehler der Regierung häufen sich, und es scheint, als würden wir von unfähigen, unbedarften Kindern regiert und nicht von erfahrenen, weisen Männern. Im Zentrum all dieser Übel steht, wie Euch bekannt ist, der Beichtvater, den der Starrsinn und die Uneinsichtigkeit Ihrer Majestät in verantwortungsvolle Ämter gehoben hat, von denen er niemals zu träumen gewagt hätte, obgleich weder seine Fähigkeiten noch seine Erfahrung einen solchen Aufstieg rechtfertigen.«

Pinilla verharrte in diskretem Schweigen. Er fragte sich nach wie vor, aus welchem Grund Patiño ihn hergebeten hatte, denn aus den bisherigen Ausführungen konnte er nichts herauslesen.

»Ich versichere Euch, mein werter Hauptmann, dass man von verschiedenster Seite mit Aufforderungen und Bitten an Doña Mariana herangetreten ist und sie darauf hingewiesen hat, dass die Lage unhaltbar ist und von Tag zu Tag schlimmer wird. Doch alles war umsonst. Ihr wisst, wie hartnäckig die

Königin ihre Überzeugungen vertritt und wie schwer es ist, sie von einer einmal getroffenen Entscheidung abzubringen. Vergebens war jeder Versuch, sie dazu zu bewegen, sich vom Inquisitor zu trennen und ihn durch geeignetere, erfahrenere und verdienstvollere Leute zu ersetzen, um das sinkende Schiff, zu dem diese Monarchie durch unser Verschulden verkommen ist, in sichereres Fahrwasser zu geleiten. Ich kann Euch versichern, dass wir nichts unversucht gelassen haben. Alles war umsonst, und diese Monarchie geht unweigerlich dem Untergang entgegen. Deshalb ist es nötig, dieser aussichtslosen Lage unverzüglich ein Ende zu setzen.«

Don Bernardo nahm einen großen Schluck Met. Nun war der Moment gekommen, den heiklen Teil seiner Ausführungen anzugehen. Doch um etwas über Pinillas Einstellung zu erfahren, fragte er zuvor: »Ich weiß nicht, ob Ihr meine Ansichten teilt?«

Pinilla, der sich nicht festlegen wollte, bevor er den Zweck dieser Unterredung kannte, sagte nur: »Im Großen und Ganzen bin ich Eurer Meinung, obgleich ich über die Lage nicht so genau informiert bin wie Ihr.«

»Nachdem alle Versuche gescheitert sind, die Lage zu ändern, bleibt nur noch eine Möglichkeit: Nithard muss von der Seite der Königin entfernt werden. Da dies nicht dem Willen Ihrer Majestät entspricht, wurde ein Plan ausgearbeitet, um dies zu erreichen.«

»Ein Plan, um ... um Nithard von der Seite Ihrer Majestät zu entfernen?«, fragte der Militär beunruhigt nach.

»So ist es, mein lieber Freund. Wir sehen keine andere Möglichkeit, der Situation ein Ende zu bereiten.«

»Und Ihr habt mich gerufen, um mich in diesen Plan einzuweihen?« Der Kavalleriehauptmann blickte verwundert drein.

»Ihr habt es erraten, Don Pedro«, Patiño lächelte ihn schmeichlerisch an.

»Und wie kommt Ihr darauf, dass ich ...?«

»Ich habe Euch bereits eine Reihe von Gründen genannt, und wenn Ihr es wünscht, kann ich sie wiederholen.«

»Nein, das ist nicht nötig. Lasst Euch aber gesagt sein, dass ich die Zeit unter dem Befehl Don Juans, den ich seit vielen Jahren nicht mehr gesehen habe, zwar in guter Erinnerung behalte, dass es mir aber übertrieben scheint, von einer alten Freundschaft zu sprechen. Dennoch freut mich das Kompliment. Doch kommen wir zur Sache: Worin besteht dieser Plan?«

»Da Ihre Majestät gewillt ist, an Nithard festzuhalten, können wir ihn nur gewaltsam von ihrer Seite entfernen. Zu diesem Zweck haben wir verschiedene Möglichkeiten mit allen Vor- und Nachteilen in Betracht gezogen, doch nur eine erweist sich als wirklich effektiv, um unser Ziel zu erreichen. Nithard darf nicht an der Seite der Königin bleiben.«

Pinilla starrte Don Bernardo an.

»Euer Gnaden, sprecht Ihr etwa davon, dem Leben des Beichtvaters ein Ende zu setzen? Oder, um es deutlicher zu sagen: Besteht Euer Plan darin, ihn umzubringen?«

»So, wie Ihr es sagt, klingt es sehr hart«, versuchte Patiño Pinillas Worte abzuschwächen.

»Ich nenne die Dinge nur beim Namen«, gab Pinilla scharf zurück.

Sie schwiegen eine Zeitlang, dann fragte der Hauptmann: »Wie sieht Euer Plan aus?«

Don Bernardo sah ihm fest in die Augen.

»Bedeutet das, dass Ihr bereit seid mitzumachen?«

»Diese Frage kann ich erst bejahen, wenn ich die Einzelheiten kenne und weiß, was meine Rolle sein wird und wie viel Ihr mir für meine Dienste zu zahlen bereit seid«, entgegnete dieser kühl.

Dieser letzte Punkt stellte den Sekretär Don Juans sichtlich zufrieden, denn er machte deutlich, dass Pinillas Entscheidung, wie er vermutet hatte, von der in Aussicht gestellten Bezahlung abhing. Er beschloss, einen Schritt weiterzugehen.

»Wie viel würdet Ihr für einen solchen Dienst verlangen?«

»Bevor ich Euch einen Betrag nennen kann, muss ich wissen, worin mein Auftrag besteht.«

»Wir haben daran gedacht«, dem Hauptmann entging die Verwendung des Plurals nicht, »Euch mit der Leitung der Operation zu betrauen.«

»Das bedeutet, ich wäre derjenige, der Nithard tötet?«

»Ihr müsste es nicht unbedingt eigenhändig tun«, versicherte ihm Patiño.

»Immerhin«, erwiderte Pinilla. »Wie habt Ihr Euch die Operation vorgestellt?«

»Heißt das, Ihr nehmt den Auftrag an?«

»Sagen wir, ich lehne ihn nicht ab. Wir haben noch nicht über Geld gesprochen.«

»Darüber werden wir uns sicherlich einigen können, Don Pedro. Hattet Ihr an eine bestimmte Summe gedacht?«

Ohne zu zögern sagte der Hauptmann: »Eintausendfünfhundert Dukaten für mich und weitere dreihundert für einen Mann meines Vertrauens.«

»Der Betrag erscheint mir angemessen, doch warum erwähnt Ihr einen Mann Eures Vertrauens? Vertraut Ihr etwa nicht ...?«

»Ich misstraue nicht, doch sagen wir, es handelt sich um eine Sicherheitsmaßnahme. Bedenkt, dass ich nicht weiß, wer noch an dem Plan beteiligt ist, den Ihr ersonnen habt und den ich ausführen soll.«

»Eure Forderung erscheint mir vernünftig. Sind wir im Geschäft?« Don Bernardo streckte Don Pedro seine Rechte entgegen.

»Nein, noch nicht. Wie soll das Ganze vonstatten gehen?«

»Zum jetzigen Zeitpunkt kann ich Euch nicht alle Einzelheiten nennen, doch kann ich Euch schon sagen, dass Ihr über acht Männer verfügen werdet und dass die Operation an einem Donnerstag erfolgen muss, und zwar nicht aus einer Laune oder Aberglauben heraus. An diesem Tag hält der Oberste Inquisitionsrat, dem Nithard als Großinquisitor vorsteht, seine Sitzung im Inquisitionspalast ab. Sie findet stets nachmittags statt und endet meist nach Einbruch der Dunkelheit, auch wenn das von der jeweiligen Tagesordnung abhängt. Für gewöhnlich verlässt der Inquisitor den Palast als Letzter und begibt sich zu seiner Residenz im Colegio Imperial. Auf diesem Weg soll der Plan in die Tat umgesetzt werden.«

»Wurde bereits ein Donnerstag festgelegt?«, erkundigte sich Pinilla eifrig.

»Noch nicht. Das Datum hängt von Eurer Entscheidung ab und davon, dass die Tagesordnung eine bestimmte Sitzungsdauer garantiert.«

»Man muss auch sicherstellen, dass Nithard als Letzter und ohne Begleitung herauskommt.«

»Das soll nicht Eure Sorge sein, darum kümmere ich mich. Nun, was sagt Ihr?« Don Bernardo versuchte mit allen Mitteln, den Pakt zu besiegeln.

»Was Ihr mir da vorschlagt, ist eine äußerst ernste Angelegenheit. Ich bitte mir eine Bedenkzeit von vierundzwanzig Stunden aus, bevor ich Euch eine Antwort gebe. Ist das möglich?«

Patiño versuchte, Pinillas Gedanken zu lesen. Er hätte alles dafür gegeben, seine wahren Absichten zu kennen, doch da dies nicht möglich war, musste er einwilligen. In diesem Moment befielen ihn Zweifel. Er wusste von den Geldnöten des Hauptmanns und seiner Tapferkeit in schwierigen Momenten, was für seine Auswahl gesprochen hatte. Aber vielleicht hatte er sich ja getäuscht, und das Ansinnen ging weit über das hinaus, was dieser Mann zu akzeptieren bereit war?

Als ihre Wahl auf Pinilla gefallen war, war es weder Don Juan noch ihm wichtig erschienen, dass er mit Don Guillén de Zúñiga befreundet war, einem eingefleischten Gegner Seiner Hoheit. Sie kannten verschiedene Männer, die mit dem alten Heereslieferanten in Kontakt standen und dennoch Anhänger Don Juans waren. Nichtsdestotrotz fürchtete Don Bernardo nun, einen schweren Fehler begangen zu haben. Dann schob er den Gedanken beiseite, denn schließlich hatte der Hauptmann für den Fall seiner Beteiligung einen Betrag genannt, was zweifelsfrei auf sein Interesse an der Leitung dieser Operation hinwies. Patiño gewährte ihm die geforderte Bedenkzeit.

»Nur unter der Bedingung, dass Ihr Stillschweigen bewahrt.«

»Darauf könnt Ihr zählen, Don Bernardo. Außerdem hätte ich gar keine Beweise, um Euch zu beschuldigen, einen Mordplan gegen den Beichtvater zu schmieden.«

»Nicht genügend Beweise, um mich zu beschuldigen, natürlich, wohl aber, um den Plan zu vereiteln. Ich bestehe aber auf jeden Fall noch einmal darauf, dass Eure Verschwiegenheit unabdinglich ist, und erwarte Eure Antwort, die Ihr mir bitte persönlich überbringt, morgen zur gleichen Stunde.«

Als Pinilla die Calle del Arenal in Richtung Puerta del Sol entlangging, schien es ihm geradezu unwirklich, dass diese Unterredung stattgefunden hatte. Man hatte ihm mir nichts, dir nichts den Plan unterbreitet, Nithard zu ermorden. Noch unglaublicher schien ihm, dass sie ausgerechnet ihn auserwählt hatten, diesen Plan in die Tat umzusetzen. Tatsächlich hatte er sich in Flandern mit Don Juan gut gestanden, und er hatte auch nichts dagegen einzuwenden, dass dieser die Regierungsgeschäfte übernahm, doch dieses Ansinnen stellte einen unbegreiflichen Vertrauensvorschuss dar. Er konnte ihn sich lediglich damit erklären, dass sie über seine finanziellen Probleme im Bilde waren und Don Juan wusste, dass er im entscheidenden Moment ein entschlussfreudiger Mann war.

Eintausendfünfhundert Dukaten waren in der Tat viel Geld, dachte Pinilla bei sich. Ein kleines Vermögen, das ihm viele Jahre lang, beinahe für den Rest seines Lebens, eine sorglose Existenz ermöglichen würde, wenn er klug hauszuhalten verstand. Er war überzeugt, dass Don Bernardo von seinen finanziellen Nöten wusste und ihm den Vorschlag in der Annahme unterbreitet hatte, er müsse den Betrag nur hoch genug ansetzen, um ihn für den Plan zu gewinnen.

Auf seinem Weg blickte er sich immer wieder um. Er wurde das Gefühl nicht los, verfolgt und überwacht zu werden. Er fühlte sich nicht sicher, doch sooft er sich in seiner Unruhe, die nach und nach zu irrationaler Panik anwuchs, auch umwandte, sah er nichts, was seine Nervosität gerechtfertigt hätte. Er schlug die Calle de Carretas ein, ging bis zur Plazuela del Ángel und dann die Calle de Barrionuevo hinauf bis zu seiner Wohnung hinter dem Kloster des Dreifaltigkeitsordens.

Er hauste in einer schäbigen Mansarde, zu der eine steile Treppe hinaufführte. Der Dachboden gehörte der Witwe eines

Buchhalters des Kolonialrats, die im angrenzenden Haus lebte und der er mit einer gewissen Regelmäßigkeit ihre einsamen Stunden versüßte. Im Gegenzug forderte sie keine allzu hohe Miete von ihm. Obwohl sie kein junges Mädchen mehr war, hatte sie immer noch ihre Reize.

Pinilla betrat die Dachkammer, die ihm als Küche, Esszimmer und Schlafraum zugleich diente und deren ärmliches, verwahrlostes Aussehen auf die prekären finanziellen Verhältnisse seines Bewohners schließen ließ. Er ließ sich auf sein Bett fallen, noch immer fassungslos. Er konnte sich nicht erklären, wie er binnen einer Stunde in einen solchen Schlamassel hatte geraten können. Ein Mordplan gegen den Großinquisitor! Wieder und wieder stellte er sich die Frage: Warum er, warum ausgerechnet er?

Zwar hatte ihm Don Bernardo Patiño einige Gründe genannt, doch keiner davon erschien ihm triftig genug. Zweifel quälten ihn. Die Sache bot die Gelegenheit, mehr Geld einzustreichen, als er je im Leben auf einmal gesehen hatte – tausendfünfhundert Dukaten! –, war jedoch zugleich außerordentlich riskant. Er wagte kaum, sich auszumalen, was geschehen würde, sollte diese Intrige ans Licht der Öffentlichkeit gelangen und entdeckt werden, dass er an ihr beteiligt war. Er war ein Narr gewesen, so zu handeln, wie er es getan hatte! Vierundzwanzig Stunden Bedenkzeit, als könne er jetzt, da er eingeweiht war, überhaupt noch ablehnen! Sagte er nein, würden sie ihn kurzerhand ausschalten, um kein Risiko einzugehen. Sagte er ja, wäre er in eine Angelegenheit verwickelt, die so schmutzig war, dass sie schwerlich gut ausgehen konnte. Er wusste zu viel, denn er war im Gespräch mit Patiño zu weit gegangen, das machte ihn zum Komplizen ... zum Komplizen, es sei denn ... es sei denn ...

Er war seit fast einer Stunde in angstvolle Zweifel und düstere Gedanken versunken, die ihm nicht aus dem Kopf gehen wollten, als er die Glocken des Dreifaltigkeitsklosters läuten hörte. Es war sechs Uhr. Er stand auf, goss Wasser in eine Schüssel und wusch sich das Gesicht. Dann strich er seine Kleidung glatt und verließ das Haus. Nachdem er sich vergewissert hatte, dass niemand ihm folgte, ging er die Calle de Atocha entlang bis zur Pfarrkirche von Santa Cruz und bahnte sich seinen Weg durch das Gewirr von Gassen hinter der Plaza Mayor bis zur Cava de San Miguel, dem Haus seines Freundes Zúñiga.

»Was bedrückt Euch, Don Pedro?«, erkundigte sich Don Guillén bei seinem niedergeschlagenen Besucher, der ihm erklärt hatte, es gehe ihm schlecht, ohne jedoch die Ursache dafür zu nennen.

»Das kann ich Euch nicht sagen, denn damit riskiere ich mein Leben«, entgegnete sein Freund.

»So schlimm ist es?«, hakte der Hausherr nach.

»Schlimmer, als man sich vorstellen kann. Ihr würdet meinen, ich sei nicht mehr bei Sinnen, wenn Ihr wüsstet, was mir heute Nachmittag widerfahren ist.«

»Anscheinend sind wir dieser Tage alle ein wenig durcheinander. Wenn Ihr wüsstet, was ich erlebt habe, würdet Ihr mich für verrückt erklären. Offensichtlich sind das die Zeichen unserer Zeit!«

»Was habt Ihr erlebt, Don Guillén?«

»Ich denke, ich wäre ebenso von Sinnen wie Ihr, wenn ich es erzählte.«

»Das bedeutet«, fasste Pinilla zusammen, »wir tragen beide schwer an der Last unserer Verantwortung und wagen es nicht, uns jemandem anzuvertrauen.«

»So ist es, Don Pedro, so ist es.«

»Und wenn ... wenn wir ...?«

»Und wenn wir was, Pinilla?«

»Und wenn wir uns einander anvertrauten? Ich versichere Euch, Don Guillén, mir würde ein Stein vom Herzen fallen. Ich verspüre den Drang, die sonderbare Geschichte, die mir heute Nachmittag widerfahren ist, jemandem zu berichten. Ich weiß nicht, ob es Euch ebenso schlecht geht wie mir, doch ich habe das Gefühl, die Last nicht allein tragen zu können.«

»Die Idee ist nicht übel«, befand Don Guillén, »und wenn Ihr schwört, Stillschweigen zu bewahren« – Don Pedro küsste zum Zeichen seines Einverständnisses seine gekreuzten Finger – »werde ich Euch mein Geheimnis mitteilen.«

Der improvisierte Schwur reichte Don Guillén aus.

»Hauptmann Gonzalo de Santa Cruz befindet sich seit der Nacht, in der der Kampf stattfand, der so großen Aufruhr verursacht hat, unter meinem Dach ...«

Pinilla riss die Augen auf.

»Er hat sich die ganze Zeit über in Eurem Haus versteckt gehalten?«

»Hier hat er Unterschlupf gefunden und ist von seinen Verletzungen genesen. Heute Nacht wird er das Haus verlassen.«

»Bei Gott, Don Guillén, da habt Ihr etwas Arges verheimlicht. Wie konnte das nur geschehen, wo Santa Cruz doch ein ausgewiesener Anhänger Don Juans ist?«

Don Guillén erzählte ihm die Geschichte in groben Zügen, ohne allerdings die Verbindung seiner Tochter mit dem Hauptmann zu erwähnen. Dann fragte er Pinilla nach der Ursache seines Kummers.

»Euer Geheimnis ist schlimm, doch der Grund für meine

Unruhe wiegt weit schwerer. Kann ich auf Euer Stillschweigen zählen?«

»Das könnt Ihr, Gott sei mein Zeuge.«

»Don Bernardo Patiño hat mir heute Nachmittag angeboten, die Leitung bei einem anscheinend bis ins Detail ausgearbeiteten Plan zu übernehmen, der darauf abzielt, den Beichtvater zu töten!«

»Man hat Euch vorgeschlagen, Nithard zu töten?«

»Ihr habt ganz richtig gehört.«

»Was hat ihn bewogen, gerade Euch für diese Aufgabe auszuwählen?«

Don Pedro sagte, er könne sich den Grund dafür nicht erklären, es sei denn, man habe gehofft, die Aussicht auf Geld würde ihn verlocken; dann berichtete er in allen Einzelheiten von der Unterredung in Patiños Haus und dem Vorschlag, der ihm unterbreitet worden war. Er vertraute Don Guillén seine Ängste und Zweifel an. Er war zu unvorsichtig gewesen und befand sich nun in einer misslichen Lage. Zuletzt bat er seinen Freund um einen Ratschlag.

»Was würdet Ihr in meiner Lage tun?«

»Ich stecke nicht in Eurer Haut, doch sieht man einmal von einer moralischen Beurteilung einer solchen Tat ab und betrachtet sie unter rein materiellen Gesichtspunkten, würde ich mich auf ein so gefährliches Abenteuer nicht einlassen.«

»Könntet Ihr mir sagen, warum?«

»Mit Vergnügen. Der Plan den man Euch vorgeschlagen hat, kann gut oder schlecht enden, wobei ›gut‹ bedeuten würde, dass Ihr das angestrebte Ziel erreicht. Glaubt Ihr wirklich, nach erfolgreicher Erledigung des Auftrags würde Euer Auftraggeber Euch am Leben lassen, obwohl Ihr dann eine gewaltige Bedrohung für ihn wärt? Ganz gewiss nicht, und umso weniger, als ich weiß, wer hinter dieser ganzen Sache steckt. Unglücklicherweise kenne ich diese Person nur allzu gut, und so versichere ich Euch, dass Ihr nach erledigtem Auftrag kurzerhand ausgeschaltet würdet. Und falls der Plan, den Günstling zu ermorden, scheitern sollte, muss ich Euch ja wohl nicht sagen, was Euch erwartet.«

»Was Ihr sagt, leuchtet ein, und es steckt sicherlich viel Wahrheit darin, doch ist die Sache nicht ganz so einfach. Ich fürchte, ich sitze in der Falle. Verzeiht, wenn ich Euch lästig falle, doch ich frage Euch noch einmal, wie Ihr unter diesen Umständen handeln würdet.«

»Unter welchen Umständen?«

»Wie ich Euch schon sagte, habe ich mit Patiño vereinbart, ihm morgen Nachmittag bezüglich seines Angebots Bescheid zu geben. Sage ich ihm, der Plan interessiere mich nicht, so bin ich, angesichts dessen, was ich darüber weiß, so gut wie tot.«

»Da habt Ihr wohl recht.«

Don Guillén schwieg und strich sich gedankenverloren über das Kinn. Nach einer Weile sagte er: »Ich an Eurer Stelle würde gleich morgen früh zum Schloss gehen und die Königin um eine sofortige Audienz bitten. Sicher werdet Ihr in ihr eine mächtige Verbündete und Beschützerin finden. Etwas Besseres fällt mir nicht ein, obwohl ich mir des Risikos bewusst bin, denn der Arm Don Juans reicht weit. Ich empfehle Euch, von nun an äußerst vorsichtig vorzugehen und heute nicht zu spät nach Hause zurückzukehren.«

Pinilla dankte Don Guillén für seinen Rat und verabschiedete sich. Als er hinausgehen wollte, traf er auf Elena, die einen jämmerlichen Anblick bot: Ihre Augen waren vom Weinen gerötet, das Gesicht war verquollen.

»Was ist mit Euch, Doña Elena?«, fragte Pinilla überrascht und tief beeindruckt von ihrem Aussehen.

»Vater, ich muss umgehend mit Euch sprechen!«

Don Guillén seufzte tief und sagte seiner Tochter betont ruhig: »Ich komme zu dir, sobald ich meinen Gast verabschiedet habe. Warte in meinem Arbeitszimmer auf mich.«

Elena ging den Tränen nahe in das Arbeitszimmer.

»Kann ich Euch irgendwie behilflich sein?«, erkundigte sich Pinilla.

»Leider nicht, mein lieber Freund. Der Zustand meiner Tochter ist auf ihre Beziehung zu Hauptmann Santa Cruz zurückzuführen, die ich aus vielerlei Gründen ablehne. Wenn Santa Cruz doch nur wüsste, was Ihr mir soeben eröffnet habt!«

»Warum sagt Ihr das, Don Guillén?«

»Weil Santa Cruz der Ansicht ist, Don Juan sei nicht nur der richtige Mann, die Monarchie zu retten, sondern sei – obgleich kein Ausbund an Tugend – überdies unfähig, eine Tat wie die, die Euch von Patiño angetragen wurde, zu planen oder zu begehen.«

»Ich verstehe nicht, wie die Fäden dieser komplizierten Geschichte zusammenhängen«, sagte Pinilla.

»Das ist ganz einfach, Don Pedro: Ich stelle mich gegen eine Heirat meiner Tochter mit Hauptmann Santa Cruz, in den sie nach ihren eigenen Worten unsterblich verliebt ist. Ich weigere mich zuzulassen, dass mein Blut sich mit dem des Mannes vermischt, der für Don Juan beim Erreichen seiner Ziele von entscheidender Bedeutung ist. Heute habe ich versucht, ihm vor Augen zu führen, dass Don Juan nicht der ist, für den er ihn hält. Meine Bemühungen waren vergebens, denn ich konnte ihm keine überzeugenden Beweise liefern; er hat lediglich eingestanden, dass Don Juan sich in seinem Privatleben einige Unschicklichkeiten und unehrenhafte Handlungen erlaubt hat, die jedoch nach Meinung des Hauptmanns Santa Cruz nicht ausreichen, ihn als denjenigen zu verurteilen, der skrupellos plant, die Geschicke der Monarchie in die Hand zu nehmen. Noch heute Nacht wird er diese Mauern verlassen, die ihm während der vergangenen Wochen Schutz geboten haben. Meine Entscheidung ist für meine Tochter sehr schmerzhaft. Ihr habt ja selbst gesehen, in welchem Zustand sie sich befindet. Ich gebe zu, dass ich in einem schwachen Moment kurz davor war nachzugeben. Doch zuletzt habe ich diesen Entschluss gefasst, wenn auch nicht ohne Bedauern.«

Pinilla, der Santa Cruz kannte – sie hatten unter der gleichen Flagge gefochten –, schien die verzwickte Lage zu überdenken.

»Ihr versichere Euch, dass Don Gonzalo ein Ehrenmann ist«, erklärte er schließlich.

»Ich denke, auch ich kann das bestätigen. Meiner Ansicht nach haftet ihm nur ein einziger Makel an, und das ist seine unheilvolle Beziehung zu Don Juan.«

»Denkt Ihr, es würde helfen, wenn ich ihm berichte, was mir heute Nachmittag widerfahren ist?«

Don Guillén war über dieses Ansinnen höchst erstaunt.

»Ihr würdet viel aufs Spiel setzen, wenn Ihr Euch Santa Cruz anvertrautet!«

»Das glaube ich nicht. Auch wenn wir uns nicht sehr nahestanden, als wir zusammen dienten, weiß ich, dass ich auf sein Wort zählen kann. Er würde es um nichts in der Welt brechen. Ich würde ihm vorher das Versprechen abnehmen, Stillschweigen darüber zu bewahren.«

»Was Ihr über seine Worttreue gesagt habt, stimmt, aber

ich glaube nicht, dass Euer Angebot viel nützt. Ihr wisst doch, Don Pedro, niemand ist so blind wie der, der nicht sehen will! Und Santa Cruz sieht nur mit den Augen Don Juans.«

»Ihr werdet mir jedoch zustimmen, dass wir nichts zu verlieren haben. Der Anblick Eurer Tochter hat mich zutiefst gerührt.«

Don Guillén willigte ein, und so trat zu Don Gonzalo de la Cruz' Überraschung Elenas Vater persönlich in sein Zimmer, in dem er niedergeschlagen auf den Anbruch der Nacht wartete, um unbemerkt das Haus zu verlassen.

»Hättet Ihr die Güte, mich in mein Arbeitszimmer zu begleiten?«, fragte ihn Don Guillén.

Gonzalo, der sich bei Zúñigas Erscheinen von seinem Lager erhoben hatte, folgte ihm schweigend. Elena, der vor Verwunderung die Worte fehlten, ließ sie auf Geheiß ihres Vaters allein.

Die beiden Hauptmänner begrüßten einander höflich. Sie hatten einander lange nicht mehr gesehen. Dann forderte Don Guillén Don Pedro auf zu sprechen. Zunächst bat Pinilla Santa Cruz um sein Ehrenwort, unter keinen Umständen weiterzugeben, was er ihm mitteilen werde. Gonzalo, der aus dem Staunen nicht herauskam, hatte nichts dagegen einzuwenden, ihm sein Wort zu geben. Dann hörte er aufmerksam an, was sein früherer Kamerad zu sagen hatte. Als dieser geendet hatte, fragte er ihn: »Könnt Ihr mir sagen, aus welchem Grund Ihr mir all das erzählt?«

Pinilla tauschte mit Don Guillén einen verschwörerischen Blick.

»Wie es die Vorsehung wollte, traf ich mit Doña Elena zusammen, als ich gerade gehen wollte. Als ich sie so außer sich sah, wollte ich den Grund dafür wissen, und nachdem ich ihn erfahren hatte, habe ich mich erbötig gemacht, Euch zu berichten, was Ihr soeben gehört habt. Wenn es zu etwas gut ist, so hat es seinen Zweck erfüllt. Ich füge hinzu, dass ich bereit bin, bei meinem Seelenheil zu beschwören, dass ich Euch die reine Wahrheit gesagt habe.«

Die drei Männer schwiegen, jeder in seine eigenen Gedanken versunken. Nach langer Zeit hub Santa Cruz an: »Ich kenne und schätze Euch und ziehe Euer Wort nicht in Zweifel, doch werdet Ihr mir zugestehen, dass ich nicht von heute auf morgen von meinen tiefsten Überzeugungen ablassen kann, nach denen ich so viele Jahre lang mein Handeln ausgerichtet habe.« Dann fragte er Pinilla: »Was gedenkt Ihr zu tun?«

Don Pedro sah ihm in die Augen.

»Kann ich mich weiterhin auf Euer Wort verlassen?«

»Seid dessen versichert, Hauptmann.«

»Dann sollt Ihr wissen, dass ich nicht bereit bin, mich an einem solchen Verbrechen zu beteiligen, und dass ich gleich morgen Ihre Majestät, die Königin, über die Pläne in Kenntnis setzen werde.«

Wieder verstummten die Männer für einen Moment, dann fragte Don Guillén Santa Cruz: »Werdet Ihr wie vorgesehen das Haus verlassen?«

Gonzalo antwortete ohne zu zögern: »Ich danke Euch nochmals für Eure Gastfreundschaft und Hilfe.«

»Das ist alles, was Ihr mir mitzuteilen habt?«, fragte Don Guillén.

»So ist es.«

Er verschwieg, dass er inmitten all seiner Zweifel soeben eine schwerwiegende Entscheidung getroffen hatte.

22

Noch vor Tagesanbruch verließ ein Reiter Madrid durch die soeben geöffnete Puerta de Toledo. Kaum hatte er den Manzanares überquert, gab er seinem Pferd die Sporen und trieb es, schneller als ratsam war, zum Galopp. Er war in Eile.

Um halb zehn Uhr morgens, während im Kutschhof des königlichen Schlosses die Karosse der Königin für ihren Besuch im Kloster der Franziskanerinnen von der Unbefleckten Empfängnis vorbereitet wurde, war es Hauptmann Don Pedro Pinilla gelungen, dem Befehlshaber der Palastwache, dem Marquis de Salinas, Nachricht zukommen zu lassen, dass er Doña Mariana dringend eine schwerwiegende Angelegenheit zu berichten habe.

»Ihre Majestät ist zurzeit nicht zu sprechen!«, empfing der Marquis den Hauptmann ausgesprochen übellaunig.

»Aber es geht um Leben und Tod!«

»Dann erklärt mir, worum es geht.«

»Ich bedaure, doch ich kann mein Wissen nur Ihrer Majestät anvertrauen«, beharrte Pinilla.

»Und ich weise Euch nochmals darauf hin, dass das unmöglich ist!«

Auf die Gefahr hin, den Zorn des Marquis zu erregen, beschloss Pinilla, alles auf eine Karte zu setzen: »In diesem Fall, Exzellenz, tragt Ihr die Verantwortung.«

»Wollt Ihr mir etwa drohen?«, fragte Salinas gereizt.

»Nichts läge mir ferner, Exzellenz. Ich möchte nur, dass Ihr Euch der Bedeutung der Angelegenheit bewusst seid.«

Der Adelige funkelte ihn wütend an.

»Nun gut! Wartet hier!«

Einige Minuten später kehrte der Marquis mit unwirscher Miene zurück: »Folgt mir, Hauptmann, und ich hoffe, das, was Ihr Ihrer Majestät mitzuteilen habt, ist wirklich so wichtig, wie Ihr sagt, sonst werdet Ihr es für den Rest Eures Lebens bereuen.«

Der Unmut über diese unerwartete Audienz stand Doña Mariana unter der Nonnenhaube, die sie wie gewöhnlich trug, ins Gesicht geschrieben. Sie streckte dem Hauptmann die Hand zum Kuss entgegen, und dieser sank, als er sah, dass er mit der Königin alleine war, ehrfürchtig auf die Knie.

»Ich habe nicht viel Zeit. Was ist so wichtig, dass Ihr es nur mir allein anvertrauen wollt?«

Die Stimme der Königin klang kühl und abweisend.

»Majestät«, Pinilla fühlte, wie ihm der Hals trocken wurde; er hatte Mühe zu sprechen, »ich weiß aus sicherer Quelle, dass es einen Plan zur Ermordung Eures Beichtvaters gibt.«

Die Nasenflügel der Königin bebten. Sie sah den Mann an, der vor ihr kniete, und sagte mühsam beherrscht: »Was Ihr da sagt, ist eine schwerwiegende Angelegenheit. Seid Ihr Euch sicher?«

»Völlig sicher, Majestät. Warum sonst hätte ich Euch zu dieser Stunde und mit dieser Dringlichkeit belästigen sollen?«

»Welche Beweise habt Ihr?«

»Keine Beweise, Majestät, nur mein Wort. Ich kenne einige Einzelheiten des Plans. Doch ich schwöre Euch bei meinem Seelenheil, dass ich die Wahrheit sage.«

Mariana de Austria runzelte die Stirn: »Ihr habt keinerlei Beweise für solch eine folgenreiche Behauptung?«

»Nein, Majestät, doch glaubt mir, ich spreche die Wahrheit«, erwiderte Pinilla beunruhigt.

»Wie habt Ihr davon erfahren?«

»Don Bernardo Patiño hat mir vorgeschlagen, mich an besagtem Plan zu beteiligen.«

Die Königin wurde sichtlich nervös.

»Warum seid Ihr gekommen, um mich davon zu unterrichten? Wenn man sich an Euch gewandt hat, so doch wohl, weil man Euch vertraut.«

»Majestät, ich bin Kavalleriehauptmann und habe in früheren Zeiten in verschiedenen Feldzügen unter Don Juan gedient, doch ich versichere Euch, meine Beziehung zu Seiner Hoheit reicht darüber nicht hinaus. Ich kann mir selbst nicht erklären, wieso sie auf mich gekommen sind. Zudem muss ich Euch gestehen, dass ich mir lange überlegt habe, ob ich Euch warnen soll. Nun fürchte ich um mein Leben, denn früher oder später werden Don Juans Männer herausfinden, dass ich bei Euch war.«

»Wann habt Ihr von dieser Angelegenheit erfahren?«, fragte die Königin.

»Gestern Nachmittag, Majestät.«

»Wurde ein Datum zur Umsetzung des Plans festgesetzt?«

»Soweit ich weiß, noch nicht.«

»Nun gut, ich muss fort. Wartet im Palast auf meine Rückkehr.«

Die Königin läutete ein Glöckchen, und sogleich trat der Marquis de Salinas ein.

»Marquis, bringt den Hauptmann an einen Ort, wo er ungestört auf meine Rückkehr warten kann. Er soll isoliert bleiben und darf unter keinen Umständen mit jemandem sprechen. Ihr seid mir persönlich dafür verantwortlich.«

Salinas verneigte sich höflich.

»Wie Eure Majestät wünschen.«

Mariana de Austria ging, sichtlich aufgewühlt, festen Schrittes und mit flatternder Haube hinaus.

Allmählich spürte Gonzalo de Santa Cruz erste Anzeichen von Erschöpfung, und auch sein Pferd wurde langsam müde. Innerhalb von drei Stunden hatte er neun Meilen zurückgelegt, aber er konnte dieses Tempo unmöglich beibehalten. Weder er noch sein Pferd waren in der Lage, die Reise fortzusetzen. Die Schmerzen in seiner Seite wurden immer stärker, er musste sich erholen und etwas essen, um wieder zu Kräften zu kommen. Er hatte soeben Aranjuez hinter sich gelassen und ritt zum Tajoufer hinunter, zu einer Flussbiegung, wo das Wasser langsamer floss, ein Platz wie geschaffen für eine Rast. Er gab dem Pferd zu trinken und ließ es nach Lust und Laune weiden, während er einen Teil des Proviants verzehrte, den ihm Tante Casilda unter Protest vorbereitet hatte, nachdem er ihr die Wiedersehensfreude mit der Nachricht verdorben hatte, er werde sich beim ersten Hahnenschrei auf den Weg machen.

Obgleich seine Kräfte ihn früher im Stich ließen, als er erwartet hatte, und die Wunde ihm zu schaffen machte, wollte er noch am selben Tag Consuegra erreichen. Sobald er sich ein wenig erholt hatte, würde er seinen Weg über Ocaña, La Guardia, Tembleque und Turleque fortsetzen. Er musste so rasch wie möglich mit Seiner Hoheit sprechen, denn Zweifel und Ungewissheit lasteten immer schwerer auf ihm, und er wollte aus Don Juans eigenem Mund Antworten auf die Fragen erhalten, die ihn quälten. Von diesem Gespräch hing sein Leben ab. Auf der einen Seite stand seine Beziehung zu Elena auf dem Spiel, auf der anderen Seite alles, was seiner Existenz in den letzten Jahren Sinn verliehen hatte. Er wollte wissen, ob Don Juan tatsächlich hinter dem Plan steckte, von dem ihm Pinilla berichtet hatte. Der Mann wirkte nicht wie ein Großmaul, und Don Guillén de Zúñiga noch weit weniger. Schmerz und Trauer hatten ihn ergriffen, als Elenas Vater ihm von Don Juans Verhalten gegenüber seiner Ehefrau und den schrecklichen Folgen berichtet hatte. Er hatte die Geschichte nur geglaubt, weil Don Guillén ein vertrauenswürdiger Mann war und ihm unzweifelhafte Beweise geliefert hatte. Don Juan hatte abscheulich gehandelt, und obwohl er Don Guillén gegenüber erklärt hatte, er betrachte die Tat als Privatangelegenheit, fand er ein solches Vorgehen infam und niederträchtig. Nur ein Schurke war zu etwas Derartigem fähig.

Während er an seinem letzten Abend in Elenas Hause ungeduldig auf den Einbruch der Nacht gewartet hatte, hatten seine Zweifel ihn nicht losgelassen. Seine Geliebte leiden zu sehen, ohne ihr helfen zu können, war ihm zur schier unerträglichen Qual geworden. Die Enthüllungen Pinillas kurz darauf hatten seine ganze Welt, seine Überzeugungen und seine Ansichten wie ein Kartenhaus einstürzen lassen. In seiner Verwirrung und Fassungslosigkeit hatte er reagiert, wie er es in kritischen Momenten beim Militär gelernt hatte, auch wenn er nie zuvor eine vergleichbare Situation erlebt hatte: mit einer entschlossenen Tat.

Er fühlte sich hin- und hergerissen und hatte nur das Verlangen, so bald wie möglich Don Juan Auge in Auge gegenüberzustehen und alle seine Zweifel auszuräumen, wenn dies überhaupt noch möglich war. Doch während er einerseits wünschte, der Mann, an den er sein Schicksal geknüpft hatte, werde die gegen ihn erhobenen Beschuldigungen leugnen – was bedeuten würde, dass sein Leben während der letzten Jahre sinnvoll gewesen war –, wünschte er andererseits, Don Juan möge die Anschuldigungen bestätigen, wenn er sie auch mit den verschlungenen Pfaden der Politik rechtfertigen würde. Falls er leugnete, bedeutete dies das Ende seiner Beziehung zu Elena. Falls Don Juan gestand, wäre dies für Gonzalo die schmerzliche Erkenntnis, dass er nichts weiter gewesen war als eine Marionette, doch würde er die Liebe der Frau retten, die ihm alles bedeutete. Dies waren die widersprüchlichen Gefühle, die Gonzalo de Santa Cruz an dem Tag bewegten, an dem die Königin von dem Mordplan gegen den Menschen erfahren hatte, in den sie all ihr Vertrauen setzte.

Zur gleichen Zeit, als Hauptmann Santa Cruz nach einer Ruhepause seine Reise fortsetzte, obwohl er noch nicht wieder bei Kräften war, kehrte die Karosse Doña Marianas de Austria vom Besuch des Klosters der Franziskanerinnen zurück. Sie strich alle für diesen Tag anberaumten Termine mit der offiziellen Begründung, sie sei nach dem Klosterbesuch indisponiert und leide wie so häufig unter Migräne.

Zwei Stunden lang saß sie mit Pinilla zusammen und ließ sich von ihm alles berichten, was er über den Mordplan wusste. Der Hauptmann beantwortete zudem alle Fragen, die ihm die Königin beharrlich stellte. Nach der Unterredung befahl Doña Mariana, Don Pedro eine geheime Unterkunft zur Verfügung zu stellen, um ihm den gefährlichen Nachhauseweg zu ersparen und sein Leben zu schützen. Dann bat sie den Beichtvater, den Vorsitzenden des Kronrats, Don Diego Sarmiento de Valladares, und den Marquis de Aytona zu sich. Angesichts dessen, was bereits geschehen war, war sie überzeugt, dass Pinilla die Wahrheit sagte. Sie erinnerte sich an das Geständnis von Saint-Aunais und den Fall Malladas. Der Beichtvater und Aytona waren zwei der wenigen Menschen, die noch ihr Vertrauen genossen; mit ihnen konnte sie ihre Ängste und Sorgen teilen.

»Majestät, glaubt Ihr, dieser Pinilla sagt die Wahrheit?«, fragte Aytona.

»Davon bin ich überzeugt. Welchen Vorteil hätte dieser Hauptmann davon, so etwas zu erfinden?«

»Es könnte sich um eine List handeln, um die politischen Spannungen zu erhöhen, die der Regierung zusetzen«, gab der Beichtvater zu bedenken.

»Das glaube ich nicht«, entgegnete die Königin entschieden, »Ihr solltet diesen Hauptmann sehen. Er ist besorgt, fürchtet um sein Leben und bittet um Schutz.«

»Vergesst nicht, Majestät, dass es in Madrid viele gute Schauspieler gibt, obwohl die Theater geschlossen sind«, wandte Nithard ein.

»Ich glaube nicht, dass er gespielt hat. Soll ich ihn bringen lassen, damit Ihr Euch selbst ein Bild von ihm machen könnt?«

»Niemand zieht Eure Worte in Zweifel, Majestät!«, rief der Vorsitzende des Kronrats schmeichlerisch aus.

Aytona ergriff erneut das Wort: »Ich glaube, es führt zu nichts, das Gespräch in dieser Form fortzusetzen. Ich denke, wir befinden uns in einer äußerst heiklen Lage, doch wenn wir geschickt vorgehen, kann sie uns zu einem großartigen Triumph verhelfen.«

»Was wollt Ihr damit sagen?«, fragte die Königin.

»Majestät, das größte Problem bei der Hinrichtung Malladas' bestand darin, dass sie ohne Urteil vollzogen wurde, dass es keinen Prozess gab. Diesmal haben wir die Möglichkeit, diesen Prozess zu führen. Uns liegt eine formelle Anklage vor, wir haben also einen Zeugen. Die Anklage richtet sich gegen diesen vermaledeiten Don Bernardo Patiño. Wir können ein Strafverfahren eröffnen und ihn bis auf Weiteres festsetzen, um ihn zu verhören, ja, wir können sogar eine Gegenüberstellung mit demjenigen durchführen, der ihn angezeigt hat. Mit etwas Glück werden wir vielleicht sogar eine Anklage wegen Staatsverbrechen gegen Don Juan selbst erheben können, der letztlich hinter dieser ganzen Intrige steckt.«

»Und wenn alles in einem Fiasko endet?«, fragte der Vorsitzende des Kronrats.

»Dann hätten wir nichts verloren. Alles bliebe beim Alten. Wir können dabei nur gewinnen«, beharrte der Marquis.

»Wir würden zum Gespött des gesamten Hofs«, gab der Vorsitzende des Kronrats zu bedenken.

»Nicht notwendigerweise, Eminenz.« Aytona sprach Sarmiento mit dem Titel an, der ihm als Bischof von Plasencia zustand. »Wir könnten ein geheimes Verfahren einleiten.«

»Ohne Beweise müssten wir Patiño auf freien Fuß setzen, und dann würde Don Juan eine vernichtende Offensive gegen uns alle in Gang setzen. Er versteht es wie kein anderer, seine Gegner mit Hohn und Spott zu überziehen, sie zu schmähen und zu verleumden«, sagte Nithard.

»Ich bleibe dabei, dass dies eine einzigartige Gelegenheit für uns ist. Womöglich gibt uns die Vorsehung angesichts der Abscheulichkeiten des Bastards diese Möglichkeit an die Hand, um ihn mit Hilfe der göttlichen Gerechtigkeit der verdienten Strafe für sein schändliches Tun zuzuführen, was der menschlichen Rechtsprechung bisher versagt blieb. Wir können nichts verlieren, aber viel gewinnen«, befand Aytona.

Die Äußerung des Marquis schien die Königin tief beeindruckt zu haben, denn sie eröffnete den Anwesenden ohne weitere Umschweife, sie schließe sich dieser Meinung an und wünsche, dass Don Bernardo Patiño unter der Anklage der Verschwörung zur Ermordung des Beichtvaters unverzüglich festgenommen werde. Sie ordnete zudem an, das Verfahren geheim zu halten und sofort zur Tat zu schreiten, denn sie war überzeugt, dass der Sekretär Don Juans bereits über Pinillas Anwesenheit im Schloss unterrichtet war.

»Wir wünschen, dass schnellstens gehandelt wird. Ihr«, wies sie den Vorsitzenden des Kronrats an, »eröffnet sogleich das Verfahren. Und Ihr«, wandte sie sich an Aytona, »trefft die entsprechenden Anordnungen zur sofortigen Festnahme Patiños, doch vergesst nicht, dass die Angelegenheit äußerste Diskretion erfordert.«

Während Don Diego Sarmiento de Valladares in seiner Funktion als Vorsitzender des Kronrats das formelle Anklageverfahren gegen Don Juans Sekretär mit einer Geschwindigkeit einleitete, die für die schwerfällige Bürokratie der Justiz erstaunlich war, begab sich der Marquis de Aytona in Begleitung eines Amtsrichters und einiger Gerichtsdiener in einer geschlossenen Kutsche zur Plaza de Salenque, um Don Bernardo Patiño festzunehmen. Um der Festnahme den Anschein von Rechtmäßigkeit zu verleihen, trug er einen vom Vorsitzenden des Kronrats unterzeichneten Haftbefehl bei sich, auch wenn das Verfahren als solches noch nicht eingeleitet worden war.

Wie die Königin vorausgesehen hatte, war Don Juans Sekretär über den Besuch Pinillas im Schloss vorgewarnt worden und hatte mit den entsprechenden Vorkehrungen begonnen, wurde jedoch von der Geschwindigkeit überrascht, mit der seine Gegner handelten. Er sah ein, dass Widerstand zwecklos war, und beschränkte sich darauf, vor Verlassen seines Hauses eine unschuldige Bitte an Aytona zu richten: »Würdet Ihr mir in Eurer Güte wohl gestatten, in mein Schlafgemach hinaufzugehen, um meine Unterwäsche zu wechseln? Ich weiß nicht, wie lange das Verhör dauern wird.«

Der Marquis wusste, dass Patiño mit allen Wassern gewaschen war und hinter einer so harmlosen Bitte nur eine List stecken konnte. Dennoch willigte er unter einer Bedingung ein: »Nur, wenn wir Euch keinen Moment aus den Augen lassen.«

»Exzellenz«, rief Don Bernardo aus, »es geht um meine Unterwäsche! Das ist etwas sehr Intimes! Ihr könnt einen Eurer Männer in mein Schlafgemach vorausschicken, damit er es nach Belieben durchsucht, und Wachen aufstellen, wo Ihr es für notwendig erachtet.«

Diese Vorkehrungen erschienen Aytona ausreichend. Nichtsdestotrotz befahl er dem Amtsrichter, den Raum sorgfältig zu durchsuchen, ohne dass diese Untersuchung irgendetwas Verdächtiges zu Tage gebracht hätte. Das Fenster des Zimmers ging auf einen Innenhof, wo eine Wache aufgestellt wurde, eine weitere wurde vor der Tür postiert.

»Wenn Ihr in ein paar Minuten nicht herauskommt, werden wir hereinkommen und Euch holen«, sagte der Marquis ohne Umschweife.

»Das wird nicht nötig sein, Exzellenz. Ich danke Euch für dieses Entgegenkommen meiner Wenigkeit gegenüber.«

In seinem Schlafzimmer verlor Patiño keine Zeit. Er schloss die Tür ab, nahm ein Blatt Papier von einem Tischchen neben dem Fenster, kritzelte eine Nachricht darauf und verbarg es in der Wäsche, die er ablegte. Als er unter dem Wehklagen der

Dienerschaft und seiner Gattin das Haus verließ, umarmte er zum Abschied zärtlich seine Frau und raunte ihr ins Ohr: »Baltasara, du wirst in meiner Wäsche ein Papier finden; lass es Seiner Hoheit zukommen.«

Seine Botschaft an Don Juan lautete:

Pinilla hat uns verraten und heute Morgen das Schloss aufgesucht. Zu dieser Stunde – es ist zwölf Uhr mittags – sind sie gekommen, um mich festzunehmen. Nehmt Euch in Acht, Ihr seid in großer Gefahr.

Don Bernardo wurde in den königlichen Kerker gebracht und isoliert von den übrigen Häftlingen in eine Zelle gesperrt. Dort wurde er unverzüglich einem gnadenlosen Verhör unterzogen, in dem er die Anschuldigungen gegen ihn mit einer für sein Alter ungewöhnlichen Entschiedenheit abstritt. Trotz ihrer Beharrlichkeit vermochten die beiden Ankläger nichts gegen die Willensstärke des Verhörten auszurichten.

Zwei Stunden nach Patiños Festnahme kam der Bote, der als Verbindungsmann zwischen ihm und Don Juan fungierte, in sein Haus, gerufen von Don Bernardos Frau, die ohne zu zögern den Auftrag ihres Mannes ausgeführt hatte. Sie übergab ihm die Botschaft, damit er sie auf schnellstem Wege nach Consuegra bringe.

»Seid unbesorgt. Ich mache mich sofort auf den Weg. Heute Abend werde ich Ocaña erreichen, und morgen um diese Stunde wird Don Juan die Nachricht in Händen halten«, versicherte der Bote.

Doch die Nachricht erreichte ihr Ziel nicht. Als zusätzliche Sicherheitsmaßnahme hatte Aytona angeordnet, das Haus Patiños strenger als sonst zu überwachen und ihn genauestens darüber zu informieren, wer dort ein und aus ging. Auf diesem Wege erfuhr er, dass wenige Minuten nach Don Bernardos Festnahme ein berufsmäßiger Gauner, benachrichtigt von einer Bediensteten, das Haus betreten hatte.

»Dieser alte Fuchs!«, stieß Aytona aus, als ihm die Neuigkeit überbracht wurde. »Er hat uns mit dem Umkleiden getäuscht und den Moment genutzt, um eine Nachricht für den Bastard zu verfassen! Diese Botschaft ist der unumstößliche Beweis für die Existenz eines Mordplans gegen den Beichtvater. Nachdem er entdeckt worden ist, muss er Don Juan warnen, dessen bin ich mir sicher. Der Bote muss auf seinem Weg nach Consuegra aufgehalten werden. Ich wette hundert Dukaten, dass er dorthin unterwegs ist.«

Der Marquis gab Befehl, den Boten aufzuhalten, wies aber seine Leute an, nichts zu unternehmen, bevor er seine Reise angetreten hatte, um sicherzugehen, dass er die Nachricht bei sich trug.

Zahlreiche Büttel und Gerichtsdiener bezogen Position, um den Boten zu fassen. Als dieser Bote sein Pferd am Zügel auf die Straße führte, ging die Festnahme so schnell vonstatten, dass er keine Zeit hatte, etwas zu unternehmen. Eine sorgfältige Durchsuchung brachte das Papier zutage, nach dem Aytona gesucht hatte. Der Marquis befahl, den Boten in Einzelhaft zu nehmen, obwohl nichts Belastendes gegen ihn vorlag, unter anderem, weil die Botschaft versiegelt war.

Als er den Inhalt der Nachricht erfuhr, vermochte Aytona seine Freude kaum zu zügeln. Der Bote würde nicht leugnen können, wo er die Nachricht entgegengenommen hatte, wenn ihm sein Leben lieb war und er nicht der Hehlerei angeklagt werden wollte. Zudem lagen die Aussagen der Gerichtsdiener vor, die das Haus Patiños überwacht und die Festnahme vorgenommen hatten.

Angesichts solch zwingender Beweise bröckelte Don Bernardos Widerstand. Innerlich gab er sich selbst die Schuld, in eine so dumme Falle getappt zu sein und in der Aufregung nicht bedacht zu haben, dass seine Feinde jeden seiner Schritte überwachen würden, um ihm auf die Schliche zu kommen. Er gab endgültig auf, als Aytona ihm drohte: »Ihr wisst, Euer Gnaden, dass Ihr mit unseren Beweisen und Zeugenaussagen vor keinem Richter Eure Unschuld werdet glaubhaft machen können. Wenn Ihr nicht augenblicklich Euer Verbrechen gesteht, werde ich gegen Eure Frau ein Verfahren wegen Mittäterschaft und Hehlerei anstrengen.«

Patiño wusste, dass der Marquis zu seinem Unglück recht hatte. Es war sinnlos, weiter zu leugnen; alle Beweise sprachen gegen ihn.

»Gelobt Ihr mir, meine Frau aus all dem herauszuhalten?«, fragte Don Bernardo mit gebrochener Stimme.

»Das schwöre ich Euch! Unter der Bedingung, dass Ihr eine schriftliche Erklärung unterzeichnet.«

»Wenn dies die Garantie dafür ist, dass Ihr meiner Bitte stattgebt, bin ich dazu bereit.«

Um sechs Uhr abends fand in einem der Privatgemächer Doña Marianas eine Zusammenkunft der gleichen Personen statt, die sich schon am Morgen getroffen hatten.

Ganz entgegen ihrem strengen Naturell zeigte sich diesmal die Königin überschwänglich.

»Ich bitte Euch, lest mir das Geständnis noch einmal vor.«

Aytona las ein weiteres Mal den Text, der bereits jetzt zum Beweis seines größten politischen Triumphs geworden war:

Don Bernardo Patiño, gebürtig aus Madrid, Einwohner dieser Stadt und wohnhaft daselbst auf der Plaza de Salenque, über sechzig Jahre alt, erklärt aus freiem Willen und ohne irgendeiner Art von Zwang ausgesetzt worden zu sein bei seinem Seelenheil, am gestrigen Tag, dem neunundzwanzigsten September, dem Kavalleriehauptmann Don Pedro Pinilla, Einwohner dieser Stadt, die Beteiligung an einem Plan vorgeschlagen zu haben, um Pater Everardo Nithard, Mitglied der Gemeinschaft Jesu und des Kronrats, Beichtvater Ihrer Majestät und Großinquisitor des Spanischen Reichs, mit allen Mitteln, auch den schlimmsten, von der Seite Ihrer Majestät zu entfernen.
Item gesteht er, Anstifter dieses Plans zu sein, der nicht umgesetzt wurde und noch in Vorbereitung war, weswegen seine Schuld in keiner Weise über einen gescheiterten Anschlag hinausreicht.
Item gesteht er, dass Seine Hoheit Don Juan José de Austria, ehemals Vizekönig von Sizilien und Katalonien, Gouverneur der Niederlande, Oberbefehlshaber zu See und General der Heere Ihrer Majestät und des Kronrats, Kenntnis von diesem Plan hatte, wenngleich er nicht seiner Ausarbeitung beschuldigt werden kann. Seine Schuld beschränkt sich lediglich auf das Wissen von demselben.
Item gelobt er, dass keine weiteren Schuldigen existieren, denn obgleich er Kontakte zu anderen Personen bezüglich

genannten Plans aufgenommen hatte, war niemand über den wahren Charakter des Projekts unterrichtet woden. Dies ist alles, was er der Justiz gegenüber zu erklären hat, damit diese getreulich ihrer Pflicht gegenüber Ihrer Majestät und dieser Monarchie nachkomme.

Madrid, am 30. Tag des Monats September
Anno Domini 1668
Don Bernardo Patiño

»Wir haben ihn!«, rief die Königin aus.

»Aber diese Erklärung entlastet ihn von seinem wahren Verbrechen«, gab der Vorsitzende des Kronrats zu bedenken.

»Wir können ihn jedoch der Helfershelferschaft anklagen, ein Vorwurf, der schwer genug wiegt, um ihm den Prozess zu machen und ihn einzusperren«, sagte Nithard betont gelassen.

»Vielleicht könnten wir eine Erklärung mit einem umfassenderen Schuldeingeständnis erreichen«, schlug Aytona vor.

»Führt das näher aus«, forderte ihn der Vorsitzende des Kronrats auf.

»Wir verfügen über einen großartigen Trumpf, um Patiño dazu zu bringen, seine Erklärung auszuweiten.« In Aytonas Stimme schwang ein boshafter Unterton mit.

»Und welcher wäre das?«, wollte die Königin wissen.

»Ich habe herausgefunden, dass ihm zu viel an seiner Ehefrau liegt, um sich irgendeiner Forderung entgegenzustellen, die wir an ihn richten.«

»Ihr habt uns gerade erst erklärt, Ihr hättet ihm Euer Wort gegeben, sie im Gegenzug für diese Erklärung nicht in diese Angelegenheit hineinzuziehen«, wandte der Inquisitor ein.

»Das habe ich«, bestätigte der Marquis spitzbübisch, »doch Ihr wisst ja, wie das so ist in der Politik, nicht wahr, Eminenz?«

23

Hauptmann Gonzalo de Santa Cruz war am Ende seiner Kräfte, als sein Pferd das letzte Stück des langen, gewundenen Anstiegs zur Burg von Consuegra hinaufstolperte, in der Don Juan weilte. Die Tore der eindrucksvollen Festung waren fest verschlossen, und Gonzalo musste nach dem Wachtposten rufen, um auf sich aufmerksam zu machen. Nach all den Wochen, in denen er dazu verdammt gewesen war, bewegungslos im Bett zu liegen, tat ihm nun sein ganzer Körper weh, und die Wunde an der Seite machte sich mit schmerzhaften Stichen bemerkbar. Doch all das nahm er in Kauf, um mit Seiner Hoheit sprechen zu können.

Nachdem der Ankömmling eingelassen worden war, wurde Don Juan rasch über die Anwesenheit des Hauptmanns unterrichtet. Da er mit diesem Besuch nicht gerechnet hatte, war er äußerst beunruhigt. Er war gerade dabei gewesen, mit dem Verwalter die Rechnungsbücher einiger Komtureien durchzugehen, als ihm die unerwartete Ankunft des erschöpften Reiters gemeldet wurde.

Er ordnete an, es Santa Cruz an nichts fehlen zu lassen und den Arzt der Burg zu ihm zu schicken. Während sich der Hauptmann von der Anstrengung erholte, wollte er seine Aufgabe zu Ende führen. Sie würden dann gemeinsam zu Abend essen.

Gonzalo nutzte die Zeit bis zu der von Don Juan festgelegten Zusammenkunft, um sich zu waschen, ein wenig auszuruhen und den Arzt seine Wunde untersuchen zu lassen. Etwas hatte darin zu arbeiten begonnen, und mehrere Nähte waren aufgeplatzt, aus denen nun eine mit Blut vermischte Flüssigkeit in undefinierbarer Farbe sickerte.

»Schmerzt Euch die Wunde sehr?«

»Ein wenig, vor allem sticht und brennt es.«

»Das sieht nicht gut aus«, sagte der Arzt. »Ich glaube, ich sollte sie besser reinigen und verbinden. Wascht Euch, während ich alles Nötige veranlasse.«

Nachdem er sich gewaschen hatte und einen frischen Verband bekommen hatte, sah Gonzalo schon wesentlich besser aus, wenn ihm auch seine Erschöpfung weiterhin anzusehen war.

Das Speisezimmer, in dem er mit Don Juan zusammentraf, war ein kleiner Raum mit massiven Steinwänden und einem hohen gotischen Deckengewölbe. Bis auf die Stirnseite des Raumes, an der ein Gobelin mit der Abbildung des Wappens des Johanniterordens hing – das rote Malteserkreuz auf schwarzem Grund –, waren die Wände kahl. In der Mitte des Raums stand ein robuster, länglicher Tisch aus Buchenholz, an dessen Schmalseiten je ein Stuhl stand. Er war mit einem weißen Leintuch und Tafelgeschirr für zwei Personen gedeckt.

Gonzalo wurde von einem Ordensritter in den Speisesaal geführt und musste einige Minuten auf Don Juan warten. Dieser gab sich herzlich und überschwänglich und begrüßte den Hauptmann mit einer freundschaftlichen Umarmung, die Gonzalo erwiderte.

»Mein lieber Gonzalo, dein Erscheinen in diesem Haus war das Letzte, was ich erwartet hätte, doch mehr noch als überrascht bin ich erfreut, dich zu sehen. Wie geht es dir?

Erzähl mir alles! Welch günstige Fügung führt dich hierher? Ich bin sehr froh, dich zu sehen! Wir alle waren in großer Sorge, was wohl aus dir geworden ist!«

»Auch ich bin erfreut, Eure Hoheit wiederzusehen.« Gonzalo nahm den Gefühlsausbruch Don Juans gelassen hin.

»Erzähl schon! Wie steht es um deine Gesundheit? Du hast abgenommen.«

»Wie es scheint, habe ich mich einigermaßen von meinen Verletzungen erholt und …«, er lächelte, »obwohl ich erschöpft bin, habe ich die Reise von Madrid hierher an einem Tag geschafft.«

»Das bedeutet, du bist wieder völlig wiederhergestellt, mein lieber Freund? Es freut mich, das zu hören, denn wir gehen stürmischen Zeiten entgegen. Stoßen wir auf deine Genesung und deine willkommene Anwesenheit an!«

Don Juan nahm zwei feine, geschliffene Kristallgläser und füllte sie mit dickflüssigem, rötlichem Wein. Er reichte Gonzalo ein Glas, erhob das seine und prostete ihm zu: »Auf dein Wohl!«

»Auf das Eure, Hoheit!«

»Das ist guter Wein, er stärkt das Blut. Und nun erzähl, erzähl schon! Was weißt du über deine Angreifer? Worüber spricht man sonst noch in Madrid?«

»Die Männer, die versucht haben, mich zu töten und denen es weiß Gott beinahe gelungen wäre, waren vom Herzog von Sessa angeheuert.«

»Von diesem Gerücht habe ich gehört. Bist du dir sicher?«

»Vollkommen. Sie haben mich mithilfe eines Veteranen, der unter meinem Befehl gedient hatte, in eine Falle gelockt.«

»Wie ich gehört habe, hast du den Herzog in einem Zimmer seines eigenen Hauses eingeschlossen.«

»So ist es, Hoheit. Es war nicht meine Absicht, doch ich hatte keine Wahl. Ich musste verhindern, dass sie auf mich losgingen. Er rief die Diener herbei, um mich hinauszuwerfen, und ich musste mich ihnen stellen.«

Gonzalo war versucht, Don Juan zu fragen, wieso er ihn zu einem Mann wie dem Herzog geschickt hatte, um vorzufühlen, wie dieser sich verhalten würde, wenn es gegen Nithard ging, doch er zog es vor, sein Pulver nicht vorzeitig mit zweitrangigen Fragen zu vergeuden.

»Und was wird in Madrid geredet? Welche Gerüchte zirkulieren bei Hofe?«

»Das Übliche, Hoheit. Ihr kennt das Gerede doch: Die Unfähigkeit der Regierung. Die zarte Gesundheit des Königs. Die Teuerung. Auffallend ist vor allem die anscheinend allgegenwärtige Aufregung. Ich kann Euch nichts Näheres sagen, da ich durch meine Verletzung mehrere Wochen lang ans Bett gefesselt war, doch mir wurde von großer Anspannung und Unruhe berichtet.«

»Und was ist der Grund für diese Anspannung?«

Doch noch bevor Gonzalo antworten konnte, sagte Don Juan: »Setz dich. Lass uns essen, was man uns zubereitet hat.«

Don Juan rief nach den Bediensteten, und Gonzalo und er nahmen je an einem Ende der Tafel Platz. Sogleich erschienen Diener und servierten das Abendessen. Der Hauptmann hielt den Moment für gekommen anzusprechen, weswegen er hier war.

»Die Anspannung geht größtenteils auf Gerüchte zurück, wonach ein Plan besteht, den Großinquisitor zu ermorden.«

Don Juan blickte Gonzalo geradeheraus an, sagte aber nichts. Er nahm ein Stück Huhn von einem Tablett und etwas Gemüse aus einer Schüssel. Angesichts des Schweigens seines Gastgebers beschloss Gonzalo fortzufahren. Aber noch bevor er den Mund auftun konnte, versuchte Seine Hoheit, das Gespräch in eine andere Richtung zu lenken, und fragte nach dem Grund seines Besuchs:«Also, Gonzalo, was verschafft mir die Ehre deiner stets angenehmen Gesellschaft?«

»Ebendiese Gerüchte über den Mordplan gegen den Inquisitor.«

Don Juan verzog das Gesicht und sagte unwillig: »Du weißt ja, wie die Tatsachen verdreht werden, wenn sie von Mund zu Mund gehen ... wenn an dem Gerücht überhaupt etwas Wahres dran ist!«

»In diesem Fall, Hoheit, lautet meine Frage, ob an diesem Gerücht etwas Wahres daran ist.« Gonzalo war ruhig, aber sehr ernst.

Don Juan antwortete mit einer Gegenfrage: »Warum sollte ausgerechnet ich wissen, ob etwas Wahres daran ist?«

»Weil diese Gerüchte besagen, dass Ihr hinter diesen Plänen steckt.«

Don Juan war anzusehen, dass ihm dieses Gespräch nicht behagte. Er trank einen großen Schluck Wein.

»Möchtest du auch noch ein Glas Wein?«, fragte er den Hauptmann.

»Noch ein wenig, Hoheit, vielen Dank.«

»Das ist ein ausgezeichneter Wein«, sagte Don Juan und schnalzte mit der Zunge, damit sich das Aroma des Rotweins besser entfaltete. Er machte eine wohlkalkulierte Pause, dann fuhr er fort: »Wie du weißt, sind die Wege der Politik häufig sehr verschlungen. Mitunter ist man, um ein Ziel zu erreichen, sogar gezwungen, schwer nachvollziehbare Maßnahmen zu ergreifen. Damit will ich nicht sagen, mein lieber

Freund, dass der Zweck die Mittel heiligt. Diesen Grundsatz lehne ich aus tiefster Seele ab, jedenfalls im Allgemeinen. Doch unter Umständen ist es geboten, umständliche Pfade zu wählen, die schwer zu rechtfertigen und noch schwieriger nachzuvollziehen sind. Die heutige Lage der Monarchie verlangt nach einem Chirurgen, der zum Wohle des Kranken mit sicherer Hand den rettenden Eingriff vornimmt. Du hast mit mir die Entbehrungen des Schlachtfelds und die Härte des Soldatendaseins erlebt, du weißt, dass es mein innigster Wunsch ist, dieser Monarchie wieder zu dem Ansehen früherer Zeiten zu verhelfen, das sie durch unser eigenes Verschulden und die Fehlentscheidungen unfähiger Männer verloren hat. Ich weiß, du teilst meine Meinung über die Untauglichkeit der Person, die auf Wunsch der Königin und gegen den letzten Willen meines Vaters, des Königs – möge er in Frieden ruhen – heute nach Belieben die Geschicke dieser unglücklichen Monarchie lenkt. Auch weißt du, dass der Beichtvater nichts sehnlicher wünscht, als mich mit Aufgaben in abgelegenen Gebieten von diesem Reich fernzuhalten, um ungestörter die Tyrannei ausüben zu können, unter der wir leiden, und du kennst meinen Widerstand gegen seine Pläne. Wir haben mit allen uns zur Verfügung stehenden Mitteln versucht, Ihre Majestät dazu zu bringen, den Inquisitor von ihrer Seite zu entfernen, doch ohne Erfolg. Stattdessen wurde ein Edelmann ohne Anklage und Prozess mit der Garrotte ermordet, ein unerhörter Fall, der eines zivilisierten Landes unwürdig ist. Wir dürfen diese Situation nicht länger dulden, denn durch Untätigkeit machen wir uns mitschuldig an dem abscheulichen Verbrechen, diese Monarchie in den tiefsten Abgrund zu stürzen.«

Nach dieser Ansprache erhob Don Juan sein Weinglas zum

Zeichen dafür, dass er damit Gonzalos Frage als ausreichend beantwortet betrachtete.

»Eure Hoheit«, Gonzalo räusperte sich, »ich wünsche mir eine konkretere Antwort auf meine Frage. Ihr wisst nur allzu gut, was ich über Eure rechtmäßigen Bestrebungen denke, dieser Monarchie den bestmöglichen Dienst zu erweisen, und auf die Erreichung dieses Ziels habe ich in den letzten Jahren all meine Kräfte verwandt. Doch Ihr wisst ebenso, dass ich gewisse Praktiken nicht billigen kann, auch wenn sie sich noch so überzeugend rechtfertigen lassen. Aus diesem Grund möchte ich aus Eurem Mund eine klare Antwort auf meine Frage hören.«

Don Juan überlegte einen Augenblick und erwiderte dann bestimmt: »Ich weiß, dass der Plan existiert, auf den sich die Gerüchte beziehen, die du angesprochen hast.«

»Habt Ihr ihn in die Wege geleitet?«, fragte Gonzalo unumwunden.

Wieder schien der Sohn Felipes IV. nachzudenken.

»Die gegenwärtigen Umstände haben mich dazu gezwungen. Es war Notwehr, es ging um Nithards Leben oder meines.«

»Mir ist nichts über einen Mordplan gegen Euch bekannt«, entgegnete Gonzalo trocken.

»Sie werden mich aus dem Weg räumen, genau wie sie es mit Malladas getan und bei dir versucht haben«, bemerkte Don Juan.

»Aber wir sind nicht wie sie!«, schrie Gonzalo.

Don Juan schwieg einen Moment lang und sah den Hauptmann fest an.

»Du musst verstehen, dass es im erbitterten Kampf um die Macht manchmal nötig ist, Mittel anzuwenden, die zwar verdammenswert scheinen mögen, aber unvermeidlich sind. So war es gestern, so ist es heute und so wird es immer sein.«

Gonzalo entgegnete, ohne zu zögern: »Ich habe solche Verhaltensweisen seit jeher von ganzem Herzen abgelehnt und werde dies bis ans Ende meiner Tage tun.«

»Gonzalo, uns bleibt keine andere Möglichkeit. Ich bedauere außerordentlich, dass wir von einer Angelegenheit reden, die dich, wie ich dich kenne, zutiefst trifft. Sprechen wir von etwas Anderem!«, schlug Don Juan in versöhnlichem Tonfall vor.

»Nein, Hoheit, ich möchte nicht von anderen Dingen sprechen. Ich möchte wissen, auf wessen Seite ich stehe und wohin meine Bemühungen führen.«

»Gonzalo, in der Politik trifft man mitunter auf seltsame Wegbegleiter und ist gezwungen, Maßnahmen zu ergreifen, die man unter anderen Umständen nicht billigen würde.«

Gonzalo de Santa Cruz erhob sich ruhig.

»Hoheit, ich sehe mich nicht in der Lage, Euch auf diesem Weg zu begleiten, wenn gewisse Machenschaften in die Tat umgesetzt werden. Es ist mir unmöglich.«

Er verspürte einen Stich in der Seite, als ob die Wunde geplatzt wäre, und hatte das unangenehme Gefühl, dass der frische Verband, den der Arzt ihm angelegt hatte, durchnässt war.

»Was willst du damit sagen?« Don Juan runzelte die Stirn.

»Dass ich immer abgestritten habe, Ihr könntet in Handlungen verwickelt sein, die gegen die Gesetze Gottes und der Menschen verstoßen. Ich weiß wohl, dass im Dunstkreis des Thrones Intrigen, Verrat und sogar Mord an der Tagesordnung sind, doch ich habe Gerüchten, die Euch mit solchen

Taten in Verbindung brachten, niemals Glauben geschenkt. Ich erachtete solch ein Verhalten als unmöglich für jemanden, den ich so entschlossen und tapfer habe kämpfen sehen, wie Ihr es seinerzeit auf dem Schlachtfeld getan habt. Wie ich sehe, habe ich mich geirrt, und ich bin Euch für Eure Aufrichtigkeit dankbar. Doch mit der gleichen Aufrichtigkeit muss ich Euch mitteilen, dass ich zwar zu Gott um den Erfolg Eurer Unternehmungen bete, selbst jedoch nichts mehr mit ihnen zu tun haben will.«

»Das ist eine vorschnelle Entscheidung, Gonzalo! Ich kann diesen Rücktritt nicht akzeptieren. Ich bitte dich, die Sache noch einmal in Ruhe zu überdenken. Vergessen wir deine Worte! Ich weiß, dass wir alle zurzeit aufgewühlt sind! Du musst an meiner Seite bleiben!« Don Juan war außer sich.

»Ich bedaure zutiefst, Hoheit. Ich danke Euch für Eure Worte, doch meine Entscheidung ist wohlüberlegt und wurde nicht übereilt getroffen. Ich bin eigens hierher gereist, aus Eurem Mund Antwort auf diese Fragen zu erhalten. Ich danke Euch abermals für Eure Aufrichtigkeit, und Ihr sollt wissen, dass Eure Freundschaft sowie der Umstand, an Eurer Seite gekämpft zu haben, mir immer zur Ehre gereichen und mich mit Stolz erfüllen werden.«

Niedergeschlagen stand Don Juan auf, ergriff sein Glas und erhob es: »Ich bedaure, dass die komplizierten Pfade der Politik unsere Schicksale voneinander trennen, ich bedaure, dass du nicht länger an meiner Seite bist. Du sollst wissen, dass mir an deiner Freundschaft mehr lag als an allen anderen. Könnte ich ändern, was uns auseinandertreibt, so würde ich es ohne zu zögern tun. Doch das ist nicht möglich, und ich muss dem Ruf meiner Bestimmung folgen. Trinken wir darauf!«

»Trinken wir.« Auch Gonzalo hob sein Glas. Dann sagte er zerknirscht: »Ich kann Euch nicht verlassen, Hoheit, ohne Euch etwas mitzuteilen, denn sonst würde ich unsere Freundschaft verraten. Seit heute Morgen weiß die Königin über zahlreiche Details des Mordplans gegen Nithard Bescheid und auch darüber, dass Ihr hinter dieser Intrige steckt. Es würde mich nicht wundern, wenn Euer Leben in Gefahr wäre. Damit erachte ich meine letzte Pflicht Euch gegenüber als erfüllt.«

Don Juans Miene hatte sich verdüstert.

»Woher weißt du, dass die Königin über den Plan informiert ist?«, fragte er besorgt.

»Ich kann Euch nicht offenlegen, wie ich zu diesem Wissen gelangt bin, da ich mein Ehrenwort gegeben habe. Aber seid versichert, ich sage Euch die Wahrheit, und ich tue das, weil ich zu dieser Stunde mein Wort nicht mehr breche, das ich gegeben habe, als mir diese Information anvertraut wurde.«

Don Juans Augen hatten sich plötzlich gerötet, als sei er unendlich müde. Er erhob sich und ging in dem kleinen Raum auf und ab. In diesem Augenblick ging die Tür auf, sodass man draußen eine Glocke zehn Uhr schlagen hörte, und ein Ritter des Johanniterordens trat ein und sagte: »Verzeiht, dass ich störe, Hoheit, es handelt sich um eine dringende Angelegenheit.«

»Was gibt es?«

Der Ritter trat an Don Juan heran, übergab ihm einen Brief und flüsterte ihm etwas ins Ohr. »Es ist gut, du kannst dich zurückziehen. Ich komme gleich.« Dann wandte er sich an Gonzalo: »Wie es scheint, gibt es Neuigkeiten aus Madrid.«

»Vielleicht, Hoheit, bestätigen sie, was ich Euch soeben berichtet habe …«

»Vielleicht. Wann wirst du abreisen?«

»Wenn Ihr nichts dagegen einzuwenden habt, werde ich hier noch die Nacht verbringen und mich morgen bei Sonnenaufgang auf den Weg machen.«

»Fühl dich hier ganz wie zu Hause. Ich wünsche dir viel Glück. Du wirst mir fehlen.«

»Und Ihr mir, Hoheit.«

Die beiden Männer umarmten sich fest. Sie wussten, dass dies ein Abschied für immer war.

Begierig las Don Juan die Nachricht, die ihn aus Madrid erreicht und von seinen Bemühungen abgebracht hatte, Gonzalo zu überzeugen, an seiner Seite zu bleiben. Sie stammte von einem seiner vielen Informanten und besagte, dass Hauptmann Don Pedro Pinilla das königliche Schloss betreten habe, und – obgleich keine Einzelheiten über den Zweck dieses Besuchs bekannt seien – der Verdacht bestehe, dass er sie verraten habe.

In dieser Nacht ging der Großmeister des Johanniterordens erst spät zu Bett. Viele Stunden lang blieb er in seinem Zimmer eingeschlossen, wo er auf einem Notizblock an seinem Tisch ein Schreiben verfasste, das ihm sehr schwerzufallen schien, denn es füllte viele Seiten, deren Inhalt ihn nicht zufriedenstellte. Als der Text endlich seinen Vorstellungen entsprach, war es beinahe drei Uhr morgens. Sichtlich erschöpft, legte er sich angekleidet aufs Bett. Er konnte kein Auge zutun. Die Ereignisse hatten einen unerwarteten Verlauf genommen. Wie es schien, war der mit Patiño so sorgfältig ausgearbeitete Plan zunichte gemacht worden. Die Zusammenkunft mit Gonzalo de Santa Cruz war niederschmetternd gewesen.

Er wusste, wie diese Sorte fahrender Ritter dachte, die einer anderen Zeit angehörten und eher in einen der Romane passten, die er mitunter las. Obgleich sie niemals darüber gesprochen hatten, hatte er angenommen, Gonzalo akzeptiere stillschweigend, dass er von Zeit zu Zeit Dinge tat, die verwerflich waren. Er hatte ihn in all den Jahren niemals mit einer Mission dieser Art betraut, doch war er überzeugt gewesen, Hauptmann Santa Cruz wisse, dass diese Dinge geschahen, auch bei ihm.

Auch Gonzalo konnte nicht schlafen. Er war zu erschöpft, um Ruhe zu finden, und die Wunden an seiner Seite schmerzten ihn wieder. Beim Ablegen des Wamses hatte er festgestellt, dass sein Hemd blutdurchtränkt war. Er wusste nicht, wie es ihm am nächsten Morgen gehen würde, doch er war fest entschlossen aufzubrechen. Mehr noch als seine körperlichen Probleme machte ihm jedoch seine seelische Verfassung zu schaffen. Zwar hatte ihn die Unterredung mit Don Juan erleichtert, aber sie hatte auch einen bitteren Nachgeschmack bei ihm hinterlassen. Was er gehört hatte, war so unerfreulich gewesen, dass er entschieden hatte, nichts von dem zu erwähnen, was Don Guillén de Zúñiga ihm erzählt hatte. Er zweifelte nicht länger daran, dass es stimmte, und hätte er es zur Sprache gebracht, so hätte das lediglich dazu gedient, Don Juan zu demütigen. In seiner Mutlosigkeit sah er nur einen schwachen Silberstreif am Horizont, der sein Herz wärmen konnte: Seiner Liebe zu Elena stand nichts mehr im Wege, doch nachdem er ihr Haus verlassen hatte, wagte er kaum noch zu hoffen.

Bevor er sich in sein Schlafgemach zurückzog, hatte er um Feder, Tinte und Papier gebeten. Bedrückten Herzens verfasste er einen Brief, in dem er seine Sehnsüchte zum Ausdruck brachte, die seinem Leben, das seit heute Abend weitgehend in Trümmern lag, einen Sinn verleihen könnten.

Im königlichen Schloss herrschte derweil ebenfalls größerer Unruhe als gewöhnlich. Der Marquis de Salinas hatte von der Königin höchstselbst den schriftlichen Befehl erhalten, Don Juan, dem Verrat, Aufstand und die Anstiftung eines Planes zur Beseitigung des Großinquisitors angelastet wurden, umgehend festzusetzen. Er sollte, bewacht von einer starken Eskorte, in das Schloss von Segovia überstellt werden, wo er in Einzelhaft gehalten würde.

Zur Ausführung der erhaltenen Befehle stellte der Marquis eine Mannschaft von sechzig verdienten Männern zusammen, die sich im Morgengrauen nach Consuegra aufmachen sollten. Sie sollten die Strecke an einem Tag zurücklegen und würden so die Überraschung auf ihrer Seite haben, aber auch das Gerede vermeiden helfen, das ein so großer Trupp unter den Bewohnern von Madrid hervorrufen würde.

Um vier Uhr morgens nahmen die ihm unterstellten Männer ein leichtes Frühstück zu sich, dann packten sie ihre Waffen und ihre Montur. Die Soldaten bewegten sich leise und wendig, darum bemüht, in der Morgenstille so wenig Lärm wie möglich zu machen. Noch in der Dunkelheit verließen die Soldaten mit gezäumten Pferden, deren Hufe sie mit Lappen umwickelt hatten, damit sie nicht klapperten, das Schloss. Sie führten die Rösser die Calle de Santa Ana entlang bis zur Puerta de la Vega, dann über offenes Feld und überquerten schließlich den Manzanares. Dort nahmen sie den Pferden die Lappen ab und stiegen auf. Über den Pfad von San Isidro gelangten sie auf die Straße nach Toledo. Der Marquis hob die Hand und befahl militärisch knapp: »Im langsamen Trab!«

Nach einigen Minuten, als Pferde und Reiter sich aufgewärmt hatten, ordnete er an: »Im Galopp!«

24

In der Morgendämmerung ritt Gonzalo de Santa Cruz, nachdem er sich mit Käse und frisch gebackenem, mit Schmalz bestrichenem Brot gestärkt hatte, den Hang hinunter, der von der Festung des Johanniterordens nach Consuegra führte, und schlug dann den Weg nach Madrid ein. Auf seinem Abstieg begegnete er einem Reiter, der dem Anschein nach die ganze Nacht durchgeritten war. Das Pferd keuchte und hatte Schaum vor dem Maul, sein Fell war schweißgetränkt. Don Juan beobachtete vom höchsten Turm der Festung aus nicht nur, wie der Hauptmann, den er nicht noch einmal hatte sehen wollen, davonritt, sondern sah auch, wie ein Reiter mit letzter Kraft das Burgtor erreichte.

Er eilte in den Hof hinunter, wo die Knechte den völlig erschöpften Boten versorgten. Er nahm das gefaltete Papier entgegen, das der Bote gebracht hatte, und las den Brief auf der Stelle. Die Nachrichten hätten schlimmer nicht sein können.

Der Verrat hat sich bestätigt. Don Bernardo Patiño wurde festgenommen, zunächst einem Verhör unterzogen und daraufhin Pinilla gegenübergestellt. Der Plan ist vollständig aufgedeckt. Die Freiheit, ja selbst das Leben Eurer Hoheit sind in höchster Gefahr.

Don Juan schloss sich in seinem Arbeitszimmer ein und griff erneut zur Feder. Unterdessen legten die Männer des Marquis de Salinas unerbittlich Meile für Meile des Weges nach Consuegra zurück. Noch vor Mittag hatten sie Aranjuez hinter sich gelassen und näherten sich Ocaña. Reiter und Pferde wurden allmählich müde, sodass der Marquis beschloss, eine Pause einzulegen, damit die Männer ihren Proviant verzehren konnten.

Sehr viel schleppender und mit immer stärkeren Schmerzen in der Seite ritt Santa Cruz in die entgegengesetzte Richtung. Während Salinas' Truppen sich stärkten, erreichte er eine armselige Straßenschänke zwischen Tembleque und La Guardia und beschloss, eine dringend nötige Rast einzulegen. Die Ruhepause, die er seinem müden und mittlerweile von hohem Fieber geschüttelten Körper gönnte, belebte seine schwachen Kräfte mehr als das Mahl, das ebenso stank wie das Lokal. Es war ein Ort, um den man besser einen großen Bogen machte oder an dem man sich im schlimmsten Fall so kurz wie möglich aufhielt. Gonzalo fühlte sich jedoch so geschwächt, dass er beinahe zwei Stunden dort verweilte und vergeblich versuchte, wieder zu Kräften zu kommen. Er dämmerte auf seinem Schemel vor sich hin und war versucht, den Schankwirt nach einem Bett zu fragen, doch angesichts seiner Abscheu vor diesem Ort rang er sich schließlich dazu durch, seinen Weg fortzusetzen.

Sein langer Aufenthalt erwies sich als glückliche Fügung, denn gerade als er aufbrechen wollte, stoben Salinas und seine Männer an der Schänke vorüber. Sie machten einen solchen Lärm und wirbelten so viel Staub auf, dass die wenigen Händler, die in der Schänke zechten, vor die Türe traten. Sie sahen gerade noch die letzten Reiter davonpreschen.

»Der Teufel soll sie holen!«, rief einer der Schaulustigen.

»Da muss sich der Teufel aber beeilen, um sie einzuholen«, stieß ein anderer hervor.

Als sie wieder ins Innere zurückkehrten, drehten sich die Gespräche um die Eile und die große Zahl dieser Soldaten.

»Ein so großer Trupp! Da muss etwas Ernstes geschehen sein!«

»Und dringend muss es sein, so eilig, wie sie es hatten!«

»Damián, du hättest ein gutes Geschäft gemacht«, sagte einer, an den Schankwirt gewandt, »wenn sie hier Halt gemacht hätten!«

»Auf solche Geschäfte kann ich verzichten. Soldaten hält man sich lieber vom Leibe. Sie essen viel, schimpfen mehr, nehmen, was sie wollen, und zahlen wenig. Die sollen mir bloß vom Halse bleiben!«

Gonzalo nahm all seine Kräfte zusammen und setzte seine Reise in Richtung La Guardia fort. Er war überzeugt, dass der Trupp Soldaten, der in der Schänke für Gesprächsstoff gesorgt hatte, ausgeschickt worden war, um Don Juan festzunehmen. Er war froh, ihn vorgewarnt zu haben, und hoffte, er möge entrinnen und so einer langen Kerkerhaft oder Schlimmerem entgehen. So wie die Dinge bei Hofe standen, war von dort nichts Gutes zu erwarten.

Kraftlos und im Schritttempo ritt er den Abhang von La Guardia hinunter in eine Senke, in der es so viel Wasser gab, dass ein üppiger Wald gedieh. Er war so schwach, dass er absteigen und sich, verzweifelt auf Erholung hoffend, im Schatten der Bäume ausstrecken musste. Nur seine schier unglaubliche Willenskraft brachte ihn dazu, nicht von seinem Weg abzulassen, der ihn in seinem Zustand niemals an sein Ziel bringen würde.

Lange Zeit lag er da, nur halb bei Bewusstsein und vom Fieber geschwächt, während das Blut aus seinen schlecht vernarbten Wunden floss, dann raffte er sich mühsam auf, um sein Pferd erneut zu besteigen. Zwar gelang es ihm unter größten Mühen, doch von dieser Anstrengung waren seine letzten Kräfte endgültig aufgezehrt. Das Pferd rührte sich nicht vom Fleck, denn die Beine des Hauptmanns gehorchten den Befehlen seines Gehirns nicht mehr. Ihm wurde schwarz vor Augen, und er fiel bewusstlos in das grüne Gras unter den Bäumen. Das Ross blieb dicht bei ihm und graste, während sein Reiter zwischen Leben und Tod schwebte.

Am späten Nachmittag, als die Sonne bereits tief am Horizont stand, ritt die Kompanie mit donnernden Hufen an der Stadt Consuegra vorbei und schlug den Weg zur Burg ein, die im Süden hoch auf einem Bergkamm lag, der von einem halben Dutzend weißer Windmühlen gesäumt war.

Salinas und seine Männer standen vor verschlossenen Toren. Alles war vollkommen still, die Festung schien verlassen. Zwei Männer schlugen mit den Schwertknäufen gegen das Tor und brüllten aus voller Kehle: »Im Namen Seiner Majestät, öffnet! Öffnet die Tore!«

Alles Schreien und Klopfen blieb vergebens. Männer und Pferde wurden ungeduldig, und der Marquis erwog bereits drastischere Maßnahmen, als von den Zinnen ein Ruf ertönte: »Wer wagt es, auf solche Weise den Frieden dieses Ortes zu stören?«

»Öffnet die Tore und gewährt uns im Namen Seiner Majestät Einlass!«

»In wessen Namen?«

»Im Namen des Königs!«, rief der Marquis zornig.

»Und wer seid Ihr, dass Ihr im Namen des Königs sprecht?«

»Ich bin der Marquis de Salinas, Edelmann im Dienste Seiner Majestät!«, schrie er außer sich.

»Könnt Ihr das bezeugen?«

»Das kann und werde ich«, er wedelte mit einem Papier durch die Luft, das er aus dem Überhandschuh seines linken Arms gezogen hatte.

»Wartet einen Augenblick!«

Der Mann verschwand von der Burgmauer, und der besagte Augenblick wurde zu langen Minuten, die die Geduld des Marquis auf eine harte Probe stellten. Schließlich öffnete sich ein Flügel des Tores, und zwei Ritter im Habit des Johanniterordens traten heraus. Sie grüßten den Marquis ehrerbietig und baten ihn um sein Beglaubigungsschreiben. Er übergab es ihnen widerwillig und ohne abzusteigen. Der Ritter, der es entgegengenommen hatte, las es auf der Stelle:

Königin Doña Mariana de Austria, Regentin dieser Reiche im Namen Seiner Majestät Don Carlos II., verleiht mit dem vorliegenden Dekret dem Inhaber desselben, dem Marquis de Salinas, sämtliche Vollmachten, die der Königliche Dienst an Unserem Herrn und König zur Ausführung der Befehle erfordert, die Wir ihm in legitimer Ausübung Unseres Amtes erteilt haben.
Kraft dieses Amtes ordnen Wir die Festnahme Seiner Hoheit Don Juan Josés de Austria an, wo immer er aufgegriffen werden mag. Nach der Festnahme soll er in das Schloss von Segovia überstellt und eingekerkert werden, bis Wir Anderes verfügen.

Des Weiteren ordnen Wir an, dass allen Mitgliedern der Justiz und Behörden sowie allen übrigen Personen, die der Marquis von Salinas auffordert, bei der Erfüllung dieses Königlichen Dekrets behilflich zu sein, unter Androhung schwerer Strafen die Pflicht obliegt, das Ihre zur Durchsetzung der hier genannten Absicht beizutragen.

Madrid, am 30. Tag des Monats September
Anno Domini 1668.
Die Königin

Mit einer höflichen Neigung des Kopfes gab der Ritter des Johanniterordens dem Marquis das Papier zurück.

»Señor Marquis, was wünscht Ihr von uns bescheidenen Johannitern?«

»Die sofortige Herausgabe Seiner Hoheit, um den Befehlen Unseres Herrn und Königs Folge zu leisten!«

»Tretet ein, Exzellenz, und erfüllt die Euch aufgetragenen Befehle«, sagte der Ritter und rief dann: »Öffnet das Tor!«

»Ich danke Euch für Eure Unterstützung«, erklärte der Marquis, der erstmals sprach anstatt zu schreien.

»Ich bedauere allerdings, Euch mitteilen zu müssen, dass Eure Reise umsonst war«, teilte ihm der Johanniter mit.

»Was wollt Ihr damit sagen?«, fuhr Salinas auf.

»Ganz einfach, Exzellenz, dass Ihr hier nicht finden werdet, wonach Ihr sucht.«

»Ist Seine Hoheit etwa nicht hier?« Nun schrie Salinas wieder.

»Eure Exzellenz, Ihr könnt Euch selbst davon überzeugen und jeden Stein dieser Burg umdrehen. Ihr werdet Seine Hoheit nicht antreffen, weil er nicht hier ist. Er ist vor Stunden von hier aufgebrochen.«

»Unter Missachtung der Befehle Ihrer Majestät, die angeordnet hat, sich hier zur Verfügung zu halten?«

»Ich ziehe Eure Worte nicht in Zweifel, doch weiß ich von all dem nichts«, gab der Ritter betont ruhig zurück.

Salinas brachte die Gelassenheit des Mannes zur Weißglut.

»Wohin hat sich Don Juan aufgemacht?«

»Auch darüber bin ich nicht unterrichtet, Exzellenz.«

Der Marquis wandte sich wutentbrannt an seine Männer.

»Durchsucht die Burg von oben bis unten! Bis in den letzten Winkel!«

»So sei es, Exzellenz. Doch wisset, dass Ihr lediglich einen Brief vorfinden werdet, den Seine Hoheit vor seiner Abreise hinterlassen hat, falls jemand nach ihm fragen sollte.«

»Wo ist dieser Brief?«

»Tretet ein, unsere bescheidene Bleibe steht ganz zu Eurer Verfügung. Wir werden ihn Euch übergeben.«

Der unversiegelte Brief war an die Königin gerichtet. Er wurde dem Marquis ausgehändigt, und während seine Männer sich an die eifrige, aber erfolglose Suche machten, las er:

Ehrwürdige Herrin!

Die Tyrannei Pater Everardos und die teuflische Bosheit, die er mir gegenüber bewiesen hat, indem er meinen Sekretär festnehmen ließ und alles getan hat, um mich ins

Verderben zu stürzen und meinen Namen mit abscheulichen Gerüchten in den Schmutz zu ziehen, zwingt mich dazu, mich in Sicherheit zu bringen. Und auch wenn ich dadurch auf den ersten Blick Schuld auf mich laden mag, so handle ich doch nur als ergebenster Vasall meines Herrn, des Königs, für den ich mein Leben geben würde. Zum Beweis erkläre ich Eurer Majestät und allen, die diesen Brief lesen, dass ich in der Tat nur deshalb nicht nach Flandern gereist bin, um diese Bestie, die ihres hohen Ranges nicht würdig ist, von der Seite der Königin zu entfernen. Gott hat mich dazu mit geradezu übernatürlichen Kräften ausgestattet, seit dem Moment, in dem ich erleben musste, wie ein armer Mensch durch schreckliche Tyrannei und unter niederträchtigen Umständen mit der Garrotte erdrosselt wurde. Bis zu diesem Vorfall war ich, obgleich ich wusste, was ich zurückließ, fest entschlossen, in die Niederlande zu reisen.
Ich bitte Eure Majestät, nicht auf die infamen Ratschläge dieses giftspeienden Basilisken zu hören, denn sollte das Leben meines Sekretärs, irgendeiner anderen mit mir oder meinen Freunden in Verbindung stehenden Person gefährdet sein oder sollte gegen die, die sich künftig auf meine Seite stellen, was sie als aufrechte Spanier und treuen Vasallen des Königs ausweist, durch Schriften, Befehle oder Handlungen gewalttätig oder unrechtmäßig vorgegangen werden, so erkläre ich hiermit vor Gott, meinem Herrn, dem König, Eurer Majestät und der ganzen Welt, dass ich nicht die Verantwortung für die Störung der öffentlichen Ruhe übernehme, die aus den Maßnahmen entstehen kann,

zu denen ich mich gezwungen sehe. Falls Ihr hingegen, wie ich erhoffe und wünsche, Eure Anordnungen und Euer Urteil gegen mich aufhebt, werde ich Gott und meinem Herrn, dem König, in größter Ruhe meine Dienste erweisen, denn das ist mein oberstes Ziel. Und wer auch immer dabei an mir das geringste Anzeichen dafür entdeckt, dass ich nicht gewillt bin, diese Verpflichtung einzuhalten, soll mir sofort das Leben nehmen. Gott schütze und behüte das Leben Eurer Majestät zum Wohle dieser Reiche.

Consuegra, am 1. Tag des Monats Oktober
Anno Domini 1668
Der ergebenste Diener und Vasall Eurer Majestät
Don Juan

Salinas konnte kaum glauben, was er da las, enthielt sich aber jeglichen Kommentars und steckte den Brief weg, um ihn der Adressatin zu überbringen. Er wartete, bis seine Männer die ganze Festung durchsucht hatten, auch wenn er sicher war, dass Don Juan bereits viele Meilen entfernt war, dann trat er unverzüglich den Rückweg an. Er musste eine Unterkunft für seine Männer finden, denn bald würde die Nacht hereinbrechen. Die Einladung der Johanniter, in ihrer Burg zu übernachten, schlug er aus, obwohl das unter anderen Umständen das Vernünftigste gewesen wäre. Er fühlte sich gedemütigt, und diese Menschen waren nichts anderes als Helfershelfer des Flüchtigen.

Kurz vor der Dämmerung fanden zwei Mönche des Felsenklosters San Antonio Abad, das an einem Lehmhang in der Nähe von La Guardia lag, den bewusstlosen Gonzalo de Santa Cruz. Wie jeden Tag hatten sie ihre kleine Herde Merinoschafe an die Wasserstelle geführt, neben der der Körper des Hauptmannes lag. Sein Puls war sehr schwach, und sein Atem ging unregelmäßig. Aus seiner Kleidung und seinem Pferd schlossen die Mönche, dass es sich um einen Edelmann handelte. Einer der beiden eilte zum Kloster, um Hilfe zu holen.

Sie zimmerten eine notdürftige Trage zusammen, spannten Gonzalos Pferd davor und brachten ihn in die Krankenstation des Klosters, wo sie ihn in die Hände Bruder Basilios, des Kräuterkundlers und Krankenpflegers, übergaben, der ihm eine großzügige Dosis Chinin verabreichte, um das Fieber zu senken, und einen Kräuterumschlag auf seine Wunde legte, nachdem er sie zuvor mit dem Sud davon gesäubert hatte. In den Kleidern des Patienten fand er einen doppelt gefalteten Brief, der an eine Dame namens Elena de Zúñiga gerichtet war. Der Mönch legte ihn auf ein Tischchen und ließ sich gemächlich in einem Sessel nieder, um über den Kranken zu wachen.

Kurz darauf begann Gonzalo, der nach wie vor schweißgebadet war, im Fieberwahn zu delirieren. Er stieß einzelne Worte und unzusammenhängende, sinnlose Sätze aus, und immer wieder fiel der Name Elena. Der Mönch sorgte sich um den Zustand des Verwundeten und beschloss, den Brief dem Abt zu übergeben, damit dieser entscheide, was damit geschehen solle.

»Er befand sich unter seinen Kleidern?«

»So ist es, Ehrwürdiger Vater. Er ist an eine gewisse Doña Elena de Zúñiga adressiert, die der Anschrift zufolge in der

Cava de San Miguel an der Plaza de Puerta Cerrada in Madrid wohnt.«

»Ihr habt den Brief doch nicht etwa gelesen, Bruder Basilio?«

»Gott bewahre mich vor dieser Versuchung. Umso mehr, als er an eine Frau gerichtet ist.«

»Dieser Brief ist der einzige Hinweis, den wir über diesen Edelmann besitzen, nicht wahr?«

»Das ist richtig, Ehrwürdiger Vater, sonst deutet nichts darauf hin, wer er sein könnte. Abgesehen davon, dass die Kleider von guter Qualität, jedoch etwas abgetragen sind.«

»Das Beste wird sein, diesen Brief der Person zukommen zu lassen, an die er offensichtlich gerichtet ist. Da Bruder Marcial und Bruder Florencio morgen sowieso in die Hauptstadt reisen, sollen sie ihn überbringen. Alles Weitere unterliegt dem Willen des Herrn. Er weiß, dass wir nach bestem Wissen und Gewissen handeln. Und nun, Bruder Basilio, pflegt diesen Kranken, darin besteht die wesentlichste Pflicht der Barmherzigkeit.«

Eine knappe Woche, nachdem die Mönche von San Antonio Abad den beinahe leblosen Körper des Hauptmanns gefunden hatten, fuhr vor dem Kloster eine Kutsche vor, in der ein vornehmer alter Herr in Begleitung einer eleganten Dame in der Blüte ihrer Schönheit sowie einer älteren Dame saßen. Der Herr, der sich als Don Guillén de Zúñiga vorstellte, bat darum, vom Abt empfangen zu werden, da Mönche aus dieser Abtei bei ihm zu Hause einen an seine Tochter Doña Elena gerichteten Brief abgegeben hatten. Den Mönchen zufolge sei der Verfasser des Briefes schwer krank und befinde sich in der Obhut dieses Klosters. Elena hatte ihrem Vater nach Lesen des Briefes mitgeteilt, sie sei fest entschlossen, den Ort aufzusuchen, an dem Gonzalo sich aufhielt. Don Guillén war zunächst gegen diese Reise gewesen, hatte jedoch seine Meinung geändert, nachdem er den Inhalt des Schreibens erfahren hatte, das ihm seine Tochter vorlas.

In aller Eile bereiteten sie ihren Aufbruch vor und gaben zugleich Doña Casilda de Laínez Bescheid, wo ihr Neffe war und wie es um ihn stand. Gemeinsam machten sich die drei auf den Weg, so unauffällig wie möglich, um Gonzalo, der nach wie vor von der Justiz verfolgt wurde, nicht in Schwierigkeiten zu bringen.

Kurz darauf wurden sie vom Abt in seinem Arbeitszimmer gastfreundlich empfangen. Er sei erfreut, dass die Angehörigen des Kranken dieses Haus Gottes aufgesucht hätten, sei aber auch in Sorge über Gonzalos Zustand.

»Einzig die Fürsorge unseres Krankenpflegers Bruder Basilio und, was viel bedeutender ist, die göttliche Vorsehung haben ihn am Leben erhalten.«

Bei diesen Worten tauschten Doña Casilda und Elena einen besorgten Blick. »Das Schlimmste ist seine große Schwäche, denn das Fieber ist seit gestern Gott sei Dank gesunken. Doch der Dämmerschlaf, in dem er seit seiner Ankunft hier im Kloster liegt, macht es schwierig, ihm irgendeine Art von Nahrung einzuflößen. Der unendlichen Geduld Bruder Basilios ist es zu verdanken, dass er überhaupt etwas zu sich nimmt.«

»Kann ich ihn sehen?«, fragte Elena fast flehend.

»Ich bedaure, doch die Klausur, in der sich die Krankenstation befindet, ist gemäß unseren Regeln für Damen unzugänglich. Nur dem Herrn ist der Zutritt erlaubt, und er kann davon Gebrauch machen, wann immer er will.«

Elena und Doña Casilda baten inständig, den Kranken sehen zu dürfen, doch der Abt blieb unerbittlich, und so mussten sie auf das verzichten, was ihnen in diesem Moment am meisten am Herzen lag. Don Guillén konnte Gonzalo in Begleitung eines Mönchs aufsuchen, während die beiden Frauen ungeduldig im Arbeitszimmer ausharrten, wo ihnen das Warten mit Zimtmilch versüßt wurde.

Als Elenas Vater Gonzalo auf seinem Krankenlager erblickte, konnte er einen Schreckenslaut nicht unterdrücken.

»Gütiger Himmel!«

Bruder Basilio erklärte Don Guillén, der Zustand des Kranken sei äußerst kritisch gewesen, als er gefunden wurde.

»Dieser Mann war so gut wie tot. Die Anstrengung, die er sich zugemutet hatte, ging weit über seine Kräfte. Selten zuvor habe ich so hohes Fieber gesehen. Zum Glück hat es seit gestern nachgelassen, seine Temperatur ist jetzt annähernd normal.«

»Wie beurteilt Ihr seinen Zustand?«, erkundigte sich Don Guillén.

»Sein Leben ist in Gottes Hand. Es ist ein ermutigendes Zeichen, dass das Fieber zurückgegangen ist, doch er ist sehr schwach, weil er aufgrund seiner Bewusstlosigkeit kaum Nahrung aufnimmt. Mithilfe eines Trichters gelingt es mir, ihm etwas Milch einzuflößen, doch das reicht nicht aus. Wenn es uns gelänge, ihn aus der Ohnmacht zu erwecken, wäre ich sehr viel zuversichtlicher.«

»Gibt es ein Mittel dazu?«

»Falls es eines gibt, ist es mir nicht bekannt, Señor. Wir könnten lediglich versuchen, mit einer Mixtur seine Sinne anzuregen, doch ich weiß nicht, welche Folgen das hätte.«

»Könnte es ihm schaden?«

»Ich glaube nicht, doch ich kann es nicht garantieren.«

Don Guillén dachte eine Zeitlang nach, dann fragte er den Mönch: »Was würdet Ihr tun, wenn er ein Angehöriger von Euch wäre?«

Bruder Basilios lächelte erleichtert.

»Ich würde entscheiden, ihm die Mixtur zu verabreichen.«

»Dann tut dies.«

Don Guillén de Zúñiga wusste selbst nicht genau, weshalb er eine Entscheidung bezüglich der Gesundheit eines Menschen getroffen hatte, den er kaum kannte und von dem ihn Welten trennten. Vielleicht lag es daran, dass die einzige Angehörige des Patienten, Tante Casilda, den Kranken nicht sehen und daher nicht entscheiden konnte, vielleicht aber auch, weil Bruder Basilio ihm aus irgendeinem Grund großes Vertrauen einflößte.

Als er in das Arbeitszimmer zurückkehrte, um Elena und Doña Casilda zu informieren, begriff er, warum er es getan hatte. Nach langem Grübeln war er zu dem Schluss gelangt, dass für ihn seit Jahren das Wichtigste im Leben war, seine Tochter glücklich zu sehen, und in diesen Tagen des Zweifels, des Grolls und der Anspannung war ihm klar geworden, dass sie dieses Glück ausschließlich an der Seite des Mannes finden würde, den er an seinem Krankenbett besucht hatte, eines Mannes, dem es zweifellos große Opfer abverlangt hatte, die schwierige Entscheidung zu treffen, als deren Folge er nun krank darniederlag. Das hatte Don Guillén aus dem Brief erfahren, den die Mönche Elena überbracht hatten und den sie ihm vorgelesen hatte. Seine größte Sorge galt ab jetzt nur noch dem kritischen Gesundheitszustand Gonzalos.

Er berichtete den beiden Frauen von seinem Eindruck, und

sie beschlossen, in einem Gästehaus in La Guardia Unterkunft für die Nacht zu suchen. Am Tag darauf kehrten sie zum Kloster zurück, um nach Gonzalos Befinden zu sehen. Don Guillén konnte ihn erneut besuchen, doch die flehentlichen Bitten Doña Casildas und Elenas stießen auf taube Ohren. Um nichts in der Welt wollte der Abt zulassen, dass eine Frau die Ordensregeln dieses heiligen Hauses durchbrach. Kurz vor Mittag kehrten sie niedergeschlagen, doch mit den tröstenden Worten des Abtes im Ohr nach Madrid zurück, Gonzalo werde die bestmögliche Pflege und Aufmerksamkeit zuteil, sie könnten das Kloster aufsuchen, wann immer sie wollten, und Don Guillén könne ihn jederzeit besuchen.

Den Vorschlag Doña Casildas, ihn mitzunehmen, lehnten der Abt und Bruder Basilio ab. Sie wussten, dass der Kranke eine Überführung in die Stadt in seinem derzeitigen Zustand nicht überstehen würde.

In Madrid sorgte die Nachricht von Don Juans Flucht für großen Aufruhr. Bei Hofe wie im Volk kursierten die unterschiedlichsten und abenteuerlichsten Gerüchte. Sein wahrer Aufenthaltsort war unbekannt, doch deutete alles darauf hin, dass er sich nach Aragonien begeben hatte und wahrscheinlich nach Barcelona unterwegs war. Auf unerklärliche Weise kamen Abschriften seines Briefs an die Königin, den er in Consuegra hinterlegt hatte, in Umlauf. Don Juan hatte seinen Anhängern eine Kopie zukommen lassen, und diese sorgten für ihre Verbreitung.

Gegen Don Bernardo Patiño wurde ein Prozess angestrengt, in dem er beschuldigt wurde, einen Mordplan gegen den Großinquisitor entworfen zu haben, obgleich das Verbrechen sich auf den Versuch beschränkte. In Anbetracht seines Standes als Edelmann wurde seine Haft in Hausarrest umgewandelt, sodass er weiterhin seinen religiösen Pflichten nachkommen konnte, wodurch er gemäß seinen Gewohnheiten jeden Tag auf die Straße gehen durfte.

Für viel Gerede sorgte auch der Fund der bereits halb verwesten Leiche eines Soldaten. Er hing in der Mansarde, die er bewohnte, an einem Dachbalken. Es wurde gemunkelt, es handle sich um ein politisch motiviertes Verbrechen, doch die besser Informierten wussten, dass dieser Soldat namens Andrés Anguita Selbstmord begangen hatte, wie aus einer handschriftlichen Notiz hervorging. Man sagte, in diesem Brief sei die Rede von der Verstrickung des Herzogs von Sessa in die Auseinandersetzung, bei der fünf Männer ihr Leben verloren hatten und die zum Ziel gehabt hatte, Hauptmann Gonzalo de Santa Cruz zu töten. Doch der Brief ging im Laufe der gerichtlichen Untersuchung verloren, die angestrengt wurde, nachdem der Besitzer der Mansarde den Erhängten entdeckt hatte, als er die Miete kassieren wollte.

Der Herzog von Sessa lebte in großer Angst. Abgesehen von dem Gerücht über den Brief Anguitas galt er in der öffentlichen Meinung als Anstifter des Mordversuchs gegen Hauptmann Gonzalo de Santa Cruz, wenngleich auch in diesem Fall keine Beweise vorlagen. Man sagte, der Herzog habe größtes Interesse daran, dass der Hauptmann tot oder lebendig gefunden werde. Er fürchtete die Rache des Mannes, der – wie sich neuerlich erwiesen hatte – wie kein anderer in Madrid den Degen zu führen verstand. Sessa verließ sein Haus nur unter dem Schutz zwielichtiger Leibwächter. Er stellte seine Furcht so offen zur Schau, dass er zum Gespött der ganzen Stadt wurde.

Die Gendarmen und Gerichtsdiener hatten die Suche nach

Hauptmann Santa Cruz eingestellt, auch wenn einige von ihnen, angespornt durch die vom Herzog von Sessa persönlich in Aussicht gestellte Belohnung, ihre Nachforschungen fortsetzten. Auch in dieser Hinsicht zirkulierten die unterschiedlichsten Gerüchte: Die einen behaupteten, der Hauptmann sei tot, auch wenn seine Leiche nicht aufgetaucht war, andere sagten, er halte sich irgendwo in Madrid versteckt, und wieder andere meinten, er habe Don Juan auf seiner Flucht begleitet. Doch niemand ahnte, dass er hingebungsvoll von den Mönchen eines Felsenklosters in der Nähe von La Guardia gepflegt wurde und dass er es war, der Don Juan vor der bevorstehenden Verhaftung gewarnt hatte.

Am ersten November, dem Allerheiligenfest und Vortag von Allerseelen, nahm Gonzalo nach einem Monat der Rekonvaleszenz sichtlich erholt an der Messe in der Abtei von San Antonio teil. Für Bruder Basilio, einen gutherzigen, aber auch selten dickköpfigen Mann, war es kein Leichtes gewesen, den Kranken während dieser Wochen dazu anzuhalten, sich auszuruhen und die Regeln zu befolgen, die er ihm auferlegt hatte und deren Richtigkeit dem Hauptmann jetzt auf den ersten Blick anzusehen war.

Auch Elena, ihr Vater und Tante Casilda wohnten der Messe bei. In dem Gotteshaus drängten sich die Gläubigen aus der Umgebung dicht an dicht. Alle waren gut gelaunt, doch die Freude kannte keine Grenzen, als nach dem Gottesdienst Bruder Basilio Elena, die ebenso wie Doña Casilda dem Mönch überschwänglich gedankt hatte, verschmitzt mitteilte: »Wenn Ihr den Kranken mitzunehmen wünscht, so könnt Ihr dies nun tun.«

Glücklich über seine Entlassung versprach Gonzalo dem Abt, baldmöglichst wiederzukehren und dem Kloster eine Spende zukommen zu lassen, zu der er momentan nicht in der Lage sei. Der Abt lehnte das Ansinnen ab, doch Gonzalo bestand darauf, und schließlich ergriff Bruder Basilio die Gelegenheit beim Schopfe.

»Wenn es keine Umstände macht, Euer Gnaden, könntet Ihr mir einige Kräuter bringen, die ich hier schwer auftreiben kann und die nur an bestimmten Plätzen in Madrid erhältlich sind.«

»Es wird mir ein Vergnügen sein. Ich benötige lediglich eine Liste mit den Namen der Kräuter.«

Während der Mönch die Liste erstellte und Doña Casilda angeregt mit Don Guillén und dem Abt plauderte, zogen sich Elena und Gonzalo an einen unbeobachteten Ort zurück. Elena nahm den Brief heraus, den ihr die Mönche übergeben hatten und den sie seitdem dicht an ihrem Herzen trug.

»Du kannst dir gar nicht vorstellen, wie glücklich mich diese Zeilen gemacht haben und wie traurig ich war, als ich von deinem Zustand erfuhr.«

Gonzalo sah ihr in die Augen.

»Ich kann nicht mit Worten beschreiben, was ich empfand, als ich diese Zeilen schrieb, an die ich mich Wort für Wort erinnere.«

»Es sind wundervolle Zeilen«, sagte Elena.

»Darum denke ich, es wäre vielleicht besser, du würdest sie ausschließlich in deinem Herzen bewahren.«

Er nahm der Frau, die er liebte, den Brief zärtlich aus den Händen und schickte sich an, ihn zu zerreißen.

»Der Brief ist dein, da er an dich gerichtet war. Darf ich?«

»Du darfst, wenn es dein Wunsch ist.«

Gonzalo riss den Brief in tausend Stücke und ließ die Schnipsel zu Boden fallen. Sie verloren sich im trockenen Laub, das die Erde bedeckte und vom Herbst kündete. Dann fielen die Liebenden einander in die Arme und verschmolzen in einer Umarmung, die den Beginn eines neuen Lebensabschnitts verkündete.

EPILOG

Wie einige der Gerüchte besagt hatten, floh Don Juan José de Austria tatsächlich nach Barcelona. Dort scharte er eine große Zahl von Anhängern um sich, die bereit waren, an seiner Seite zu kämpfen und den Günstling Everardo Nithard zu stürzen. Mehrere Wochen lang lieferten die Königin und er sich erbitterte Wortgefechte in Form von Briefen. Die Anhänger beider Parteien sorgten dafür, dass diese eigenartige Korrespondenz überall bekannt wurde. Zu Beginn des Jahres 1669 setzte sich Don Juan mit vierhundert Reitern nach Madrid in Bewegung, doch unterwegs schlossen sich ihnen immer mehr Menschen an, sodass die Gruppe wenige Meilen vor Madrid zu einer regelrechten Armee angewachsen war, die für die Königin, den Günstling und ihre Leute eine ernst zu nehmende Bedrohung darstellte.

Angesichts dieser Ereignisse wuchs die Aufregung bei Hofe, denn man befürchtete einen direkten Angriff. In den Augen vieler war Don Juan ein Aufrührer. Er verlangte von Doña Mariana, den Günstling aus Spanien zu verbannen. Viele Höflinge hatten Angst vor einem Volksaufstand, da der überwiegende Teil der Madrider Bevölkerung bereits auf Don Juans Seite stand, und drängten Doña Mariana, den Forderungen des Bastards stattzugeben. Doch die Königin weigerte sich hartnäckig, ihre Auffassung zu ändern.

Ende Januar stellte Don Juan ein Ultimatum. Er teilte mit, er beanspruche die Macht nicht für sich, doch falls Nithard den Hof nicht binnen vierundzwanzig Stunden verlasse, werde er am folgenden Tag persönlich erscheinen und ihn aus dem Fenster werfen. Nun gab die Königin nach, aus Angst, er könne seine Drohung wahr machen. Ihr Beichtvater verließ Madrid und begab sich nach Rom, wo der Papst ihn zum Kardinal ernannte. Don Juan hielt sein Versprechen, die Stadt nicht zu betreten, und nahm widerwillig das Amt des Generalvikars von Aragonien an. Diese Stellung entsprach keineswegs dem, was er sich erhofft hatte, hatte das Horoskop aus Flandern ihm doch eine Krone in Aussicht gestellt, doch er beugte sich den Befehlen der Königin. Zu dieser Zeit bereitete ihm eine andere Prophezeiung des Horoskops Sorgen, nämlich, dass sich unter seinen Dienern zahlreiche Verräter befänden, vor denen er sich fünf Jahre lang hüten müsse. Zwar war die Frist bereits verstrichen, und er lebte noch, doch er traute dem Frieden nicht – dazu hatte er zu viele Feinde.

Er stellte zwei Bedingungen für seine Abreise nach Saragossa, die beide angenommen wurden: die bedingungslose Freiheit für Don Bernardo Patiño und die Aufhebung der Anklage gegen Hauptmann Gonzalo de Santa Cruz. Viele seiner Anhänger waren enttäuscht, weil sie gehofft hatten, er werde zum Königlichen Minister aufsteigen oder im Namen seines Halbbruders Carlos II., der noch keine acht Jahre alt war, die Regierungsgeschäfte übernehmen. Andere wiederum gingen davon aus, dass all dies Teil einer Machtpolitik war, die erst in der Zukunft ihr wahres Gesicht zeigen würde.

Es dauerte nicht lange, da gaben sich Gonzalo und Elena in der Klosterkirche von San Antonio Abad in der Nähe von La Guardia das Jawort. Gemäß seinem Versprechen übergab der Bräutigam dem Kloster eine großzügige Spende und brachte Bruder Basilio einen Bund verschiedener Heilkräuter, die ihn überglücklich machten. Don Guillén und Doña Casilda waren die Trauzeugen. Das Ehepaar ließ sich in einem kleinen Dorf am Ufer des Oja nieder, wo sie sich fern vom Trubel und den Intrigen der Hauptstadt dem Anbau, dem Keltern und Veredeln von Wein widmeten. Sie lasen gern und viel, und Elena malte nach Herzenslust.

José Calvo Poyato

Anika Schwarz

Beat Girls

Das Glück gehört uns

atb aufbau taschenbuch

Anika Schwarz ist das Pseudonym der Schriftstellerin Angelika Schwarzhuber, die auch als Drehbuchautorin für Kino und TV arbeitet und unter anderem mit dem Grimme-Preis und dem Deutschen Fernsehpreis ausgezeichnet wurde. Neben dem Reisen ist Musik ihre große Leidenschaft. Sie liebt Rock-, Beat- und Soulmusik. Mit ihrer Familie und zwei Katzen lebt sie in einer idyllischen bayerischen Kleinstadt. Dort findet sie die nötige Ruhe, um an ihren Romanen und Drehbüchern zu arbeiten.

Im Aufbau Taschenbuch ist bereits ihr Roman »Beat Girls – Die Bühne gehört uns« lieferbar.

München, 1966: Monika kann ihr Glück kaum fassen. In nur wenigen Wochen wird sie gemeinsam mit Inge, Rita und Peggy Sue als die Monaco Birds ihre erste Single aufnehmen. Ein langjähriger Traum geht in Erfüllung – doch zuvor plagen die Band ganz andere Sorgen. Inge bekommt für die Reise nach Hamburg nicht frei und setzt mit einer Lüge alles aufs Spiel. Moni ist schwanger und das ausgerechnet von Charly, der ihr den Erfolg missgönnt. Als sie Peggy Sue ihr Geheimnis anvertraut, bringt sie ihre amerikanische Freundin in eine folgenschwere Bredouille. Und dann ist da auch noch Schlagzeugerin Rita, deren Welt kopfsteht, seitdem Peggy Sue bei ihr einzogen und ihr jahrelang verschollener Vater plötzlich aufgetaucht ist. Doch die vier jungen Frauen geben alles, um nach Hamburg ins Studio zu kommen und mit ihrer Musik die Welt zu begeistern ...